PAM JENOFF

DIE FRAUEN VON PARIS

atb aufbau taschenbuch

PAM JENOFF hat jahrelang in Krakau als Vizekonsul der amerikanischen Botschaft gelebt. Als Expertin für den Holocaust in Polen war sie im Pentagon tätig und wurde für ihre Arbeit von verschiedenen Menschenrechtsorganisationen ausgezeichnet. Heute arbeitet sie als Anwältin und lebt mit ihrem Mann und ihren drei Kindern in Philadelphia. »Die Frauen von Paris« war ein New-York-Times-Bestseller, der in fünfzehn Ländern erscheint und zurzeit in Hollywood verfilmt wird.

Im Aufbau Taschenbuch liegt ebenfalls ihr Roman »Töchter der Lüfte« vor.

GABRIELE WEBER-JARIĆ lebt als Autorin und Übersetzerin in Berlin. Sie übertrug u. a. Mary Basson, Kristin Hannah, Ronald Balson und Imogen Kealey ins Deutsche.

London, 1943: Aufgrund ihrer Französischkenntnisse wird die alleinerziehende Mutter Marie vom britischen Geheimdienst rekrutiert – zum ersten Mal sollen Frauen als Agentinnen im besetzten Frankreich eingesetzt werden. Dort angekommen, begegnet Marie dem rauen Agenten Vesper. Und schon bald wird klar, dass es einen Verräter in den eigenen Reihen geben muss …

Manhattan, 1946: Die junge Kriegswitwe Grace stolpert über einen herrenlosen Koffer, darin ein Dutzend Fotografien verschiedener Frauen. Schon bald findet sie heraus, dass es sich um Agentinnen handelt, die die Landung der Alliierten in Frankreich vorbereiten sollten. Beim Versuch, das Rätsel ihres Verbleibs gemeinsam mit Mark, einem Freund ihres verstorbenen Mannes, zu lösen, stößt Grace nicht nur auf ein tragisches Geheimnis, an Marks Seite entdeckt sie auch für sich selbst eine Möglichkeit zum Neuanfang.

PAM JENOFF

Die FRAUEN von PARIS

Roman

Aus dem Amerikanischen
von Gabriele Weber-Jarić

aufbau taschenbuch

Die Originalausgabe unter dem Titel
The Lost Girls of Paris
erschien 2019 bei Park Row Books, New York.

Dieses Buch ist ein Roman. Alle Namen, Personen, Schauplätze und geschilderten Ereignisse sind entweder frei erfunden oder stehen in einem fiktiven Zusammenhang. Jede Ähnlichkeit mit lebenden oder verstorbenen Personen wäre zufällig und nicht beabsichtigt.

MIX
Papier aus verantwortungsvollen Quellen
FSC
www.fsc.org
FSC® C083411

ISBN 978-3-7466-3628-3

Aufbau Taschenbuch ist eine Marke
der Aufbau Verlag GmbH & Co. KG

1. Auflage 2021

Umschlaggestaltung www.buerosued.de, München
unter Verwendung von Motiven von © akg images/Denise Bellon
und © Ewa Rudling/Getty Images
Gesetzt in der Sabon durch Greiner & Reichel, Köln
Druck und Binden CPI books GmbH, Leck, Germany
Printed in Germany

www.aufbau-verlag.de

Für meine Familie

Im Krieg ist die Wahrheit so wertvoll,
dass sie eine Leibwache aus Lügen braucht.
WINSTON CHURCHILL

1. KAPITEL

GRACE

New York, 1946

Wäre Grace in der vergangenen Nacht nicht einer der schlimmsten Fehler ihres Lebens unterlaufen, hätte sie den Koffer nicht entdeckt.

Es war Dienstagmorgen, zwanzig Minuten nach neun. Normalerweise hätte Grace um diese Uhrzeit in einem Bus Richtung Süden gesessen und wäre von ihrem Wohnheim in Hell's Kitchen zu ihrem Arbeitsplatz auf der Lower East Side gefahren.

Auf dem Weg zur Arbeit war sie zwar, nur kam sie nicht aus der Gegend, in der sie wohnte. Stattdessen hetzte sie zu Fuß die Madison Avenue hinunter und raffte ihr Haar im Laufen mit einer Spange zusammen.

Sie war kurz davor, auch ihren Mantel abzustreifen und die grüne Strickjacke darunter auszuziehen. Es war dieselbe, die sie am Vortag getragen hatte, und sie wollte nicht, dass ihr Chef sich nachher fragte, ob sie sich nicht hatte umziehen können, weil sie die Nacht nicht zu Hause, sondern woanders verbracht hatte.

Als Grace am Schaufenster eines Kramladens vorbeikam, hielt sie kurz inne und warf einen Blick auf ihr Spiegelbild. Sie wünschte, das Geschäft hätte bereits geöffnet – dann hätte sie sich Puder kaufen können, um den Fleck auf ihrem Hals zu überdecken, auch eine Rolle Pfefferminz wäre nicht schlecht. Sie hätte sich an einem Probefläschchen Parfum bedienen können, um den Geruch von Marks Rasierwasser, der leider noch an ihr haftete, zu übertünchen. Jedes Mal, wenn er ihr in die Nase stieg, schwanden ihr beinah die Sinne, und dann schämte sie sich.

Ein Obdachloser saß zusammengesackt im Eingang des Hauses. Er war grau im Gesicht und stöhnte unruhig im Schlaf. Grace konnte es ihm nachfühlen.

Sie lief weiter. In einer Seitengasse wurden laut scheppernd Mülleimer bewegt, passend zu ihrem Brummschädel. Es war, als wäre die ganze Stadt verkatert und würde sich elend fühlen.

Kalte Böen fegten über die Madison Avenue hinweg und wehten die Fahnen an den Masten auf. Über den Rinnstein wurde eine alte Zeitung gewirbelt.

Als die Glocken der Kirche St. Agnes halb zehn schlugen, beschleunigte Grace ihren Schritt und spürte, wie sie anfing zu schwitzen.

Nun konnte sie bereits den Bahnhof Grand Central erkennen. Nur noch ein kleines Stück, und sie würde in die 42nd Street einbiegen und einen Expressbus die Lexington Avenue hinunter nehmen.

Doch an der nächsten Kreuzung versperrten drei Streifenwagen den Weg und blockierten den Verkehr in Richtung Süden. Dahinter stand quer auf der Fahrbahn ein schwarzer Studebaker, aus der geöffneten Haube stieg Dampf.

Grace nahm an, dass der Wagen in einen Unfall verwickelt gewesen war. Hinter ihm stauten sich noch mehr Autos als sonst an dieser Stelle. Einige versuchten, in die Seitenstraßen auszuweichen und sich an Taxis, Bussen und Lieferwagen vorbeizuschlängeln. Nirgendwo war ein zweiter Unfallwagen zu sehen. An der Ecke stand ein Krankenwagen, die Sanitäter lehnten untätig am Chassis und rauchten.

Grace trat zu einem Polizisten, dessen fleischiges Gesicht direkt aus dem hohen Kragen seiner blauen Uniformjacke zu quellen schien. »Verzeihung, wissen Sie, wie lange die Straße hier gesperrt bleibt? Ich muss zur Arbeit und bin spät dran.«

Der Polizist musterte sie abfällig, als wäre die Idee einer berufstätigen Frau noch immer skandalös oder belustigend. Dabei hatten in den vergangenen Jahren viele Frauen in den Fabriken gearbeitet, um die Männer zu ersetzen, die im Krieg kämpften. »Von hier aus werden Sie eine ganze Weile nicht weiterkommen«, antwortete er und wirkte zufrieden mit sich.

»Was ist denn passiert?«, fragte Grace, doch der Polizist hatte sich bereits abgewandt. Grace trat einen Schritt vor und reckte den Hals, um die Straße hinunterzuspähen.

»Eine Frau wurde totgefahren«, sagte ein Mann mit Schiebermütze an ihrer Seite.

In dem Moment registrierte Grace die blutverschmierten Kotflügel des Studebaker, und ihr wurde übel. »Wie schrecklich«, murmelte sie.

»Ich habe es nicht gesehen«, sprach der Mann weiter,

»aber es heißt, dass sie sofort tot war. Ein Glück, da hat sie wenigstens nicht gelitten.«

Ein Glück. Wie oft Grace diese Worte nach Toms Tod gehört hatte. Ein Glück, dass sie noch so jung sei. Ein Glück, dass sie und Tom keine Kinder gehabt hatten. Als wäre sein Tod ohne Kinder leichter für sie geworden. Dabei wären Kinder für sie keineswegs eine Bürde gewesen, sondern vielmehr etwas von ihm, das ihr geblieben wäre.

»Man weiß nie, wann das Ende kommt«, sagte der Mann mit der Mütze.

Grace antwortete nicht. Auch Tom war durch einen Unfall ums Leben gekommen. Er war zur Grundausbildung in Georgia gewesen und hatte sich vor seinem Einsatz in Übersee von ihr verabschieden wollen. Auf dem Weg zum Bahnhof kam der Jeep, in dem er saß, von der Straße ab und überschlug sich. Tom war sofort tot. Er galt als Kriegsopfer, doch wenn man Grace fragte, hätte der Unfall jederzeit und überall geschehen können.

Grace fuhr zusammen, als ein Zeitungsreporter mit Blitzlicht zu fotografieren begann. Sie beschirmte ihre Augen mit der Hand und machte einige Schritte rückwärts, fort von der Zuschauergruppe, die sich gebildet hatte, und dem Geruchsgemisch aus Parfum, Schweiß und Zigaretten.

Sie schaute sich um. In Richtung Westen war auch alles gesperrt, dort kam sie ebenfalls nicht weiter. Und wenn sie über die Madison zurücklief und den Grand Central von hinten umrundete, würde sie noch eine halbe Stunde verlieren.

Erneut verfluchte sie die Nacht, die sie mit Mark verbracht hatte. Wenn es ihn nicht gäbe, stünde sie jetzt nicht hier und wäre auch nicht gezwungen, den Bahnhof zu durchqueren – den Ort, den sie sich geschworen hatte nie wieder zu betreten.

Sie drehte sich um zu diesem gewaltigen Bauwerk, das in der blassen Morgensonne einen grauen Schatten auf den Vorplatz warf. Eine endlose Reihe Pendler strömte ein und aus.

Grace sah die riesige Halle vor sich, in die das Tageslicht durch vergitterte Fenster fiel, die große Uhr, bei der sich Freunde und Liebende trafen.

Doch es war nicht so sehr der Bahnhof, den sie nicht ertragen konnte, sondern vielmehr die Kriegsheimkehrer und ihre Familien, die man dort noch immer antraf: die jungen Ehefrauen mit den rot geschminkten Lippen, die mit der Zunge über ihre Zähne fuhren, nur für den Fall, dass der Lippenstift abgefärbt hatte; ihre Hände, die sich vor Aufregung an ihre Handtaschen krallten; die sauber geschrubbten Kinder, die mit unsicheren Mienen auf den Vater warteten, an den sie sich nicht erinnerten, denn als er fortging, konnten sie gerade erst krabbeln; die Väter, die mit einem nicht mehr ganz frischen Blumenstrauß in der Hand aus den Zügen sprangen, die Uniformen von der langen Reise verknittert. Die Wiedersehensfreude, die ihr verwehrt geblieben war.

Grace überlegte, ob sie, statt zur Arbeit zu fahren, lieber nach Hause gehen sollte. Sie könnte das heiße Bad nehmen, nach dem sie sich sehnte, und im Anschluss daran eine Runde schlafen.

Sie verwarf den Gedanken. Sie musste ins Büro. Um zehn Uhr wollte Frankie mit einer französischen Flüchtlingsfamilie sprechen und ihr das Ergebnis nachher für die Akte diktieren. Danach würden die Rosenbergs wegen der Formulare kommen, die sie für ihre Wohnungssuche ausfüllen mussten. Das war das Gute an ihrer Arbeit, sie konnte sich um die Probleme anderer Leute kümmern und die eigenen darüber vergessen. Doch an diesem Tag machte der Gedanke an ihre Arbeit sie einfach nur müde.

Also gut, sie hatte keine Wahl, sie musste durch den Bahnhof. Mit aufmunternd gestrafften Schultern setzte sie sich in Gang.

Grace trat durch den Eingang. Es war das erste Mal seit jenem schrecklichen Nachmittag, als sie aus Connecticut gekommen war. Damals trug sie ein schickes Kleid aus Seidenkrepp unter ihrem Mantel, das Haar hatte sie zu einer voluminösen Tolle frisiert und mit einem Pillbox-Hut gekrönt. Tom hatte mit dem Drei-Uhr-Zug aus Philadelphia kommen sollen, dort hatte er umsteigen müssen.

Als er nicht erschien, nahm sie an, dass er den Anschlusszug verpasst hatte. Sie wartete auf den nächsten Zug. Wieder vergeblich. Danach wurde sie unruhig und ging zu dem Schwarzen Brett am Informationsstand, wo Reisende Nachrichten hinterlassen konnten, falls sie zu früh gekommen waren oder denjenigen, den sie treffen wollten, aus anderen Gründen verpasst hatten. Dort war jedoch keine Notiz von Tom, und sie selbst hatte keine Möglichkeit, ihn zu erreichen. Ihr blieb also nichts anderes übrig, als weiter zu warten. Sie aß einen Hotdog, der in ihrem Mund einen schalen Geschmack hinterließ und mit dem sie ihren Lippenstift verschmierte. Sie schlenderte zum Zeitungskiosk und las die Schlagzeilen, lief umher. Jede Stunde kamen Züge aus Philadelphia an und leerten sich. Jedes Mal drängten sich auf dem Bahnsteig Soldaten, nur Tom war nicht unter ihnen.

Als um halb neun Uhr abends der letzte Zug aus Philadelphia ohne Tom eingetroffen war, war Grace vor Sorge außer sich gewesen. Ihr Mann war nicht der Typ, der einfach nicht erschien. Irgendetwas musste vorgefallen sein.

Dann hatte sie den Leutnant mit dem rötlichen Haar, den sie noch von Toms Vereidigung kannte, gesehen. Mit ernster Miene trat er auf sie zu, und da wusste sie Bescheid. Noch immer spürte sie die fremde Hand, die sie auffing, als ihre Knie nachgaben.

Im Bahnhof hatte sich seitdem nichts verändert. Nach wie vor hasteten Menschen in alle Richtungen, ohne zu wissen, welche Rolle dieses Gebäude in den vergangenen Jahren in Graces Gedanken gespielt hatte.

Du läufst einfach hindurch, befahl sie sich und richtete ihren Blick auf den Ausgang am anderen Ende, der wie das Licht am Ende des Tunnels schimmerte. Niemand verlangte von ihr, stehen zu bleiben und sich an all das zu erinnern.

Plötzlich spürte Grace etwas an ihrem Bein, als hätten die Finger eines kleinen Kinds daran gezupft. Sie sah an sich hinunter. Es war eine Laufmasche. Hatte sie auch die Mark zu verdanken? Im Weitergehen wurde die Laufmasche länger, und als Grace zum zweiten Mal nachschaute, zog sie sich schon über ihre Wade. Darum musste sie sich dringend kümmern.

Grace nahm die Treppe hinunter zu den Toiletten. Auf dem Weg dorthin kam sie an einer Bank vorbei, stolperte und knickte mit dem Fuß um. Der Schmerz schoss hoch bis in ihre Wade.

Sie ließ sich auf der Bank nieder und schaute nach, ob der Absatz ihres Schuhs sie schon wieder im Stich gelassen hatte, obwohl sie den gerade erst hatte neu besohlen lassen. Der Absatz saß fest.

Doch unter der Bank schaute etwas hervor – offenbar war sie deswegen aus dem Tritt geraten. Sie bückte sich und entdeckte einen braunen Koffer, der schief unter die Bank geschoben war.

Entrüstet blickte Grace sich um und hätte gern gewusst, wer so achtlos war, seinen Koffer auf so verantwortungslose Weise unter einer Bank zu lassen. Doch in ihrer Nähe stand niemand. Auch von den Menschen, die an ihr vorübereilten, schien keiner zu dem Koffer zu gehören. Vielleicht war der Besitzer zur Toilette gegangen oder zum Kiosk gelaufen, um sich eine Zeitung zu besorgen.

Grace schob den Koffer tiefer unter die Bank. Nun konnte wenigstens niemand mehr über eine vorstehende Ecke stolpern. Dann setzte sie ihren Weg fort.

Neben der Tür der Damentoilette saß ein Mann in einer abgewetzten Uniform auf dem Fußboden, und Grace fuhr durch den Sinn, dass es vielleicht auch etwas Tröstliches hatte, dass Tom der Krieg drüben erspart geblieben war und er nicht versehrt und seelisch zerrüttet heimgekehrt war. Für sie und alle anderen, die ihn kannten, würde er nun immer der strahlende junge Mann bleiben, der er gewesen war, gut aussehend und voller Lebenskraft.

Sie holte einige Münzen aus ihrer Jackentasche und drückte sie dem Kriegsversehrten in die Hand. Grace gehörte nicht zu den Menschen, die wegschauen konnten.

In der Damentoilette schmierte sie Seife auf das Ende der Laufmasche und reparierte sie damit mehr schlecht als recht. Anschließend fasste sie vor dem großen Spiegel ihre Haare neu zusammen und frischte ihren Lippenstift auf. Dabei fielen ihr Marks Küsse wieder ein und all das, was danach geschehen war.

An dem benachbarten Waschbecken strich eine junge Frau den Mantel über ihrer Bauchrundung glatt. Zurzeit sah man überall Schwangere, wahrscheinlich als Folge der vielen glücklichen Wiedersehen mit den Ehemännern, die aus dem Krieg zurückgekommen waren. Die Frau musterte Grace von der Seite und lächelte wissend.

Grace verließ die Damentoilette. Beim Durchqueren des Bahnhofs linste sie unter die Bank. Der Koffer lag noch da. Sie schaute sich um, ob jemand im Anmarsch war, um ihn zu holen.

Niemand steuerte den Koffer an. *Seltsam.* Grace bückte sich und zog ihn aus seinem Versteck hervor.

Es war ein gewöhnlicher, brauner Koffer mit abgerundeten Ecken, einer wie Tausende andere, die von Reisenden täglich durch Bahnhöfe getragen wurden. Nur der abgenutzte Griff aus Perlmutt war hübscher als sonst üblich.

Ein *verlassener* Koffer. Ob jemand ihn verloren hatte? Oder vergessen?

Grace wich zurück. Ihr war eine Geschichte aus den Kriegsjahren eingefallen, in der eine Reisetasche einen Sprengsatz enthielt. Doch der Krieg war vorbei, und die Angst vor einer Invasion oder anderen feindlichen Angriffen, die man an jeder Ecke erwartet hatte, war verblasst.

Grace nahm ihren Mut zusammen und untersuchte den Koffer nach einem Hinweis auf den Besitzer. Auf einer Seite war mit weißer Kreide ein Name geschrieben. Voller Unbehagen dachte sie an diejenigen unter Frankies Klienten, die ein Konzentrationslager überlebt hatten. Sie erzählten, dass die Deutschen ihnen vor der Deportation aufgetragen hatten, ihren Namen auf ihren Koffer zu schreiben. Um sie in Sicherheit zu wiegen und ruhig zu halten, hatten sie den Leuten vorgemacht, dass sie in ihrer neuen Unterkunft ihr Gepäck zurückerhielten.

Auf diesem Koffer stand »Trigg«.

Grace überlegte, ob sie einen Bahnbediensteten auf den Koffer aufmerksam machen oder einfach weiterlaufen sollte. Eigentlich fehlte ihr die Zeit, sich noch länger mit der Sache aufzuhalten, doch ihre Neugier war stärker als ihre Vernunft. Vielleicht war im Koffer ein Zettel mit Namen und Adresse des Besitzers, so dass sie ihn erreichen konnte.

Sie strich über das Schnappschloss. Es sprang auf, beinah wie von selbst. Grace hob den Kofferdeckel an. Dann warf sie einen Blick über ihre Schulter, um zu sehen, ob jemand sie beobachtete. Kein Mensch nahm von ihr Notiz. Sie klappte den Deckel auf.

Der Koffer war sorgfältig gepackt, die Kleidungsstücke – es waren die einer Frau – akkurat gefaltet. In einer Ecke war eine Haarbürste mit versilbertem Griff und ein noch neues Stück Lavendelseife verstaut, und ganz hinten steckte ein Paar Babyschuhe. Grace hob die Kleidungsstücke an, doch andere Kinderkleidung war nicht zu entdecken.

Mit einem Mal kam Grace ihr Vorgehen unverzeihlich vor, wie ein Eingriff in jemandes Privatleben, was es ja auch war. Sie riss ihre Hand zurück – und ritzte sich den Zeigefinger. Fluchend betrachtete sie den hervorquellenden Tropfen Blut und saugte an dem Schnitt. Mit der unversehrten Hand griff sie in den Koffer, um festzustellen, woran sie sich verletzt hatte, an einer Schere oder einem Messer.

Unter der Kleidung ertastete sie einen festen Briefumschlag, vielleicht einen Zentimeter dick. Sie musste sich an einer Kante geschnitten haben. *Lass es gut sein,* riet ihr eine innere Stimme. Doch sie ging darüber hinweg und öffnete den Umschlag.

Er enthielt eine Reihe Fotos, sorgsam in ein weißes Spitzentuch eingeschlagen. Grace nahm die Fotos heraus und hinterließ einen Blutfleck auf der Spitze.

Insgesamt war es ein Dutzend, auf jedem eine junge Frau abgebildet.

Grace sah sich eines nach dem anderen an und fragte sich, wer diese Frauen waren. Sie gehörten nicht zu einer Familie, dazu sahen sie zu unterschiedlich aus. Einige trugen Militäruniformen, andere frisch gebügelte Blusen oder Blazer. Keine wirkte älter als fünfundzwanzig Jahre.

Plötzlich fühlte Grace, dass es falsch war, die Fotos dieser fremden Frauen zu studieren, zu intim. Sie wollte sie zurücklegen und das Ganze schleunigst vergessen. Doch die großen, dunklen Augen einer der Frauen hatten etwas Faszinierendes. Grace vertiefte sich in ihren Anblick.

Plötzlich heulten draußen vor dem Bahnhof Sirenen auf, und Grace fuhr zusammen, als würden sie ihr gelten, und die Polizei käme jeden Augenblick hereingestürmt, um sie wegen unbefugten Öffnens eines fremden Koffers festzunehmen.

Mit fliegenden Händen wickelte sie die Fotos wieder in das Spitzentuch, doch nun passten sie nicht mehr in den Umschlag. Die Sirenen wurden lauter. Um keine Zeit mehr zu verlieren und ohne nachzudenken, stopfte Grace den Umschlag und die eingewickelten Fotos in ihre Handtasche, schloss den Koffer und schob ihn wieder tief unter die Bank.

Auf dem Weg zum Ausgang spürte sie ihren pochenden Zeigefinger und dachte, dass sie es hätte besser wissen müssen. Der Aufenthalt im Grand Central Terminal war ihr noch nie gut bekommen.

2. KAPITEL

ELEANOR

London, 1943

Gregory Winslow, Direktor der Special Operations Executive, kurz SOE, war außer sich, sein Gesicht vor Wut rot angelaufen. Als er mit der Faust auf den Konferenztisch schlug, klapperten die Tassen, und das Stimmengemurmel im Raum brach ab.

»Schon wieder zwei Agenten gefasst?« Seine Stimme war so laut, dass eine Stenotypistin draußen auf dem Gang stehen blieb und erschrocken in den Konferenzraum spähte, bevor sie weiterlief.

Eleanor stand auf und schloss die Tür. Auf dem Weg zurück zu ihrem Platz versuchte sie, den Zigarettenrauch fortzuwedeln, der wie eine Dunstglocke über den Versammelten hing.

»Ja, Sir«, stammelte Captain Michaels, Attaché der Royal Air Force. »Sie wurden nur wenige Stunden nach der Landung in Marseille festgenommen. Seitdem haben wir nichts mehr von ihnen gehört. Wir befürchten das Schlimmste.«

»Wer waren die beiden?« Winslow, der in der Regel nur als »Direktor« bezeichnet wurde, war ein hochdekorierter

Oberst a. D. des britischen Heeres, der seine Auszeichnungen aufgrund seiner Verdienste im Großen Krieg erhalten hatte. Er war eine imposante Gestalt, sein Alter von neunundfünfzig Jahren sah man ihm nicht an.

Michaels schien die Frage zu verwirren. Er gehörte zu den Männern, die im Hauptquartier arbeiteten. Die Agenten, die im Ausland eingesetzt wurden, waren für ihn und seine Kollegen nur namenlose Schachfiguren.

Eleanor hatte eine andere Einstellung. »Es waren James, Harry, gebürtiger Kanadier und Absolvent des Magdalen College, Oxford, und Peterson, Ewan, vormals Mitglied der Royal Air Force.« Sie kannte die Daten der Männer, die sie hinter die feindlichen Linien schickten, auswendig.

»Das wäre dann bereits die zweite Festnahme in diesem Monat, oder?« Der Direktor steckte seine Pfeife in den Mund und kaute verärgert auf dem Mundstück herum.

»Die dritte«, sagte Eleanor leise. Sie wollte Winslow nicht noch mehr aufbringen, aber sie mochte ihn auch nicht belügen.

Churchill hatte die SOE vor drei Jahren ins Leben gerufen und dieser Einheit den Auftrag erteilt, das von den Deutschen besetzte Europa durch Sabotageakte und Attentate »in Brand zu stecken«. Seitdem hatten knapp dreihundert Agenten auf feindlichem Gebiet Rüstungsbetriebe, Brücken und Eisenbahngleise gesprengt und die Partisanen mit Waffen versorgt. Die Einsätze fanden überwiegend im besetzten Frankreich statt und wurden von der sogenannten Sektion F durchgeführt. Das Ziel war, die Versorgungswege der deutschen Besatzer zu unterbrechen und die französischen Partisanen noch vor der Invasion der Alliierten, von der man bereits munkelte, in großem Umfang zu bewaffnen.

Außerhalb des Hauptquartiers wurde die SOE jedoch mit Skepsis betrachtet. Die klassischen Geheimdienste der britischen Regierung – unter ihnen der MI6 – nannten die Sabotageakte der SOE dilettantisch und klagten, dass die SOE-Agenten ihren eigenen Leuten in die Quere kämen. Tatsächlich war der Erfolg der SOE schwer einzuschätzen. Ihr Vorgehen war geheim, und inwieweit es das Kriegsgeschehen beeinflusste, vermochte kaum jemand zu bestimmen. Hinzu kam, dass die Einheit seit Kurzem Misserfolge zu verzeichnen hatte und eine zunehmende Anzahl ihrer Agenten gefasst wurde. Niemand wusste, ob es an schlechter Planung lag, der gesamte Apparat zu schwerfällig geworden war oder ein Fehler im Getriebe steckte, den sie nicht erkannten.

Winslow wandte sich Eleanor zu. »Was zum Teufel ist da los, Trigg? Sind die Leute nicht richtig ausgebildet oder machen sie etwas falsch?«

Eleanor wunderte sich, dass er ausgerechnet sie ansprach. Sie hatte in der SOE kurz nach deren Gründung als Sekretärin angefangen und, da sie Polin und überdies Jüdin war, um diesen Posten kämpfen müssen. Manchmal fragte sie sich sogar selbst, wie sie es aus einem Schtetl in der Nähe von Pinsk in das SOE-Hauptquartier in der Londoner Baker Street 64 geschafft hatte. Einiges davon verdankte sie dem Direktor, der gewillt gewesen war, ihr eine Chance zu geben, das meiste jedoch ihren Fähigkeiten –

ihrem Fleiß, ihrem hervorragenden Gedächtnis und ihrer Zuverlässigkeit.

Inzwischen besaß sie das uneingeschränkte Vertrauen des Direktors und war zu seiner Ratgeberin avanciert, auch wenn sie offiziell noch immer als Sekretärin geführt und auch so bezahlt wurde. Auf sein Geheiß saß sie nun am Konferenztisch an seiner Seite. Aber vielleicht war das auch nur so, weil Winslow auf einem Ohr taub war, was in der SOE außer ihm nur noch sie wusste. Nach jeder Sitzung gingen sie das, was besprochen worden war, noch einmal durch, um sicherzugehen, dass er nichts überhört hatte.

Doch noch nie hatte er sie vor Anderen nach ihrer Meinung gefragt. »Es liegt weder an der Ausbildung, Sir, noch an der Durchführung.«

Alle Augen richteten sich auf Eleanor. Sie gehörte zu den Menschen, die sich lieber im Hintergrund hielten – doch nun war es zu spät, die Männer rund um den Tisch betrachteten sie mit hochgezogenen Brauen.

Auch der Direktor schaute sie an und wirkte noch ungeduldiger als sonst. »An was denn dann?«

»Daran, dass sie Männer sind.« Eleanor zwang sich, ihre Worte mit Sorgfalt zu wählen und sich nicht verwirren zu lassen. Sie musste sich klar und deutlich ausdrücken, ohne jemanden zu beleidigen. »In den französischen Städten und Dörfern gibt es kaum noch junge Männer. Einige wurden gezwungen, für die Vichy-Regierung zu arbeiten, andere sind in der Miliz oder sitzen im Gefängnis, weil sie den Dienst verweigert haben. Wieder andere wurden gefangengenommen und als Zwangsarbeiter nach Deutschland geschickt. Unsere Agenten fallen zu sehr auf.«

»Und was bedeutet das? Sollen sie alle untertauchen?«

Eleanor schüttelte den Kopf. Untertauchen war keine Lösung, die Agenten mussten mit den Einheimischen reden können. Sie brauchten die Kellnerin in Lautrec, die mitbekam, worüber französische Kollaborateure mit den Deutschen sprachen, wenn sie zu viel getrunken hatten, ebenso wie die Bäuerin, der auffiel, ob sich die Anzahl der Züge, die an ihren Feldern entlang Richtung Deutschland fuhren oder von dort kamen, erhöhte oder verringerte. Jede kleine Beobachtung konnte ihnen von Nutzen sein. Auch das Netzwerk der französischen Widerstandsgruppen musste ihnen zugänglich sein, wenn sie die Partisanen unterstützen wollten. Folglich war es undenkbar, dass sich die Agenten der Sektion F verbargen.

Der Direktor runzelte die Stirn. »Was denn nun, Trigg?«

»Es gibt eine Möglichkeit …« Eleanors Stimme verebbte.

Normalerweise war sie nicht um Worte verlegen, doch das, was sie vorschlagen wollte, war so kühn, dass sie es kaum über die Lippen brachte. Dann gab sie sich einen Ruck und sagte: »Wir sollten Frauen schicken.«

»Frauen? Welche Frauen?«

Die Idee war Eleanor gekommen, als sie in der Funkzentrale beobachtet hatte, wie rasch und gekonnt eine der jungen Frauen dort eine Nachricht aus Frankreich entschlüsselt hatte. *Wir verschwenden ihre Fähigkeiten,* dachte sie, *diese Frau sollte draußen im Einsatz sein, dort, wo es darauf ankommt.*

Im ersten Moment war der Gedanke selbst Eleanor so verrückt erschienen, dass sie eine Weile gebraucht hatte, bis sie erkannte, wie sinnvoll er war. Allerdings hatte sie nicht vorgehabt, ihn in dieser Runde auszusprechen, vielleicht sogar nie. Und nun konnte sie nicht mehr zurück.

»Ich spreche von Agentinnen.« Eleanor hatte von solchen Frauen gehört. Sie operierten allein, überwiegend im besetzten Osten Europas, schmuggelten Nachrichten und verhalfen Kriegsgefangenen zur Flucht. Auch im Großen Krieg hatte es Agentinnen gegeben, wahrscheinlich mehr, als man gemeinhin annahm. Doch ein Programm ins Leben zu rufen, um Frauen offiziell zu Agentinnen auszubilden, dürfte um einiges schwieriger sein.

»Und was genau sollen diese Frauen tun?«, fragte der Direktor.

»Das Gleiche wie die Männer«, antwortete Eleanor und wurde ungehalten, weil sie etwas so Naheliegendes erklären musste. »Kurierdienste, Funkverkehr, Bewaffnung der Partisanen, Brücken sprengen.«

Auch an der Heimatfront hatten Frauen Männerrollen übernommen. Sie waren nicht mehr nur Krankenschwestern oder strickten für die Männer an der Front Socken und Pullover, sondern bedienten Fliegerabwehrkanonen, einige flogen sogar Militärflugzeuge. Warum also sollten Frauen nicht auch Agentinnen werden können, was war daran so schwer zu verstehen?

»Einen Sektor nur für Frauen?«, fragte Michaels – seine Skepsis war nicht zu überhören.

Eleanor ignorierte ihn und sah den Direktor an. »Warum

denn nicht?«, sagte sie. »In Frankreich findet man zwar kaum noch junge Männer, aber die Frauen sind überall – auf der Straße, in den Läden und in den Cafés –, unsere Agentinnen könnten sich problemlos unter sie mischen. Allerdings würden wir keine der Frauen nehmen, die schon bei uns tätig sind.« Eleanor stockte und dachte an die Funkerinnen, die Tag und Nacht für die SOE arbeiteten. Einerseits waren sie ideal: intelligent, erfahren und der Sache ergeben. Andererseits machte gerade ihre Erfahrung sie als Agentinnen untauglich. Sie wussten zu viel, als dass man ihre Gefangennahme und Verhöre riskieren konnte. »Die Frauen müssten neu angeworben werden.«

»Und wo würden wir sie finden?«, fragte der Direktor, der sich für die Idee zu erwärmen schien.

»Da, wo wir auch die Männer finden. In den Dienststuben der Armee, in Universitäten und Büros, in den Fabriken und auf der Straße. Und in den Sanitätseinheiten der FANY, in der bekanntlich nur Frauen sind.«

Es gab keine Schule, auf der Agenten ausgebildet wurden, auch kein Diplom, das man erwerben konnte.

»Die Frauen müssten der gleiche Typus wie die Männer sein, clever und anpassungsfähig, und sie müssten Französisch sprechen können.«

»Zunächst einmal müssten sie ausgebildet werden«, sagte Michaels, als wäre es ein unüberwindbares Hindernis.

»Genau wie die Männer«, entgegnete Eleanor. »Niemand wird als Agent oder Agentin geboren.«

»Und dann?«, fragte der Direktor.

»Dann werden sie eingesetzt.«

Michaels zog die Brauen zusammen. »Sir, in den Genfer Konventionen wird der militärische Einsatz von Frauen ausdrücklich untersagt.« Die Männer am Tisch nickten beifällig.

»Es gibt sehr viel, was in den Genfer Konventionen untersagt wird«, erwiderte Eleanor spitz. Sie kannte die dunklen Seiten der SOE, die Vorschriften, die aus militärischen Gründen umgangen, die Gesetze, die ignoriert wurden. »Zur Tarnung könnten wir die Agentinnen der Fraueneinheit FANY angliedern.«

»Wir sollen das Leben von Müttern, Ehefrauen und Töchtern gefährden?«, fragte Michaels und schaute entrüstet in die Runde.

»Mir gefällt der Vorschlag auch nicht«, ließ sich einer der Führungsoffiziere am anderen Ende des Tischs vernehmen. Eleanor wurde nervös. Der Direktor war nicht gerade als willensstark bekannt. Falls alle Männer am Tisch sich gegen ihren Vorschlag aussprächen, würde er sich ihnen anschließen.

»Ist es Ihnen lieber, wenn unsere Leute alle zwei Wochen von den Deutschen geschnappt werden?«, fragte Eleanor und wunderte sich über ihren Mut.

»Wir versuchen es«, sagte der Direktor so entschieden wie selten. »Trigg, Sie werden sich im Norgeby House unten an der Straße ein Büro einrichten und mich wissen lassen, was Sie für Ihre Einheit brauchen.«

»Ich?«, fragte Eleanor überrumpelt.

»Sie haben sich das Ganze ausgedacht, deshalb werden Sie auch dafür verantwortlich sein. Mitgefangen, mitgehangen.«

»Sir«, meldete sich Michaels zu Wort. »Ich möchte Miss Trigg nicht zu nahetreten.« Er warf Eleanor einen verärgerten Blick zu. »Aber ich glaube nicht, dass sie dafür die Richtige ist.« Auch die anderen am Tisch musterten Eleanor skeptisch, doch die schwieg. Sie war an die herablassende Art dieser Männer gewöhnt.

Der Offizier unten am Tisch meldete sich wieder zu Wort. »Sir, auch ich halte Miss Trigg für ungeeignet und erinnere in dem Zusammenhang an ihre Herkunft.«

Die anderen Männer nickten, einige raunten sich etwas zu.

Wahrscheinlich bezweifelten sie ihre Loyalität, dachten, dass sie nicht zu ihnen gehörte, und man ihr deshalb nicht trauen konnte. Oder sie waren einfach Antisemiten. Sie hatte in der SOE ihr Bestes gegeben, war dem Direktor unentbehrlich, doch für diese Männer war sie noch immer eine Fremde.

Es war unfair, dachte Eleanor, sie hatte alles versucht, um als eine von ihnen zu gelten. Sie hatte sich den englischen Sitten angepasst, sich bemüht, ihren polnischen Akzent loszuwerden, und die englische Staatsbürgerschaft beantragt. Beim ersten Versuch war sie gescheitert, und nicht einmal der Direktor mit seiner Macht und seinen Beziehungen hatte es geschafft, den Grund zu erfahren. Vor einigen Monaten hatte sie einen zweiten Anlauf genommen, diesmal mit einem beigefügten Empfehlungsschreiben des Direktors. Bisher hatte sie noch keinen Bescheid erhalten.

Eleanor seufzte und beschloss, die Position lieber abzulehnen.

Doch der Direktor kam ihr zuvor. »Trigg, Sie fangen sofort an, die Frauen zu rekrutieren und für ihre Ausbildung zu sorgen.« Um die Diskussion zu beenden, schlug er mit der Faust auf den Tisch, und niemand wagte es mehr, Einwände zu erheben.

»Jawohl, Sir.« Eleanor zwang sich, den missbilligenden Blicken der Männer standzuhalten.

Nach der Besprechung wartete sie, bis nur noch sie und der Direktor im Konferenzraum waren. »Sir, ich glaube nicht, dass ich – «

»Unsinn, Trigg. Wir alle wissen, dass Sie für den Job genau der richtige Mann sind – die richtige Frau, meine ich. Selbst die Burschen vom Militär sind dieser Ansicht, auch wenn sie nicht erklären können, warum, und es auch niemals zugeben würden.«

»Ich bin trotzdem eine Außenseiterin, die weder Macht noch Einfluss hat.«

»Gerade als Außenseiterin sind Sie für diese Position bestens geeignet.« Der Direktor senkte seine Stimme. »Ich bin die politischen Kungeleien der anderen leid. Bei Ihnen weiß ich wenigstens, dass Sie sich nicht durch irgendwelche fehlgeleiteten Loyalitäten beeinflussen lassen.«

Das traf zu. Eleanor hatte in England niemanden, dem sie verpflichtet war. Ihre Arbeit war das Einzige, was in ihrem Leben zählte, das war von Anfang an so gewesen.

Doch so schmeichelhaft die neue Position war, so reichte sie doch nicht an einen Außeneinsatz heran. »Und wenn ich mich selbst zum Einsatz melde?«, fragte sie, obwohl sie die Antwort kannte.

»Keine gute Idee.«

Der Direktor hatte recht. Er fuhr fort: »Abgesehen davon ist Ihre neue Aufgabe wichtiger. Sie leiten die Abteilung – und werden Ihre Sache gut machen. Für die Frauen, die Sie anwerben, werden Sie die Person ihres Vertrauens sein.«

»Sind Sie sicher?« Eleanor war bekannt, dass ihre Kolleginnen in der SOE sie als kalt und distanziert bezeichneten. Sie wurde weder zum Tee noch zum Lunch eingeladen, und gewiss war sie nicht die Person ihres Vertrauens.

»Ja, Trigg, das bin ich«, antwortete der Direktor gereizt. »Vielleicht hatten Sie andere Aufgaben für sich ins Auge gefasst, aber nur wenige von uns sind da, wo wir uns vor dem Krieg gesehen haben.«

Ein wahres Wort, dachte Eleanor. Auf sie traf es mit Sicherheit zu. Trotzdem ließ sie sich sein Angebot noch einmal durch den Kopf gehen. Es wäre eine Möglichkeit, das Ruder zu übernehmen und vielleicht die Fehler zu beheben, die ihr in der SOE in den vergangenen Monaten aufgefallen waren. Sie hätte die Möglichkeit, etwas zu erreichen, selbst wenn sie nicht im aktiven Einsatz wäre.

»Wir müssen feststellen, wo und wofür die Frauen hauptsächlich gebraucht werden, und ihnen die entsprechende Ausbildung zukommen lassen«, sprach der Direktor weiter. Für ihn schien es klar zu sein, dass sie den Posten übernahm.

Eleanor schwankte noch. Es war ein verlockendes Angebot, doch wie sollte es ihr gelingen, allein ein derart schwieriges Projekt umzusetzen? So viele Männer waren im Einsatz gefasst worden, nun sollte sie Frauen auf die gleiche Aufgabe vorbereiten und auch deren Leben riskieren? Aber es war ihre Idee gewesen, und grundsätzlich fand sie sie auch richtig.

Eleanor schaute auf die Fotogalerie an der Wand. Es waren die Fotos junger SOE-Agenten, die im Kampf mit dem Feind ihr Leben gelassen hatten.

Sie stellte sich das französische Hauptquartier des deutschen Sicherheitsdiensts in der Avenue Foch in Paris vor. Der Befehlshaber des SD war SS-Standartenführer Helmut Knochen, der unter anderem für die Deportationen französischer Juden verantwortlich und sowohl für seine Schläue als auch seine Grausamkeit bekannt war. Es hieß, dass er Kinder als Geiseln nahm, um von ihren Eltern Geständnisse zu erpressen, und Menschen, die er des Widerstands verdächtigte, auf unvorstellbar sadistische Weise foltern ließ. Es würde sie nicht wundern, wenn er just in diesem Augenblick dabei wäre, Pläne ausarbeiten zu lassen, wie seine Abteilung das Fangnetz für ausländische Agenten noch feinmaschiger stricken konnte.

»Also gut«, sagte sie, »aber ich möchte die alleinige Kontrolle über meine Sektion haben.« Sie hatte gelernt, dass man die Bedingungen immer vor dem Anderen stellen musste.

»Einverstanden.«

»Und ich berichte nur an Sie, nicht an eine Ebene darunter.«

Aus dem Augenwinkel nahm Eleanor Captain Michaels

wahr, der sich auf dem Flur herumdrückte und ihr argwöhnische Blicke zuwarf. Er und seine Kollegen würden an ihrem direkten Zugang zu Winslow Anstoß nehmen, sie waren ohnehin der Meinung, dass sie einen zu großen Einfluss auf ihn hatte. »Nur an Sie, sonst niemanden«, wiederholte sie fest.

»Geht in Ordnung, ganz ohne bürokratische Umwege.«

Seine Nachgiebigkeit zeigt, wie verzweifelt er einen Erfolg braucht, dachte Eleanor.

3. KAPITEL

MARIE

London, 1944

Falls Marie in ihrem Leben jemals erwartet hatte, als Geheimagentin angeworben zu werden, dann gewiss nicht, dass es in einem Badezimmer geschehen würde.

Eine Stunde zuvor saß sie noch im Town House, einem kleinen Café an der York Street, das von den Bombenangriffen der Deutschen verschont geblieben war, am Fenster. Dort konnte sie nach einem langen, hektischen Tag an der Schreibmaschine ein paar ruhige Minuten genießen, ein undefinierbares Gebräu trinken, das sich Ersatzkaffee nannte, und dabei den schmuddeligen Anbau des Kriegsministeriums, in dem sie arbeitete, vergessen.

Sehnsüchtig dachte Marie an ihre fünfjährige Tochter, die bei ihrer Tante in Ely lebte und die sie nur an den Wochenenden sah. Die Tage ohne sie kamen ihr immer wie Jahre vor.

Alles hätte sie darum gegeben, mit Tess draußen auf dem Land sein zu können. Sie hätten zusammen beobachtet, wie die Natur aus ihrem Winterschlaf erwachte, und am Bach hätten sie nach den schönen runden Steinen gesucht, die Tess so gerne sammelte. Abends hätte sie ihre Tochter ins Bett gebracht und ihr vorgelesen. Sie hätte gesehen, welche Fortschritte die Kleine täglich machte.

Doch Marie hatte ihre Arbeit in London und brauchte das Geld, damit ihr in die Jahre gekommenes Reihenhaus nicht noch baufälliger oder gar zwangsversteigert wurde. Vorausgesetzt, es würde vorher nicht in Schutt und Asche gelegt.

Aus der Ferne hörte man eine Detonation, und auf den Tischen des Cafés klapperten die Tassen.

Nach vier schrecklichen Kriegsjahren wurde Marie sofort panisch und befürchtete einen Bombenangriff. Doch alles blieb ruhig. Sie atmete auf und schaute aus dem Fenster.

Auf dem regennassen Bürgersteig suchte ein Junge von vielleicht sechs oder sieben Jahren winzige Bröckchen Kohle zusammen, die von einem Lieferwagen gefallen sein mussten. Marie fragte sich, wo seine Mutter war, und ihre Brust schnürte sich vor Mitleid zu.

Sie erinnerte sich an den Tag vor zwei Jahren, als sie sich entschieden hatte, Tess zu Tante Hazel aufs Land zu schicken. Im ersten Moment war ihr die Vorstellung, sich von ihrer Tochter zu trennen, unerträglich gewesen. Dann schlug in ihrer Straße eine Bombe ein, und unter den Toten waren sieben Kinder. Am nächsten Morgen schrieb Marie ihrer Tante in East Anglia einen Brief.

Hazel war die Schwester von Maries verstorbener Mutter und normalerweise eine etwas mürrische Frau. Doch sie und Tess hingen aneinander. Tess liebte auch das alte, verwinkelte Pfarrhaus, in dem Hazel wohnte, die Ecken und die Zwischenböden, wo man sich verstecken konnte.

Ebenso glücklich war sie, wenn sie bei schönem Wetter draußen herumlaufen konnte oder ihre Großtante bei Regen zu ihrer Arbeit im Postamt begleiten durfte.

Marie hätte sich niemals bereit erklärt, ihre Tochter mit den Kindertransporten in die Obhut fremder Menschen zu geben. An jedem Freitag der vergangenen beiden Jahre, wenn sie vom Bahnhof King's Cross zu Tess gefahren war, hatte sie dort herzzerreißende Abschiedsszenen miterlebt: Mütter, die mit Tränen in den Augen die Mäntel und Schals ihrer Kinder zurechtzupften; kleine Kinder, die sich an ihre Mütter klammerten, mit viel zu großen Koffern in den kleinen Händen. Sie hatte Kinder gesehen, die durch ein Zugfenster wieder hinaus zu ihren Müttern klettern wollten.

Nach solchen Eindrücken konnte Marie es kaum erwarten, Tess in die Arme zu schließen, und dann wollte sie ihre Tochter am liebsten gar nicht mehr loslassen. Jedes Wochenende blieb sie so lange, bis Hazel sie daran erinnerte, dass gleich der letzte Zug fuhr, der sie noch vor Beginn der Sperrstunde nach London bringen würde.

Tess ging es gut, tröstete sich Marie. Sie war sicher, bei jemandem aus der Familie. Trotzdem war es schmerzhaft, noch zwei lange Tage auf das Wochenende warten zu müssen.

Wieder sah Marie aus dem Fenster in den grauen Tag hinaus. Vielleicht sollte sie Tess zurückholen. Es gab bereits Familien, deren Kinder vom Land heimgekehrt waren. Der Blitzkrieg war vor vier Jahren beendet worden, und die Londoner übernachteten nicht mehr in U-Bahnhöfen, die Lage hatte sich ein wenig entspannt. Aber der Krieg war noch nicht vorbei, womöglich stand ihnen sogar das Schlimmste noch bevor.

Marie schob die düsteren Gedanken fort und holte ihr Buch hervor. Es war eine Sammlung der Gedichte Baudelaires. Sie liebte die ausgefeilte Form seiner Verse und die Sprache, die in ihr Erinnerungen an die glücklichen Zeiten wachrief, als sie als Kind die Sommer mit ihrer Mutter an der bretonischen Küste verbracht hatte.

»Entschuldigen Sie«, sagte da plötzlich eine Männerstimme.

Ungehalten schaute Marie auf. Es war der Mann am Nebentisch, der gesprochen hatte, ein dünner, bebrillter Kerl im Tweed-Jackett, unscheinbar und vielleicht vierzig Jahre alt.

»Darf ich fragen, was Sie lesen?«

Marie runzelte die Stirn. Was wollte er von ihr? Hatte er vor, zudringlich zu werden, so wie die amerikanischen Soldaten, die man nun überall sah? Mittags kamen sie angetrunken aus den Pubs, machten sich auf den Bürgersteigen breit, sprachen und lachten zu laut und versuchten, mit Frauen anzubändeln.

Doch der Mann hatte sich wie ein Engländer angehört, und sein Gesichtsausdruck zeigte nur höfliches Interesse. Marie hielt ihm das Deckblatt des Gedichtbands hin.

»Würden Sie mir etwas vorlesen?«, bat er. »Ich kann leider kein Französisch.«

»Und wozu soll mein Vorlesen dann gut sein?«

»Bitte«, sagte er. »Sie würden mir eine Freude machen.«

Wie seltsam, dachte Marie. Aber vielleicht fühlte er sich dem Land verbunden, hatte dort während des Kriegs einen Freund verloren oder selbst in Frankreich gekämpft.

»Na schön.« Einige Zeilen vorzulesen kostete ja nichts. Sie wählte das Prosagedicht *»N'importe où, hors du monde«*. Bei den ersten Zeilen war sie noch befangen, dann wurde sie sicherer.

Als sie geendet hatte, fragte sie den Mann, ob es ihm gefallen habe.

Er ignorierte die Frage. Stattdessen wollte er wissen, ob sie Französisch studiert habe?

Marie schüttelte den Kopf. »Meine Mutter war Halbfranzösin, und als Kind habe ich die Sommer in Frankreich verbracht.«

Man könnte auch sagen, dass sie damals vor ihrem Vater nach Frankreich geflohen waren. Er war Trinker gewesen, jähzornig und arbeitsscheu, der ihrer Mutter die bessere Herkunft und das Geld ihrer Familie neidete. Dass sie ein Mädchen und keinen Jungen geboren hatte, nahm er ihr ebenfalls übel. Er war auch der Grund, dass Marie nach dem Tod ihrer Mutter schon mit achtzehn Jahren nach London gezogen war und den Nachnamen ihrer Mutter angenommen hatte. In dem Haus, in dem sie aufgewachsen und seit sie denken konnte unglücklich gewesen war, hatte sie das Gefühl gehabt, zu ersticken.

»Ihre Aussprache ist erstaunlich gut«, sagte der Mann. »Nahezu perfekt.«

Marie fragte sich, woher er das wissen wollte, wenn er kein Französisch sprach.

»Sind Sie berufstätig?«

»Ja.« Marie stand auf. Diese Frage war ihr zu persönlich. Was ging es ihn an, ob sie arbeitete? Sie wühlte ein paar Münzen aus ihrer Jackentasche hervor und legte sie auf den Tisch. »Tut mir leid, aber ich muss weiter.«

Der Mann überreichte ihr eine Visitenkarte. »Ich wollte nicht unhöflich sein, ich dachte nur, dass Sie vielleicht Arbeit suchen.«

Marie betrachtete die Karte. »Baker Street 83« stand darauf, weiter nichts. Weder ein Name noch eine Firma.

»Fragen Sie dort nach Mrs Eleanor Trigg.«

»Warum das?«, fragte Marie. »Ich habe eine Arbeit.«

Der Mann lächelte. »Hier geht es um etwas anderes. Es wäre eine interessante und wichtige Aufgabe, die Ihnen vielleicht liegen würde. Sie würden auch gut bezahlt. Ich fürchte, mehr kann ich Ihnen im Moment nicht verraten.«

Fast hätte Marie gelacht. »Und wann soll ich bitte dort erscheinen?« Sie hatte nicht vor, das jemals zu tun.

»Am besten sofort.«

Marie verließ das Café, würdigte ihn nicht einmal mehr einer Antwort. Sie wollte nur fort von diesem wirren, aufdringlichen Menschen.

Auf der Straße blies ihr der kalte Wind entgegen. Sie lief schnell, um sich warm zu halten, und zog ihren dünnen Mantel enger um sich. Doch bevor sie um die nächste Ecke bog, blieb sie stehen und schaute zurück, um zu sehen, ob der Mann ihr folgte. Er war nirgends zu entdecken.

Sie warf noch einmal einen Blick auf die Visitenkarte. Ein schlichter Aufdruck in Schwarz auf festem, weißem Papier. Es hatte etwas Seriöses und Offizielles.

Sie hätte dem Mann sagen sollen, dass sie nicht interessiert sei. Oder sie könnte die Karte einfach wegwerfen. Doch jetzt war sie neugierig geworden und hätte gern gewusst, um welche Arbeit es sich handelte und wer der Arbeitgeber war. Vielleicht war es etwas Besseres als jeden Tag stundenlang an der Schreibmaschine zu sitzen. Es war auch von guter Bezahlung die Rede gewesen, und das, was sie zurzeit verdiente, war kaum erwähnenswert.

Zehn Minuten später stand Marie in der Baker Street. Arthur Conan Doyle hatte die Figur des Sherlock Holmes in dieser Straße angesiedelt und ihr dadurch etwas Geheimnisvolles verliehen. Nun war sie jedoch einfach eine der vielen Straßen Londons, in denen Bomben eingeschlagen waren. Hier und da stand noch ein Bürogebäude, gab es noch ein Geschäft, dessen Angebot jedoch mehr als dürftig war. Im Weitergehen kam Marie an Häusern vorbei, in denen die Fassade nach einer Bombenexplosion weggerissen worden war. Bei anderen klafften dort, wo einmal Fenster oder Balkone gewesen waren, gähnende Löcher.

Das Haus Nummer 83 war unversehrt. *Inter-Services Research Bureau* stand auf einem Schild an der Tür. Was um alles in der Welt sollte ein … Forschungsbüro für Dienstleister sein?

Bevor Marie den Türklopfer betätigen konnte, wurde die Tür einen Spaltbreit geöffnet und eine Hand, die zu niemandem zu gehören schien, wies nach links. »Zum Orchard Court, Portman Square. Um die Ecke und die Straße hinunter.«

»Entschuldigung.« Obwohl niemand sichtbar war, hielt Marie die Visitenkarte hoch. »Mein Name ist Marie Roux. Ich soll mich bei einer Mrs Trigg melden.« Die Tür schloss sich.

»Seltsamer und seltsamer« murmelte Marie und kam sich wie Alice im Wunderland vor. Es war Tess' Lieblingsbuch, aus dem sie ihr so oft vorgelesen hatte, dass sie es fast auswendig kannte.

Sie lief die Baker Street hinunter zum Portman Square, wo auf einem noch intakten Gebäude »Orchard Court« stand. Marie klopfte an die Eingangstür. Nichts regte sich. Langsam kam ihr die Sache albern vor, und sie beschloss, nach Hause zu fahren und den Vorfall zu vergessen. Sie wandte sich ab.

In diesem Moment öffnete sich hinter ihr die Tür. Marie drehte sich noch einmal um.

Ein weißhaariger Mann im schwarzen Anzug stand im Türrahmen, er sah aus wie ein Butler. »Ja bitte?« Sein Blick war abweisend, als wäre Marie ein Hausierer, der sich mit einem Bauchladen voller Plunder aufdrängen wollte. Eingeschüchtert zeigte Marie ihm die Visitenkarte.

Der Butler winkte sie ins Haus. »Nun kommen Sie schon«, sagte er so ungeduldig, als wäre sie zu spät zu einem Termin erschienen.

Er führte Marie in ein Foyer, von dem auf jeder Seite ein Flur abging. Eine Treppe schwang sich in die Höhe, an der hohen Decke hing ein Kronleuchter. Das Ganze erweckte den Eindruck, einmal die Eingangshalle eines hochherrschaftlichen Hauses gewesen zu sein. »Sie warten hier.« Der Butler verschwand durch eine Tür.

Marie stand in der Halle und fühlte sich unbehaglich.

Über ihr wurden Schritte laut. Gleich darauf kam ein gut aussehender, blonder Mann die Treppe herunter. Bei ihrem Anblick erstarrte er. »Gehören Sie zum Experiment?«, fragte er.

Marie krauste die Stirn. »Tut mir leid, aber ich weiß nicht, wovon Sie reden.«

Er lächelte. »Ach, Sie sind einfach so hereingeschneit?« Ohne auf Maries Antwort zu warten, machte er eine Handbewegung den Flur hinunter. »Das Rekrutierungsbüro ist da hinten.«

Der Butler kehrte zurück, räusperte sich und warf dem Mann einen tadelnden Blick zu. Marie überlegte, ob er nicht mit ihr hatte sprechen dürfen.

Der blonde Mann zuckte mit den Schultern und verschwand über den Flur rechter Hand.

Nun dirigierte der Butler Marie über den Flur zur Linken und öffnete eine Tür zu einem schwarz-weiß gekachelten Bad. Marie sah ihn verdutzt an. Sie musste nicht auf die Toilette?

»Sie warten hier«, befahl er ihr erneut.

Bevor Marie einen Einwand erheben konnte, schloss sich die Tür, und sie war allein hier drinnen, umgeben von einem Geruch, der sich aus Putzmitteln und Schimmel zusammensetzte.

Wie kam jemand dazu, sie in so einem Raum warten zu lassen? Sie musste nach Hause, wusste aber nicht, ob sie nun einfach gehen sollte. Verwirrt hockte sie sich auf den Rand der Badewanne. Fünf Minuten verstrichen. Dann zehn.

Endlich öffnete sich die Tür, und eine dunkelhaarige Frau trat ein. Marie schätzte sie auf Mitte dreißig oder älter. Im ersten Moment dachte Marie, ihr Haar wäre kurz geschnitten, doch tatsächlich war es straff nach hinten gekämmt und im Nacken zu einem Knoten gebunden. Die Frau war nicht geschminkt, trug auch keinen Schmuck. Ihre weiße Bluse hatte so messerscharfe Bügelfalten, dass es beinahe militärisch wirkte. Ihre Miene war ernst.

»Mein Name ist Eleanor Trigg«, sagte sie. »Leiterin der Rekrutierungsstelle.« In ihrer Stimme schwang ein leichter Akzent mit. »Entschuldigen Sie die Örtlichkeit, wir leiden an Platzmangel.«

Marie dachte an die Größe des Hauses und fand die Erklärung sonderbar. Dann fiel ihr der blonde Mann wieder ein, der wohl nicht mit ihr hatte sprechen sollen, und sie sagte sich, dass es vielleicht nicht generell an Platz, sondern an Räumen, wo man sich ungestört unterhalten konnte, fehlte.

Mrs Trigg neigte den Kopf leicht zur Seite und taxierte Marie, als wäre sie eine Vase oder eine Halskette, die sie vielleicht erwerben wollte. »Sie haben sich also entschieden«, sagte sie, als ob sie gerade ein längeres Gespräch geführt hätten.

»Was habe ich entschieden?«, fragte Marie verblüfft.

»Dass Sie bereit sind, für uns zu arbeiten.«

Maries Verwirrung nahm zu. »Tut mir leid, aber ich verstehe kein Wort.«

»Wissen Sie nicht, wo Sie sind?«

Marie schüttelte den Kopf. »Ich war in einem Café, da hat mir ein Mann eine Visitenkarte gegeben und gesagt, ich –« Marie brach ab. Sie hörte selbst, wie einfältig sie klang. Sie kannte ja nicht einmal den Namen des Mannes. »Ich gehe besser wieder.«

Mrs Trigg fasste ihren Arm. »Warum denn? Nur weil Sie nicht wissen, warum Sie hier sind? Glauben Sie mir, dazu gibt es einen guten Grund.« Ihr Ton war schroff und gebieterisch. »Es tut mir leid, dass man Ihnen nicht mehr gesagt hat, aber der Mann, der Sie hierhergeschickt hat, war nicht befugt, über die Einzelheiten zu sprechen. Unsere Arbeit ist geheim. Es gibt selbst hochrangige Mitglieder der Regierung, die darüber nicht unterrichtet sind.«

»Und worin besteht diese geheime Arbeit?«, wagte Marie sich vor.

»Wir sind eine Sektion der SOE.«

Auch das sagte Marie nichts.

»Ich spreche von geheimen Sonderoperationen.«

»Also so etwas wie … verschlüsselte Nachrichten entziffern?« Marie hatte eine Kollegin gehabt, die von einem Geheimdienst abgeworben worden war und nun irgendwo auf dem Land für Menschen arbeitete, die die geheimen Codes der Deutschen knackten.

»Auch. Ansonsten ist unsere Arbeit eher körperlicher Natur, und die Einsätze finden vor Ort statt.«

»Richtet die Arbeit sich gegen Deutschland?«

Mrs Trigg nickte.

Marie fragte sich, ob man sie womöglich in dieses Land schicken wollte. »Ich soll doch sicherlich nicht Spionin werden, oder?«

»Sie fragen zu viel«, antwortete Mrs Trigg barsch. »Bei uns werden keine Fragen gestellt.«

Dann war es für sie nicht der richtige Ort, dachte Marie. Sie war von jeher neugierig gewesen. Ihre Mutter hatte es wissbegierig genannt, aber ihren Vater hatten ihre endlosen Fragen rasend gemacht.

»Wir sind keine Spione«, sagte Mrs Trigg ein wenig milder. »Spionage ist die Aufgabe des MI6. Die Mission der SOE ist es, in den von den Deutschen besetzten Gebieten Sabotageakte durchzuführen. Wir zerstören Eisenbahngleise, Stromleitungen, Tunnel, Rüstungsbetriebe, liefern den Partisanen Waffen und unterstützen sie in ihrem Kampf.«

»Von so etwas habe ich ja noch nie gehört!«

»Das will ich auch hoffen«, erwiderte Mrs Trigg.

Marie lächelte bedauernd. »Ich glaube nicht, dass ich Ihnen helfen kann. Mir scheint, für diese Mission braucht man eine Ausbildung, die ich nicht besitze.«

Mrs Trigg machte eine abwehrende Handbewegung. »Zunächst einmal braucht man die richtigen Voraussetzungen. Sie wissen sich zu helfen und sind unabhängig, das wären bereits zwei wesentliche Eigenschaften.«

Woher wollte diese Mrs Trigg das wissen?, fragte sich Marie. Außer ihrer Mutter hatte noch nie jemand etwas

Positives über sie gesagt. Ihr Vater hatte nicht das Geringste von ihr gehalten, und Richard, ihr verschwundener Ehemann, hatte ihr höchstens einmal für einen flüchtigen Moment das Gefühl gegeben, etwas Besonderes zu sein, meistens dann, wenn er etwas von ihr wollte. Das alles hatte dazu geführt, dass sie sich selbst häufig unzulänglich fühlte. Mrs Triggs lobende Worte taten ihr gut.

»Und Sie sprechen Französisch«, fuhr Mrs Trigg fort. »Das brauchen wir auch. Spielen Sie zufällig ein Musikinstrument?«

Marie hatte gedacht, die Merkwürdigkeiten hätten sich erschöpft, doch Mrs Trigg war anscheinend in der Lage, immer noch eins draufzusetzen. »Als Kind hatte ich Klavierunterricht. Und ich kann Mundharmonika spielen.«

»Das könnte auch nützlich sein.« Mrs Trigg trat einen Schritt näher. »Machen Sie mal den Mund auf!« Marie glaubte, sich verhört zu haben, doch Mrs Trigg wiederholte die Anweisung und sah Marie streng an.

Marie gehorchte, und Mrs Trigg schaute in ihren Mund. Langsam reichte es aber! Diese Frau ging eindeutig zu weit.

»Die Füllung in ihrem Backenzahn müssten wir später vielleicht entfernen.«

»Warum das denn?« Maries Stimme wurde schrill. »Die habe ich erst seit einem Jahr, und sie war ziemlich teuer.«

»Zu teuer. Nur Engländer haben solche Füllungen. Franzosen nicht, sie nehmen einfaches Porzellan. Das werden wir eventuell auch bei Ihnen verwenden müssen.«

Langsam begann Marie, eins und eins zusammenzuzählen: Der Mann im Café hatte sich für ihre Französischkenntnisse interessiert, und Mrs Trigg legte Wert auf französische Zahnfüllungen. »Möchten Sie etwa, dass ich mich irgendwo als Französin ausgebe?«

»Unter anderem. Vor Ihrem Einsatz erhalten Sie eine umfassende Ausbildung – das heißt, falls Sie eingesetzt werden. Letzteres hängt davon ab, ob Sie Ihre Ausbildung erfolgreich beenden.« Mrs Trigg redete, als hätte Marie sich bereits mit allem einverstanden erklärt. »Mehr kann ich Ihnen im Moment nicht sagen. Geheimhaltung ist bei uns erstes Gebot.«

Ausbildung. Einsatz. Geheimhaltung. Marie schwirrte der Kopf. Es schien ihr surreal, dass in diesem eleganten Stadthaus, nur wenige Schritte von den Ruinen und Schuttbergen Londons entfernt, geheime Aktionen gegen den Kriegsgegner Deutschland geplant wurden.

»In einer Stunde kommt ein Wagen, der Sie zu Ihrem Ausbildungsort fährt«, sagte Mrs Trigg, als wäre alles geklärt.

»Das geht nicht, das ist zu früh«, protestierte Marie. »Ich muss nach Hause, packen und noch einige Dinge regeln.«

»Ausgeschlossen«, antwortete Mrs Trigg.

Wahrscheinlich wollte man ihr nicht die Möglichkeit geben, sich die Sache noch einmal in Ruhe zu überlegen.

»Wir besorgen Ihnen alles, was Sie brauchen, und kündigen Ihre Stelle im Kriegsministerium.«

Marie starrte Mrs Trigg an. Woher wusste diese Frau, wo sie arbeitete? Dann wurde ihr klar, dass diese Leute – wer immer sie waren – wahrscheinlich schon sehr viel über sie herausgefunden hatten. Und natürlich war auch die Begegnung im Café kein Zufall gewesen.

»Wie lange würde ich an diesem Ausbildungsort bleiben müssen?«

»Das hängt von Ihrem Einsatz ab. Aber Sie können das Training auch jederzeit abbrechen.«

Verschwinde, befahl Marie eine innere Stimme. Das war alles eine Nummer zu groß für sie – und zu gefährlich. Doch sie verschwand nicht. Es klang nämlich auch sehr spannend. »Ich habe eine fünfjährige Tochter, die in Ely bei meiner Tante lebt.«

»Was ist mit Ihrem Ehemann?«

»Er ist im Krieg gefallen«, log Marie.

In Wahrheit war Richard ein arbeitsloser Schauspieler, der sich als Komparse über Wasser gehalten und vor dem Kriegsdienst gedrückt hatte. Kurz nach Tess' Geburt war er verschwunden. Als Marie mit achtzehn Jahren nach London kam, war sie bedauerlicherweise sofort dem erstbesten Mistkerl ins Garn gegangen.

»Nein, eigentlich ist er verschollen. Seit Dünkirchen.« Es war eine pietätlose Lüge, doch sie war Marie lieber, als zugeben zu müssen, dass er sich wahrscheinlich irgendwo in der Welt herumtrieb und das restliche Erbe ihrer Mutter verprasste. Wie naiv sie gewesen war, als sie ihr Geld auf ein gemeinsames Konto transferiert hatte.

»Ist Ihre Tochter gut aufgehoben?« Marie nickte. »Sehr schön, dann werden Sie nicht durch die Sorge um sie abgelenkt.«

Doch um Tess würde sie sich immer sorgen, das wusste Marie. Sie nahm an, dass Mrs Trigg keine Kinder hatte, sonst hätte sie so etwas nicht sagen können.

Marie dachte an ihre Wochenendbesuche in Ely, die ausfallen würden, wenn sie Mrs Triggs Angebot annähme. Welche Mutter würde sich mit so etwas einverstanden erklären? Sie sollte dieses Angebot dankend ablehnen und ihr bisheriges Leben weiterführen. Sie war der einzige Elternteil, den Tess hatte. Wenn ihr etwas zustieße, hätte ihre Tochter niemanden mehr außer Tante Hazel, die immer älter wurde und in einigen Jahren nicht mehr in der Lage wäre, sich um das Kind zu kümmern.

»Ihr Gehalt beläuft sich auf zehn Pfund pro Woche.«

Marie schluckte. Das war knapp fünf Mal so viel, wie sie als Stenotypistin verdiente – und die Arbeit im Kriegsministerium war noch die beste, die sie hatte finden können. Trotzdem reichte ihr Lohn kaum zum Leben. Selbst wenn sie an den Wochenenden eine zweite Arbeit annehmen und auf die Besuche bei Tess verzichten würde, käme sie nicht auf zehn Pfund.

Marie rechnete nach. Bei so einer Summe könnte sie das Haus behalten und gleichzeitig Hazel Geld für Tess schicken, was ihr bisher nicht möglich gewesen war. Im Geist sah sie ein warmes Kleid für ihre Tochter, zum Geburtstag und zu Weihnachten einige der Spielsachen, nach denen das Kind sich sehnte. Tess war nicht verwöhnt und beklagte sich nicht, wenn ihre Mutter ihr einen Wunsch abschlug, doch Marie wollte ihr wenigstens einen kleinen Teil der Dinge ermöglichen, die sie in ihrer eigenen Kindheit als selbstverständlich betrachtet hatte. Vielleicht würde Tess sie auch gar nicht allzu sehr vermissen, schließlich verbrachte sie die meiste Zeit ohne ihre Mutter. Und sie selbst würde so etwas wie eine Geheimagentin werden, statt ihrer geisttötenden Arbeit im Kriegsministerium nachzugehen. Möglicherweise würde sie sogar Gutes tun, dazu beitragen, den Verlauf des Kriegs zugunsten Englands zu beeinflussen – vorausgesetzt, sie würde sich als tauglich erweisen.

»Also gut, ich nehme Ihr Angebot an. Aber ich muss meine Tante anrufen und ihr sagen, dass ich in der nächsten Zeit nicht mehr kommen kann.«

Mrs Trigg schüttelte den Kopf. »Das geht leider nicht, wir werden Ihrer Tante telegrafisch mitteilen, dass Sie aus beruflichen Gründen verhindert sind.«

Marie erschrak. »Ich kann doch nicht sang- und klanglos verschwinden.«

»Doch, genau das werden Sie«, sagte Mrs Trigg mit unbewegter Miene. Doch dann glaubte Marie in ihren Augen einen Hauch Mitgefühl zu entdecken, der allerdings sofort wieder verschwand. »Wenn Sie dazu nicht bereit sind, trennen sich unsere Wege hier und jetzt.«

Marie blieb hart. »Bevor ich aufbreche, möchte ich mit meiner Tochter sprechen und noch einmal ihre Stimme hören.«

»Na schön«, gab Mrs Trigg mit einem Seufzer nach. »Aber Sie verraten nichts von dem, was wir besprochen haben. Nebenan ist ein Telefon, das Sie benutzen können. Sprechen Sie nicht länger als fünf Minuten.«

Langsam wurde Marie die ständige Bevormundung leid. Vielleicht hatte sie gerade einen Fehler gemacht …

»Kein Wort zu viel«, betonte Mrs Trigg und sah Marie warnend an.

Es könnte aber auch ein Test sein, ging es Marie durch den Kopf. Wahrscheinlich war sie schon die ganze Zeit getestet worden.

Mrs Trigg wandte sich zur Tür.

»Warten Sie«, sagte Marie, »ich muss Ihnen noch etwas sagen.«

Mrs Trigg zog die Brauen zusammen. »Was?«

»Väterlicherseits habe ich deutsche Verwandte. Ich weiß nicht, ob das gegen mich spricht.« Marie beobachtete Mrs Trigg. Ein Teil von ihr hoffte, die Frau würde nun einen Rückzieher machen.

Mrs Triggs Miene blieb ausdruckslos. »Das ist mir bekannt.«

»Woher?«

»Haben Sie nicht jeden Tag im selben Café gesessen?«

Marie zuckte mit den Schultern. »Nicht jeden, aber oft.«

»So etwas Dummes tun Sie bitte nicht wieder, bei Ihrer künftigen Arbeit können Sie sich keine Gewohnheiten leisten. Menschen mit festen Gewohnheiten fallen auf. Auf die Weise hat jemand aus unseren Reihen festgestellt, dass Sie französische Bücher lesen. Und da wir Leute brauchen, die Französisch können, sind wir Ihnen gefolgt. Wir haben herausgefunden, wo Sie wohnen und wer Sie sind. Dann haben wir Sie überprüft und sind zu dem Schluss gekommen, dass Sie geeignet sein könnten. Obwohl Sie Verwandte in Deutschland haben.«

Marie war sprachlos. All das war vor sich gegangen, ohne dass sie etwas gemerkt hatte.

»Unsere Leute suchen in ganz England nach qualifizierten Frauen. Diejenigen, die uns geeignet erscheinen, schaue ich mir an und entscheide, ob sie die Richtigen sind.«

»Und jemand hat mich ausgewählt?«, fragte Marie ungläubig.

»Sonst wären Sie jetzt nicht hier. Doch erst bei Ihrer Ausbildung werden wir feststellen, ob Sie auch einsatzfähig sind. Stehen Sie einer politischen Partei nahe?«

»Nein, meine Mutter war der Überzeugung –«

»Das genügt«, fiel Mrs Trigg Marie ins Wort. »Sie beantworten Fragen ab sofort so knapp wie möglich und erzählen nicht mehr als nötig. Sie sprechen weder über sich noch über Ihre Vergangenheit. Nach Ihrer Ausbildung erhalten Sie ohnehin eine neue Identität.«

Und bis dahin bin ich wahrscheinlich ein Niemand geworden, sagte sich Marie.

Anschließend führte Mrs Trigg sie in den Raum nebenan, wo vollgestellte Bücherregale an den Wänden bis unter die Decke reichten. Auf einem Tisch stand ein schwarzes Telefon. Mrs Trigg deutete darauf und ließ sich auf der Kante des Tisches nieder. »Rufen Sie Ihre Tochter an.« Anscheinend hatte sie nicht vor, Marie während des Gesprächs allein zu lassen.

Marie wählte die Nummer der Vermittlung, ließ sich mit dem Postamt von Ely verbinden und hoffte, dass Hazel noch da war.

»Marie?«, fragte Hazel und klang besorgt. »Ist etwas passiert?«

»Nein, alles in Ordnung.« Es drängte Marie, ihrer Tante die Wahrheit zu erzählen und zu hören, was sie von ihrer neuen Laufbahn hielt. Doch dann fiel ihr Blick auf Mrs Trigg, die offenbar geblieben war, um genau das zu verhindern. »Ich wollte nur wissen, wie es dir und Tess geht.«

»Uns geht es gut. Warte, ich hole die Kleine schnell!« Ein paar Sekunden lang war nur Rauschen zu hören. Marie stellte sich vor, wie Mrs Trigg ihr jeden Moment den Hörer entreißen und erklären würde, die fünf Minuten seien um.

»Hallo, Mummy«, meldete sich Tess.

Unendliche Liebe durchströmte Marie. »Hallo, mein Mäuschen, wie geht es dir?«

»Gut, ich helfe Tante Hazel die Post verteilen!«

Im Geist sah Marie, wie ihre Tante Tess einen Brief überreichte und ihr zeigte, in welches Postfach sie ihn stecken musste. »Was du schon alles kannst«, sagte sie lächelnd.

»Ich weiß auch schon, dass du in zwei Tagen kommst.« Tess hatte bereits ein ausgeprägtes Zeitgefühl und wusste, dass ihre Mutter an jedem Freitag kam. Nur dass es diesmal anders sein würde. Maries Herz verkrampfte sich schmerzhaft.

»Ich habe dich lieb, Tess«, sagte sie mit belegter Stimme. »Lass mich noch mal mit Tante Hazel sprechen.«

Sie hörte ein Poltern, und Hazel meldete sich wieder. »Ist Tess brav?«, fragte Marie.

»Sie ist ein Prachtkind. Seit gestern kann sie bis fünfzig zählen und schon kleine Rechenaufgaben lösen. Neulich hat sie ganz allein –« Hazel brach ab. Sie wusste, wie sehr Marie darunter litt, immer wieder solche kleinen Meilensteine zu verpassen.

Tatsächlich verspürte Marie einen Anflug von Eifersucht. Damals, als Richard sie mit dem neugeborenen Baby sitzen ließ, war sie einfach überfordert gewesen und hatte sich gefragt, wie sie es schaffen sollte, allein ein Kind aufzuziehen. Doch während der vielen Tage und Nächte, in denen sie Tess gestillt, geküsst und gewiegt hatte, war diese Frage bedeutungslos geworden. Tess war ihr Ein und Alles. Nur der verdammte Krieg hatte dafür gesorgt, dass es im Leben ihrer kleinen Tochter Stationen gab, die sie nicht mitbekam.

»Am Wochenende wird sie dir alles vorführen«, sagte Hazel sanft.

Marie schloss die Augen. »Ich muss aufhören, Hazel. Bis bald.«

»Bis bald.«

Marie legte auf.

4. KAPITEL

GRACE

New York, 1946

Als Grace den Bus in der Delancey Street verließ, war ihr, als würden die Fotos, die sie aus dem Koffer genommen hatte, ein Loch in ihre Handtasche brennen. Immer wieder schaute sie sich um und rechnete mit einem Polizisten, der herbeirennen und die Fotos zurückverlangen würde.

Erst als sie in die belebte Lower East Side eintauchte, legte sich ihre Nervosität. Dort war alles wie immer. Mortie verkaufte an der Ecke Hotdogs, ein paar Straßenkehrer pfiffen einer Frau nach, aus Reb Sussels Lokal kamen verlockende Düfte gezogen.

Grace betrat das Bürogebäude, in dem sie arbeitete, und stieg schnaufend die Treppen hoch.

Ihr Ziel war die Kanzlei Bleeker & Sons im vierten Stock, Spezialisten auf dem Gebiet des Immigrationsrechts. Im ersten und zweiten Stockwerk waren Wirtschaftsprüfer untergebracht, im dritten eine Modistin.

Der Name auf der gläsernen Eingangstür der Kanzlei war allerdings irreführend – es gab nur einen Anwalt, und der hieß Frankie Bleeker. Söhne hatte er auch keine.

Auf den Treppenstufen zwischen dem dritten und vierten Stock saß etwa ein Dutzend Klienten. Sie alle waren Vertriebene des Zweiten Weltkriegs, die unter ihren abgewetzten Wintermänteln zu viele Schichten Kleidung übereinander trugen, als fürchteten sie noch immer, man könnte ihnen etwas wegnehmen. Es waren erschöpfte Menschen mit eingefallenen Wangen und leerem Blick.

Im Vorbeigehen nahm Grace den muffigen Geruch ungepflegter Körper wahr und schämte sich, weil er sie abstieß.

»Entschuldigung.« Sie machte einen vorsichtigen Schritt um eine Frau herum, die mit einem schlafenden Baby auf dem Schoß an der Eingangstür saß.

Das Büro bestand nur aus einem Raum. Frankie hockte auf der Kante seines alten, abgenutzten Schreibtisches, hatte den Telefonhörer zwischen Schulter und Ohr geklemmt und telefonierte. Er nickte Grace zu.

»Tut mir leid, dass ich zu spät komme«, sagte Grace, als er sein Telefonat beendet hatte. »Am Grand Central gab es einen Unfall. Ich musste um den ganzen Bahnhof herumlaufen.«

»Nicht so schlimm, ich habe den Termin mit der Familie Metz verschoben.« Frankie sah bleich und übermüdet aus, sein Anzug war zerknittert.

»Du hast schon wieder die Nacht durchgearbeitet«, sagte Grace. »Ich erkenne es an deinem Anzug. Er sieht aus, als hättest du darin geschlafen.«

Frankie fuhr sich mit den Fingern durch sein dunkles Haar, das sich an den Schläfen grau zu färben begann.

»Ich hatte keine andere Wahl. Die Weissmanns brauchen die Unterlagen für ihre Aufenthaltsgenehmigung und eine Wohnung.«

Das war typisch Frankie. Wenn es sich darum handelte, anderen zu helfen, spielten seine eigenen Bedürfnisse keine Rolle.

»Dann geh wenigstens jetzt nach Hause und schlaf ein wenig«, schlug Grace vor. Voller Schuldgefühle dachte sie an das, was sie in der Nacht getrieben hatte, während er gearbeitet hatte.

»Hör auf, mich zu bemuttern!« Wie immer, wenn Frankie müde war, kam der Akzent Brooklyns, mit dem er groß geworden war, wieder durch.

Grace seufzte. »Bitte, Frankie, geh nach Hause und ruh dich aus.«

Frankie nickte zu der Tür hinüber, vor der die Leute warteten. »Und was soll ich denen da draußen sagen?«

Hilflos zuckte Grace mit den Schultern. Ihr Chef arbeitete überwiegend für Juden, die im Krieg alles verloren hatten. Die meisten von ihnen wohnten nun bei amerikanischen Verwandten in den überfüllten Mietshäusern der Lower East Side.

Manchmal kam Grace der Gedanke, dass Frankie sowohl Anwalt als auch Sozialarbeiter war – und mitunter auch Therapeut. Er hörte seinen Klienten zu, wenn sie ihm ihr Herz ausschütteten und von dem unmenschlichen Leid und den Qualen sprachen, die sie hatten erdulden müssen. Oft versuchte er herauszufinden, ob in Europa jemand aus ihren Familien überlebt hatte, stellte Nachforschungen über den Verbleib ihrer Besitztümer an und half ihnen bei ihren Anträgen auf Einbürgerung in die Vereinigten Staaten.

Häufig waren seine Klienten nicht in der Lage, ihm ein Honorar zu zahlen, doch Grace hatte bisher noch jeden Monat ihr Gehalt bekommen. Wie Frankie seine Betriebskosten bestritt, blieb ihr allerdings ein Rätsel.

Auch über sein Privatleben wusste sie wenig, sie sah nur, dass seine Hemden vergilbt und die Kragen verschlissen waren. Aber das war seine Sache und ging sie nichts an. Sorgen machte sie sich eher um seine Gesundheit. Frankie war zu dünn, zu blass, und er rauchte zu viel. Er hatte nie geheiratet, so viel war Grace bekannt. Wer hätte jemanden wie ihn schon haben wollen, sagte er immer. Nun ging er auf die fünfzig zu und machte einen vernachlässigten Eindruck, aber in seinen braunen Augen lag so viel Freundlichkeit und Wärme, dass Grace ihm nur selten Vorhaltungen machte. Frankie war wirklich der beste Mensch, den sie kannte.

»Iss wenigstens etwas«, sagte sie. »Soll ich dir einen Bagel holen?«

Frankie winkte ab. »Besorg mir lieber die Telefonnummer des Sozialamts von Queens.« Er ließ sich von der Schreibtischkante gleiten. »Dann kann ich mich kurz frisch machen.«

»Wenn du krank wirst, hat niemand etwas davon.«

Frankie verdrehte die Augen und öffnete die Tür. »Geht gleich weiter«, sagte er zu den Wartenden und steuerte die Herrentoilette an.

Seufzend suchte Grace die gewünschte Telefonnummer heraus. Dann leerte sie Frankies Aschenbecher in den Mülleimer, wischte ihn mit einem Lappen aus und öffnete ein Fenster, um frische Luft ins Büro zu lassen.

Grace und Frankie waren einander durch Zufall begegnet. Als sie vor zwei Jahren nach New York gezogen und an der 44th Street nahe dem Hudson River ein Zimmer gemietet hatte, war ihre kleine Geldreserve so gut wie aufgebraucht gewesen.

Sie hatte sich nach einem Job umgesehen, doch außer dem Schreibmaschinenkurs in der Schule hatte sie nichts Verwertbares vorzuweisen gehabt. Dann las sie die Annonce von einem der Wirtschaftsprüfer unten im Haus. Er suchte eine Sekretärin, und Grace bewarb sich. Doch als sie sich vorstellen sollte, stieg sie irrtümlich hinauf in den vierten Stock und landete in Frankies Büro. Sie entschuldigte sich und erklärte, sie hoffe, unten im Haus eine Stelle als Sekretärin zu bekommen, und sei wohl vor lauter Nervosität zu weit gelaufen. Und Frankie sagte, auch er suche eine Sekretärin, vielleicht habe das Schicksal sie zu ihm geführt. Am nächsten Tag fing Grace bei ihm an.

Es dauerte nicht lange, bis Grace erkannte, dass Frankie eigentlich keine Hilfskraft benötigte. Sein Büro war viel zu klein für zwei Personen, und trotz des Chaos, das überall herrschte, fand Frankie jedes Schriftstück mit schlafwandlerischer Sicherheit. Zwar gab es viel zu tun, aber er war durchaus in der Lage, die Arbeit allein zu bewältigen, er hatte sie schließlich jahrelang ohne Hilfe geschafft. Wahrscheinlich hatte er damals bemerkt, wie dringend

Grace Geld brauchte, und sie kurzerhand eingestellt. Dafür würde sie ihm ewig dankbar sein.

Frankie kehrte mit einem Jungen zurück. »Können wir anfangen?«, fragte er Grace.

Sie nickte, obwohl sie nach einer Tasse Kaffee lechzte. Hungrig war sie auch.

»Das ist Sam Altshuler.« Frankie legte dem Jungen eine Hand auf die Schulter und deutete auf Grace. »Und das ist Grace, eine gute Freundin, die mir hilft.«

Grace schaute zur Tür und wartete darauf, dass die Eltern des Jungen eintraten. Als das nicht geschah, warf sie Frankie einen fragenden Blick zu und formte hinter dem Rücken des Jungen »Wo sind die Eltern?« mit den Lippen.

Frankie schüttelte den Kopf. »Setz dich«, forderte er den Jungen auf, den Grace auf höchstens zehn Jahre schätzte. »Sag uns doch erst mal, warum du zu uns gekommen bist.«

Als müsse er noch entscheiden, ob er Frankie trauen konnte, musterte Sam ihn abwägend.

Grace wies auf das dünne Heft in der Hand des Jungen. »Schreibst du Gedichte?«

Sam lächelte flüchtig. »Ich zeichne«, antwortete er mit hartem deutschen oder niederländischen Akzent. Er schlug eine Seite auf und zeigte Frankie und Grace das, was er gezeichnet hatte. Es waren die wartenden Menschen im Treppenhaus.

»Das ist wirklich gut«, sagte Grace beeindruckt. Der Junge hatte die Gesichter der Menschen perfekt getroffen und auch die bedrückte Stimmung der Leute eingefangen.

»Was können wir für dich tun, Sam?«, fragte Frankie.

»Ich suche einen Platz zum Wohnen«, antwortete der Junge.

Frankie begann sich Notizen zu machen. »Hast du in Amerika keine Verwandten?«

Sam zuckte mit den Schultern. »Nur meinen Cousin. Er teilt sich eine Wohnung mit anderen Männern. Kostet zwei Dollar die Woche. Das ist zu viel.«

Grace fragte sich, wo der Junge dann bisher gewohnt hatte. »Wo sind deine Eltern, Sam?«

»Mein Vater ist in Westerbork gestorben.« Grace wusste, dass Westerbork in Holland ein Durchgangslager für Juden gewesen war. »Meine Mutter hatte mich bei den Frauen versteckt. Dann wurde sie weggebracht.«

Grace versuchte sich vorzustellen, wie dieser Junge seitdem um sein Überleben gekämpft hatte, und wurde von tiefem Mitgefühl übermannt. »Vielleicht lebt deine Mutter ja noch«, sagte sie, ohne nachzudenken. Frankie warf ihr einen strafenden Blick zu.

Sam schüttelte den Kopf. »Sie wurde nach Osten geschickt«, sagte er mit ausdrucksloser Miene. »Von da kommt keiner wieder.«

Ein Kind, das die Menschen, die es geliebt hatten, auf grausame Weise verloren hatte, dachte Grace. Wie schaffte es ein Zehnjähriger, mit solchem Leid fertigzuwerden? Sie ließ sich die Hilfseinrichtungen, die es für Sam gab, durch den Kopf gehen. »In New York gibt es Häuser, in denen Kinder aufgenommen werden. Dort zu wohnen, kostet nichts.«

Sams Blick wurde panisch. »Kein Waisenhaus. Bitte!«

Frankie stand auf. »Grace, kann ich dich einen Moment allein sprechen?« Er strich Sam über den Kopf. »Wir sind gleich wieder da.«

Grace folgte Frankie hinaus auf den Flur. Er winkte sie in eine Fensternische. »Sam war zwei Jahre lang in Dachau«, sagte er leise, und Grace wurde übel. »Danach ein halbes Jahr lang in einem Vertriebenenlager. Ich möchte nicht, dass er noch einmal irgendwohin kommt, wo man ihn quälen kann.«

»Aber er braucht jemanden, der ihn beaufsichtigt. Er muss zur Schule gehen und –«

Frankie ließ sie nicht ausreden. »Sam braucht erst einmal einen Platz, wo er sich sicher fühlen kann. Um alles Weitere kümmern wir uns später.«

Das ist nicht viel, dachte Grace bedrückt, nur das absolute Minimum.

Sie kehrten ins Büro zurück.

Frankie setzte sich Sam gegenüber. »Ich sage dir, was wir machen. Wir werden deine Eltern für tot erklären lassen und einen Antrag stellen, damit du von der Sozialfürsorge Geld bekommst.« Er sprach ganz ruhig und sachlich. »Bist du damit einverstanden?«

Der Junge nickte. »Dauert das lange?«

Frankie seufzte. »Es geht leider nicht so schnell, wie ich es mir wünschen würde.« Er zog seine Brieftasche heraus und drückte Sam einen Fünfzig-Dollar-Schein in die Hand.

Grace glaubte ihren Augen nicht zu trauen. Angesichts ihrer geringen Einkünfte waren fünfzig Dollar eine Riesensumme.

»Mit dem Geld kannst du für eine Weile bei deinem Cousin wohnen. Pass gut darauf auf, Sam, und komm in zwei Wochen wieder. Oder auch früher, falls es Schwierigkeiten gibt.«

Sam nahm den Schein zögernd an. »Ich weiß nicht, wann ich das Geld zurückzahlen kann«, sagte er verlegen.

»Wie wär's, wenn ich dir dafür etwas abkaufe?«, schlug Frankie vor. »Zum Beispiel das Bild von den Leuten auf der Treppe?«

Sam nickte. Vorsichtig trennte er die Seite aus seinem Heft heraus und überreichte sie Frankie mit einem scheuen Lächeln.

Als Sam ging, sah Grace dem Jungen nach. Beim Anblick der schmalen Schultern und des zarten, noch kindlichen Rückens unter der dünnen Jacke schnürte sich ihre Kehle zu.

Die Berichte über die Judenverfolgung der Nazis waren anfangs nur tröpfchenweise nach Amerika gedrungen, dann war daraus eine Flut geworden. Nun wusste man, dass Millionen ermordet worden waren, auf eine so brutale und grauenhafte Weise, dass der normale Menschenverstand es kaum zu fassen vermochte. Und in der ganzen Zeit waren die Amerikaner tanzen und ins Kino gegangen und hatten sich über Kleinigkeiten aufgeregt.

Das gesamte Ausmaß der Judenvernichtung hatte Grace allerdings erst von Frankie erfahren und noch immer nicht verarbeitet. Sie wusste jedoch, dass sie zu den Kindern, die zu ihnen kamen, ein wenig Distanz wahren musste. Sonst würde sie in ihrem Mitgefühl ertrinken.

Frankie legte einen Arm um Grace. »Es tut weh, das weiß ich.«

»Wie hältst du das aus?«, fragte Grace. Frankie half seinen Klienten seit Monaten, ihre zerstörten Leben wiederaufzubauen.

»Ich konzentriere mich auf die Arbeit.« Er ließ sich an seinem Schreibtisch nieder. »Lass uns weitermachen. Ich glaube, die Rosenbergs sind da.«

Bis zum Mittag folgte ein Termin dem nächsten. Bei einigen Klienten konnten sie Englisch sprechen, bei anderen kratzte Grace ihr bisschen Schulfranzösisch zusammen oder Frankie unterhielt sich mit ihnen auf Deutsch, der Sprache, die er von seiner Großmutter gelernt hatte. Nach jedem Gespräch diktierte Frankie Grace eine Zusammenfassung für die Akten. Doch an diesem Tag kehrte Grace in Gedanken immer wieder zu dem Koffer zurück, den sie am Morgen gefunden hatte. Warum würde jemand seinen Koffer im Grand Central unter einer Bank liegen lassen? Hatte die Frau, der er gehörte, ihn vergessen? War ihr etwas zugestoßen? Oder hatte sie ihn dort für jemand anders deponiert?

»Mach Pause«, meinte Frankie gegen Mittag. Er selbst würde weiterarbeiten. Er aß nur, wenn Grace ihm etwas mitbrachte.

Grace atmete erleichtert auf. Am Morgen hatte sie nichts zu sich genommen, und da sie nicht zu Hause gewesen war, hatte sie auch kein Sandwich dabei.

Wenig später stieg sie auf das Flachdach des Bürogebäudes hinauf, wo sie an klaren Tagen zu Mittag aß. Von dort aus hatte sie einen Blick auf den East River und über das Empire State Building hinweg bis nach Midtown Manhattan. Zurzeit reihte sich allerdings eine Baustelle an die andere. Dort, wo Wolkenkratzer hochgezogen wurden, stachen riesige Kräne in den Himmel, auch am Rand des East Village wurden neue Mietshäuser errichtet.

Grace warf einen Blick nach unten. Aus dem großen Stoffgeschäft des gegenüberliegenden Gebäudes traten junge Verkäuferinnen, um Mittagspause zu machen. Stoffe waren bis vor Kurzem noch rationiert gewesen, doch die Frauen waren bereits nach der neuesten Mode gekleidet, mit weit schwingenden Röcken und schmalen Taillen. Grace verspürte einen Stich des Neids. Einige von ihnen steckten sich Zigaretten an. Sie wirkten so selbstbewusst und elegant, dass Grace sich wünschte, sie wäre eine von ihnen.

Sie setzte sich auf die kleine Mauer, die den Ausstieg zum Dach auf zwei Seiten einfasste.

Wieder wanderten ihre Gedanken zu den Fotos in ihrer Handtasche. Sie konnte noch immer nicht glauben, dass sie in ihrer Hast und Gedankenlosigkeit fremde Fotos eingesteckt hatte. Nun ließen sie ihr keine Ruhe. Ohne Hotdog in der Hand hätte sie den Umschlag hervorgeholt, um sie sich noch einmal anzusehen. Doch sie wollte keine Fettflecke hinterlassen.

Grace biss in ihr Mittagessen. Es schmeckte ihr nicht, sie wünschte, sie hätte sich ein Sandwich gekauft. Doch seit der vergangenen Nacht schien sie einen Fehler nach dem anderen zu machen.

Sie schaute nach Midtown Manhattan hinauf. Dort oben am East River lag das noble Hotel, in dem sie die Nacht verbracht hatte. Dabei hatte alles so harmlos begonnen.

Am Vorabend war sie auf ihrem Weg vom Büro an einem Restaurant vorbeigekommen, aus dem die wundervollsten Düfte drangen.

Nach kurzem Zögern hatte sie die Tür geöffnet und war eingetreten. Eigentlich konnte sie sich keinen Restaurantbesuch leisten, doch sie war es leid, immerzu allein in ihrem kargen Zimmer zu essen.

Drinnen umfing sie wohlige Wärme. Sie schaute sich um. Der Gastraum war geschmackvoll eingerichtet, die Wände holzvertäfelt, das Licht gedämpft. Im Hintergrund spielte leise Musik.

»Einen Tisch für eine Person«, sagte sie dem Oberkellner, der sie in Empfang nahm. Er zog die Brauen hoch, sagte jedoch nichts. Grace folgte ihm an den besetzten Tischen vorbei und bemühte sich, die Männer zu ignorieren, die sie mit anzüglichen Blicken taxierten.

Da sah sie ihn: ein Mann im schicken grauen Anzug, der mit dem Rücken zu ihr an der Bar saß. Grace registrierte breite Schultern sowie gelocktes, dunkles Haar und wurde von einem Verlangen erfasst, das sie schon glaubte vergessen zu haben.

Als hätte er ihren Blick gespürt, drehte der Mann sich um. »Grace!«

»Mark!« Es hatte einen Moment gedauert, bis sie ihn eingeordnet hatte. Mark Dorff! Er und Tom hatten sich in einem Studentenwohnheim der Yale University ein Zimmer geteilt.

Mark war mehr als ein Mitbewohner gewesen – Tom hatte ihn als seinen besten Freund bezeichnet, die beiden hatten fast alles gemeinsam unternommen. Grace selbst hatte Mark bei irgendeinem Yale-Anlass kennengelernt, und natürlich war er auch auf ihrer Hochzeit gewesen. Sie konnte sich jedoch nicht erinnern, dass sie sich jemals nur zu zweit unterhalten hatten.

»Was für eine Überraschung!« Mark ließ sich von seinem Barhocker gleiten. »Wohnst du jetzt in New York?«

»Ja, und du?«

»In Washington. Ich bin nur für ein paar Tage hier, morgen früh geht's wieder zurück.« Er lächelte. »Wie schön, dich zu sehen, Gracie.«

Grace hasste diese Koseform ihres Namens eigentlich. Ihre Eltern benutzten ihn, und Tom hatte ihn aufgegriffen. Grace war es immer vorgekommen, als wolle man sie auf die Weise als unwissendes kleines Mädchen abstempeln, über das erwachsene Menschen nach Belieben bestimmen konnten. Aber nun, nachdem sie diesen Namen seit langer Zeit nicht mehr gehört hatte, klang er plötzlich liebenswert und angenehm.

»Wie geht es dir?«, fragte Mark.

Es war eine Frage, die Grace nicht mochte. Das Mitleid, das seit Toms Tod darin schwang, war ihr unangenehm.

»Entschuldige«, sagte Mark. »Die Frage war plump und unüberlegt.«

»Ich komme zurecht«, antwortete Grace. Seit sie in New York lebte, ging es ihr tatsächlich etwas besser. In Connecticut hatte sie zu viel an Tom erinnert, aber hier, so war ihre Hoffnung gewesen, könnte sie sich vielleicht ein wenig ablenken. So einfach war das jedoch nicht. Tom war in ihrem Herzen und in ihren Gedanken, und wenn sie feststellte, dass sie ihn für einige Stunden vergessen hatte, litt sie an Schuldgefühlen.

»Ich habe es sehr bedauert, dass ich nicht zur Beerdigung kommen konnte. Ich war schon mitten auf dem Pazifik.« Mark errötete.

Seine Augen standen ein wenig zu dicht zusammen, schoss es Grace durch den Kopf, und sein Kinn war zu spitz. Trotzdem war er ein gut aussehender Mann. »Ich habe kaum jemanden wahrgenommen«, sagte sie. »Aber ich danke dir für die wunderbaren Blumen.« Sein Kranz war der Größte von allen gewesen.

»Es war das Mindeste, was ich tun konnte.« Mark seufzte und schüttelte den Kopf. »Es war schrecklich, Tom auf diese Weise zu verlieren.«

Mark hatte sich von den meisten Yale-Studenten unterschieden, erinnerte sich Grace. Er war zwar nicht scheu gewesen, aber still. Jemand, der in sich ruhte. »Einige frühere Kommilitonen und ich sind dabei, in Toms Namen das Geld für ein Stipendium zusammenzutragen.«

Mit einem Mal schien die Vergangenheit wieder übermächtig zu werden, und Grace wollte nur noch fort. Sie reichte Mark ihre Hand. »Ich muss nach Hause. Es war schön, dich wiederzusehen.«

»Bitte geh nicht.« Er berührte ihren Arm. »Ich würde mich gern mit jemandem unterhalten, der Tom nahe war.«

Grace wollte genau das nicht, doch höflich, wie sie nun mal war, setzte sie sich zu Mark und bat den Barmann um ein Glas Wein. Dem ersten folgten weitere Gläser.

Irgendwann im Laufe des Abends rückte Mark dichter an sie heran, ohne dass sie es als störend empfand. Danach wurde alles ein wenig verschwommen, und sie verlor ihr Zeitgefühl. Irgendwann wurde ihr bewusst, dass sie die einzige Frau an der Bar war. Du lieber Himmel, dachte sie, wie war sie nur auf die Idee gekommen, hier allein hineinzuspazieren? Doch es war nur ein flüchtiges Unbehagen, das gleich wieder verging.

Abgesehen davon kannte sie Mark und unterhielt sich nicht mit einem Wildfremden. Er erzählte ihr Anekdoten aus der gemeinsamen Zeit mit Tom. »Einmal fand ich ihn nachts auf dem Dach des Wohnheims. Er hatte so viel getrunken, dass er nicht mehr wusste, wie er dorthin gekommen war. Er sagte, er habe zur Vorlesung gewollt.« Mark lachte.

Graces Augen begannen zu brennen. Sie wollte ihre Tränen wegblinzeln, doch es war zu spät.

»O nein, Grace!«, rief Mark erschrocken. »Es tut mir leid, das wollte ich nicht.«

»Es ist nicht deine Schuld.« Grace wischte über ihre Augen. »Ich wünschte nur, Tom könnte bei uns sein und mit uns lachen.«

Mark zog ein Taschentuch hervor und tupfte ihre Tränen ab. Anschließend wechselte er das Thema und sprach über ein Konzert, das er besucht hatte, dann über Politik. Über sich selbst erzählte er wenig, und sie hatte sich auch nicht nach seinem Leben erkundigt. Das war ihr an diesem Morgen durch den Kopf gegangen, als sie ihn schlafend in seinem Hotelzimmer zurückließ und beschloss, ihn nie wiederzusehen.

Nun aß Grace den letzten Bissen ihres Hotdogs. Die vergangene Nacht war geschehen und nicht mehr zu ändern. Sie dachte an Tom und spürte das vertraute, schmerzhafte Ziehen in ihrer Brust.

Sie hatten sich in den Sommerferien auf Cape Cod kennengelernt. Tom war der Inbegriff eines Mädchentraums gewesen: gut aussehend, klug und liebenswürdig. Er kam auch aus gutem Haus, sein Vater war einer der führenden Politiker von Massachusetts. Grace konnte kaum glauben, dass Tom sich für sie interessierte, sie betrachtete sich in jeder Hinsicht als mittelmäßig. Und ihr Vater war nur ein einfacher Steuerberater, ihre Mutter Hausfrau. Aber Tom war das einerlei, er liebte Grace.

Und Grace liebte Tom. Sie heirateten, gleich nachdem Grace die Schule beendet hatte, und Tom mietete eine Wohnung, nicht weit von der Yale University entfernt. Sie waren im siebten Himmel. Ihre Flitterwochen wollten sie in den Semesterferien irgendwo in der Sonne verbringen, in Florida oder sogar noch weiter südlich.

Doch dann bombardierten die japanischen Luftstreitkräfte die amerikanische Pazifikflotte in Pearl Harbor. Als die Rekrutierungsstellen am nächsten Morgen öffneten, meldete Tom sich als Freiwilliger. Seine Grundausbildung fand in Fort Benning in Georgia statt, danach erhielt er seinen Marschbefehl.

»Ich habe noch ein einziges freies Wochenende, dann geht es von New York aus nach drüben«, sagte er, als sie zum letzten Mal telefonierten. »Wir wär's, wenn wir uns in Manhattan treffen? Dann muss ich nicht bis hinauf nach Connecticut fahren, und wir haben mehr Zeit füreinander. Am Montagmorgen begleitest du mich dann zum Hafen und winkst mir nach.«

Am nächsten Morgen stieg er in einen Jeep, dessen Fahrer zu schnell in die Kurve ging. Es war ein dummer Unfall gewesen, aber auch er war nicht mehr zu ändern.

Es gab Frauen, die sich während des Kriegs gelbe Schleifen ansteckten, um ihre Solidarität mit den Männern, die in Übersee kämpften, zu bekunden. Das hatte Grace nie getan, es wäre ihr anmaßend erschienen. Andere Frauen trugen Trauerflor. Wenn Grace sie sah, dachte sie, dass sie sich vielleicht damit trösteten, dass ihr Mann im Kampf für die Freiheit gefallen war. Doch sie konnte sich nicht vorstellen, dass der Schmerz dadurch kleiner wurde.

Nach Toms Beerdigung kehrte Grace zu ihren Eltern nach Westport zurück und fand eine Stelle bei der Post. Als sie die mitleidigen Blicke ihrer Familie und der Leute im Ort nicht mehr ertrug, folgte sie der Einladung einer Freundin, die ihr das Ferienhaus ihrer Familie in den Hamptons überließ. Da die Urlaubszeit noch nicht begonnen hatte, begegnete Grace auf ihren langen Strandspaziergängen keiner Menschenseele. In dem kleinen Ort, in dem sie immer einkaufte, kannte sie keinen und niemand wusste etwas von ihr und Tom. Doch nach einer Weile erdrückte sie die Einsamkeit, und sie entschied sich, nach Manhattan zu ziehen.

Grace stand auf, strich ihren Rock glatt und kehrte ins Büro zurück. Die Anzahl der Wartenden auf der Treppe hatte sich verringert. Frankie war nicht da, vielleicht war er ausnahmsweise einmal nach draußen gegangen und hatte sich etwas zu essen besorgt. Auf ihrem Platz lagen die Briefe, die er mit der Hand vorgeschrieben hatte. Die meisten waren an Behörden gerichtet, in allen ging es um die Anliegen Vertriebener. Grace spannte einen Bogen Briefpapier in die Schreibmaschine und fing an zu tippen.

Mit einem Mal hielt sie inne, griff nach ihrer Handtasche und holte die Fotos heraus. Sie musste sie sich einfach noch einmal anschauen. Wer waren diese Frauen, und warum waren sie fast alle in Uniform? Ob sie zu einer militärischen Einheit gehörten? Alle wirkten so ernst, beinah grimmig. Wieso waren die Fotos außerdem so liebevoll in Spitze eingeschlagen gewesen? Ihre Besitzerin musste sie oft in der Hand gehalten haben, sie hatten Eselsohren und Knicke.

Grace drehte ein Foto um. »Marie« stand auf der Rückseite, darunter »Sektion F«. Sie drehte die nächsten Fotos um, las die Namen Madeline, Violet, Rhoda, Brya, Eileen, Jean und Josie. Alle ohne Nachnamen, alle einer Sektion F zugehörig.

Als sie Frankie zurückkommen hörte, schob sie die Fotos hastig zusammen, doch Frankie achtete nicht auf sie, sondern griff sofort nach dem Telefon und wählte eine

Nummer. Gleich darauf wurde seine Stimme laut und zornig, wie so oft, wenn er mit jemandem vom Sozialamt telefonierte.

Grace überlegte, ob sie ihm die Fotos zeigen und ihn fragen sollte, was sie seiner Meinung damit machen solle. Doch dann müsste sie ihm auch gestehen, dass sie einen fremden Koffer geöffnet und die Fotos herausgenommen hatte. Wie sie Frankie kannte, würde er ihr das einzig Richtige raten, nämlich die Fotos schleunigst wieder zurückzubringen.

Grace schaute auf den kleinen Packen in ihrer Hand. Wieder lag das Foto der Frau mit den dunklen Augen oben. Nun wusste sie, dass ihr Name Josie lautete. *Steck die Fotos in den Umschlag und hör auf, sie anzustarren,* befahl ihr eine innere Stimme. Grace gehorchte. Sie fragte sich, seit wann sie eine Frau war, die das Eigentum fremder Menschen an sich nahm und mit dem besten Freund ihres verstorbenen Mannes schlief.

Frankie legte den Hörer auf. »Du müsstest zum Gericht laufen und einen Antrag abgeben«, sagte er.

»Das mache ich auf dem Nachhauseweg.«

»Dann geh früh genug los. Nach vier triffst du dort keinen mehr an.«

Wunderbar, dachte Grace. Und anschließend würde sie zum Grand Central fahren, um die Fotos zurückzulegen.

Knapp zwei Stunden später verließ Grace also die U-Bahn an der Station Grand Central und fuhr mit der Rolltreppe hinauf in den Bahnhof, den sie nie mehr hatte betreten wollen.

Die Farben des späten Nachmittags waren gedämpft, und die Pendler liefen langsamer als am Morgen, ihre Kleidung war zerknittert. Man sah ihnen an, dass sie müde waren und nach Hause wollten.

Mit aufgeregt klopfendem Herz durchquerte Grace die Bahnhofshalle bis zu der Bank, unter der der Koffer gelegen hatte. Sicherheitshalber schaute sie sich noch einmal um, aber ebenso wie am Morgen nahm niemand von ihr Notiz.

Sie bückte sich – und erstarrte vor Schreck.

Der Koffer war weg.

5. KAPITEL

MARIE

Schottland, 1944

Im Traum backte Marie mit Tess dicke, goldgelbe Plätzchen und legte sie in einen Korb – Tess hatte gesagt, sie wolle ein Picknick machen. Marie griff nach einem Plätzchen, um es Tess zum Kosten zu geben, doch dann ertönte ein Donnerschlag, und ihre Hand verharrte in der Luft.

Marie öffnete die Augen, die Traumbilder erloschen. Jemand hämmerte an ihre Tür. Das musste der Donner in ihrem Traum gewesen sein. Als Nächstes flog die Tür auf, und jemand kippte einen Eimer eiskaltes Wasser über sie. Marie rang nach Atem. »Verdammt, was soll das?« Sie setzte sich auf.

»En français!«, blaffte eine Frauenstimme und knipste die Deckenlampe an.

Marie blinzelte im grellen Licht und versuchte, sich zu orientieren. Schottland! Sie war in Schottland.

Am späten Abend hatte der schweigsame Mann, der sie von London bis hinauf zur schottischen Westküste gefahren hatte, sie vor einem großen Anwesen namens Arisaig House abgesetzt.

Am Empfang saß ein Zivilangestellter, der ihren Namen

notierte und sie zu einem kleinen Schlafsaal führte. Er erklärte, dass dort die Frauen aus ihrer Gruppe schliefen, und bedeutete ihr, leise zu sein. Dann leuchtete er mit einer Taschenlampe auf ein leeres Bett und verschwand ohne weitere Erklärungen.

Einen Moment lang war Marie in der Dunkelheit gestanden und hatte nicht gewusst, was sie tun sollte. Schließlich hatte sie ihre Reisetasche geöffnet und nach ihrem Nachthemd getastet, sich leise umgezogen und war in das freie Bett gekrochen.

Nun stand eine ganz in Grau gekleidete Frau vor ihr und funkelte sie finster an. »Wenn man Sie etwas fragt, antworten Sie auf Französisch, auch dann, wenn man Sie aus dem Schlaf reißt! Die Sprache zu können, genügt nicht. Sie müssen auf Französisch denken und träumen.« Die Frau betrachtete Marie unfreundlich. »In zehn Minuten stehen Sie fertig angezogen unten auf dem Hof. Die Anderen warten schon.« Sie machte kehrt und knallte die Tür zu.

Hastig streifte Marie das nasse Nachthemd ab und hüllte sich in ihre Bettdecke. Dann sah sie sich um.

In dem Zimmer waren insgesamt sechs Betten, die zu jeweils drei in einer Reihe nebeneinander standen, jedes Bett mit einem Nachttisch an der Seite und einer Truhe am Fußende. Die schmucklosen Wände waren beige gestrichen. Alle Betten außer ihrem waren ordentlich gemacht. Die Frauen, die in ihnen geschlafen hatten, waren also schon aufgestanden. Sie mussten sehr leise gewesen sein, Marie hatte sie nicht gehört. Warum hatte niemand sie rechtzeitig geweckt?

Marie hängte ihr Nachthemd zum Trocknen über die Heizung und öffnete ihre Truhe. Sie nahm an, dass sie darin ihre Habseligkeiten unterbringen sollte. Dort lagen eine Windjacke und jeweils zwei Pullover, Hosen und T-Shirts, alle in Olivgrün, darunter graue Unterwäsche. Ganz zuunterst entdeckte sie eine Feldflasche und ein Paar feste Halbstiefel mit Gummisohle.

Marie betrachtete die Sachen. Sollte sie die anziehen? Sie tat es einfach. Anschließend versuchte sie, rasch ihr Bett zu machen, aber es wurde bei Weitem nicht so ordentlich wie die anderen.

Dann trat sie hinaus auf den Flur, in dem es modrig roch. Sie entdeckte eine Tür, auf der »Waschraum und WC« stand, und öffnete sie.

Als sie wieder herauskam, schaute sie sich unsicher um, bis sie die Treppe sah, die nach unten führte.

Es war noch nicht einmal Tag, doch durch die Eingangshalle liefen bereits Männer und Frauen, die geschäftig wirkten. Marie ging davon aus, dass es sich um potenzielle Agenten handelte.

Draußen schlug ihr eiskalte Morgenluft entgegen. Sie schlang die Arme um sich und wünschte, sie hätte noch ihren dicken Schal, doch den hatte der Mann am Empfang ihr bei ihrer Ankunft abgenommen. Angeblich war er als englisches Produkt zu erkennen und somit nicht gestattet.

Wie Marie feststellte, lag das Arisaig House inmitten eines Laubwalds an einer Bucht. Ganz in der Nähe erhoben sich dunkle Berghänge – bei gutem Wetter konnte man hier wahrscheinlich ein paar schöne Urlaubstage verbringen.

Dann erblickte Marie eine kleine Gruppe Frauen, die alle zu ihr herübersahen. Sie lief zu ihnen und sagte: »Guten Morgen.« Keine erwiderte ihren Gruß. Auch sonst wurde nicht gesprochen.

Plötzlich bebte die Erde, und Marie zog den Kopf ein. Es war noch ein Reflex aus der Zeit, als London jede Nacht bombardiert wurde, sie zusammengekauert in einem Luftschutzbunker saß und bei jedem Einschlag zusammenzuckte. Doch das Beben hörte sofort wieder auf.

»Nur eine Übung«, sagte eine der Frauen. »Eine unserer Gruppen lernt, mit Sprengstoff umzugehen.«

Falls die Information tröstlich wirken sollte, verfehlte sie bei Marie ihre Wirkung. Sie wollte weder in der Nähe von Sprengstoffübungen sein noch selbst etwas damit zu tun haben.

Ohne dass Marie ein Kommando gehört hatte, setzten die Frauen sich in Bewegung und liefen am Ufer der Bucht entlang.

Eine zarte Frau mit kurz geschnittenen, dunklen Locken und Beinen dünn wie Stecken führte die Gruppe an. Marie konnte sich nicht vorstellen, dass ein so zierliches Persönchen Agentin werden sollte, aber schon nach wenigen Minuten gab sie ein brutales Tempo vor, das Marie kaum mithalten konnte.

Dann ging es einen Hang hinauf, der zunehmend steiler wurde. Marie begann zu keuchen und fragte sich, wie sie so dumm gewesen sein konnte, sich auf diesen Wahnsinn einzulassen. Sie hatte noch nie etwas Besonderes geleistet, mutig war sie auch nicht und ganz gewiss nicht sportlich genug, um Ausdauerübungen durchzustehen.

Glücklicherweise wurden auch die anderen Frauen langsamer. Es waren fünf, alle in olivgrünen Hosen, halbhohen Schnürstiefeln und Windjacken. Und alle waren besser in Form als Marie, vielleicht hatten sie schon vor Wochen mit der Ausbildung begonnen.

Als sie ein Felsplateau erreichten, durften sie eine kurze Pause einlegen. Alle außer Marie nahmen eine Feldflasche vom Gürtel und tranken.

Marie dachte an die Flasche in ihrer Truhe und wünschte, jemand hätte ihr gesagt, dass sie die mitnehmen sollte.

Es ging weiter. Außer ihren Schritten und keuchendem Atem war nichts zu vernehmen. Nach einer gefühlten Ewigkeit erreichten sie den Kamm des Hangs.

Der Frühnebel hatte sich gelichtet, über dem Meer färbte sich der Himmel rosig. Hier und da war Vogelgezwitscher zu hören. Wäre Marie nicht so erschöpft gewesen, hätte sie den Augenblick genossen.

Danach ging es wieder bergab. Das war zwar weniger anstrengend, doch der unebene Boden machte es unmöglich, gleichmäßig zu laufen.

Auf halber Strecke trat Marie unglücklich auf und knickte mit dem Fuß um. Sie geriet ins Stolpern. *Lauf weiter,* befahl sie sich und biss die Zähne zusammen. Sie wollte nicht gleich am ersten Tag schlappmachen. Doch der Schmerz in ihrem Fußknöchel wurde schlimmer, der Abstand zu den anderen größer.

Die zierliche Frau an der Spitze drehte sich um und lief zu Marie zurück. *Jetzt werde ich heruntergeputzt,* fuhr es Marie durch den Sinn, doch die Frau legte einen Arm um sie.

»Stütz dich auf mich«, sagte sie. »Ich bin nicht so schwach, wie ich aussehe.«

Marie rang sich ein Lächeln ab und schlang einen Arm um die Schultern der anderen. Sie liefen wieder los. Marie stöhnte vor Schmerzen.

Eine andere Frau gesellte sich zu ihnen und umfasste Marie, während die versuchte, sich so leicht wie möglich zu machen. So humpelte sie, so schnell sie es vermochte, zum Arisaig House zurück.

Dort bedankte sie sich bei den beiden Frauen, setzte sich schwer atmend auf die Eingangstreppe und betastete ihren Knöchel. »Ich glaube nicht, dass ich mir etwas verstaucht habe«, sagte sie. »Aber eine Eispackung könnte nicht schaden. Gibt es hier so etwas wie eine Krankenstation?«

Die Frau, die die Gruppe angeführt hatte, schüttelte den Kopf. »Dafür haben wir keine Zeit. Deinetwegen hat unser Lauf zu lang gedauert, und wir kommen zu spät zum Frühstück. Keine von uns möchte auf eine Mahlzeit verzichten, zwischendurch gibt es nämlich nichts.« Sie sprach wie die Leute im Norden Englands. Vielleicht kam sie aus Manchester oder Leeds. »Ich heiße übrigens Josephine, aber alle nennen mich Josie.«

Marie streckte ihre Hand aus. »Ich bin Marie.«

»Steh auf, Marie.« Josie half Marie hoch. »Du hast heute die Poirot-Dusche erlebt, oder?«

Marie sah sie verständnislos an.

»Du bist mit nassen Haaren aus dem Haus gekommen«, ergänzte Josie mit vergnügt funkelnden Augen. »Das bedeutet, dass Madame Poirot dich mit eiskaltem Wasser überschüttet hat. Das tut sie immer, wenn jemand verschläft. Sie ist unsere Expertin für Frankreich und rangiert irgendwo zwischen Schuldirektorin und Feldwebel.«

»Warum habt ihr mich denn nicht geweckt?«, fragte Marie.

Josie zuckte mit den Schultern. »Jede von uns hat die Poirot-Dusche hinter sich. Sie ist so was wie ein Initiationsritual.«

Der Speisesaal war der ehemalige Ballsaal des Arisaig House, in dem nun von einem Ende zum anderen lange Holztische standen. Sie waren mit Porzellan, Gläsern, Wasserkaraffen und Kaffeekannen gedeckt, nicht mit Blechgeschirr, wie Marie vermutet hatte.

Die meisten Tische waren besetzt, Männer und Frauen saßen getrennt. Marie fragte sich, ob das Vorschrift war oder die Gruppen einfach nicht zusammen sein wollten.

Sie setzte sich zu Josie, füllte ein Glas mit Wasser und leerte es in einem Zug. Dann nahm sie ein Stück Baguette aus einem Korb und bestrich es mit Butter. Etwas anderes schien es nicht zu geben, vielleicht wollte man sie bereits an das karge Frühstück der Franzosen gewöhnen.

»Wie viele Frauen sind wir insgesamt?«, fragte Marie und überlegte, ob sie sich überhaupt schon dazurechnen durfte – schließlich war sie erst am Vortag angekommen und hatte seitdem nicht gerade Glanzleistungen vollbracht.

»Hier werden keine Fragen gestellt«, antwortete Josie. »Hat Mrs Trigg dir das nicht gesagt?« Sie sah Marie mit gespielter Strenge an. Dann lachte sie. »Wir sind ungefähr fünfzig. Das schließt die Frauen im Einsatz ein – und diejenigen, die vermisst werden.«

»Vermisst …?«, fragte Marie.

Josie zuckte mit den Schultern. »Ja, sie waren im Einsatz, irgendetwas ist schiefgegangen, und nun sind sie vermutlich tot.«

Marie legte ihr Stück Brot ab, ihr war der Appetit schlagartig vergangen. »Und wie konnte das passieren?«

Josie zuckte mit den Schultern. »Das weiß keiner.«

»Ich dachte, wir werden Funkerinnen«, meinte Marie bestürzt. »Niemand hat mir gesagt, Nachrichten zu funken wäre gefährlich.«

Josie lachte so laut, dass die Männer am Nachbartisch zu ihnen herübersahen. »Was glaubst du denn, von wo aus wir funken?«, fragte sie, als sie sich wieder beruhigt hatte. »Aus einem gemütlichen Büro in London? Wir werden in Frankreich eingesetzt, wo die Deutschen ihr Bestes tun, um unsere Funksprüche zu verhindern.« Ihre Miene wurde ernst. »Sechs Wochen.«

»Sechs Wochen, was?«

»Das ist die Zeit, die wir uns im Schnitt da drüben halten.«

Maries Magen verkrampfte sich. Sie hatte sich zwar gesagt, dass ihre Arbeit sicher auch einmal gefährlich werden würde, aber der Gedanke, dass sie nach wenigen Wochen tödlich enden konnte, wäre ihr nie gekommen.

Marie beschloss, gleich nach dem Frühstück zurück nach London zu fahren. Die Vorstellung, Tess nie mehr wiederzusehen, war ihr unerträglich.

Die blonde Frau Marie gegenüber stellte sich als Brya vor und sagte: »Josie übertreibt gern. Lass dir von ihr keine Angst machen.«

»*En français!*«, rief Madame Poirot, die einen Tisch weiter saß. Offenbar sollten sie sogar untereinander so tun, als wären sie Französinnen.

»Ach, halt doch die Klappe«, murmelte Josie.

Als das schrille Geräusch einer Trillerpfeife ertönte, schrak Marie zusammen. Ein untersetzter Mann in der Uniform eines Feldwebels stand im Speisesaal. »Inspektion!«, rief er. »Alle zurück auf die Zimmer!«

Die Frauen und Männer standen auf. Einige wirkten nervös.

Marie schluckte den letzten Bissen Brot in ihrem Mund hinunter und eilte hinter den anderen her die Treppe hinauf.

In dem kleinen Schlafsaal machte sie einen Satz zur Heizung, riss ihr Nachthemd herunter und versteckte es unter ihrem Kopfkissen. Ihre Reisetasche schob sie mit dem Fuß unter ihr Bett. Dann stellte sie sich ebenso wie die anderen Frauen neben ihrem Bett auf.

Zu dem ersten Mann hatte sich ein weiterer Soldat gesellt. Beide kontrollierten die Truhen der Frauen.

Josie stand an Maries Seite und stieß sie an.

Als Marie sich zu ihr umdrehte, deutete sie auf Maries Halskette.

Es war eine einfache Goldkette mit einem Medaillon in Form eines Schmetterlings. Innen war ein kleines Foto von Tess. Tante Hazel hatte Marie die Kette zu Tess' Geburt geschenkt. Marie kannte die Vorschriften der SOE, die sie vor der Fahrt nach Schottland gelesen hatte. Zu ihnen gehörte, alle privaten Gegenstände bei der Ankunft im Arisaig House abzugeben. Doch von dem Medaillon wollte sie sich nicht trennen.

Mit raschen Griffen nahm Josie Marie die Kette ab und steckte sie in ihre Hosentasche. Marie schüttelte den Kopf. Sie wollte nicht, dass Josie ihretwegen in Schwierigkeiten geriet.

»Das soll ein gemachtes Bett sein?« Der Feldwebel riss Decke, Kopfkissen und Laken von Maries Bett und schleuderte alles auf den Boden. Ihr Nachthemd flog hinterher. »Sie lassen sich bitte zeigen, wie das richtig geht.«

Anschließend forderte er Marie auf, ihre Truhe zu öffnen, und ging die Kleidungsstücke durch, die sie am Morgen hineingelegt hatte. Er zog das Kleid heraus, das sie bei der Ankunft getragen hatte, und wies anklagend auf die Knöpfe, mit denen es am Hals geschlossen wurde. »Möchten Sie sich mit Ihrem Kleid verraten? Solche Knöpfe gibt es nur im Vereinigten Königreich.«

»Ich hatte nicht vor, das Kleid bei einem SOE-Einsatz zu tragen«, erwiderte Marie pikiert.

»Sie hatten aber den Befehl, sämtlichen Privatbesitz abzugeben«, lautete die barsche Antwort.

Als Nächstes hielt er zwei Strümpfe hoch. »Und was haben diese Strümpfe hier zu suchen?«

Marie konnte an ihnen nichts Verräterisches erkennen. Darüber hinaus stammten sie aus Frankreich und wären als Tarnung eigentlich ideal. »Es sind französische Strümpfe«, sagte sie verwirrt.

»Das war vielleicht einmal korrekt. Inzwischen findet man in Frankreich keine Seidenstrümpfe mehr, die Frauen malen sich die Nähte auf die bloßen Beine oder tragen Wolle.«

Der junge Soldat zeigte auf den Nachttisch an Maries Bett. »Da liegt ein englischer Bleistift«, rief er eifrig. »Den würden die Deutschen sofort erkennen.«

Marie schwieg. Der Bleistift gehörte ihr nicht.

»Wo würden die Deutschen den erkennen?«, fragte Josie, die Marie noch vor Kurzem daran erinnert hatte, dass sie keine Fragen stellen durften. »Hier sind keine Deutschen, und wir wissen noch immer nicht, wo wir eingesetzt werden.«

Der Feldwebel fuhr zu Josie herum. Sein Gesicht färbte sich dunkelrot. »Sie halten Ihren vorlauten Mund«, herrschte er Josie an. »Sonst können Sie gleich wieder nach Indien verschwinden!« Er stierte Josie an. Sie hielt seinem Blick stand, bis er auf dem Absatz kehrtmachte. »In fünfzehn Minuten beginnt die Funkausbildung.« Er gab dem anderen Soldaten einen Wink, ihm zu folgen. Die beiden verschwanden. Einige der Frauen folgten ihnen, doch Josie und Marie blieben zurück.

Marie lächelte Josie an. »Vielen Dank, dass du mir schon wieder geholfen hast.« Sie hob Nachthemd, Laken und Decke auf und machte ihr Bett neu.

Josie reichte ihr die Kette zurück. Dann wühlte sie in ihrer Truhe und holte Wollstrümpfe hervor. »Die kannst du haben, mir sind sie zu groß.«

Marie bedankte sich und legte die Strümpfe in ihre Truhe. »Bist du Inderin?«, fragte sie vorsichtig, obwohl eine der Vorschriften ihnen auch verbot, sich gegenseitig persönliche Fragen zu stellen.

»Zur Hälfte. Sieht man das nicht?« Josie zog die Laken und die Decke auf Maries Bett straffer.

»Nein, finde ich nicht.« Josies Teint war nur eine winzige Schattierung dunkler als ihr eigener. »Na ja, vielleicht an deinen großen, dunklen Augen. Warum willst du für England kämpfen?«

Josie zuckte mit den Schultern. »Das tun viele von uns. Es gibt ein ganzes Geschwader indischer Piloten, die Spitfires fliegen, sie werden nur nie erwähnt.« Sie trat dichter an Marie heran. »Ich dürfte gar nicht hier sein«, flüsterte sie. »Ich werde erst in einem Monat achtzehn.«

Marie sah sie erschrocken an. »Wissen das deine Eltern? Bist du von zu Hause weggelaufen?«

»Ich habe nur noch einen Bruder – meine Eltern sind seit Jahren tot. Ich war in einem Waisenhaus, dort bin ich aber mit vierzehn Jahren ausgerissen. Danach habe ich eine Zeit lang auf der Straße gelebt.«

Für einen Moment schloss Marie die Augen. Sie stellte sich vor, Tess käme in ein Waisenhaus, wenn ihr etwas zustieße und es auch Tante Hazel nicht mehr gäbe.

»Mein Bruder hat auch auf der Seite der Engländer gekämpft. Seit einiger Zeit ist er verschollen.«

Josies Augen wurden feucht, doch dann hatte sie sich wieder gefangen. »Später habe ich in einer Fabrik gearbeitet. Da habe ich erfahren, dass die SOE junge Frauen sucht, und mich gemeldet.« Sie zuckte mit den Schultern. »Wahrscheinlich weiß man in London, dass ich noch zu jung bin. Sie wissen alles.« Sie musterte Marie interessiert. »Und was hast du vorher gemacht?«

»In einem großen Schreibbüro gearbeitet. An den Wochenenden habe ich mich um meine kleine Tochter gekümmert. Sie heißt Tess und ist fünf.«

»Ach«, meinte Josie, »dann bist du ja verheiratet.«

»Ja«, antwortete Marie automatisch, doch dann entschied sie, Josie nicht zu belügen. »Das heißt, nein. Nicht mehr so richtig. Mein Mann hat mich nach Tess' Geburt verlassen.«

Josie zog die Brauen zusammen. »Was für ein Scheißkerl.«

»Erzähl das nicht weiter«, bat Marie.

»Natürlich nicht.« Josie betrachtete Marie abwägend. »Meine Mutter kam aus einer jüdischen Familie, nur damit du es weißt.«

»Die Herkunft eines Menschen interessiert mich nicht«, entgegnete Marie. »Aber pass auf, dass die Deutschen es später nicht erfahren.«

Die Frau namens Brya steckte den Kopf durch die Tür und fragte, wie lange sie eigentlich noch plaudern wollten.

»Wir kommen gleich«, antwortete Josie.

»Ich weiß nicht, ob ich die Ausbildung zu Ende mache«, flüsterte Marie, als sie und Josie das Zimmer verließen. Sie hatte wegen der Bezahlung eingewilligt, doch nun wuchs ihre Sorge, sie könnte Tess allein zurücklassen.

»Das weiß keine von uns«, entgegnete Josie. »Alle haben Angst. Aber wir sprechen nicht darüber. Tu du es auch nicht.«

Marie konnte sich nicht vorstellen, dass Josie Angst hatte. Sie schien ihr die geborene Kämpferin zu sein.

»Du bist hier, gerade weil du eine Tochter hast«, sprach Josie weiter. »Du wirst dafür kämpfen, dass sie in einer freien Welt aufwächst.«

Marie ließ sich das durch den Kopf gehen. Es war zumindest ein besserer Grund, als nur wegen des Geldes hier zu sein.

»Wenn deine Angst überhandnimmt, stellst du dir dich und deine Tochter in zehn Jahren vor. Dann kannst du ihr erzählen, was du im Krieg geleistet hast. Man muss sein Leben so führen, dass man stolz auf sich sein kann.«

Marie dachte daran, wie wertlos und schwach sie sich von jeher gefühlt hatte. Ihre Mutter hatte manchmal versucht, ihr Selbstbewusstsein zu stärken, aber gegen die abfälligen Tiraden, die Marie sich von ihrem Vater anhören musste, war sie machtlos gewesen. Josie hatte recht, dachte Marie. Sie wollte etwas tun, um stolz auf sich sein zu können.

6. KAPITEL

ELEANOR

Schottland, 1944

Eleanor traf einige Wochen nach Marie nachts im Arisaig House ein. Zuerst hatte sie nicht vorgehabt, nach Schottland zu fahren, doch sie fühlte sich für »ihre« Frauen verantwortlich und wollte nun einmal selbst sehen, wie sie sich machten.

Am Vormittag schaute sie von einem der oberen Flurfenster aus zu, wie sie von ihrem Morselehrgang zurückkehrten. Sie waren in Begleitung eines jungen Ausbilders und mussten sich auf der Wiese hinter dem Haus aufstellen. Dann begann das Nahkampftraining. Die erste Übung bestand darin, sich aus einem Würgegriff zu befreien.

Diese Nahkampfübungen hatte Eleanor mit aller Entschlossenheit durchgesetzt. Ihre Kollegen in der SOE waren der Ansicht gewesen, dass Frauen wohl kaum in Situationen gerieten, in denen sie solche Fähigkeiten brauchten. Eleanor hatte den Fall dem Direktor vorgetragen und betont, dass ihre Agentinnen die gleichen Gefahren wie die Männer auf sich nähmen und deshalb auch in der Lage sein mussten, sich auf die gleiche Weise gegen Angreifer zu wehren. Er hatte ihr recht gegeben.

Unten auf der Wiese deutete der Ausbilder auf die Schwachstellen des Körpers: Kehle, Leistengegend und Solarplexus. Er gab einen Befehl, den Eleanor nicht hören konnte. Die Frauen drehten sich paarweise zueinander um. Josie und Marie waren einander zugeteilt.

Die drahtige kleine Frau aus Leeds war von sich aus zur SOE gekommen, der Himmel mochte wissen, wie sie von ihrem Projekt erfahren hatte. Sie nahm Marie in den Würgegriff. Die tat ihr Bestes, um sich zu befreien, und versuchte, Josie einen Ellbogen in den Magen zu stoßen, aber es schien ein schwacher Stoß gewesen zu sein, denn Josie ließ nicht locker.

Die anderen Frauen hatten ähnliche Probleme wie Marie. Nicht eine versuchte, die andere zu treten.

Wieder einmal fragte Eleanor sich, ob es richtig gewesen war, Frauen auszubilden.

Vor einigen Monaten war die erste von ihnen in Frankreich abgesetzt worden. Inzwischen befanden sich über dreißig Agentinnen in Frankreich, Belgien und den Niederlanden.

Doch von Anfang an hatte es Probleme gegeben – eine war gleich bei der Ankunft festgenommen worden, warum, wusste niemand. Einer anderen war das Funkgerät beim nächtlichen Überqueren eines Flusses ins Wasser gefallen, und es hatte Wochen gedauert, bis man ihr ein Ersatzgerät zukommen lassen konnte. Wieder anderen war es trotz der monatelangen Ausbildung nicht gelungen, als Einheimische durchzugehen und ihre Tarnung aufrechtzuerhalten. Sie wurden zurückgerufen.

Eleanor hatte zwar dafür gesorgt, dass die Frauen ebenso hart wie die Männer trainiert wurden, doch nun sah sie, wie schwer sie sich mit einem einfachen Angriff taten, und sie fragte sich, ob die Skeptiker nicht doch recht hatten. Vielleicht fehlten Frauen der Kampfgeist und die körperliche Kraft, die man für einen Einsatz brauchte.

Eleanor hörte Schritte und drehte sich um. Colonel McGinty, der ranghöchste Offizier des Arisaig House, trat zu ihr. Eleanor hatte ihn bei einem seiner Besuche in der Baker Street kennengelernt.

Er grüßte mit einer knappen Verbeugung und fragte vorwurfsvoll, warum er erst vorhin von seinem Adjutanten über Eleanors Ankunft unterrichtet worden sei.

Eleanor entschuldigte sich für ihren unangemeldeten Besuch. Sie hatte sich noch nicht daran gewöhnt, dass die Zeiten, in denen sich niemand für sie interessierte, vorbei waren, und nun jeder wusste, wer sie war.

»Ich wollte nicht, dass die Frauen von meiner Ankunft erfahren. Zumindest jetzt noch nicht. Ich würde mir aber gern ihre Akten ansehen.«

»Kein Problem«, nickte McGinty. »Ich lasse sie Ihnen herauslegen.«

»Wie schätzen Sie die Frauen ein?«

Er zuckte mit den Schultern. »Wenn man bedenkt, dass es sich um Frauen handelt, sind sie nicht schlecht.«

Eleanor schluckte ihre Enttäuschung hinunter. *Nicht schlecht* war nicht gut genug. Die Frauen mussten topfit sein. Eleanor dachte an diejenigen, die nach Paris kommen würden und imstande sein mussten, die Agenten des deutschen Sicherheitsdiensts zu täuschen. Dazu musste man nervenstark und gerissen sein. Eine, die »nicht schlecht« war, würde sich nicht lange halten.

Eleanor sah McGinty eindringlich an. »Sie müssen so gut wie die Männer werden. Die Deutschen werden kaum Nachsicht üben, wenn sie herausfinden, dass der Agent, den sie jagen, eine Frau ist.«

Zwar wurden die neuen Rekrutinnen in Frankreich dringend gebraucht, aber Eleanor würde alles daransetzen, dass sie erst entsandt wurden, wenn sie einsatzbereit waren. Alles andere würde ihr Todesurteil bedeuten.

»Das sehe ich auch so«, erwiderte McGinty. »Aber was soll man machen?«

»Noch mehr Trainingsstunden ansetzen.«

»Wann denn?« McGinty schüttelte den Kopf. »Sie trainieren bereits von morgens bis abends. Manche Frauen sind eben einfach nicht geeignet.«

»Die müssen wir nach Hause schicken.«

McGinty lachte. »Was meinen Sie, wie viele dann noch übrig blieben?« Mit belustigter Miene verabschiedete er sich.

Auch die nächste Übung am Schießstand verfolgte Eleanor von einem Fenster aus. Sie konnte sich nicht vorstellen, dass alle sechs Frauen untauglich sein sollten.

Ein neuer Ausbilder übte mit ihnen den Umgang mit der Sten Gun, einer einfachen Maschinenpistole, die sich in drei Teile zerlegen und folglich gut verbergen ließ.

Die Frauen, die als Kuriere oder Funkerinnen eingesetzt werden sollten, wurden zwar nicht mit einer Waffe ausgestattet, doch Eleanor wollte trotzdem, dass sie im Notfall damit schießen konnten.

Eleanor sah, wie geschickt Josie sich beim Laden der Maschinenpistole anstellte und wie kameradschaftlich sie Marie half, die Patronen in das Magazin einzuführen. Obwohl sie die Jüngere war, schien sie Marie unter ihre Fittiche genommen zu haben. Marie dagegen war äußerst unbeholfen und ließ sogar die Patronen fallen, die sie einlegen sollte.

Nach dieser Übung liefen die Frauen zu der umgebauten Scheune am Rand des Grundstücks. Sie mussten den ganzen Tag beschäftigt werden, das war eine der Devisen der Ausbilder. Keine sollte Zeit haben, über das, was ihr bevorstand, nachzudenken.

Die Scheune war ein Ableger dessen, was man in London als »Churchills Spielzeugladen« bezeichnete, war also voll von Gegenständen, die man den Agentinnen später mitgeben würde. Puderdosen, die einen Kompass enthielten, gehörten dazu, Lippenstifte, in denen sich ein Fotoapparat verbarg, und Attrappen, in denen man Sprengstoff unterbringen konnte.

Eleanor beobachtete die Frauen durch eine Luke im Scheunentor.

Eine Frau trat an einen Tisch und streckte die Hand nach etwas aus.

»Nichts anfassen!« rief Professor Digglesby, der für diesen Bereich verantwortlich war. »In allen Gegenständen ist Sprengstoff verborgen.«

Digglesby war ein emeritierter Oxford-Professor und

der einzige Ausbilder, der nicht zum Militär gehörte. Er wandte sich an die Gruppe. »In dieser Stunde lernen Sie, Sprengstoffattrappen zu präparieren.«

Eine der Frauen schrie auf, deutete auf etwas in einer Ecke und wich zurück. Die anderen Frauen taten es ihr nach.

Eleanor reckte den Hals, um in die Ecke zu spähen, und entdeckte eine Ratte.

Diesmal schien Marie die Mutige zu sein. Sie griff nach dem Besen, der an der Wand lehnte, und näherte sich der Ratte auf Zehenspitzen. Als sie zuschlagen wollte, hielt Digglesby ihren Arm fest und hob das reglose Tier hoch.

»Ist sie tot?«, fragte Marie.

Digglesby schüttelte den Kopf und zeigte die Ratte den anderen Frauen. »Es ist eine Attrappe.« Das Tier wurde herumgereicht. »Sie wirkt so echt«, sagte Brya.

»Das sollen im Ernstfall auch die Deutschen denken.« Digglesby nahm die Ratte und zeigte ihnen das Fach unter ihrem Bauch, in dem er eine kleine Ladung Sprengstoff untergebracht hatte. Dann winkte er die Truppe nach draußen.

Eleanor ahnte, was gleich geschehen würde, und brachte sich in Sicherheit.

Im Freien setzte Digglesby die Ratte auf den Boden und bat die Frauen, weit zurückzutreten. Dann holte er den Zünder aus seiner Hosentasche und drückte darauf. Es gab einen Knall – und dann lagen dort, wo die Ratte gewesen war, nur noch winzige Fetzen.

Nun holte Digglesby etwas, das wie Kot aussah. Angeekelt verzogen die Frauen ihre Gesichter. »Sprengsätze können so gut wie überall versteckt werden.« Auch diese Attrappe ließ er explodieren.

»Ach du Scheiße«, sagte Josie. Die Frauen lachten.

Digglesby sah Josie tadelnd an. »Attrappen sind nicht zu unserer Erheiterung da. Sie wurden entwickelt, um Ihr Leben zu retten und das des Feinds zu vernichten.« Er nahm die Frauen wieder mit in die Scheune.

Eleanor kehrte ins Haus zurück, ließ sich zu den Akten führen und bat um eine Kanne Tee. Den Rest des Tages verbrachte sie damit, die Akten der SOE-Agentinnen zu studieren.

Die Dokumentation war sehr sorgfältig gemacht worden, stellte sie fest. Die Einträge begannen am Tag der Ankunft. Danach wurden das Verhalten der Frauen und ihre Fähigkeiten bei den Übungen bewertet. Einige waren bereits nach kurzer Zeit wieder nach Hause geschickt worden, doch der größte Teil hatte es bis hierher geschafft.

Auch die Gründe für ihren Wunsch, Agentin zu werden, waren in den Akten vermerkt. Brya entstammte einer russischen Familie, die sich in England niedergelassen hatte. Sie hasste die Deutschen für die brutale Ermordung ihrer Verwandten, die in Minsk zurückgeblieben waren. Maureen war angeworben worden, nachdem ihr Mann bei der zweiten Schlacht von El Alamein gefallen war. Ebenso wie Brya war sie auf Rache an den Deutschen aus.

Josie war die jüngste und womöglich auch die Beste von allen. Sie hatte gelernt, wie man allein auf der Straße überlebte, besaß die Fingerfertigkeit einer Diebin und die

Schnelligkeit, die man brauchte, um der Polizei zu entwischen. Darüber hinaus war sie blitzgescheit und in der Lage, komplexe Zusammenhänge im Nu zu erfassen. In ihr steckte ein Kampfgeist, der Eleanor an sich selbst vor langer Zeit erinnerte.

Fünfzehn Jahre war sie alt gewesen, als in Pinsk ein Pogrom stattfand. Russen, die über die Grenze gekommen waren, fielen über das jüdische Viertel her. Sie zündeten die Häuser an, vergewaltigten Frauen und ermordeten Kinder vor den Augen ihrer Eltern. Eleanor hatte sich im hintersten Winkel eines Schuppens verborgen und vor Angst und Entsetzen geweint.

Einige Russen blieben danach noch in Pinsk, und Eleanor begann, mit einem Messer unter dem Kopfkissen zu schlafen. Ihre Mutter bot sich den Russen an, um ihre beiden Töchter zu schützen. Doch als einer von ihnen statt ihrer Eleanors kleine Schwester Tatjana packte, sie auf den Boden warf und zu vergewaltigen versuchte, wusste Eleanor, was sie zu tun hatte.

In den Tagen danach hielten die Russen vergeblich nach ihrem Kameraden Ausschau. Eleanor und ihre Mutter hatten seine Leiche vergraben, bevor sie mit Tatjana Richtung Westen flohen und sich durchschlugen, bis sie England erreichten.

Doch Eleanors Schwester war ein zerbrechliches Mädchen gewesen und hatte sich von dem Angriff des Russen nie ganz erholt. Sie starb kurz nach ihrer Ankunft in England. Eleanor würde sich nie verzeihen, dass sie mit ihrem Messer nicht schneller bei der Hand gewesen war.

Inzwischen sprachen sie und ihre Mutter kaum noch von Tatjana, doch manchmal glaubte Eleanor im Blick ihrer Mutter einen stillen Groll zu lesen, als würde auch sie Eleanor vorwerfen, dass sie ihre kleine Schwester nicht rechtzeitig gerettet hatte.

Davon abgesehen hatte Eleanors Mutter alles darangesetzt, die Zeichen ihrer Vergangenheit abzustreifen. Sie hatte sich als Schneiderin einen Namen gemacht und es geschafft, in London von dem jüdischen Viertel Golders Green nach Hampstead umzuziehen, wo hauptsächlich wohlhabende, alteingesessene Engländer wohnten. Den jüdischen Nachnamen Tottenberg ließ sie in den englisch klingenden Namen Trigg ändern.

Eleanor hatte länger gebraucht, um sich in England zu akklimatisieren. Eine neue Heimat hatte sie erst in der SOE gefunden.

Eine Akte nach der anderen ging sie nun durch und studierte die Fortschritte, die die Frauen an der Sten Gun, am Funkgerät, in körperlicher Fitness, im Kartenlesen, der Orientierung mit dem Kompass und im Sprachkurs gemacht hatten. Sie fragte sich, ob sie den Frauen alles mitgaben, was sie benötigten. Ihr Projekt sollte ein Erfolg werden, und davon war es im Moment noch weit entfernt.

Als der Abend dämmerte, kam ein Stabsmitarbeiter und fragte Eleanor, ob sie mit den anderen essen wolle. Eleanor bat ihn, ihr einen kleinen Imbiss zu bringen, dann griff sie nach der Akte über Marie Roux. Marie war als Letzte der derzeitigen Frauengruppe eingetroffen und schien noch einige Schwierigkeiten zu haben. Die Kommentare über sie reichten von »unkonzentriert« über »zögerlich« bis hin zu »unbeholfen«.

Womöglich war Marie zu ängstlich, dachte Eleanor. Das wäre ein Problem, Mut ließ sich nur schwer erlernen. Vielleicht war ihre Rekrutierung ein Fehler gewesen. Eleanor kannte Maries Herkunft und wusste, dass sie eine problematische Kindheit gehabt hatte. Die Mutter hatte sie verhätschelt, der Vater drangsaliert. Und kaum war sie dem Elternhaus entronnen, hatte sie sich dem erstbesten Mann in die Arme geworfen. Andererseits war sie eine alleinstehende, berufstätige Mutter, die eine kleine Tochter großgezogen hatte, bevor sie das Kind, um es vor den Bombenangriffen auf London zu schützen, aufs Land geschickt hatte. Das sprach eigentlich für sie und ihre Fähigkeit, schwierige Entscheidungen zu treffen.

Eleanor beschloss, Marie am nächsten Tag selbst noch einmal zu testen und danach zu entscheiden, ob sie bleiben konnte oder nicht.

Eleanor hörte das Klingelzeichen, das »Licht aus!« bedeutete, doch sie arbeitete weiter, las die Akten und machte sich Notizen. Gegen elf Uhr schmerzte ihr Rücken, und die Buchstaben begannen vor ihren Augen zu verschwimmen. Sie legte die Akten zurück und verließ den Raum.

Leise öffnete sie die Tür zum Schlafsaal der Frauen. Marie und Josie schliefen in benachbarten Betten und hatten sich zueinandergedreht, als würden sie sich noch immer unterhalten.

Alle wurden hier zu Teams ausgebildet, und doch würden sie nach ihrer Ausbildung Einzelkämpferinnen sein, die sich in erster Linie auf sich selbst verlassen mussten.

Eleanor schloss die Tür. Als sie in ihrem Zimmer war, klopfte ein junger Uniformierter und sagte, sie werde am Telefon verlangt. Er führte sie in ein Büro und verschwand wieder.

Eleanor nahm den Hörer ab und meldete sich.

Durch das Rauschen der Leitung drang die Stimme des Direktors. »Trigg«, sagte er ohne lange Vorrede, »sind die Frauen einsatzbereit?«

Eleanor wunderte sich, dass er so spät noch anrief. Die Frage hätte eigentlich bis zum nächsten Morgen warten können. Und was sollte sie antworten? Wenn sie zugab, dass sie noch Zweifel hatte, würde es sich in der SOE wie ein Lauffeuer verbreiten. Man würde über sie lachen, und alle würden sagen, sie hätten von Anfang an gewusst, dass aus Frauen keine guten Agentinnen werden konnten. Aber war das Leben der Frauen nicht mehr wert als ihr Stolz?

»Noch nicht ganz, aber bald«, antwortete sie.

»Sehr schön. Wir brauchen sie. Die Aktion ›Brücke‹ wurde genehmigt.«

Eleanors Magen verkrampfte sich. Die Sprengung einer großen Eisenbahnbrücke in der Île-de-France gehörte zu den gefährlichsten Unternehmen, die die SOE in jüngster Zeit geplant hatte. Und eine ihrer Frauen würde dabei die Hauptrolle spielen.

»Verständigen Sie die Agentin, die sich bei den Sprengübungen hervorgetan hat, gleich morgen früh. Vielleicht bekommt sie ihren Marschbefehl lieber von Ihnen als von einem der Männer.«

Eleanor schwieg. Vor ihrem inneren Auge sah sie die friedlich schlafenden Frauen.

Der Direktor räusperte sich. »Sind Sie noch da, Trigg?«

»Ich bin mir nicht sicher, ob sie schon so weit ist. Ihr Französisch lässt noch zu wünschen übrig.«

»Zum Sprengen ist das nicht nötig. Aber die Vorbereitungen werden eine Zeit lang in Anspruch nehmen, und sie muss von Anfang an dabei sein.«

Der Direktor legte auf. Eleanor schlich sich noch einmal zum Schlafsaal der Frauen und öffnete die Tür.

Josie hatte sich zusammengerollt. Eine Faust lag an ihrem Mund, wie bei einem Kind. So hatte auch Tatjana geschlafen.

Mit einem Mal verspürte Eleanor eine große Zuneigung zu dieser jungen Frau und schwor sich, eine schützende Hand über sie zu halten – jedenfalls so weit es angesichts der ihr bevorstehenden Aufgabe möglich war.

Dann trat sie zurück und drückte die Tür lautlos ins Schloss.

7. KAPITEL

MARIE

Schottland, 1944

Schon in der Schule hatte Marie Dauerläufe gehasst, doch nun hatte sie das Vergnügen seit sechs Wochen täglich. Jeden Morgen ging es in aller Herrgottsfrühe fünf Meilen den Hang hinauf, um einen kleinen Bergsee herum, weiter zum Kamm und wieder hinunter. Bei jedem Lauf bekam sie neue Blasen an den Füßen, aber wenigstens war sie nicht mehr die Letzte. Sie war kräftiger geworden und hatte eine Ausdauer, die sie sich nie zugetraut hätte. Josie war ihr Vorbild, mit ihr wollte sie mithalten können. Außerdem war es schön, neben ihr zu laufen und dann und wann einige Worte mit ihr zu wechseln.

Als ihre Eltern noch lebten, hatte Josie mit ihnen in den schottischen Highlands Ferien gemacht. Sie kannte die Namen der Bäume und Vögel und konnte an den Wolkenbildern erkennen, ob es ein schöner oder verregneter Tag werden würde.

Auch nachts, wenn sie nicht schlafen konnten, unterhielten sie sich flüsternd. Josie erzählte dann Geschichten aus ihrem Leben als Straßenkind, denen Marie mit offenem Mund lauschte. Für Marie wiederum war Josie der erste

Mensch, dem sie anvertraute, wie niederträchtig Richard sich benommen hatte und dass sie es ihm verdankte, keinen Penny mehr zu besitzen.

Doch je mehr sie über Josies Leben erfuhr, desto mehr hielt Marie sich mit ihren eigenen Klagen zurück. Zwar hatte sie eine unschöne Kindheit gehabt, doch sie hatte nie um ihr Überleben kämpfen müssen. Manchmal, wenn eine Geschichte Josies ihr zu sehr ans Herz ging, griff sie nach der Hand ihrer Freundin und drückte sie.

Bei den gemeinsamen Mahlzeiten saßen Marie, Brya und Josie zusammen, so auch an diesem Morgen beim Frühstück. Da Madame Poirot am Nebentisch sie mit Argusaugen überwachte, taten sie, als wären sie in Frankreich.

Marie griff nach ihrer Serviette und legte sie auf ihren Schoß. Sie schenkte sich Kaffee ein, Tee zu trinken war verboten. Auch nach der Butter durfte man nicht greifen, die gab es Frankreich nicht mehr.

Marie erinnerte sich an eine ihrer ersten Abendmahlzeiten im Arisaig House. Auf dem Tisch standen mehrere Flaschen Rotwein. »Rühr den Wein nicht an«, flüsterte Josie. »Es ist ein Test.« Marie hatte keine Ahnung, welche Art Test der Genuss eines Glases Rotwein sein sollte, doch sie ließ den Wein stehen. Etliche Frauen tranken zwei oder drei Gläser. Ihre Wangen röteten sich, sie begannen einander Geschichten aus ihrer Vergangenheit zu erzählen, ihre Stimmen wurden laut, ihr Lachen noch lauter. Dann kam Madame Poirot und erklärte ihnen mit schonungslosen Worten, wie lange sich betrunkene Agentinnen im Einsatz hielten.

»Warum schlingst du dein Frühstück so herunter?«, fragte Josie nun. »Hast du ein Rendezvous?«

»Sehr witzig«, entgegnete Marie. »Ich muss die Funker-Prüfung wiederholen.«

Josie sah sie mitfühlend an. Wenn Marie die Prüfung beim zweiten Anlauf nicht bestand, wäre sie draußen.

Das wusste auch Marie, doch allmählich fragte sie sich, ob das so schlimm wäre. Als sie in London den Vertrag unterschrieben hatte, den Mrs Trigg ihr vorlegte, war ihr nicht bewusst gewesen, auf was sie sich einließ. Darüber hinaus wurde ihre Sehnsucht nach Tess täglich größer, und sie wünschte sich nichts so sehr, wie ihre kleine Tochter wieder in die Arme schließen zu können.

Inzwischen war Marie auch der festen Überzeugung, dass sie nicht zur Agentin taugte. Sie hatte ja nicht einmal die Prüfung zur Funkerin bestanden – und das als Einzige in ihrer Sechsergruppe.

Schön, sie war körperlich fitter geworden, doch das war auch das einzig Gute an ihrer Zeit hier. Sie wusste, was ein toter Briefkasten war und welche Orte sich dazu eigneten. Schlösser konnte sie ebenfalls knacken, ebenso Karten lesen. Und sie hatte gelernt, dass sie als Treffpunkt mit einem anderen Agenten einen Ort wählen musste, wo sie als Frau nicht auffiel. Aber interessierte sie so etwas tatsächlich?

Davon abgesehen hatte sie nicht nur als Funkerin versagt. Ebenso wenig schaffte sie es, mit ruhiger Hand einen Sprengsatz zu legen, auf dem Schießstand war sie eine absolute Niete, und bisher hatte sie sich noch kein einziges

Mal aus einem Würgegriff befreit. Es war auch peinlich, dass sie nicht in der Lage war, eine Tarngeschichte aufrechtzuerhalten. Sie konnte einfach nicht lügen. Und wenn sie das schon in Übungssituationen nicht schaffte, wie sollte es ihr dann im Einsatz gelingen? Nur in Französisch war sie von allen die Beste.

Marie stellte sich vor, wie schön es wäre, ihre olivgrüne Kleidung auszuziehen, ihren Vorgesetzten zu schwören, dass sie niemandem etwas über die SOE und Arisaig House verraten würde, und dann zu Tess und Hazel nach Ely zu fahren. Darüber dachte sie ständig nach, in den Kursen, während der Übungen und wenn sie abends lernte. Sie hatte es niemandem erzählt, nicht einmal Josie.

Die anderen Frauen schienen an ihrer Mission nicht zu zweifeln oder falls doch, behielten sie es für sich. Nach außen wirkten sie, als könnten sie den ersten Einsatz kaum erwarten. Keine gab zu, Angst zu haben.

Josie stieß Marie an und deutete auf den Eingang des Speisesaals. »Hoher Besuch aus London. Da muss etwas im Gange sein.«

Im Eingang stand Mrs Trigg. Marie hatte sie seit ihrer Rekrutierung nicht mehr gesehen, jedoch häufig an sie gedacht und sich gefragt, wie diese Frau auf die verrückte Idee gekommen war, ausgerechnet sie in den Kreis potenzieller Agentinnen aufzunehmen.

Marie erhob sich halb und winkte Mrs Trigg, als wäre sie eine alte Freundin, doch die reagierte nicht. Verlegen sank Marie auf ihren Stuhl zurück. Hatte Mrs Trigg ihr Gespräch in jenem Badezimmer vergessen oder war Marie für sie nur eine der namenlosen Frauen, die man anwarb und damit war die Sache erledigt?

»Du Dummkopf«, zischte Josie. »Würdest du ihr auch in Frankreich winken?«

Marie spürte, wie ihr Hitze ins Gesicht schoss. Natürlich, sie durften einander nicht erkennen, hatten keine gemeinsame Vergangenheit. Es war eine der obersten Regeln der SOE. Wieder hatte sie versagt.

»Kennst du Mrs Trigg auch?«, fragte Marie.

Josie nickte. »Als ich mich bei der SOE gemeldet hatte, wurde ich von ihr begutachtet.«

»Ich auch«, sagte Brya. »Aber wer mich im Schreibzimmer der Stadtverwaltung von Chelmsford entdeckt und der SOE empfohlen hat, weiß ich bis heute nicht.«

»Mrs Trigg steckt hinter allem«, sagte Josie. »Sie hat unser Übungsprogramm mit entworfen und gehört zu denen, die entscheiden, wann und wo wir eingesetzt werden.«

Marie erschrak. Sie hatte Mrs Trigg als hart und kühl in Erinnerung. So jemand schickte andere vermutlich ohne mit der Wimper zu zucken in den Tod.

»Ich glaube, dass sie ein schwieriger Mensch ist«, wagte sie sich vor.

»Mit ›schwierig‹ kann ich umgehen«, antwortete Brya. »Aber Eleanor Trigg ist der Typ, der meint, alles besser zu können. Ich frage mich, warum sie dann nicht selbst in Frankreich ist.«

»Das hat sie versucht«, sagte Josie leise. »Bereits mehrere Male – und immer vergeblich.« Josie war die geborene Agentin. Selbst im Arisaig House hatte sie sich bereits ein solides Netzwerk an Informanten geschaffen. »Ihre Vorgesetzten möchten, dass sie in London bleibt und dafür sorgt, dass die Frauen, die sie anwirbt, einsatzbereit werden.«

Mrs Trigg stand noch immer im Eingang und ließ ihren Blick schweifen.

»Warum steht sie da so allein?«, fragte Marie.

»Sie ist eher der einsame Typ«, antwortete Josie.

Nach dem Frühstück mussten sie sich in dem großen Raum einfinden, der als Funkstation eingerichtet worden war.

Zu ihrem Entsetzen sah Marie, dass Mrs Trigg, mit Block und Stift ausgestattet, in einer Ecke saß.

Beunruhigt ließ Marie sich an ihrem Funkgerät nieder und setzte die Kopfhörer auf. Mit dem Gerät selbst kam sie inzwischen klar, steckte die Kabel in die richtigen Anschlüsse und wusste, welche Schalter sie zum Senden und zum Empfangen bedienen musste. Sie dachte auch daran, den Schwingquarz in den unteren Teil des Geräts einzusetzen.

Dieser Teil war ein kleines rechteckiges Metallkästchen mit zwei Steckkontakten und enthielt verschlüsselt die Frequenzen, mit denen gesendet und empfangen werden konnte.

Bei dem Prüfungstext, den Marie übermitteln sollte, handelte es sich um einen Auszug aus der berühmten Rede zum Sankt-Crispins-Tag aus *Heinrich V.* von William Shakespeare.

Und nie von heute bis zum Schluss der Welt
Wird Crispin Crispian vorübergehn,
Dass man nicht uns dabei erwähnen sollte,
Uns wen'ge, uns beglücktes Häuflein Brüder:
Denn welcher heut sein Blut mit mir vergießt,
Der wird mein Bruder; sei er noch so niedrig,
Der heut'ge Tag wird adeln seinen Stand.
Und Edelleut' in England, jetzt im Bett',
Verfluchen einst, dass sie nicht hier gewesen,
Und werden kleinlaut, wenn nur jemand spricht,
Der mit uns focht am Sankt Crispinus-Tag.

Als Erstes musste sie den Text mithilfe des Codeblocks übertragen. Wie bei einem richtigen Einsatz stand der Generalschlüssel auf einem separaten Stück Seide. Er sah vor, aus jedem a ein m und aus jedem o ein w zu machen. Marie tat es und verbrannte das Stück Seide anschließend mit einem Streichholz, so wie sie es gelernt hatte und auch später im Einsatz tun musste, wo sie für jede Nachricht einen gesonderten Schlüssel hätte.

Anschließend sollte sie die Nachricht mithilfe des Morsealphabets übertragen. Das beherrschte Marie mittlerweile, doch sie war noch immer nicht so schnell wie die anderen Frauen. Jedes Mal, wenn sie sich sagte, dass sie keinen Fehler machen durfte, wurde sie nervös.

Für den Fall, dass sie eingesetzt wurde, war zur Sicherheit Maries Signatur aufgenommen worden, so dass später niemand in ihrem Namen Nachrichten senden konnte. Zu dem Zweck hatte sie einen mehrzeiligen Text morsen müssen. Die einzige Auflage war, dass kein Wort auf sie hinwies.

Marie hatte etwas über die Frühlingssonne, den tauenden Schnee und die ersten Narzissen geschrieben. Dieser Text gehörte nun zu ihrer Akte und würde später auch ihren Kontakten zur Verfügung stehen, die ihre Signatur anhand der Stärke ihres Anschlags und den Pausen zwischen den einzelnen Zeichen erkennen konnten. Signaturen waren unverwechselbar.

Marie hatte den Ausbilder gefragt, ob eine Signatur sich mit der Zeit nicht ändere. Sie konnte sich nicht vorstellen, dass sie bei ihr immer gleich ausfallen würde. Doch sie hatte erfahren, dass es wie bei einer Handschrift äußerst schwierig sei, sie zu kopieren oder zu verändern.

Als weiteres Erkennungsmerkmal musste sie in ihren Funksprüchen Fehler einbauen, als jeden fünfunddreißigsten Buchstaben ihrer Nachricht ein p einsetzen und das o jedes zweite Mal durch ein u ersetzen.

Der zweite Buchstabentausch galt als Bluff, den sollte Marie im Verhör verraten, falls die Deutschen sie jemals fassten, den ersten jedoch nicht. Die Hoffnung war, dass die Deutschen sich mit einem einzigen Erkennungsmerkmal zufriedengäben und somit nicht in der Lage wären, Nachrichten in ihrem Namen überzeugend zu fingieren.

Marie vergewisserte sich, dass sie die richtigen Buchstaben vertauscht hatte. Dann schickte sie die Nachricht an den Funkfernschreiber im Raum und lehnte sich zurück. Sie hatte ein gutes Gefühl.

Plötzlich war Mrs Trigg an ihrer Seite. Sie hatte Maries

Nachricht aus dem Fernschreiber gerissen und knallte sie vor Marie auf den Tisch.

»So wird das nichts!«, herrschte sie Marie an. »Sie hämmern auf den Tasten wie ein Kind auf ein Klavier. Wie soll man Ihre Signatur erkennen, wenn Sie Ihre Nachrichten ohne Sinn und Verstand eingeben?«

Marie holte Luft, um ihr zu erklären, dass die Signatur angeblich unverwechselbar sei, doch da griff Mrs Trigg bereits nach ihrem Funkgerät und zog einen Schraubenzieher aus der Tasche ihres Jacketts. Wie eine Besessene begann sie, das Gerät auseinanderzunehmen, Schrauben, Schalter und Metallteile fielen auf den Boden. Die anderen Frauen starrten entgeistert zu ihnen hinüber. Selbst der Ausbilder wirkte bestürzt.

Marie saß wie gelähmt da und hatte das Gefühl, nicht nur dem Funkgerät, sondern auch ihr selbst werde Gewalt angetan.

»Es genügt nicht, Nachrichten zu senden«, fuhr Mrs Trigg Marie an. »Sie müssen Ihr Gerät auseinandernehmen und reparieren können.« Schwer atmend richtete sie sich auf. »Sie haben zehn Minuten Zeit, alles wieder zusammenzusetzen.« Damit warf sie den Schraubenzieher auf den Tisch, machte kehrt und ging davon.

Marie war den Tränen nah. Sie hatte nichts falsch gemacht, doch Mrs Trigg wollte anscheinend, dass sie scheiterte.

Hilflos betrachtete Marie die Einzelteile vor ihr. Sie versuchte, sich an das Handbuch zu erinnern, das man ihnen am ersten Tag des Kurses gegeben hatte, doch sie war so durcheinander, dass sie kaum einen klaren Gedanken fassen konnte.

Josie reichte ihr den Boden des Gehäuses. Nach ihr kamen auch die anderen Frauen, lasen die Einzelteile auf und gaben Marie Ratschläge. Josie flüsterte Marie zu, was wohin gehörte.

»Meinst du, es funktioniert noch?«, fragte Marie und betrachtete das von Neuem zusammengesetzte Gerät skeptisch.

»Schalte es ein«, schlug Josie vor.

Mit zittrigen Fingern schaltete Marie das Gerät an. Man hörte ein Klicken.

»Na also, geht doch«, sagte Josie.

»Danke, Josie.« Marie schaute sich nach Mrs Trigg um. Sie war nicht mehr da, hatte es nicht einmal für nötig befunden, zu warten, bis Marie ihre Aufgabe erledigt hatte.

»Was hat Mrs Trigg gegen dich?«, fragte Josie.

»Das werde ich gleich herausfinden«, antwortete Marie zornig und lief, ohne um Erlaubnis zu bitten, aus dem Unterrichtsraum.

Sie entdeckte Mrs Trigg in einem Büro am Ende des Flurs. Eine Akte lag vor ihr, und sie war dabei, eine Eintragung zu machen.

»Was habe ich Ihnen eigentlich getan?«, fragte Marie aufgebracht. »Warum muss ich etwas können, das wir bisher nicht gelernt haben?«

Mrs Trigg klappte die Akte zu. »Sie haben mir nichts getan. Ich bin lediglich dabei, mir ein Bild von den Frauen in Ihrer Gruppe zu machen.«

»Ach«, sagte Marie, »und warum musste keine der anderen Frauen ein Funkgerät zusammensetzen?«

»Es war nur ein Test, um zu sehen, wie engagiert Sie sind.«

Marie dachte daran, wie viel Mühe es sie kostete, in den Übungsstunden mitzuhalten. »Und Sie glauben, ich bin es nicht?«

»Was ich glaube, spielt keine Rolle.« Mrs Trigg klopfte auf die Akte auf ihrem Tisch. »Ich habe Ihre Akte gelesen. Sie lassen zu wünschen übrig.«

Maries Gesicht wurde heiß vor Scham.

»Sie tun nur das Nötigste, das geht aus der Akte klar hervor.«

»Niemand spricht so gut Französisch wie ich!«, versuchte Marie sich zu verteidigen. »Nicht einmal einer der Männer.«

»Wir müssen in allem besser sein als die Männer«, antwortete Mrs Trigg. »Nur so werden wir anerkannt.«

Marie ließ sich auf den Stuhl vor dem Schreibtisch sinken. »Jeden Tag codiere und decodiere ich die Nachrichten schneller.«

Mrs Trigg seufzte. »Es geht nicht um Ihre technischen Fähigkeiten, sondern um Ihre innere Einstellung. Ihr Funkgerät ist nicht nur ein Apparat, es gehört zu Ihnen. Die Frage, wie man es repariert und zusammensetzt, hätte sich Ihnen längst stellen müssen.«

Mrs Trigg griff nach unten und hob Maries Reisetasche auf den Tisch. »Ich habe alles, was Ihnen gehört, packen lassen. In einer Stunde kommt der Wagen, der Sie zurück nach London fährt.«

Marie war fassungslos. »Sie werfen mich raus?« Tränen traten in ihre Augen. Sie zwinkerte sie fort.

Mrs Trigg schüttelte den Kopf. »Nein, ich biete Ihnen die Möglichkeit an, Ihre Ausbildung abzubrechen. Die letzte Entscheidung überlasse ich Ihnen. Denken Sie sorgfältig darüber nach und fragen Sie sich ernsthaft, ob Sie gut genug sind und wirklich hier sein wollen.«

Marie überlegte, ob das wieder ein Test war. Sie studierte Mrs Triggs Miene, die jedoch nichts verriet. Der Gedanke, das Arisaig House zu verlassen, war verlockend. Sie könnte am nächsten Tag in London sein und am Wochenende Tess besuchen.

Doch irgendetwas hielt sie zurück. »Darf ich Ihnen eine Frage stellen?«

Mrs Trigg nickte widerwillig. »Aber nur eine.«

»Wo werde ich eingesetzt, falls ich bleibe?« Darüber war bisher noch nicht gesprochen worden.

»Sie würden die Deutschen in Frankreich beobachten und das Hauptquartier in London über ihre Bewegungen informieren. Sie würden von uns darüber informiert, wann und wo einer von unserer Seite mit dem Flugzeug landet, mit dem Fallschirm abspringt oder Waffen und Munition abgesetzt werden.«

So viel wusste Marie bereits.

»Wir müssen alles in unserer Macht Stehende tun, um uns und unseren Alliierten die Invasion in Frankreich zu erleichtern und die Nachschubwege der Deutschen zu blockieren. Die Informationen zwischen dem Londoner Hauptquartier und unseren Agenten müssen fließen. Deshalb müssen Sie auch in der Lage sein, Ihr Funkgerät zu reparieren. Ausfälle können wir uns nicht leisten.«

»Ich habe das Gerät zusammengesetzt«, entgegnete Marie. Leise fügte sie hinzu: »Aber die Anderen haben mir geholfen.«

»Schön, dass Sie ehrlich sind«, sagte Mrs Trigg. »Falls Sie sich dafür entscheiden, zu bleiben, müssen Sie lernen, einen kühlen Kopf zu bewahren. Wie in dem Moment, als Sie die Ratte entdeckt haben.«

Marie fragte sich, woher Mrs Trigg das wusste. »Den Anblick bin ich gewöhnt, in meinem Haus in London gibt es jede Menge.«

»Ach, richtig«, meinte Mrs Trigg. »Sie haben ja keinen Mann mehr, der bei einer Rattenplage helfen kann.«

»Nein.« Marie schaute zu Boden. »Er hat mich nach der Geburt unserer Tochter verlassen.«

Mrs Trigg schnaubte verächtlich. »Wenn er so ein Drecksack ist, sollten Sie froh sein, dass Sie ihn los sind.«

Der Gedanke war Marie auch schon gekommen. Hunderte Male hatte sie sich in ihren einsamen Nächten gefragt, was sie getan haben könnte, dass Richard sie verlassen hatte, doch irgendwann war die Frage verblasst, und nur Tess war noch von Bedeutung gewesen.

»Es freut mich aber, dass Sie wenigstens diesmal die Wahrheit sagen«, fuhr Mrs Trigg fort. »Bei unserem ersten Gespräch haben Sie mich belogen.«

»Es tut mir leid«, entschuldigte sich Marie. »Das hätte ich nicht tun dürfen.«

Mrs Trigg lächelte. »Vielleicht sind Sie ja doch in der

Lage, eine Tarngeschichte aufrechtzuerhalten. Abgesehen davon haben wir alle Geheimnisse, die wir wahren möchten. Aber die Frauen, die wir hier ausbilden, müssen uns die Wahrheit sagen. Aus Lügen werden Sicherheitslücken.« Sie überreichte Marie ihre Reisetasche. »Ziehen Sie sich um, falls Sie die Ausbildung abbrechen wollen. Lassen Sie die Kleidung und alles andere, das wir Ihnen zur Verfügung gestellt haben, hier. Der Wagen wird vor dem Haupteingang auf Sie warten.«

Mrs Trigg wandte sich ihrem Aktenstapel zu. Das Gespräch war offenbar beendet.

Als Marie den Schlafsaal betrat, saß Josie auf der Fensterbank und wartete auf sie. »Wie war's?«, fragte sie und sah Marie mitleidig an.

Die zuckte mit den Schultern. »Wenn ich will, kann ich gehen.«

Josie riss die Augen auf. »Wieso das denn?«

Marie setzte sich auf ihre Bettkante. »Vielleicht wäre es besser«, antwortete sie niedergeschlagen. »Ich war von Anfang an nicht die Richtige für diese Art von Arbeit.«

»Du wusstest nur nicht, weshalb du hier bist«, verbesserte Josie sie. »Die Bezahlung reicht als Grund nicht aus.« Sie setzte sich auf ihr Bett. »Für mich ist es anders, ich habe einen Ort und Menschen gesucht, denen ich mich verbunden fühlen kann – eine Heimat und wieder eine Art Familie.« Sie runzelte die Stirn. »Ich lasse mich nicht vergraulen, auch wenn sie das wollen.«

»Wer sind ›sie‹? Die SOE?«

Josie schüttelte den Kopf. »Die Männer hier, allen voran

dieser McGinty. Sie möchten beweisen, dass eine Frau nicht zur Agentin taugt.«

»Vielleicht haben sie recht.«

»Nein, haben sie nicht.« Josie holte einen kleinen Koffer aus ihrer Truhe und begann, ihre Sachen zu packen.

»Was tust du da?«, fragte Marie. Josie war von ihnen allen die Beste, es war undenkbar, dass man ihr ebenfalls vorgeschlagen hatte, die Ausbildung abzubrechen.

»Ich werde jetzt schon auf meinen ersten Einsatz geschickt.«

Marie war entsetzt. »Aber das geht doch nicht, das ist zu gefährlich!«

»Der ganze Job ist gefährlich.« Josie zuckte mit den Schultern. »Morgen früh breche ich auf.«

Bekümmert sah Marie zu, wie Josie ihre Kleidungsstücke faltete, glattstrich und verstaute. Was würden sie und die ganze Gruppe bloß ohne ihre Freundin tun? Sie hatte ihnen allen Halt gegeben, und Marie war sie besonders ans Herz gewachsen.

Josie lachte. »Du siehst aus, als wäre die Welt untergegangen.«

»Ich finde deinen Aufbruch übereilt, weiter nichts.« Marie wusste, dass Josie über ihren Einsatz nicht sprechen durfte, aber wenn sie vorzeitig entsendet wurde, war klar, dass es sich um etwas Großes handelte.

Marie trat an ihre Truhe und holte die kleine Flasche Cider heraus, die sie einem der Küchenjungen abgeschwatzt hatte. »Hier, die wollte ich dir übermorgen zum achtzehnten Geburtstag schenken. Du hast mal gesagt, dass dein

Bruder an einem Geburtstag mit dir ein Glas Apfelwein getrunken hat.«

»Oh, Marie. Vielen, vielen Dank.« Josie errötete vor Freude und drückte Marie an sich. »Ich hätte nicht gedacht, dass sich noch einmal jemand an meinen Geburtstag erinnert. Komm, wir stoßen an.« Sie schraubte die Flasche auf und verteilte das schäumende Getränk auf zwei Becher. »Auf erfolgreiche Einsätze und eine lange Freundschaft!«

Marie warf einen Blick zur Tür und stellte sich vor, Mrs Trigg käme herein und würde sie am helllichten Tag trinken sehen. Doch dann sagte sie sich, was soll's, prostete Josie zu und nahm einen Schluck.

»Du solltest hierbleiben.« Genüsslich nippte Josie an ihrem Getränk. »Wer soll auf die Neuen aufpassen, wenn wir beide nicht da sind? Wer soll sie trösten, wenn sie alles falsch machen?«

Vor einigen Tagen waren drei neue Frauen eingetroffen, die mit Anfangsschwierigkeiten zu kämpfen hatten.

»Irgendjemand wird die Rolle schon übernehmen«, entgegnete Marie und stellte fest, dass ihr der Gedanke missfiel.

»Sicher, aber du machst das auf eine so liebe und fürsorgliche Art.« Josie lachte. »Weißt du noch, wie du anfangs den Hang hinaufgekeucht bist? Auf dem Rückweg mussten wir dich beinah tragen. Und jetzt läufst du die Strecke, als wäre es nichts.« Sie sah Marie eindringlich an. »Bleib, Marie, mach die Ausbildung fertig.«

Unsicher betrachtete Marie ihre Reisetasche.

Josie stieß sie in die Seite. »Komm, Professor Digglesbys Kurs beginnt in zwei Minuten. Wir müssen noch ein paar Scheißhaufen sprengen.« Sie lief los.

Marie trat ans Fenster und ließ ihren Blick über die Bucht, die Hügel und den vergissmeinnichtblauen Himmel wandern. Sie wünschte, alles wäre noch wie am Morgen, als es noch kein Gespräch mit Mrs Trigg gegeben und sie noch nicht gewusst hatte, dass Josie sie verlassen würde. Sie hatte sich bei den Frauen hier wohlgefühlt. Mitunter hatte sie sogar vergessen, dass Krieg war und man sie eines Tages mitten ins Kriegsgeschehen schicken würde.

Sie wandte sich um und öffnete ihre Reisetasche. Die Kleidungsstücke darin schienen zu einem anderen, ihr fremd gewordenen Leben zu gehören. Sie sah sich um. War sie nicht Teil von etwas geworden, das sinnvoller war als ihr Londoner Dasein? Etwas, auf das sie eines Tages stolz sein wollte? Sollte sie das einfach aufgeben?

»Nein, noch nicht«, sagte sie laut, schob die Reisetasche unter ihr Bett und lief zu Professor Digglesbys Übungsstunde.

8. KAPITEL

GRACE

New York, 1946

Der Koffer war weg.

Als könnte sie es noch immer nicht fassen, starrte Grace auf die leere Stelle unter der Bank. Einen Moment lang fragte sie sich sogar, ob sie sich heute Morgen vielleicht alles nur eingebildet hatte, doch dann fielen ihr die Fotos in ihrer Handtasche ein. Offenbar war jemand gekommen und hatte den Koffer mitgenommen.

Grace ließ sich auf der Bank nieder und dachte nach. Eigentlich war es kein Wunder, dass der Koffer fort war, es wäre sogar noch merkwürdiger gewesen, wenn er noch immer unter der Bank gelegen hätte. Trotzdem war sie enttäuscht – sie hätte zu gern erfahren, wem der Koffer gehörte und was es mit den Frauen auf den Fotos auf sich hatte.

Sie winkte einen Gepäckträger herbei und fragte ihn, was sie tun müsse, wenn sie einen Koffer suche.

»Wenn er in der Gepäckaufbewahrung ist, kann ich ihn holen«, sagte der Mann. »Dazu brauche ich den Aufbewahrungsschein.«

»Der Koffer gehört mir nicht«, antwortete Grace verlegen. »Heute Morgen war er noch hier.« Sie deutete unter die Bank. »Als hätte jemand ihn vergessen. Er war braun, und auf einer Seite stand ein Name.«

Der Gepäckträger sah sie verdutzt an. »Wieso suchen Sie einen Koffer, der Ihnen nicht gehört?«

Gute Frage, dachte Grace. Sie überlegte, ob sie die Fotos erwähnen sollte, die sie zurückgeben musste, doch dann hätte sie gestehen müssen, dass sie den Koffer geöffnet hatte. »Ich wollte den Besitzer ausfindig machen, weiter nichts.«

»Ohne Aufbewahrungsschein kann ich Ihnen nicht helfen. Sie können höchstens noch im Fundbüro nachfragen.«

Das Fundbüro lag in einer der hintersten Ecken des Bahnhofs. An einem Tresen vor Regalen voller Fundstücke saß ein älterer Mann mit einer erloschenen Zigarette im Mund und las Zeitung.

Grace räusperte sich.

Der Mann blickte auf.

»Guten Tag. Ich suche einen braunen Koffer. Auf einer Seite steht der Name ›Trigg‹. In großen Buchstaben und mit weißer Kreide geschrieben.«

Der Mann nahm die Zigarette aus dem Mund. »Wann haben Sie den Koffer verloren?«

»Heute Morgen«, antwortete Grace und fand, dass es in gewisser Weise zutraf.

Der Mann verschwand in einem Raum hinter den Regalen. Grace hörte ihn rumoren. Als er zurückkehrte, schüttelte er den Kopf. »So einen Koffer haben wir nicht.«

»Sind Sie sicher?« Grace ließ ihren Blick über die Regalfächer gleiten.

»Absolut.« Der Mann zog eine Schublade auf, entnahm ihr einen Aktenordner und schlug ihn auf. Mit dem Finger folgte er den Einträgen. »Wir tragen jedes Fundstück ein, aber einen Koffer hatten wir seit Tagen nicht mehr.«

Grace seufzte. »Wahrscheinlich kommt es nicht oft vor, dass jemand seinen Koffer vergisst.«

Der Mann lachte. »Sie würden staunen, was die Leute alles vergessen. Reisetaschen, Handtaschen, Fahrräder – sogar Hunde!«

»Und die Sachen bleiben alle hier?«

»Bis auf die Hunde, die kommen ins Tierheim. Wenn Sie wollen, können Sie Ihren Namen und Ihre Adresse hinterlassen. Falls Ihr Koffer bei uns abgegeben wird, melden wir uns.«

Grace notierte beides auf dem Zettel, den er ihr reichte.

Auf dem Rückweg kam sie erneut an der Bank vorbei und bückte sich, um noch einmal darunterzuspähen. Der Koffer war und blieb fort. Grace stellte sich die Besitzerin vor, die zurückgekehrt war, um ihn zu holen, und nun irgendwann entdeckte, dass die Fotos verschwunden waren.

Dann blieb sie stehen. Vielleicht sollte sie die Fotos im Fundbüro abgeben. Damit wäre die Angelegenheit erledigt. Sie griff in ihre Handtasche, holte den Umschlag heraus – und zögerte. Sie dachte an die Unbekannte, der die Fotos gehörten, und stellte sich vor, wie aufgebracht sie über den Verlust wäre. Nein, sie konnte die Fotos nicht einfach im Fundbüro hinterlassen. Sie musste die Besitzerin ausfindig machen, die Fotos zurückgeben und sich entschuldigen.

Aber wie sollte sie jemanden finden, von dem sie nur

wusste, dass es sich um eine Frau namens Trigg handelte? Grace stutzte. War auf den Fotos nicht ein Wasserzeichen gewesen?

Wieder setzte sie sich auf die Bank, öffnete den Umschlag und zog ein Foto heraus. Es hatte tatsächlich ein Wasserzeichen. *O'Neill's, London* war darauf zu lesen. Womöglich hatte der Koffer einer Mrs Trigg aus England gehört. Vielleicht sollte sie die Fotos im britischen Konsulat abgeben.

Grace schaute auf die große Bahnhofsuhr. Es war halb fünf, das Konsulat also bereits geschlossen. Auch spürte sie allmählich wieder ihre Müdigkeit. Sie sehnte sich nach einem heißen Bad und ihrem Bett – doch vorher musste sie etwas essen. Außer dem Hotdog am Mittag hatte sie den ganzen Tag nichts zu sich genommen.

Grace verließ den Bahnhof und steuerte den Imbiss auf der anderen Seite des Bahnhofsvorplatzes an. Sie hoffte, dass das Essen dort nicht zu teuer war. Normalerweise bereitete sie sich in der Küche ihres Wohnheims abends eine einfache Mahlzeit zu.

Drinnen waren kaum Gäste. Grace setzte sich an den Tresen, überschlug im Geist ihre Barschaft und bestellte sich ein gegrilltes Käse-Sandwich sowie eine Cola.

Während sie auf ihre Bestellung wartete, fiel ihr Blick auf das Radio in der Ecke, und mit halbem Ohr hörte sie, dass Lokalnachrichten gesendet wurden. Es ging um einen tödlichen Unfall am Morgen. An der 42nd Street.

»Könnten Sie das lauter stellen?«, bat Grace den Mann hinter dem Tresen.

Er tat es mit missmutigem Gesicht.

»Der Unfall ereignete sich heute Morgen kurz nach neun«, hörte Grace. »Bei dem Opfer handelt es sich um eine britische Staatsangehörige mit Namen Eleanor Trigg.«

Grace spürte, wie ihr Herz einen Takt lang aussetzte. Das war der Name auf dem Koffer gewesen! Also Eleanor Trigg. Eine Engländerin, wie Grace vermutet hatte. Ihr hatten die Fotos gehört.

Und nun war sie tot.

9. KAPITEL

MARIE

England, 1944

Schon zum zweiten Mal saß Marie in der Abflugbaracke des Militärflughafens Tangmere und wartete auf ihren Flug nach Frankreich. Sie war reisefertig und trug ein Kostüm französischer Machart, das die SOE ihr zur Verfügung gestellt hatte. Zum zigsten Mal ging sie den Inhalt ihrer Brieftasche durch. Es war alles da – Ausweis, Lebensmittelmarken, Reisegenehmigung und Arbeitserlaubnis. Und alles war gefälscht.

Schon seit drei Tagen wartete sie auf ihren Abflug. Beim ersten Mal hatte der Nebel ihn verhindert. Sie hatte es erst erfahren, als sie in der Abflugbaracke saß und jeden Moment damit rechnete, abgeholt zu werden.

Marie blickte durch das Fenster hinaus in den strömenden Regen und hoffte, dass der Flug diesmal stattfand.

Inzwischen war es Wochen her, dass Mrs Trigg ihr angeboten hatte, ihre Ausbildung abzubrechen.

In den ersten Tagen nach dem Gespräch hatte Marie sich jeden Abend vorgenommen, am nächsten Morgen in London nachzufragen, ob das Angebot noch stehe.

Doch wenn sie dann in aller Herrgottsfrühe durch die

frische Morgenluft lief, den Nebel aus dem Tal steigen und die Bucht in der Morgensonne glänzen sah, überlegte sie es sich wieder anders. Und wenn sie und die anderen Frauen anschließend erschöpft und gleichzeitig voller Energie ins Arisaig House zurückkehrten, verspürte Grace einen so starken Kameradschaftsgeist, dass sie die Gruppe nicht verlassen mochte.

Doch es waren nicht nur die schottische Landschaft und die Gemeinschaft der Frauen, die sie bleiben ließen. Auch das Geld war nicht mehr so wichtig. Vielmehr hatte sich Maries Einstellung geändert. Sie begann, sich auf ihre Ausbildung zu konzentrieren, gab sich Mühe, beim Chiffrieren und Dechiffrieren schneller zu werden.

»Sie müssen von einer Toilette aus senden können«, sagte ihr Ausbilder. »So flink, dass sich niemand fragt, was sie dort so lange getrieben haben.« Auch das dreitägige Überlebenstraining ihrer Gruppe, bei dem sie sich von dem ernähren mussten, was die Natur ihnen bot, stand sie durch.

Langsam verlor sie auch die Furcht zu versagen, wurde hier und da sogar von einem Ausbilder gelobt. Die anderen Frauen fingen an, sich an ihr zu orientieren, machten ihr Dinge nach. Es war, als hätte sie Josies Platz eingenommen.

Vor einigen Tagen wurde sie noch vor dem Morgenlauf ins Personalbüro gebeten. Dort teilte man ihr mit, sie solle ihre Sachen packen und sich bereithalten. Ein Grund wurde ihr nicht genannt, und sie hatte nicht einmal mehr Zeit, sich von den Frauen ihrer Gruppe zu verabschieden.

Wenig später stieg sie in einen Wagen, der, ebenso wie auf der Hinfahrt, von einem wortkargen Mann gefahren wurde. Die Bucht, die hohen Hänge, der Wald und das Arisaig House in ihrem Rücken wurden kleiner und verschwanden.

Marie hatte nicht die leiseste Ahnung, wohin die Reise ging. Sie überlegte, was sie falsch gemacht haben könnte, falls man sie nach Hause schickte. Ihr fiel nichts ein.

Doch die Fahrt ging zum Militärflughafen Tangmere in West Sussex. Dort erhielt sie ein Zimmer in einer der Baracken und wunderte sich über die vielen Erklärungen, die sie unterschreiben musste. Sie war davon ausgegangen, dass es bei einer geheimen Mission keinerlei schriftliche Unterlagen geben durfte.

Als es am ersten Morgen an ihrer Zimmertür klopfte, stand Mrs Trigg vor ihr. Seit ihrem Gespräch im Arisaig House hatte Marie sie nicht mehr gesehen.

Sie führte Marie in ein Büro, schlug *Le Figaro* auf und deutete auf eine Schlagzeile. »Es gibt wieder neue Vorschriften, wer zu welchen Lebensmittelmarken berechtigt ist.« Sie sah Marie eindringlich an. »Denken Sie in Frankreich daran, sich immer auf dem Laufenden zu halten. Veraltete Informationen sind schlimmer als gar keine, denn sie verraten Sie sofort. Halten Sie also stets die Augen offen und sammeln Sie die Informationen, die jedem Franzosen zugängig sind – aus dem Radio, der Zeitung und den Gesprächen der Einheimischen. Wir nennen solche Informationen ›Strandgut‹. Beobachten Sie das Verhalten der deutschen Besatzer. Machen sie auf Sie den Eindruck, dass sie bleiben wollen? Gehen sie aus, zum Essen, und trinken sie bis in die Nacht, oder wirken sie nervös und versuchen eilig, ihre französischen Francs auszugeben? Letzteres könnte bedeuten, dass sie sich aus Frankreich zurückziehen werden.«

Mrs Trigg schob Marie die Zeitung zu. »In Frankreich sind Sie Renée Demare, eine unverheiratete Verkäuferin aus Épernay, einer Stadt südlich von Reims. Sie ist zu einem großen Teil zerstört worden.«

Das war also ihre Tarnidentität, sagte sich Marie, und ihr Herz begann aufgeregt zu schlagen. »Ach, dann werde ich doch eingesetzt?«

»Natürlich. Ich musste mich lediglich von Ihrer Eignung überzeugen.«

Marie wollte fragen, was zu dieser Überzeugung beigetragen hatte, doch sie erinnerte sich an die Weisung, keine Fragen zu stellen, und schwieg.

Jetzt war es also so weit, dachte sie. Sobald man einen Decknamen und eine Tarngeschichte erhielt, stand der Einsatz kurz bevor. Ihr wäre es zwar sinnvoller erschienen, beides Wochen vor der Entsendung zu erfahren und Zeit zu haben, sich in die Rolle einzufühlen, aber vielleicht wollte man in der SOE verhindern, dass die Agenten und Agentinnen zu viel mit Anderen sprachen. In ihrem Fall hätten sie dann gewusst, dass die Französin Renée Demare in Wahrheit die Engländerin Marie Roux war.

»Ihre Familie kam bei einem Luftangriff ums Leben«, fuhr Mrs Trigg fort, »und Ihre Wohnung wurde ausgebombt. Sie haben ein wenig Geld gespart und möchten sich an einen kleinen, ruhigen Ort in der Île-de-France zurückziehen, um mit Ihrem Verlust fertigzuwerden und das Ende des Kriegs abzuwarten. Dort gehen Sie spazieren, lesen, setzen sich in Cafés. Ansonsten leben Sie zurückgezogen, wie es sich für eine junge Frau gehört, die um die Toten in ihrer Familie trauert.«

»In welchen Ort komme ich?«

»Das erfahren Sie, wenn Sie in Frankreich sind.«

»Und was ist, wenn jemand in Épernay Nachforschungen anstellt?«

»Das wird demjenigen wenig nützen – das Rathaus ist nach einem Bombenangriff mit sämtlichen Urkunden und Unterlagen abgebrannt. Insofern bot sich diese Stadt als Ihr Geburtsort an. Sollten Sie gefasst werden, bleiben Sie so lange wie möglich bei Ihrer Geschichte. Wenn es nicht länger machbar ist, verraten Sie bitte nicht mehr als Ihren wahren Namen und versuchen Sie, mindestens zwei Tage lang durchzuhalten. Die Zeit brauchen wir, um eventuelle Probleme, die durch Ihre Festnahme entstanden sind, zu lösen.«

»Und danach?«

Mrs Trigg lächelte gequält. »Länger werden Sie es nicht schaffen zu schweigen. Sie wissen, wie brutal der SD vorgeht, und dass es sein Ziel ist, unsere Agenten zu fassen. Sollten Sie auffliegen, können Sie nicht mit Nachsicht rechnen. Sie werden gefoltert, bis die Deutschen den Eindruck haben, alles Wissenswerte aus Ihnen herausgeholt zu haben. Danach bringt man Sie um. Wahrscheinlich ist es einfacher, sich vorher das Leben zu nehmen.«

Marie versuchte, gelassen zu wirken. All das wusste sie bereits, doch nun wurde es plötzlich erschreckend konkret.

»Sie werden mit einer Lysander nach Frankreich geflogen.«

»Ich dachte eigentlich, ich lerne noch, mit dem Fallschirm abzuspringen«, sagte Marie. Sie hatte gehört, dass einige der SOE-Agentinnen auf die Weise in Frankreich gelandet waren.

Mrs Trigg schüttelte den Kopf. »Dazu fehlt uns die Zeit. Wir brauchen Sie jetzt vor Ort.«

Auch Josie war Hals über Kopf aufgebrochen, erinnerte sich Marie. Doch den Grund für die Eile hatte sie nie erfahren.

»Sie werden als Funkerin eingesetzt und Teil des Netzes von Vesper sein. Es ist eins unserer wichtigsten, das sowohl die Île-de-France als auch das Gebiet der anstehenden alliierten Invasion im Norden Frankreichs abdeckt. Vesper will die Anzahl der Sabotageakte erhöhen und braucht an einem bestimmten Ort eine Funkerin. Leider wimmelt es in Ihrem Einsatzgebiet von Deutschen, sowohl in Uniform als auch in Zivil. Diese Deutschen wissen ebenfalls, dass eine Invasion bevorsteht, und sie werden ihre Umgebung aufmerksam beobachten. Sie müssen also immerzu auf der Hut sein.« Mrs Triggs Blick wurde bohrend. »Haben Sie das verstanden?«

Marie nickte und verspürte eine leichte Übelkeit aufsteigen. Die Angst, die sie geglaubt hatte, besiegt zu haben, kehrte zurück.

»Sie werden für Vesper persönlich arbeiten«, sprach Mrs Trigg weiter. »Er ist ein erfahrener Kämpfer und lebt für seine Aufgabe. Er wird von Ihnen Höchstleistungen erwarten.«

»Kommt mir bekannt vor«, entschlüpfte es Marie. Sie warf Mrs Trigg einen vorsichtigen Blick zu und wartete auf eine scharfe Replik.

Doch zu ihrem Erstaunen lächelte sie. »Das betrachte ich als Kompliment.«

Vielleicht ist unter der rauen Schale ein weicher Kern, dachte Marie und wagte selbst ein Lächeln.

Vor einer Weile war Mrs Trigg nun auch in der Abflugbaracke erschienen. Erst hatte sie einfach bei Marie gesessen und geschwiegen, dann hatte sie begonnen, hin und her zu laufen und eine Zigarette nach der anderen zu rauchen.

Schließlich öffnete sich die Tür. Ein Mann steckte den Kopf herein. »Der Leichenwagen ist da.« Er griff nach dem Koffer, in dem sich Maries Funkgerät befand.

Leichenwagen – so nannte man den Wagen, der die SOE-Agenten zu dem Flugzeug fuhr, mit dem sie zu ihrem Einsatzort gebracht wurden.

Marie öffnete die Tür der Abflugbaracke und schaute in die Dunkelheit hinaus. Sie griff nach ihrer Reisetasche. »Es geht los.«

Zu Maries Erstaunen stieg Mrs Trigg mit in den Wagen. »Die Ausgangssperre in Paris beginnt mittlerweile abends um halb zehn«, sagte Mrs Trigg. »Das hatte ich noch vergessen, Ihnen zu sagen.«

»Danke.« Marie steckte die Hände in ihre Jackentaschen. In einer Tasche waren eine angerissene Kinokarte und der Abholschein einer Änderungsschneiderei, beide aus Paris. Auch in ihrer Reisetasche befanden sich ausschließlich französische Kleidungsstücke, Hygieneartikel und Bücher.

Mrs Trigg überreichte Marie eine kleine Tasche. Sie enthielt ein Feuerzeug, eine Puderdose und einen Lippenstift. Die Puderdose und der Lippenstift stammten aus Professor Digglesbys Arsenal, das Feuerzeug war echt.

Sie fuhren an einer Wache vorbei und hielten an einem Rollfeld, auf dem eine abflugbereite Lysander, auch »Lizzie« genannt, wartete.

Die beiden Frauen verließen den Wagen. Der Fahrer lud den Funkgerätekoffer und Maries Reisetasche aus dem Kofferraum. Marie wollte nach beidem greifen.

»Nicht den Koffer«, sagte Mrs Trigg. »Er kommt mit einem anderen Flugzeug nach.«

Marie ließ ihr Funkgerät nur widerstrebend stehen und warf einen Blick auf die Lysander.

»Und wie komme ich in Frankreich wieder daran?«

»Man wird Ihnen Ihr Funkgerät bringen«, antwortete Mrs Trigg. »Machen Sie sich keine Sorgen, unsere Leute sind sehr gewieft.«

Wer auch immer diese »Leute« sein mögen, dachte Marie. Auch der Name »Vesper« sagte ihr nichts. Sie wusste einfach nicht genug.

Einen Moment lang standen sie noch zusammen auf dem feuchten Grasstreifen am Rand des Rollfelds. Marie schnupperte in die Luft, in der bereits ein Hauch Frühling auszumachen war.

Mrs Trigg begutachtete Marie ein letztes Mal und richtete den Kragen ihrer Jacke.

Sie wirkt nervös, dachte Marie und überlegte, ob ihre Aufgabe in Frankreich gefährlicher war, als man ihr gesagt hatte. Dann reichte Mrs Trigg ihr eine Liste mit Namen. »Die geben Sie bitte dem Piloten.«

Marie überflog die Namen, der ihre stand nicht darauf. »Was ist das?«

Mrs Trigg wich ihrem Blick aus. »Das Leben einiger unserer Agenten ist in Gefahr. Das ist die Prioritätenliste für diejenigen, die wir aus Frankreich herausholen müssen. In die Lizzie passen nur drei Passagiere.«

Marie drehte sich der Magen um. Sie war also auf dem Weg in ein Gebiet, aus dem Andere fliehen mussten. Sie konnte nur hoffen, dass sie, falls sie Frankreich einmal verlassen musste, zu den ersten drei auf einer solchen Liste zählte.

Mrs Trigg reichte ihr ein Bündel Franc-Scheine. »Unsere Agenten bekommen die Hälfte ihres Gehalts in der jeweiligen Landeswährung in bar. Die andere Hälfte wird Ihnen bei Ihrer Rückkehr in englischen Pfund ausgezahlt.«

Sie streckte die Hand aus. »Ihre Halskette bitte.«

Widerwillig nahm Marie die Kette ab, in deren Medaillon Tess' Fotos steckte.

Im Arisaig House hatte sie die Kette in ihrer Truhe versteckt und abends herausgenommen, um sich in den Anblick von Tess' Gesicht zu vertiefen. Es war ihre einzige

Verbindung zu ihrer Tochter gewesen. Künftig würde sie sich mit ihrer Erinnerung begnügen müssen.

»Ich hebe die Kette für Sie auf«, versprach Mrs Trigg, und wieder glaubte Marie, Mitgefühl in ihrem Blick zu entdecken. »In Frankreich werden Sie diese tragen.« Mrs Trigg holte eine Halskette aus ihrer Manteltasche und überreichte sie. Der Anhänger hatte die Form eines kleinen, silbernen Vogels. Marie klappte ihn auf – er enthielt eine Zyankalikapsel. »Der letzte Freund«, erklärte Mrs Trigg. »Sie muss sofort zerbissen und geschluckt werden, sonst werden die Deutschen Sie zwingen, sie wieder auszuspucken. Sie erkennen den Bittermandelgeruch.«

Marie schauderte. In der Ausbildung hatten sie über diesen letzten Ausweg gesprochen, und alle Frauen hatten sich bereit erklärt, das Gift zu nehmen, bevor sie durch Folter gezwungen würden, geplante Operationen, andere Agenten, Codewörter, Kontaktleute oder die Adressen sicherer Häuser zu verraten. Trotzdem konnte Marie sich nicht vorstellen, dass sie freiwillig in den Tod gehen würde. Sie legte die Kette um. »Danke für alles.«

Mrs Trigg deutete ein Kopfschütteln an. »Danken Sie mir, indem Sie Ihre Sache gut machen.« Sie legte Marie eine Hand auf die Schulter. Dann wandte sie sich ab und kehrte zum Wagen zurück.

Mit schwerem Schritt ging Marie zu der Lysander. Sie war noch nie geflogen, und dieses kleine Flugzeug mit der Glaskuppel wirkte nicht gerade vertrauenerweckend.

Jemand vom Bodenpersonal bedeutete Marie, über eine Leiter einzusteigen.

Im Cockpit saß ein Mann, der sie ungeduldig an Bord winkte.

Marie musterte ihn erstaunt. Sie hatte mit einem Piloten in Militäruniform gerechnet, nicht mit jemandem, dessen Haar bis auf den Kragen seiner Lederjacke wuchs und der sich offenbar seit Tagen nicht mehr rasiert hatte. Sie drehte sich noch einmal zu Mrs Trigg um, doch der Wagen, der sie gebracht hatte, war bereits fort.

Mit einem mulmigen Gefühl in der Magengrube kletterte Marie in das kleine Flugzeug und zwängte sich auf den Sitz hinter dem Piloten. Die Glashaube wurde zugeschoben.

»Planänderung«, sagte der Pilot. Er bat Marie, zur Verständigung den Kopfhörer aufzusetzen. Dann startete er den Motor.

»Was für eine Planänderung?«, fragte Marie.

»Blindlandung«, lautete die knappe Antwort.

Der Propeller begann sich zu drehen. Ruckelnd bewegte das Flugzeug sich über den unebenen Boden.

»Aber wieso denn?«, fragte Marie. Blind zu landen bedeutete, dass die Landebahn unbeleuchtet wäre. Es wäre auch niemand da, um sie in Empfang zu nehmen und zu ihrem Kontakt zu bringen. »Mir hat man gesagt, dass ich abgeholt werde.«

Der Pilot zuckte mit den Schultern. »Wir befinden uns im Krieg, was läuft da schon nach Plan? Wahrscheinlich ist etwas vorgefallen, und dich abzuholen ist zu gefährlich.«

Na herrlich, dachte Marie, und wie sicher war es dann für sie, zu landen? Am liebsten hätte sie erklärt, unter diesen Umständen wolle sie lieber wieder aussteigen, aber das wagte sie nicht. Außerdem war es dafür schon zu spät. Der Motor heulte auf, und das Flugzeug wurde schneller.

Als sie abhoben, krallte Marie die Hände in ihren Sitz. Dann waren sie in der Luft, und sie versuchte, sich auf das Gefühl des Fliegens einzustellen. Es war eigentlich gar nicht so schlimm, sie durfte bloß nicht daran denken, dass sie sich jede Sekunde ein Stück weiter von England entfernte und unter ihr nichts als Luft war.

Als sich die Nase des Flugzeugs hob, rebellierte Maries Magen, und sie betete, dass sie sich nicht übergeben musste. Sie atmete flach, wie man es ihr während der Ausbildung empfohlen hatte, und zwang sich, an etwas anderes zu denken.

Das Flugzeug nahm wieder die Horizontale ein. Marie schaute nach unten und versuchte, etwas zu erkennen, doch die Verdunkelung hatte bereits begonnen. Die einzige Lichtquelle war der Mond, der, wenn sich eine Wolkenlücke auftat, rund und voll am Himmel stand.

Maries Gedanken wanderten zu ihrer Tochter, und sie stellte sich vor, wie Tess in ihrem Zimmer in dem alten Pfarrhaus unter einer dicken Daunendecke geborgen schlief.

Als es spürbar kälter wurde, klappte Marie ihren Jackenkragen hoch und schlang die Arme um sich. Dann starrte sie einfach in die Dunkelheit. Wenig später entdeckte sie unter sich einen blassen Schimmer und nahm an, dass sie dabei waren, den Ärmelkanal zu überqueren.

Das Flugzeug senkte sich abrupt und flog eine scharfe

Rechtskurve. Marie spürte, wie ihr Angstschweiß ausbrach. »Stimmt etwas nicht?«, fragte sie.

Der Pilot zuckte mit den Schultern. »Die Lizzie nimmt jedes Luftloch mit.« Er tätschelte die Konsole. »Sie ist klein und so langsam, dass man sie mit einer Steinschleuder runterholen kann. Doch ihr Vorteil ist, dass man auf jedem Mückenschiss landen kann.«

Als sich das Flugzeug abermals senkte, nahm Marie an, dass sie die französische Küste erreicht hatten. Gleich darauf wurden sie von dichtem Nebel eingehüllt.

Der Pilot schaute aus seinem Seitenfenster. »Kann sein, dass wir umkehren müssen.«

Es war ein verlockender Gedanke, doch Marie schob ihn weg. Sie wollte nicht am nächsten oder übernächsten Tag abermals starten. »Können Sie keine Warteschleifen fliegen?«

Der Pilot schüttelte den Kopf. »Bevor es hell wird, muss ich wieder im alliierten Luftraum sein. Wenn man uns über Frankreich entdeckt, sind wir geliefert.«

Er neigte das Flugzeug leicht zur Seite und spähte aus dem Fenster. »Mein Gefühl sagt mir, dass wir richtig sind.« Er richtete das Flugzeug wieder auf. »Wir versuchen es einfach.«

»Ist das nicht ziemlich gefährlich?«, fragte Marie.

»Das ganze Leben ist gefährlich.« Der Pilot wandte sich zu ihr um und grinste. »Gut festhalten.«

Marie nickte und schloss die Augen. Sie spürte, wie das Flugzeug tiefer sackte, dachte an den Erdboden, der ihnen entgegenkam, und wappnete sich gegen den Aufprall.

Doch die Lizzie schien geradezu zu Boden zu schweben, und als sie aufsetzte, war es so sanft, dass Marie es im ersten Moment kaum bemerkte.

Sie öffnete die Augen, sah sich um und glaubte, draußen ganz schwach Felder erkennen zu können.

Doch dann wurde sie wieder unruhig und fragte sich, ob in der Nähe Menschen wohnten, die den Motor des Flugzeugs gehört hatten und nun, misstrauisch geworden, die Polizei verständigten. Aber nirgendwo war ein Haus zu erkennen, und es schlugen auch keine Hunde an.

»Wir sind hier richtig.« Der Pilot schob die Glashaube zurück und stieg an Marie vorbei aus dem Flugzeug. »Scheint niemand da zu sein, der dringend mit mir zurückfliegen will.« Er befestigte eine Strickleiter am Flugzeug. »Du läufst an dem Wald da hinten in Richtung Osten. Bleib im Schutz der Bäume. Nach einer Weile erreichst du einen Bahnhof. An der rückwärtigen Mauer sollte ein blaues Fahrrad lehnen. Alle weiteren Instruktionen findest du wahrscheinlich in der Lenkstange.«

»Sollte, wahrscheinlich?«, fragte Marie. »Und was mache ich, wenn in der Lenkstange nichts ist? Oder dort gar kein Fahrrad steht?«

»Dann wird dich jemand kontaktieren. Auf Vespers Netz ist Verlass.«

Marie dachte, wenn dem so wäre, dann hätte hier jemand gestanden und sie in Empfang genommen.

Sie warf einen Blick zum Wald hinüber. Über dem Boden hatte sich der Nebel gelichtet und sie konnte schemenhaft Bäume erkennen.

Der Pilot betrachtete sie mit schiefgelegtem Kopf. »Angst?«

Marie nickte. »Ein bisschen.«

»Wenn ich könnte, würde ich dich begleiten, aber ich muss zurück.«

»Wird schon schiefgehen.« Marie reichte ihm ihre Reisetasche und kletterte aus dem Flugzeug.

Sie streckte ihre Hand aus. »Vielen Dank für den Transport. Mein Name ist Renée.«

»Viel Glück, Renée.« Der Pilot schüttelte ihre Hand. »Ich heiße William, aber alle nennen mich Will.«

Es klang, als wäre es sein richtiger Name. Vielleicht galten für Piloten andere Regeln als für Agentinnen der SOE.

Will ließ Maries Hand los. »Du machst dich jetzt besser auf die Socken.«

»Auf Wiedersehen, Will.« Marie nahm ihre Tasche und steuerte den Wald an. Als sie sich umdrehte, hatte Will seinen Platz im Cockpit wieder eingenommen, und die Glashaube war geschlossen. Die Lysander setzte sich in Gang, wurde schneller und stieg auf.

Marie wandte sich ab. Der Geruch von feuchter Erde und frischem Grün stieg ihr in die Nase. Auf dem Weg zum Wald rief sie sich die Zeiten ins Gedächtnis, die sie früher in Frankreich verbracht hatte, und hielt sich daran fest. Sie war nicht in irgendeinem fremden Land, sondern dort, wo sie als Kind glücklich gewesen war.

Am Waldrand holte sie ihre Puderdose hervor und warf einen Blick auf den Kompass, doch es war zu dunkel, um darauf etwas erkennen zu können. Sie nahm ihr Feuerzeug zu Hilfe, stellte fest, wo Osten war, und marschierte los.

Als sie über eine Wurzel stolperte, wäre sie um ein Haar gestürzt. Der Lauf am ersten Morgen im Arisaig House kam ihr in den Sinn, und sie dachte, wie viel schöner es doch wäre, wenn sie Josie auch nun an ihrer Seite hätte.

»Halt!«, rief eine barsche Männerstimme auf Französisch.

Marie erstarrte. Eine dunkle Gestalt trat aus dem Wald hervor.

Ob es ein Franzose oder ein Deutscher war, konnte Marie nicht erkennen. Ihr ging durch den Kopf, wie blamabel es wäre, wenn ihr erster Einsatz an dieser Stelle bereits zu Ende wäre.

Der Mann trat auf sie zu. Er hatte ein Gewehr in der Hand. »Du dummes Huhn«, sagte er, nun auf Englisch. »Wenn jemand ›halt!‹ sagt, nimmt man die Beine in die Hand.«

Bevor sie eine Antwort geben konnte, fasste er ihren Arm und zog sie mit sich. Marie versuchte, sich zu befreien.

»Geh weiter!«, herrschte der Mann sie an. »Oder willst du hier stehen bleiben, bis jemand von der Miliz kommt und dich mitnimmt?«

Marie folgte ihm widerstrebend. Weder Mrs Trigg noch jemand anders hatte einen Mann erwähnt, der plötzlich auftauchen und sie mit sich schleifen würde. Und Will hatte gesagt, sie solle zum nächsten Bahnhof laufen. Woher sollte sie wissen, ob der Mann zur SOE gehörte oder jemand von der Gegenseite war?

»Schneller!« Der Mann verstärkte seinen Griff um Maries Arm.

Sie erreichten ein Feld, auf dem ein Schuppen stand. »Wir sind da«, meinte er. Marie sah ihn verständnislos an, und er deutete auf den Schuppen. »Geh hinein. Dort verbringst du die Nacht.«

Marie schüttelte den Kopf. »Nein, ich soll zum nächsten Bahnhof laufen. Dort wartet ein Fahrrad auf mich. Und wo ist Vesper? Man hat mir gesagt, dass ich mit ihm zusammenarbeiten soll.«

»Halt den Mund!«, fuhr der Mann sie an. »Oder willst du noch mehr Details in die Nacht hinausposaunen?« Er trat dicht an Marie ran. »Wir nennen keine Namen, hat man dir das nicht beigebracht?«

»Ich möchte mit Vesper sprechen«, sagte Marie leise. »Und ich muss zu dem Bahnhof, wo das Fahrrad steht.«

»Du bleibst hier und wartest. Das ist ein Befehl. Am Morgen wirst du abgeholt.«

Der Mann öffnete die Tür des Schuppens. Marie trat ein. Der Geruch von Kuhmist schlug ihr entgegen. Sehen konnte sie nichts.

Hinter ihr wurde die Tür zugeschlagen und verriegelt. Marie fuhr herum. »Machen Sie die Tür auf!«, rief sie aufgebracht. Keine Antwort. Marie schlug das Herz bis zum Hals. Wie hatte alles bloß so schnell aus dem Ruder laufen können? Und wie dumm sie gewesen war, einfach einem Fremden zu folgen! Sie begann, gegen die Tür zu hämmern. »Ich will mit Vesper reden!« Die Vorschrift, keinen Namen zu nennen, war ihr nun egal.

»Du bleibst da und bist still, bis jemand kommt und dich abholt.« Die Schritte des Mannes entfernten sich. Dann war nichts mehr zu hören.

Fluchend knipste Marie ihr Feuerzeug an. Einen Hocker oder auch nur eine Kiste, auf die sie sich setzen konnte, gab es nicht. Sie ließ sich auf den Boden sinken, umklammerte ihre Tasche und starrte in die Dunkelheit. Dann und wann hörte sie Tiere rascheln, wahrscheinlich Mäuse oder Ratten.

10. KAPITEL

GRACE

New York, 1946

Am nächsten Morgen hatte Frankie Gerichtstermine. Grace musste erst am späten Vormittag im Büro erscheinen und konnte ausschlafen. Doch genau wie jeden Morgen wurde sie vom Tageslicht geweckt, das durch die dünnen Fenstervorhänge ihres Zimmers sickerte. Ihre Miete war niedrig, entsprechend einfach war die Ausstattung ihres Zimmers.

Vor ihr hatte ein alter Mann hier gewohnt. Sie hatte tagelang geputzt und gelüftet, um den Geruch nach Pfeifentabak loszuwerden, der ihr das Gefühl gegeben hatte, ihr Vormieter käme jeden Augenblick zurück. Davon abgesehen hatte sie kaum etwas getan, um ihr Zimmer wohnlich zu gestalten. Es sollte lediglich eine Übergangslösung sein, bis sie sich etwas Besseres leisten konnte.

Sie drehte sich auf die Seite, und ihr Blick fiel auf das gerahmte Foto von Tom. Es war am Tag seiner Vereidigung aufgenommen worden und zeigte einen strahlenden jungen Mann in Uniform. Daneben lag der Umschlag mit den Fotos der fremden Frauen. Mit einem Mal erinnerte Grace sich wieder an die Nachrichten, die sie am vergangenen Abend gehört hatte. Eleanor Trigg – das war der Name der

Frau gewesen, deren Koffer Grace gefunden hatte. Lägen die Fotos nicht auf ihrem Nachttisch, wäre sie sicher, dass sie die ganze Geschichte geträumt hatte.

Nach dem Ende der Radionachricht war sie aufgeregt aus dem Imbiss gestürzt, hatte nicht einmal mehr auf ihre Bestellung gewartet. Und dann hatte sie auf dem Bahnhofsvorplatz gestanden und nicht gewusst, was sie tun sollte. Eine Zeit lang war sie einfach durch die Straßen gelaufen und hatte versucht, sich auf alles einen Reim zu machen.

Vor allem begriff sie noch immer nicht, warum der Koffer unter der Bank gelegen hatte. Warum war diese Eleanor Trigg ohne ihn auf der 42nd Street gewesen? Warum hatte sie den Koffer nicht in die Gepäckaufbewahrung gegeben, wenn sie ihn nicht mit sich herumtragen wollte? Und weshalb war eine Engländerin ein Jahr nach Kriegsende überhaupt in New York gewesen?

Das Merkwürdigste war jedoch, dass der Koffer verschwunden war. Natürlich könnte er gestohlen worden sein. Jemand hatte gesehen, dass er niemandem zu gehören schien, und hatte ihn einfach mitgenommen. Doch irgendetwas sagte Grace, dass dem nicht so war. In dem Koffer war kaum etwas gewesen, das sich zu stehlen lohnte, und ein Dieb hätte mit Sicherheit hineingeschaut, bevor er ihn mitgenommen hätte. Nein, wenn man sie fragte, war der Koffer aus anderen Gründen abgeholt worden. Von jemandem, der etwas über Mrs Trigg und die Fotos gewusst hatte.

Hör auf zu spinnen, hörte Grace im Geiste ihre Mutter sagen. Sie hatte ihr von jeher eine ausufernde Phantasie vorgeworfen. Ihr Vater war nachsichtiger gewesen, ihn hatten die wilden Geschichten, die sich Grace so oft ausdachte, amüsiert. Aber sagte man nicht immer, die einfachste Antwort sei meistens die richtige? In dem Fall wäre Mrs Trigg nicht allein in New York gewesen, und ihre Reisebegleitung hätte den Koffer nach dem Unfall geholt.

Grace stieg aus dem Bett. Sie konnte die Fotos nicht einfach behalten. Mit Sicherheit waren sie für jemanden von Wert. Sie wusch sich und kleidete sich an. Sie würde die Polizei verständigen.

Im Flur war ein Telefon, mit dem die Mieterinnen Ortsgespräche führen konnten. Grace trug sich in die Liste der Benutzer ein, dann ließ sie sich mit dem Polizeirevier verbinden, das für Midtown Manhattan zuständig war. Es dauerte eine Weile, bis sich jemand meldete. Den Namen verstand Grace nicht, der Mann schien mit vollem Mund zu sprechen.

»Ich möchte mit dem Beamten verbunden werden, der für den Verkehrsunfall gestern Morgen auf der 42nd Street, Höhe Grand Central, zuständig ist«, sagte Grace. »Das Unfallopfer war eine Engländerin namens Eleanor Trigg.«

»Das wäre McDougal.« Grace wurde weiterverbunden.

»Ja?«, meldete sich eine barsche Stimme. »Wer sind Sie, um was geht's?«

Grace nannte ihren Namen. »Es geht um Mrs Eleanor Trigg – die Engländerin, die gestern Morgen bei dem Verkehrsunfall ums Leben kam. Wissen Sie, ob sie in Begleitung war?«

»Nein, wir suchen gerade den nächsten Angehörigen. Warum wollen Sie das wissen?«

Grace ging über die Frage hinweg. »Was wurde aus den Sachen, die ihr gehörten? Hatte Sie einen Koffer oder so etwas dabei?«

Stille. Dann: »Sie hatte keinen Koffer. Wie war noch mal Ihr Name?«

Grace legte auf. Also gab es weder einen Hinweis auf den Koffer noch auf eine Person, die Eleanor Trigg begleitet hatte. Einen Moment lang stand sie unschlüssig da. Dann kam ihr eine Idee.

Eine Stunde später stand Grace vor dem britischen Konsulat in der 3rd Avenue. Es war nicht weit von dem Hotel entfernt, in dem sie die Nacht mit Mark verbracht hatte.

An der Ecke verkaufte ein vielleicht zehnjähriger Junge mit dünner, abgetragener Kleidung Zeitungen. Noch jemand wie Sam Altshuler, dachte Grace bedrückt – Kinder, die viel zu früh gezwungen wurden, erwachsen zu werden. Sie kaufte ihm ein Exemplar der *New York Post* ab. Die Schlagzeile lautete: »Truman warnt vor sowjetischer Bedrohung«. Noch vor gut einem Jahr hatte sich jedermann vor Hitler gefürchtet, nun wurde der sich ausbreitende kommunistische Machtanspruch in Europa als Gefahr betrachtet.

Grace blätterte durch die Zeitung. Auf Seite neun entdeckte sie ein Passfoto von Eleanor Trigg, eine hart aussehende Frau um die vierzig, das dunkle Haar streng nach hinten gekämmt. Ein zweites Foto zeigte die Unfallstelle. Grace überflog den Artikel. Er enthielt nicht mehr als das, was sie bereits wusste.

Sie holte tief Luft, straffte die Schultern und betrat das

Konsulat. Die Empfangshalle machte einen trostlosen Eindruck. An der Wand standen Stühle, und auf einem Tischchen vegetierte eine halb verdorrte Pflanze vor sich hin. Darüber hingen die Nationalfahne und auch das Wappen Englands, drei goldene Löwen auf rotem Grund. Auf einem Stuhl saß ein Mann, der aussah, als wünschte er, woanders zu sein. Grace trat an den Empfangstresen. Eine ältere Frau saß dahinter und tippte auf einer Schreibmaschine.

»Ja bitte?«, fragte sie, ohne aufzusehen.

Dank ihrer Arbeit bei Frankie hatte Grace gelernt, dass man sich von unwilligen Mitarbeitern einer Behörde nicht abschrecken lassen durfte. Sie holte den Umschlag aus ihrer Handtasche. »Ich habe Fotos gefunden, die wahrscheinlich einer Engländerin gehören. Sie muss sie in New York verloren haben.« *Gehörten,* verbesserte sie sich in Gedanken.

Die Frau schaute auf. »Und was haben wir damit zu tun?«, fragte sie und musterte Grace kalt. »Viele Engländer kommen zurzeit nach New York. Glauben Sie, die melden sich bei uns, um uns zu erzählen, dass sie ihre Fotos verloren haben?«

»Die Frau, um die es hier geht, wird sich bei niemandem mehr melden«, entgegnete Grace spitz. Sie hob ihre Zeitung hoch und deutete auf das Foto von Mrs Trigg. »Ihr Name war Eleanor Trigg, und sie kam gestern bei einem Unfall ums Leben. Ich wollte die Fotos ihren Angehörigen zukommen lassen und habe gehofft, dass Sie mir eine Kontaktadresse nennen können.«

»Wir geben keine persönlichen Informationen heraus. Sie können die Fotos hierlassen. Sollte sich ein Angehöriger bei uns melden, werden wir sie ihm geben.«

Grace zögerte. Sie fühlte sich für die Fotos verantwortlich, so dass es ihr widerstrebte, sie dieser Frau zu überlassen, der sie so offensichtlich einerlei waren. »Ich würde lieber mit einem Ihrer Sachbearbeiter sprechen. Oder mit dem Konsul.«

Die Frau lachte schallend. »Sie möchten mit Sir Meacham über ein paar Fotos sprechen, die eine Engländerin in New York verloren hat?« Fassungslos schüttelte sie den Kopf. »Da muss ich Sie enttäuschen. Sir Meacham ist nicht im Haus.«

»Könnten Sie für mich einen Termin bei ihm vereinbaren?«

»Nein, das kann ich nicht. Wenn Sie mir die Fotos nicht geben möchten, können Sie Ihren Namen und Ihre Adresse hinterlassen. Falls jemand kommt und sich danach erkundigt, wird er sich mit Ihnen in Verbindung setzen.« Sie reichte Grace einen Stift und einen Block. Grace schrieb alles auf. Auf dem Weg nach draußen sah sie im Geist, wie der Zettel zusammengeknüllt im Papierkorb landete.

Vor dem Konsulat blieb sie stehen und überlegte, was sie noch unternehmen konnte, um die Fotos zurückzugeben. Ihr Blick fiel auf eine Uhr. Halb zehn. Wenn sie nicht wieder zu spät kommen wollte, musste sie langsam los.

In diesem Augenblick hielt eine Limousine vor dem Konsulat, der ein älterer Mann im Nadelstreifenanzug entstieg. Er steuerte das Konsulat an.

»Entschuldigung«, sagte Grace. »Sind Sie zufällig Sir Meacham?«

Der Mann zog die Brauen zusammen. »Nicht zufällig, sondern immer.«

»Könnte ich Sie vielleicht einen Moment sprechen?«

Er warf ihr einen ungehaltenen Blick zu. »Nein, tut mir leid. Wenn es um Konsulatsangelegenheiten geht, lassen Sie sich bitte am Empfang einen Termin mit einem meiner Mitarbeiter geben.« Er lief weiter.

»Es geht um Mrs Eleanor Trigg«, rief Grace ihm nach.

Sir Meacham verharrte. Dann drehte er sich um. »Ein trauriger Fall«, sagte er und musterte Grace. »Waren Sie mit ihr befreundet?«

»Nein, aber ich besitze etwas, das ihr gehörte.«

»Interessant.« Der Konsul winkte Grace, mit ihm zu kommen.

Die Frau am Empfang riss die Augen auf, als sie Grace in Begleitung des Konsuls erblickte. Grace schenkte ihr ein honigsüßes Lächeln und folgte Sir Meacham in sein Büro.

Es war ein altmodisch eingerichteter Raum mit einem großen Schreibtisch, schweren braunen Klubsesseln, an den Wänden Landschaftsgemälde in vergoldeten Rahmen und an den Fenstern dunkelrote Samtvorhänge.

Sir Meacham ließ sich am Schreibtisch nieder und deutete auf den Besucherstuhl. »Was haben Sie mit Mrs Trigg zu tun, Miss –«

»Healey. Mrs Grace Healey.« Grace setzte sich. »Ihr Konsulat ist also für den Fall Trigg zuständig.«

Sir Meacham deutete ein Nicken an. »Wir sind dabei, ihre nächsten Angehörigen ausfindig zu machen.«

Es musste mehr dahinterstecken, dachte Grace. Sonst hätte Sir Meacham sie vor dem Konsulat stehen lassen.

»Kannten Sie Mrs Trigg?«, fragte sie vorsichtig.

»Nein, ich kenne nur den Namen. Während des Kriegs hat sie für die SOE gearbeitet – eine unserer Behörden.« Der Konsul warf einen Blick auf seine Armbanduhr. »War sonst noch etwas?«

»Ich habe Fotos gefunden, von denen ich annehme, dass sie Mrs Trigg gehörten.« Grace zog die Fotos aus dem Umschlag und breitete sie auf dem Schreibtisch aus. »Wissen Sie, wer diese Frauen sind?«

Der Konsul setzte eine Brille auf und beugte sich über die Fotos. »Nein, ich habe sie noch nie gesehen. Vielleicht waren es Freundinnen von Mrs Trigg.«

Grace schüttelte den Kopf. »Das glaube ich nicht. Einige tragen Uniformen und scheinen mir Mitglieder einer militärischen Einheit zu sein.«

Sir Meacham zuckte mit dem Schultern. »Vielleicht gehörten sie dem englischen Sanitätskorps FANY an.«

Nie im Leben, dachte Grace. Der Ausdruck grimmiger Entschlossenheit auf den Gesichtern passte nicht zu einer Gruppe Sanitäterinnen.

»Kann ich sonst noch etwas für Sie tun?«

Grace vertiefte sich in den Anblick der Frau mit den großen dunklen Augen. »Ich wüsste zu gern, wer diese Frauen sind und was sie mit Mrs Trigg zu tun hatten.«

»Tja, ich fürchte, da kann ich Ihnen nicht helfen.«

»Könnten Sie es nicht herausfinden?«

Sir Meacham stand auf. »Nein, das könnte ich nicht. Die Einheit, für die Mrs Trigg gearbeitet hat, wurde vor Kurzem aufgelöst. Die Akten befinden sich jetzt im Archiv des amerikanischen Kriegsministeriums in Washington und sind mit Sicherheit unter Verschluss.« Er reichte Grace die Hand. »Und nun muss ich Sie leider verabschieden.«

Grace erhob sich ebenfalls. »Wissen Sie, aus welchem Grund Mrs Trigg in New York war?«

»Nein, und ich wüsste auch nicht, was Sie das angeht. Mrs Trigg war eine Privatperson, die reisen konnte, wohin sie wollte.«

»Was ist, wenn Sie keine Angehörigen finden?«

»Dann wird der Leichnam hier in einem Armengrab bestattet. Dem Konsulat stehen für solche Fälle nur sehr geringe Mittel zur Verfügung.«

Eine Frau, die einmal für eine englische Behörde tätig war, hätte eigentlich Besseres verdient, dachte Grace. Sie sammelte die Fotos ein und steckte sie wieder in den Umschlag.

Der Konsul streckte die Hand danach aus. »Die Fotos können Sie hierlassen. Wir werden dafür sorgen, dass sie bei Mrs Triggs Angehörigen ankommen.«

Um ein Haar hätte Grace ihm den Umschlag gegeben, doch dann überlegte sie es sich anders. »Wie denn?«

Sir Meacham zog die Brauen hoch. »Was soll das heißen?«

»Sie wissen doch noch gar nicht, ob sie Angehörige hatte.«

»Jeder hat Angehörige.« Wieder streckte der Konsul die Hand aus. »Die Fotos gehören Ihnen nicht, Mrs Healey.«

Grace steckte die Fotos ein. »Ich habe meine Adresse am Empfang hinterlassen. Wenn sich ein Angehöriger von Mrs Trigg meldet, kann er oder sie sich mit mir in Verbindung setzen.«

»Ich wundere mich«, sagte Sir Meacham. »Ich hatte angenommen, Sie wären zu uns gekommen, um die Fotos abzugeben. Warum wollen Sie sich nun mit ihnen belasten?«

»Es ist keine Belastung.« Grace lächelte den Konsul an. »Ich habe die Fotos gefunden, sie gehören mir.«

»Das nenne ich eine äußerst sonderbare Rechtsauffassung, Mrs Healey.«

Einen Moment lang starrten sie sich an. Dann wandte Grace sich zum Gehen. »Ich muss zur Arbeit. Vielen Dank für die Zeit, die Sie mir geopfert haben.«

Vor dem Konsulat sah Grace sich die Fotos noch einmal an. »Wer seid ihr?«, murmelte sie. »Und was hatte die arme Mrs Trigg mit euch zu tun?«

»Grace!«, hörte sie eine Männerstimme. Im selben Moment stieß ein Passant sie an, und die Fotos fielen zu Boden. Grace drehte sich nach der Stimme um.

Es war Mark, der Mann, den sie gehofft hatte, nie wiederzusehen. »Entschuldige«, sagte er. »Ich wollte dich nicht erschrecken.«

Vor Grace tauchte ein elegantes Hotelzimmer auf, ein großes Bett mit frischen, weißen Laken, die am Morgen zerwühlt gewesen waren. Sie spürte Hände auf ihrem Körper, die nicht Tom gehörten.

Mark küsste sie auf die Wange. Der Duft seines Rasierwassers stieg ihr in die Nase.

»Hallo, Mark.« Grace bückte sich, um die Fotos aufzusammeln. Mark hob ebenfalls eines der Bilder auf und reichte es ihr. Plötzlich wirkte er verlegen. Vielleicht machte es auch ihm zu schaffen, dass er mit ihr geschlafen hatte, schließlich war sie die Witwe seines besten Freunds.

»Was tust du noch hier?« Grace verstaute die Fotos in ihrer Handtasche. Hatte er nicht gesagt, dass er schon an diesem Tag nach Washington zurückkehren werde?

»Mein Termin wurde verschoben.«

Einen Moment lang sahen sie sich an. Keiner schien zu wissen, was er sagen sollte.

Graces Blick fiel auf seinen Mund, den sie geküsst hatte. Sie schaute weg. »Ich muss weiter, Mark.« Sie reichte ihm die Hand.

»Warte.« Mark hielt ihre Hand fest. »Ich würde dich gern wiedersehen. Warum warst du gestern so schnell fort?«

»Nicht so laut!« Grace sah sich um. Wollte er, dass alle Leute sie hörten?

»Möchtest du mich nicht wiedersehen?«

Sie entzog ihm ihre Hand. Wozu sollte das gut sein? »Nein, Mark, das geht nicht.«

»Darf ich dich wenigstens zu einer Tasse Kaffee einladen?«

Grace schüttelte den Kopf. »Ich muss zur Arbeit.«

»Zur Arbeit?«, fragte er verwundert.

Was war daran so erstaunlich, dachte Grace verärgert. Wusste er nicht, wie viele Frauen in den Kriegsjahren berufstätig gewesen waren? Schlimm genug, dass sie von den Kriegsheimkehrern nun wieder von ihren Arbeitsplätzen verdrängt wurden. Aber woher hätte Mark wissen sollen, dass sie arbeitete? Sie hatten zuerst über Tom und dann über alles Mögliche gesprochen, nur nicht über sich selbst. Und so sollte es auch bleiben.

»Ja, und ich bin spät dran.« Grace wollte sich abwenden.

»Nur eine kleine Tasse Kaffee.«

»Nein, wirklich nicht.«

»Gracie.«

»Mark, ich habe Nein gesagt.«

Mark bückte sich und hob ein letztes liegen gebliebenes Foto auf. Dabei warf er einen Blick darauf. »Eine gut aussehende Frau. Wer ist sie?«

Grace steckte das Foto ein. »Das weiß ich nicht.«

»Hast du wirklich keine Zeit für einen Kaffee?« Er sah sie bittend an.

Nun wurde Grace doch weich. Mark war ein freundlicher Mensch, und er hatte sie keineswegs mit Gewalt in sein Bett gezerrt. Warum sollte sie ihn jetzt vor den Kopf stoßen? »Also gut, aber nur ganz kurz.«

Mark lächelte.

Sie betraten das Café auf der anderen Straßenseite und setzten sich an die Theke. Mark bestellte zwei Kaffee. »Möchtest du etwas essen?«

Grace lehnte dankend ab und betrachtete sehnsüchtig

das Werbeplakat für Coca-Cola, auf dem eine strahlende Blondine im Badeanzug am Strand lag, in der Hand ein Glas Cola mit Strohhalm. Sie hätte einiges dafür gegeben, um an ihrer Stelle zu sein.

»Gefällt es dir in New York?«, fragte Mark.

»Manchmal. Die Stadt ist mit schlechten Erinnerungen verbunden.« Grace griff nach ihrem Becher Kaffee und blies auf das heiße Getränk. »An dem Tag, als Tom starb, war ich hier und habe auf ihn gewartet. Im Grand Central. Ich bin zu jedem Zug gelaufen, der aus Philadelphia kam. Im letzten saß ein Offizier, der gekommen war, um mich von seinem Tod zu unterrichten.«

Sie wandte sich zu Mark um und erkannte den Schmerz in seinen Augen.

»Ich habe dich gar nicht gefragt, was du in New York tust«, wechselte sie das Thema.

»Ich bin zu einer Anhörung gekommen – die dann verschoben wurde.«

»Bist du Anwalt geworden?«

Mark nickte. Bevor Grace fragen konnte, auf welchem Gebiet, deutete er auf ihre Handtasche. »Haben die Fotos etwas mit deiner Arbeit zu tun?«

Grace überlegte. Sie hätte sehr gern mit jemandem darüber gesprochen. Vielleicht wusste Mark, wie sie sich verhalten sollte. »Hast du von dem Autounfall auf der Madison Avenue gestern Morgen gelesen? Eine Frau wurde tödlich verletzt.«

Mark furchte die Stirn. »Kann sein, dass ich es in der Zeitung gesehen habe, ja.«

»Ich war dabei.«

Mark sah sie erschrocken an. »Du hast den Unfall miterlebt?«

»Nein, als ich ankam, stand nur noch der Wagen da. Aber dadurch bin ich an die Fotos geraten.«

Mark zog die Brauen hoch. »Das verstehe ich nicht.«

Grace erzählte ihm die Geschichte. »Ich dachte, jemand hätte den Koffer vielleicht verloren oder vergessen. Ich habe ihn nur geöffnet, um nach dem Namen und der Adresse des Besitzers zu suchen – und da habe ich die Fotos gefunden. Ich weiß nicht, was mich geritten hat, sie einzustecken. Es war eine Kurzschlusshandlung. Und als ich sie abends zurücklegen wollte, war der Koffer fort.«

Sie erzählte ihm, wie sie erfahren hatte, dass die Unfalltote die Besitzerin des Koffers war. »Sie war Engländerin, ihr Name lautete Eleanor Trigg. Deshalb war ich gerade im britischen Konsulat … Ich dachte, ich könnte die Fotos dort zurückgeben.«

»Aber das hast du nicht getan.«

Grace schüttelte den Kopf. »Ich habe mit dem Konsul gesprochen, doch irgendetwas war dabei seltsam. Er wollte die Fotos zwar unbedingt haben, wusste aber nicht, wohin mit ihnen. Mrs Trigg hat während des Kriegs für eine Behörde namens SOE gearbeitet, mehr wollte er mir nicht sagen.«

»Für die SOE?«, sagte Mark und wirkte beeindruckt. »Das war die Special Operative Executive der Engländer, eine Spezialeinheit für Sabotageakte, die während des Kriegs in den von den Deutschen besetzten Gebieten tätig war. Wenn ich mich nicht irre, wurde sie inzwischen aufgelöst. Weißt du, welche Funktion diese Mrs Trigg hatte?«

»Nein, die hat der Konsul mir nicht verraten. Die Unterlagen der SOE befinden sich inzwischen in unserem Kriegsministerium. Mehr hat er nicht gesagt.«

»Was für eine Plaudertasche!« Mark lachte. »Er hätte überhaupt nichts erwähnen dürfen. Die Aktionen der SOE waren ebenso geheim wie die Namen derer, die daran beteiligt waren.«

Grace zuckte mit den Schultern. »Er wollte mich loswerden, vielleicht hat ihn das unvorsichtig werden lassen.« Sie runzelte die Stirn. »Aber wenn es diese Einheit nicht mehr gibt, wie soll ich dann erfahren, wem die Fotos gehören?« *Und wer die Frauen waren,* fügte sie im Geist hinzu, denn das interessierte sie am meisten.

»Du könntest eine Annonce aufgeben«, schlug Mark vor. »In der *New York Times,* vielleicht auch in einer englischen Tageszeitung.«

»Ja, das könnte ich«, antwortete Grace. Das Problem war nur, dass sie für so etwas kein Geld hatte. Anzeigen waren teuer, das wusste sie von ihrer Arbeit bei Frankie, der für seine Klienten mitunter Suchanzeigen aufgab. Sie trank ihren Kaffee aus. »So, nun muss ich aber wirklich los.«

Mark legte ein paar Münzen auf die Theke und begleitete sie hinaus.

»Wie lange musst du noch in New York bleiben?«, fragte Grace.

»Heute Abend fahre ich zurück.«

»Ach so.« Einen Moment lang war Grace enttäuscht.

»Aber wenn die Unterlagen der SOE tatsächlich im Kriegsministerium sind, könnte ich für dich ein paar Nachforschungen anstellen. Ich kenne Leute, die dort arbeiten.«

»Nein, bitte nicht«, wehrte Grace ab. Sie wollte nicht, dass er sich noch einmal bei ihr meldete – es würde nur zu Komplikationen führen. »Ich meine, das ist sehr nett, aber ich habe schon genug von deiner Zeit beansprucht.«

Mark lächelte. »Oder du besuchst mich in Washington, und wir versuchen gemeinsam, an die Unterlagen heranzukommen.«

Grace errötete. »Nein, Mark, wirklich nicht.«

»Warum denn nicht?« Er strich ihr eine Haarsträhne aus dem Gesicht. »Ich dachte, du wolltest mehr über die Fotos erfahren.«

»Sicher, aber du musst mir dabei nicht helfen.«

»Das nicht, aber vielleicht würde ich dich gern wiedersehen.«

Grace trat einen Schritt zurück. Bis zu ihrer gemeinsamen Nacht hatte sie Mark vor allem deshalb gemocht, weil er Toms Freund gewesen war. Und zu der Nacht wäre es nicht gekommen, wenn sie nicht zu viel getrunken hätte. Doch nun war die Geschichte beendet. »Du kennst mich doch kaum.«

»Vielleicht würde ich das gern ändern. Warum kommst du nicht für einen Tag nach Washington? Ich zeige dir die Stadt und wir versuchen, mehr über Mrs Trigg und die Fotos herauszufinden. Das möchtest du doch, oder?«

Grace nickte widerstrebend. Schon, aber wollte sie dafür

auch in eine Zugfahrt nach Washington investieren? Eine Fahrt, die Mark womöglich missverstehen würde …

»Na, was ist?«, fragte er und lächelte einnehmend.

»Ich weiß nicht …«

»Lass uns zusammen fahren.«

»Was denn, heute schon?«

Mark zuckte mit den Schultern. »Warum nicht?«

»Weil ich zur Arbeit muss.«

»Dann komm morgen. Nimm dir einen Tag frei oder melde dich krank. Morgen früh um sieben fährt ein Zug von hier. Er kommt um elf Uhr in Washington an. Ich hole dich auf dem Bahnsteig ab.« Mark warf einen Blick auf seine Armbanduhr. »Verdammt, ich muss zum Gericht.« Er küsste Grace auf die Wange. »Wir sehen uns morgen, okay?«

Grace sah ihm nach, bis er sich unter den Passanten verlor. Die Nacht mit ihm war ein Fehler gewesen. Warum sollte sie einen weiteren machen, indem sie ihn in Washington besuchte?

11. KAPITEL

MARIE

Frankreich, 1944

Die Stille des frühen Morgens wurde von einem scharrenden Geräusch unterbrochen und Marie fuhr aus ihrem unruhigen Schlaf hoch. Durch die Ritze zwischen den Bretterwänden des Schuppens drang Licht. In der Nacht hatte sie auf dem Boden aus festgestampfter Erde gelegen und ab und zu ein wenig gedöst, doch bei jedem Geräusch war sie hochgeschreckt und hatte nicht gewagt, sich zu rühren.

Wieder war das Scharren zu hören. Es klang, als wäre ein Tier in der Nähe. Marie erinnerte sich an die Rehe, die früher im Garten an ihrem Haus in Herefordshire nach Nahrung gesucht hatten. Sie hatten sich so ähnlich angehört. Doch dann wurden Schritte laut. Marie stand auf.

Die Tür wurde entriegelt, und der Mann, der sie am Abend hierhergebracht hatte und von dem sie noch immer nicht wusste, ob er Freund oder Feind war, trat ein. Er bedeutete ihr mit einer Kopfbewegung, ihm zu folgen. Marie griff nach ihrer Reisetasche und stolperte ihm nach. Sie hatte einen unangenehmen Geschmack im Mund, war durstig und wünschte, er hätte ihr wenigstens etwas zu trinken mitgebracht. Draußen warfen die Strahlen der aufgehenden Sonne einen Schimmer auf die umliegenden Felder und den Wald, durch den sie gekommen war.

»Konntest du ein wenig schlafen?«, fragte der Mann.

»Auf der kalten, nackten Erde und ohne – «

»Nicht so laut«, zischte er und packte ihren Arm so fest, dass es schmerzte.

»Fassen Sie mich nicht an!« Marie versuchte, ihren Arm zu befreien, doch der Griff des Mannes war eisern.

»Ich möchte nicht geschnappt werden, nur weil du die einfachsten Verhaltensregeln ignorierst!«, sagte er mit zornig funkelnden Augen.

Sie betraten einen Pfad, der zurück durch den Wald führte. Dann und wann musterte Marie ihren namenlosen Begleiter von der Seite. Sein Haar war kurz geschnitten, seine Nase leicht gebogen, das Kinn kantig. Gekleidet war er wie ein französischer Bauer, hielt sich jedoch so gerade wie jemand, der zum Militär gehörte.

Als der Wald sich lichtete, lag ein kleiner Bahnhof vor ihnen, auf dem kein Ortsname stand. Wären die Gleise nicht gewesen, hätte Marie ihn für ein verlassenes Gebäude gehalten. Der Mann machte ihr ein Zeichen, stehen zu bleiben, und blickte in alle Richtungen. Er legte einen Finger auf die Lippen und schien zu lauschen. Dann fasste er Maries Arm.

»Sie sollen mich nicht anfassen!«, fuhr sie ihn an. Sein Griff erinnerte sie an die Hand ihres Vaters, der ihren Arm auf die gleiche Weise gepackt hatte, bevor er ihr ins Gesicht schlug.

Er ließ sie los. Vielleicht hatte er irgendetwas in ihrem

Blick gesehen, das ihn rücksichtsvoller werden ließ. »Entschuldige«, sagte er, »ich wollte dir keine Angst einjagen.«

Sie umrundeten den Bahnhof. An der rückwärtigen Mauer lehnte ein blaues Fahrrad. Der Mann nahm Maries Reisetasche und befestigte sie auf dem Gepäckträger. Dann hielt er das Rad fest und forderte Marie auf, sich auf die Querstange zu setzen.

Marie schüttelte den Kopf.

Er seufzte. »Wir müssen so tun, als wären wir ein Paar. Also hopp.«

Widerwillig hievte Marie sich auf die Querstange. Was blieb ihr auch anderes übrig?

Der Mann schwang sich in den Sattel und fuhr los.

Marie war es unangenehm, von seinen Armen umspannt zu werden, aber auch daran konnte sie nichts ändern.

Nachdem sie über einen unebenen Pfad geholpert waren, erreichten sie eine Landstraße, die auf beiden Seiten von einer alten, bröckelnden Mauer eingefasst wurde. Als die Mauer zu Ende war, fuhren sie an frisch gepflügten Feldern vorbei, dann an einer langen Reihe Pappeln, an denen man schon das erste Grün erkannte.

Auf einem Hügel lag ein kleines Schloss, darunter Häuschen aus Naturstein mit verwitterten, roten Dächern. Der liebliche Duft von Geißblatt stieg Marie in die Nase. Sie ging davon aus, dass sie sich irgendwo auf der Île-de-France befand, also mitten im von den Deutschen besetzten Frankreich.

Sie fuhren an einem Bauernhaus vorüber, an dessen Seite eine junge Frau Wäsche aufhängte. Marie versteifte sich ängstlich. Sie war schon seit Langem nicht mehr in Frankreich gewesen und hatte das Gefühl, jeder müsse ihr ansehen, dass sie Engländerin war. Die junge Frau lächelte ihr zu. Wahrscheinlich dachte sie, dass Marie mit ihrem Liebsten unterwegs war.

Sie bogen in einen Feldweg ab, der sie zu einem von hohen Bäumen umstandenen Herrenhaus führte. Es wirkte verwahrlost.

Der Mann hielt an. »Das ist eins unserer sicheren Häuser.«

Marie betrachtete das Gebäude aus grauem Stein, dessen vergangene Schönheit noch zu erahnen war.

»Die Bewohner haben das Haus verlassen.« Maries Begleiter deutete auf den Hauseingang. Unten an der Treppe war eine Granate eingeschlagen, jedoch nicht detoniert. »Auf der Wiese da hinten sind noch zwei Blindgänger. Deshalb haben die Deutschen das Haus nicht beschlagnahmt.«

Er nahm Maries Reisetasche vom Gepäckträger, und sie betraten das Haus. Der Mann stellte das Rad in der Eingangshalle ab. Der Marmorfußboden hier war unversehrt und sogar einigermaßen sauber. Zu ihrer Linken konnte Marie durch eine offene Tür ein Zimmer mit verschlissenen Sesseln erkennen.

Über ihr wurden Schritte laut, Stimmen und Gelächter ertönten. Sie stiegen die Treppe hinauf. Oben öffnete Maries Begleiter die Tür zu einem Raum, der einmal die Bibliothek gewesen sein musste, in den Regalen an den Wänden standen noch Bücher.

Eine Gruppe Männer in Maries Alter saß an einem großen Holztisch, darauf waren noch die Reste eines Frühstücks zu sehen. Die schweren, dunkelblauen Samtvorhänge an den Fenstern waren zugezogen, auf dem Tisch brannten Kerzen.

Zu ihrer Verwunderung erkannte Marie ihren Piloten Will in einer Ecke. Er schlief in einem Ohrensessel, und sie fragte sich, warum er nicht nach England zurückgekehrt war.

Keiner der Männer schien sich für sie zu interessieren. Sie tranken Kaffee, unterhielten sich und lachten.

Marie konnte nicht fassen, wie unvorsichtig sie waren. Warum versteckten sie sich in einem verlassenen Herrenhaus, wenn sie sich dort so laut und ungezwungen wie in einem Straßencafé benahmen? Sie schnupperte in die Luft. Aber anscheinend hatten sie hier noch echten Kaffee.

Sie dachte an die Nacht, die sie in dem kalten, verdreckten Schuppen verbracht hatte, und warf dem Mann, der sie dort abgeladen hatte, einen verärgerten Blick zu. Warum hatte er sie nicht gleich hierhergebracht? Falls der Schuppen ein Test gewesen war, hätte sie gern gewusst, welchem Zweck er gedient haben sollte.

Einer der Männer am Tisch sah Marie an. »Setz dich«, forderte er sie auf. Er sprach wie ein Waliser und trug einen Rauschebart, wie er in Frankreich nicht üblich war. Auch darüber wunderte sich Marie. »Wer hier wartet, bis er eingeladen wird, kriegt nichts mehr vom Frühstück ab.«

Marie ließ sich am Tisch nieder und starrte hungrig auf die Platte Schinkenspeck in der Mitte. Der Waliser legte zwei Scheiben auf einen Teller und schob ihn Marie zu.

»Greif zu, der kommt vom Schwarzmarkt. So was Leckeres haben wir nicht alle Tage.« Er füllte einen Becher Kaffee für sie.

Marie bedankte sich und griff nach einem Stück Brot. Es gab auch Käse, stellte sie fest, und eine Schüssel weiße Bohnen in Tomatensoße. Innerlich schüttelte sie den Kopf und hörte im Geist die Stimme von Madame Poirot, die sich über dieses verräterisch englische Essen aufregte.

Maries Magen begann zu knurren. Die Männer am Tisch lachten. Marie errötete und hielt nach Besteck Ausschau. Doch außer Löffeln schien es nichts zu geben, und da sie sich nicht lächerlich machen wollte, indem sie nach Messer und Gabel fragte, nahm sie eine Scheibe Schinkenspeck und aß sie aus der Hand.

»Mein Name ist Albert«, sagte der Waliser und streckte seine Hand aus.

»Ich heiße Renée.«

Albert führte ihre Hand zum Mund. »Hallo, Renée.«

Marie runzelte die Stirn. *»Bonjour«,* sagte sie kühl. *»Enchantée.«*

»Klingt ziemlich echt«, sagte Albert. »Bist du Französin?«

Marie schüttelte den Kopf. »Ich habe die Sprache als Kind gelernt.«

»Sehr gut. Unser Französisch ist nämlich grauenhaft.«

»Nicht ›unser‹, sondern deins«, sagte der rothaarige Mann an Alberts Seite. Er stellte sich als Harry vor.

Albert ignorierte ihn. »Dann wirst du sicher als Kurier eingesetzt.«

Marie schüttelte den Kopf. Kurierdienst bedeutete, ständig in feindlichem Gebiet unterwegs zu sein und immer Gefahr zu laufen, gefasst zu werden. Sie hatte Mrs Trigg ausdrücklich erklärt, dass das für sie nicht infrage komme. »Ich bin Funkerin.«

»Ah, eine Pianistin!«, meinte Albert.

Den Begriff hatte Marie schon im Arisaig House gehört. Er war Teil des Geheimdienstjargons. Ein Funkgerät wurde »Spieluhr« genannt.

»Wenn du so gut Französisch sprichst, solltest du lieber als Kurier eingesetzt werden.« Albert zuckte mit den Schultern. »Aber Vesper wird wissen, was er tut.«

»Wo ist Vesper?«, fragte Marie. »Ich würde gern mit ihm sprechen. Vielleicht kann er mir erklären, warum dieser Rüpel« – sie deutete auf den namenlosen Mann, der nun am Fenster stand und durch einen Spalt in den Vorhängen nach draußen spähte – »mich nachts in einem Schuppen untergebracht hat.«

»Rüpel?« Albert legte den Kopf zurück und lachte schallend. »Der Rüpel *ist* Vesper.«

Die Männer am Tisch stimmten in sein Gelächter ein.

Marie wäre am liebsten im Erdboden versunken. Beschämt schaute sie zu dem Mann hinüber, der der Leiter ihres Netzes war und den Mrs Trigg lobend erwähnt hatte. Hatte er gehört, was sie über ihn gesagt hatte?

Vesper drehte sich um. »Könnt ihr nicht endlich mal leise sein?«

Das Gelächter brach ab. Draußen heulte eine Sirene auf. Die Männer sahen einander an, einige wurden blass.

»Keine Sorge.« Albert machte eine beruhigende Handbewegung. »Wenn die Deutschen Leute abholen, kommen sie nicht mit Sirenen.«

Der Lärm wurde lauter. Sie hörten einen Wagen, doch er schien über die Landstraße zu rasen. Schließlich verklang die Sirene.

»Habt ihr schon von den beiden Agenten gehört, die in der Picardie gefasst wurden?«, fragte der Rothaarige. Die Männer nickten. »Sie waren in einem sicheren Haus. Jemand muss sie verraten haben.«

Marie überlief ein Schauder. Die Picardie war nicht weit entfernt. Vielleicht hatten auch dort Agenten in einem alten Herrenhaus gesessen, es sich gut gehen lassen und gelacht.

»Lasst uns von was anderem reden«, sagte Albert.

Der Rothaarige ging darüber hinweg. »Oder sie waren unvorsichtig.«

Vesper fuhr herum. »Was für ein dummes Zeug du redest!«, sagte er in scharfem Ton. »Die beiden gehörten zu unseren Besten.« Er zog die Brauen zusammen. »Jeder von uns kann geschnappt werden, vergesst das nicht.«

Mit einem Mal war die Stimmung bedrückt. Einige der Männer zündeten sich aus Nervosität eine Zigarette an.

Dann wurden auf der Treppe rasche Schritte laut. Albert stand auf. Vespers Hand fuhr zu seinem Bein. Im nächsten Augenblick hatte er ein Messer in der Hand. Marie saß da wie gelähmt und dachte an die Agenten, über die sie gerade gesprochen hatten.

Die Tür flog auf. Eine junge, adrett gekleidete Frau erschien auf der Schwelle, in der Hand eine Sten Gun.

Josie.

Beim Anblick ihrer Freundin machte Maries Herz einen Satz. Sie hatte nicht damit gerechnet, Josie wiederzusehen, und gewiss nicht so bald. Sie wollte aufspringen und Josies Namen rufen, doch im letzten Moment riss sie sich zusammen. Sie wusste weder, unter welchem Namen Josie operierte, noch ob sie sich überhaupt zu erkennen geben wollte.

»Wir haben Klopfzeichen ausgemacht, mit denen wir uns ankündigen«, sagte Albert mürrisch. »Oder möchtest du über den Haufen geschossen werden?«

Vesper trat zu Josie. »Ist etwas passiert? Wir haben dich erst in zwei Tagen erwartet.«

Josie ließ sich am Tisch nieder, griff nach einem Stück Brot und schenkte sich einen Becher Kaffee ein. »Es ging das Gerücht um, dass die Nazis unser Ausbildungslager entdeckt haben. Wir haben die Waffen eingesammelt und uns in Sicherheit gebracht.«

Marie konnte sich nicht mehr zurückhalten. »Josie«, sagte sie leise.

Josie grinste sie an. »Ich habe dich schon erkannt!« Sie stand auf und schloss Marie in die Arme. Dann rümpfte sie die Nase. »Hat dir niemand gezeigt, wo du dich frisch machen kannst?«

Verlegen trat Marie einen Schritt zurück. »Entschuldige, wahrscheinlich rieche ich ziemlich übel, aber ich musste die Nacht in einem nach Kuhmist stinkenden Schuppen verbringen.« Sie warf Vesper einen bösen Blick zu.

Josie führte Marie über den Flur und öffnete die Tür zu einem Bad. »Hier drin findest du alles, was du brauchst.

Wenn wir nicht auffallen wollen, müssen wir ordentlich aussehen.«

Auf der Ablage war nur ein Kamm, der glücklicherweise sauber war. Marie fuhr sich damit durch die Haare. Dann nahm sie die Seife und wusch sich Gesicht, Hände und unter den Armen. Es war eine einfache Kampferseife, die ihre Haut rötete. Zum Schluss benutzte sie die Toilette, die ebenfalls erstaunlich sauber war, dann kehrte sie in die Bibliothek zurück. Josie saß abseits von den anderen und war dabei, ihre Pistole zu reinigen.

Marie setzte sich zu ihr. »Geht es dir gut?«

»Mir geht es blendend!«

Sie sagt die Wahrheit, stellte Marie fest. Josies Blick war strahlend, und ihr Gesicht hatte eine frische, gesunde Farbe bekommen.

»Ich bringe Waffen zu den Partisanen und zeige ihnen, wie man damit umgeht.«

Marie wunderte sich. »Ich dachte, du würdest hier auch Funkerin sein?« Im Arisaig House war Josie auf diesem Gebiet die Beste von ihnen allen gewesen. Allerdings war sie auch bei allem anderen die Beste gewesen …

»Manchmal übernehme ich auch das. Im Einsatz sind die Übergänge fließend, und jeder tut, was gerade nötig ist.«

Wie sicher und erfahren sie wirkt, ging es Marie durch den Kopf. Als wäre sie zu ihrer Aufgabe berufen.

»Du bist für den Funkverkehr mit London zuständig«, sprach Josie weiter. »Jeden Dienstag und Donnerstag zwischen fünf und sechs Uhr abends.«

Marie stellte sich vor, wie Mrs Trigg ihre Nachrichten in Empfang nahm und kontrollierte, ob sie alles richtig gemacht hatte. »Funke ich von hier aus?«

Josie zuckte mit den Schultern. »Das entscheidet Vesper.« Marie sah zu Vesper hinüber. Er war etwas älter als die anderen in der Gruppe und eigentlich ein gut aussehender Mann mit markantem Gesicht und leuchtend blauen Augen. Doch die Nacht im Schuppen würde Marie ihm nie verzeihen.

»Vesper kontrolliert die Aktionen in der Île-de-France und der Normandie«, fuhr Josie fort. »Er führt sowohl die Agenten als auch unsere französischen Kontakte.«

Marie fand das eigenartig. In Schottland hatten sie gelernt, dass in Frankreich kleine Agentenzellen tätig waren, die in der Regel aus einem Leiter, einem Funker und einem Kurier bestanden. Es hatte auch geheißen, dass sie unabhängig voneinander agierten, so dass nicht, wenn eine Gruppe aufflog, andere gefährdet wurden. Deshalb verstand sie nicht, warum man es zuließ, dass ein Einzelner wie Vesper für ein so großes Gebiet verantwortlich war.

Die Männer breiteten eine Landkarte auf dem Tisch aus und beugten sich darüber. Inzwischen war auch Will bei ihnen. Er schien sich mit Vesper zu streiten.

»Vesper und Will sind Vettern«, sagte Josie. »Sie liegen sich ständig in den Haaren.«

Marie betrachtete die beiden Männer, die unterschiedlicher kaum hätten sein können. Will hatte weiche Züge und war ihr wie ein gut gelaunter Draufgänger vorgekommen, wohingegen Vesper hart und unnahbar wirkte.

»Bei Will musst du aufpassen.« Josie zwinkerte Marie zu. »Er ist ein Frauenheld und hat an jedem Finger zehn. Angeblich sind ihm sogar die Damen eines Pariser Bordells zugetan.«

Marie errötete.

»Guck nicht so schockiert!« Josie lachte. »Die Einsätze können lang und einsam sein. Sieh zu, dass du bei Will einen klaren Kopf behältst.«

Marie konnte sich nicht vorstellen, dass sie bei ihrer Aufgabe noch Interesse an einem Mann entwickeln könnte. »Er hat mich hergeflogen. Ich dachte, er wäre schon wieder in England.«

»Sein Flugzeug hatte einen Motorschaden, er musste auf einem Acker notlanden. Seine Lizzie wurde bei Nacht und Nebel in eine Scheune geschafft, wo sie nun repariert wird.«

Marie schaute zu den Männern hinüber, deren Stimmen immer erregter wurden.

Vesper schlug mit der Faust auf den Tisch. »Wir brauchen ein neues sicheres Haus, verdammt nochmal. Irgendwo in der Nähe von Mantes-la-Jolie.«

Will schüttelte den Kopf. »Das können wir den Einheimischen nicht zumuten. Auch dort ist vor Kurzem einer von uns festgenommen worden. Wir müssen uns eine Zeit lang bedeckt halten.«

»Und wie stellst du dir das vor? Unser Befehl lautet, in einem Monat die Eisenbahnbrücke zu sprengen.«

»Gut, aber dann müssen wir die Leute warnen, damit sie sich vor den Vergeltungsmaßnahmen der Deutschen in Sicherheit bringen.«

»Natürlich«, sagte Vesper höhnisch. »Am besten, wir geben eine Annonce auf.«

Marie drehte sich zu Josie um. »Verstehst du, um was es geht?«

Josie zuckte mit den Schultern. »Ich höre ihren Kabbeleien schon gar nicht mehr zu.«

Marie trat an den Tisch. »Über was sprecht ihr?«, fragte sie und wunderte sich über ihren Mut.

Vesper runzelte die Stirn. »Je weniger du weißt, desto besser für dich – und für uns alle.«

»Hallo, Renée«, sagte Will freundlich. »Wir werden bei Mantes-la-Jolie eine Brücke sprengen und brauchen sichere Verstecke – vor der Sprengung in der Nähe von Mantes, danach in einiger Entfernung. Doch die Einheimischen sind zu verängstigt, um uns zu helfen. Die Deutschen erschießen die Bewohner ganzer Dörfer, wenn sie glauben, diese hätten die Partisanen unterstützt.«

Vesper warf ihm einen gereizten Blick zu. »Ich werde selbst nach sicheren Häusern und Wohnungen suchen und mit den Einheimischen reden.«

»Bei deinem Französisch?«, fragte Albert amüsiert. »Die Leute werden kein Wort verstehen.«

»Ich kann ja mitkommen«, schlug Marie vor und bereute es sofort.

Vesper zog die Brauen hoch. »Ohne jede Erfahrung? Das ist mir zu riskant.«

»Aber ihr Französisch ist gut, und du kannst nur zwei, drei Brocken«, sagte Albert.

Innerlich schüttelte Marie den Kopf. Der Leiter ihres

Netzes war mit der Landessprache nicht vertraut? Madame Poirot wäre außer sich gewesen.

Vesper betrachtete Marie abwägend. Sie war sicher, dass er ohne sie aufbrechen würde, und verspürte sowohl Erleichterung als auch Enttäuschung.

Schließlich zuckte er die Achseln. »Also gut, du begleitest mich.« Er wandte sich zur Tür.

Anscheinend wollte er sofort los. Marie warf Josie einen Blick zu. Sie wäre gern noch eine Weile bei ihr geblieben und hätte gehört, was ihre Freundin in der Zwischenzeit erlebt hatte.

»Bis bald«, sagte Josie und nickte Marie aufmunternd zu.

Marie folgte Vesper. Er war bereits draußen und winkte ihr ungeduldig, sich zu beeilen. Sie machten einen Bogen um den halb im Erdboden liegenden Blindgänger. Marie hatte damit gerechnet, dass sie wieder das Fahrrad benutzen würden, doch dem war nicht so.

Mit großen, eiligen Schritten überquerte Vesper die Wiese am Haus und steuerte den dahinterliegenden Wald an.

Eine Zeit lang liefen sie schweigend nebeneinander her. In der Ferne schlug eine Kirchenuhr zehn Mal.

Sie traten aus dem Wald heraus. »Du gehst zu langsam«, sagte Vesper und bog in einen Feldweg ein.

»Ich bin müde«, erwiderte Marie. »In dem kalten Schuppen habe ich kaum ein Auge zugetan.«

Vesper lachte spöttisch. »Die meisten von uns haben seit Wochen nicht mehr richtig geschlafen.« Er sah Marie von der Seite an. »Aber keine Sorge, heute Abend kannst du dich ausruhen. Selbst ein Rüpel wie ich ist kein Unmensch.«

Marie spürte, wie ihre Wangen heiß wurden. »Tut mir leid, dass ich das gesagt habe.«

»Ja, schon gut. Mein Name ist übrigens Julian.«

Auch Decknamen schienen in diesem Netz nichts zu gelten. »Und ich heiße Marie.« Sie warf Vesper einen vorsichtigen Blick zu, bevor sie hinzufügte: »Ich frage mich, wie du dein Netz leiten kannst, ohne richtig Französisch zu können.« Im Geist hörte sie Mrs Triggs ungehaltene Stimme, die sagte: *Solche Äußerungen stehen Ihnen nicht zu.*

»Als Leiter habe ich nur wenig Kontakt mit den Einheimischen. Ich muss im Hintergrund bleiben, alles andere wäre zu gefährlich. Es reicht, wenn ich die Männer, die fließend Französisch sprechen, führe.«

»Und die Frauen«, sagte Marie. »Oder bist du auch der Ansicht, dass Frauen keine Agentinnen sein sollten?«

»Nein, es gibt durchaus Operationen, bei denen wir Frauen brauchen. Vorausgesetzt sie sind gut und konzentrieren sich auf die Sache.« Er musterte Marie mit skeptischem Blick.

»Was machen wir in Mantes-la-Jolie?«, fragte Marie.

»Wir laufen nur bis Rosny-sur-Seine. Ich suche ein kleines Haus oder eine Wohnung als sicheres Versteck. Das Herrenhaus ist mir zu auffällig.« Er seufzte schwer. »Wir haben hier keine Kontakte, und ich kann nicht einfach jemanden fragen, ob er gewillt ist, im Kampf gegen die Deutschen sein Leben zu riskieren. Deshalb brauchen wir zunächst jemanden, der bereit ist, uns als Briefkasten zu dienen. Wer das tut, hilft uns vielleicht auch bei der Suche nach einem Versteck weiter.«

Aus der Ferne näherte sich ihnen ein Geländewagen der deutschen Wehrmacht. Marie erschrak und sah sich nach einem Fluchtweg um.

Julian nahm ihre Hand und hielt sie fest. »Bleib ruhig. Wir sind ein ganz normales französisches Paar, das auf dem Weg nach Rosny ist.«

Marie schluckte nervös und wagte kaum noch zu atmen.

Der Wagen preschte an ihnen vorüber und wirbelte eine Staubwolke auf.

»So geht das nicht!« Julian ließ Maries Hand fallen und wirkte verärgert. »Du kannst dich beim Anblick von ein paar Deutschen nicht jedes Mal vor Angst versteifen, hat man dir das nicht gesagt?«

»Doch, hat man.«

»Dann halte dich gefälligst daran.«

»Soll ich lieber wieder umkehren und jemand anders zu dir schicken? Vielleicht Josie?«

»Jetzt nicht mehr. Da vorn ist schon Rosny. Es liegt direkt an der Seine. Bis zur Brücke von Mantes-la-Jolie ist es nicht weit.«

Hinter dem Fluss lag ein Dorf aus roten und gelben Backsteinhäusern. Marie wunderte sich, dass Julian so dicht an dem Ort, in dem die Brücke gesprengt werden sollte, nach Kontakten suchte.

An einer kleinen Brücke über die Seine blieb Julian stehen. »Es heißt, dass die Bewohner von Rosny auf der Seite der Partisanen stehen und gewillt sind, ihnen zu helfen. Vielleicht finden wir hier tatsächlich schon ein Haus oder ein Café, wo wir Nachrichten hinterlassen können oder wo sich ein Agent auf der Flucht verbergen kann.«

Sie liefen über die Brücke. Gleich darauf waren sie auf der Hauptstraße des kleinen Ortes. Sie mündete in den Marktplatz.

»Ich würde kein Café nehmen.« Marie ließ ihren Blick umherwandern. »Lieber … eine Buchhandlung. Dann können wir die Bücher benutzen, um uns Nachrichten zu übermitteln.«

»Noch besser.« Julian lächelte. »In einem französischen Buchladen wird man kaum Deutsche finden.«

Marie errötete vor Freude über sein Lob. »Versuchen wir es in diesem kleinen Buchgeschäft da hinten.«

»Weißt du, was du dem Besitzer sagen musst?«, fragte Julian.

Marie sah ihn entsetzt an. »Wieso ich?«

»Weil mein Französisch nicht gut genug ist für so eine komplexe Aufgabe.«

»Ich dachte, ich soll nur dolmetschen«, antwortete Marie beklommen.

Julians Miene verdüsterte sich. »Bist du hier, um deine Aufgabe zu erfüllen, oder nicht?«

Ihre Aufgabe lautete, von einem sicheren Ort aus Funknachrichten abzusetzen, dachte Marie. Niemand hatte gesagt, dass sie in Frankreich Kontakte anwerben solle, und zu ihrer Ausbildung hatte es auch nicht gehört. Doch dann dachte sie an Josie, die ebenfalls flexibel eingesetzt wurde.

»Ich weiß, dass du nervös bist«, sagte Julian etwas freundlicher. »Angst ist ein guter Instinkt, sie dient unserem Schutz. Trotzdem musst du lernen, sie in Schach zu halten. Frag den Besitzer des Buchladens, ob er die *Odyssee* von Homer auf Griechisch hat.«

»Und wozu soll das gut sein?«

»Bestimmte Fragestellungen sind den Menschen, die mit dem Widerstand sympathisieren, bekannt. Wir fragen Fischhändler nach ausgefallenen Fischen, die sie nicht haben können, und Blumenhändler nach Blumen, die es zu der Jahreszeit nicht gibt. Und der Buchhändler wird darauf entweder mit einem knappen Nein antworten oder die Frage richtig verstehen und sich auf ein Gespräch mit dir einlassen. Also hopp, wir können hier nicht den ganzen Tag vertrödeln.«

Marie schaute die Straße hinunter. In der Dorfschule war gerade Pause, die Kinder rannten lärmend auf dem Schulhof herum. Sie betrachtete den Buchladen. Darüber war eine Wohnung mit Balkon, die Pflanzen in den Blumenkästen waren vertrocknet. Über der Tür des Ladens stand in verwitterter Schrift *Librairie du Marché*. Sie warf einen Blick durch die Schaufensterscheibe. Innen schien ein kleiner Junge der einzige Kunde zu sein. Als der herauskam, unter dem Arm ein Kinderbuch, fasste Marie sich ein Herz und betrat den Laden. Hinter der Theke stand ein älterer, weißhaariger Mann. An der Wand hing ein gerahmtes Foto, das ihn in jungen Jahren und in einem Anzug mit einer blau-weiß-roten Kokarde am Revers zeigte. Marie hoffte, das bedeutete, dass sie einen

Patrioten vor sich hatte, der den Deutschen feindlich gesinnt war.

»*Bonjour*, Monsieur«, sagte Marie. »Ich weiß nicht, ob Sie mir helfen können, ich suche ein eher seltenes Buch.«

Der Buchhändler lächelte. »Ich freue mich, wenn heute überhaupt noch jemand etwas Besonderes sucht. Die meisten Kunden kaufen bei mir Bücher, um ihre Wohnung zu heizen.«

»Das ist bedauerlich.« Marie versuchte, mitfühlend auszusehen. »Ich suche die *Odyssee* von Homer.«

Der Buchhändler trat an ein Regal.

»Auf Griechisch«, fügte Marie hastig hinzu.

Langsam drehte er sich um. »Es geht Ihnen nicht um das Buch, oder?«

»Nein.«

Der Buchhändler stellte sich ans Schaufenster und warf einen raschen Blick auf die Straße. »Was wollen Sie von mir?«, fragte er leise.

»Unsere Kuriere brauchen einen Ort, um Nachrichten zu tauschen.«

»Nicht bei mir.« Der Buchhändler schüttelte den Kopf und deutete auf das Café auf der anderen Straßenseite. »Da sitzen deutsche Militärs und Polizisten. Sie frühstücken dort jeden Morgen, nachmittags trinken sie Kaffee, abends Wein. Ich werde mich hüten, vor ihren Augen Risiken einzugehen.«

Marie fragte sich, wo Julian inzwischen war. Mit Sicherheit hatte auch er registriert, dass die Gäste des Cafés Deutsche waren.

»Das Risiko wäre äußerst gering«, versuchte Marie es noch einmal. »Die Nachrichten würden in einem Buch liegen, und unsere Kuriere fallen nicht auf.« Die Frage nach einem Versteck für Agenten sparte sie sich.

»Wenn es nur um mich ginge, würde ich Ja sagen. Aber hier im Haus wohnen auch meine Frau, meine Tochter und mein Enkelkind. Ihre Leben setze ich nicht aufs Spiel.«

Marie dachte an Tess, die sie zu Hazel geschickt hatte, um sie in Sicherheit zu bringen. Wie sollte sie diesen Mann bitten können, seine Familie zu gefährden? Dazu hatte sie kein Recht. Dann dachte sie an Julian, der irgendwo in der Nähe darauf wartete, dass sie die Buchhandlung verließ und ihm ihren Erfolg meldete. Sie schaute den Ladenbesitzer flehend an. »Wir sind auf Ihre Hilfe angewiesen, Monsieur.«

Der Buchhändler öffnete die Ladentür und verneigte sich knapp. »*Adieu,* Mademoiselle.«

Marie rang sich ein Lächeln ab. »Danke, Monsieur.«

Sie trat hinaus auf die Straße. Sie war gleich bei ihrem ersten Auftrag gescheitert. Niedergeschlagen schaute sie sich nach Julian um. Er war nirgends zu sehen.

Sie lief über die Hauptstraße zurück zur Brücke. Julian kam hinter den Sträuchern am Ufer hervor. »Wie ist es gelaufen?«

Marie schüttelte den Kopf. »Er macht nicht mit.«

Sie rechnete mit Vorwürfen, doch Julian zuckte mit den Schultern und sagte: »Kein Wunder, in dieser Gegend fand eine ganze Reihe Vergeltungsaktionen der Deutschen statt. Die Leute haben Angst.«

»Sollen wir es in einem anderen Geschäft versuchen?«

»Das wäre jetzt zu auffällig, die Leute könnten anfangen zu reden.«

»Und was machen wir nun?«

»Ich bringe dich in deine Unterkunft, dann setze ich mich mit den Anderen zusammen, und wir denken uns einen neuen Plan aus.«

»Und was ist mit meiner Reisetasche?«, fragte Marie missmutig. Sie fand es kränkend, dass der neue Plan ohne sie geschmiedet wurde. Außerdem hatte sie gehofft, Josie wiederzusehen.

»Die Tasche kommt nach.«

Marie wusste nicht, was sie erwartet hatte, doch als Julian nun den Weg zurück in den Ort einschlug, blieb sie stehen. »Warum willst du wieder nach Rosny? Hast du nicht gesagt, du müsstest dich im Hintergrund halten?«

»Stellst du immer so viele Fragen?« Julian fasste ihren Arm. »Los, komm mit. Dein neues Zuhause ist in Rosny.«

Nach einigen Schritten sagte er: »Natürlich muss ich unauffällig bleiben, aber es lässt sich nicht immer einrichten.«

Sie verließen die Hauptstraße und bogen in eine Seitengasse ein.

»Dein Zimmer liegt nicht weit vom Marktplatz entfernt in der Rue Anton. Misch dich unter die Leute und versuch herauszufinden, wer bereit sein könnte, uns zu helfen.«

»Warum können wir mein Zimmer nicht als Briefkasten und Zufluchtsort benutzen?«

»Weil es mitten im Dorf liegt, Marie. Es wäre nicht sicher.«

Marie fragte sich, wie es dann für sie sicher sein konnte, erst recht, wenn eine nahegelegene Eisenbahnbrücke gesprengt wurde. Doch sie behielt ihre Sorgen lieber für sich.

»Wir müssen die Orte, die wir benutzen, voneinander trennen«, sprach Julian weiter. »Es wäre unvorsichtig, an ein und demselben Ort eine Funkstation und einen Briefkasten einzurichten und womöglich noch einen Agenten zu verbergen.«

Vor der Rückseite eines alten Backsteinhauses blieb er stehen. »Hier ist es. Die Besitzerin heißt Madame Turout. Sie hat einen kleinen Jungen namens Claude. Ihr Mann wurde von den Deutschen gefangen genommen. Sie weiß, dass du heute kommst. Das Zimmer hat einer unserer französischen Kontakte für dich gemietet – er ist ein alter Freund von dir aus Épernay und heißt Jean-Luc Basset.«

Julian führte Marie zur Hintertür und schloss auf. Sie stiegen eine schmale Treppe hinauf. Auf dem letzten Absatz öffnete er eine kleine Tür. »Nach Ihnen, Mademoiselle.«

Maries »Zuhause« war nun also ein Dachboden, der in eine Art Wohnung umgewandelt worden war. Sie hatte schräge Wände, enthielt ein Bett, eine Waschgelegenheit, einen Tisch mit zwei Stühlen und einen Schrank. Auf dem Tisch stand ein Radio. Von den beiden kleinen Fenstern ging eins zur Straße hinaus, aus dem anderen schaute man nach hinten auf den Fluss.

Marie drehte sich einmal um die eigene Achse. Schön war es nicht, aber immerhin besser als der Schuppen in der vergangenen Nacht.

»Madame Turout weiß, dass du nach den Bombenangriffen auf Épernay und dem Verlust deiner Familie allein sein möchtest, und wird dich nicht behelligen.« Julian nickte zu einer Ecke hinüber. »Ich glaube, das da ist für dich. Wir haben es als Grammophon getarnt.«

»Mein Funkgerät!« Marie lief darauf zu und hob die Attrappe ab. Sie strich über das Gehäuse. Funkausrüstungen wurden mit Lastenfallschirmen abgeworfen, aber das Gerät schien unversehrt. Sie tastete die Frontplatte ab. Die Morsetaste hatte sich ein wenig gelockert. »Ich brauche Klebstoff.«

»Wenn ich welchen auftreiben kann, lasse ich ihn dir bringen.«

Wenn nicht, würde Marie sich nach Harz oder Teer umschauen. Sie war nicht mehr die hilflose junge Frau von früher.

Marie schaute aus dem kleinen Dachfenster zur Straße hinaus. Vor dem Haus wuchs eine Pappel, die sogar schon zu blühen begann. Ihr Blick wanderte weiter. Gleich dort draußen lag der kleine Buchladen.

Marie zuckte zurück. Sie fuhr zu Julian herum. »Sag bloß, ich wohne über dem Café, in dem die Deutschen sitzen?«

Er nickte gleichmütig.

Maries Magen zog sich zusammen. »Und hier soll ich funken?«

»Natürlich. Niemand rechnet damit, dass so dicht am Feind eine Funkstation ist.«

»Und was ist, wenn sie es herausfinden?«

»Das werden sie nicht, solange du immer nur für kurze Zeit funkst. Hast du Hunger?«

»Ja.« Das Stück Brot mit Schinkenspeck, das sie in dem sicheren Haus gegessen hatte, hatte nicht lange vorgehalten.

Julian öffnete den Schrank und deutete auf einen halben Laib Brot und ein Stück Käse. »Kauf dir etwas zu trinken oder nimm Wasser.«

Marie sah, dass seine Hände zitterten. »Geht es dir nicht gut?«

»Ich bin erschöpft, weiter nichts. Zu wenig Schlaf, die ständige Anspannung – das macht einen mürbe.« Er ließ sich auf einem Stuhl nieder.

»Du musst dich ausruhen, du zitterst ja.«

Julian schaute auf seine Hände. »Das ist ein Nervenschaden, den ich einem Granatsplitter verdanke. Wenn ich müde bin, wird es schlimmer.«

Marie deutete auf einen kleinen Heizofen in der Ecke. »Darf ich den anstellen?«

»Dazu ist er da.« Julian lehnte sich zurück und streckte die Beine aus.

»Wie geht es jetzt weiter?«, fragte Marie.

»Du empfängst die Nachrichten aus London und sendest die Informationen, die Will oder ein anderer Kurier dir übergibt, wieder zurück. Will ist nicht nur Pilot, er koordiniert auch unseren Funk- und Flugverkehr. Etliche der Kuriere werden zu unseren französischen Kontaktleuten gehören. Bei den meisten wird es sich um Frauen handeln. Ich selbst werde vermutlich nicht mehr kommen. Meine

Männer – und natürlich auch die Frauen – sind über den Norden Frankreichs verteilt, und ich reise von einem zum anderen, um zu sehen, ob alles läuft.«

Julian sah Marie eindringlich an. »Ich hoffe, du kennst die Vorsichtsmaßnahmen. Die Mitglieder des deutschen SD sind keine Idioten, sie fahren mit Peilwagen umher. Halte die Augen offen und sende immer nur für kurze Zeit, wenn du nicht willst, dass sie dich orten.«

Marie konnte sich zwar vorstellen, dass sie in einem kleinen Ort wie Rosny einen Wagen mit einer Richtantenne erkennen würde, aber wie sollte ihr das gelingen, wenn sie am Funkgerät saß?

»Trotzdem muss jede Nachricht raus, Marie. Die Informationen, die wir nach London schicken, werden dort gebraucht. Schon jetzt tun wir alles, um die Infrastruktur der Deutschen hier zu zerstören, und wenn die Invasion beginnt, müssen wir ihnen die Abwehr so schwer wie möglich machen.«

»Weißt du, wann diese Invasion stattfindet?«

»Nein«, antwortete Julian und wirkte leicht verdrossen. »Aus Sicherheitsgründen sind sowohl Ort als auch Datum nur sehr wenigen hochrangigen Politikern und Militärs bekannt. Doch die Invasion wird kommen, das steht fest. Und wir müssen dafür sorgen, dass sie erfolgreich wird.«

Allmählich sah Marie den Leiter ihres Netzes in einem neuen Licht. Er war nicht grob und unfreundlich, wie sie anfangs gedacht hatte, sondern ein Mann, der eine enorm schwierige Aufgabe übernommen hatte und sich darauf konzentrierte, ihr gerecht zu werden. Dafür bewunderte sie ihn, auch wenn sie sich noch immer fragte, ob es klug war, einer einzelnen Person eine so große Verantwortung aufzubürden.

»Wir riskieren unser Leben«, sagte sie. »Ich finde, wir sollten mehr erfahren als immer nur das, was für die jeweilige Aufgabe notwendig ist.«

»Je mehr man weiß, desto mehr kann man unter Druck verraten.« Julian stand auf. »Ich muss wieder los. Du weißt, was du zu tun hast.«

Marie seufzte. Sie mochte noch nicht allein sein, und in das Café unten im Haus wollte sie sich auch nicht setzen. »Kannst du nicht noch ein wenig bleiben?«

Julian schüttelte den Kopf. »Leider nicht.« Und dann war er fort.

12. KAPITEL

GRACE

Washington, 1946

Auf dem Weg zur Arbeit ließ Grace sich ihre Begegnung mit dem britischen Konsul noch einmal durch den Kopf gehen. Wenn Mrs Trigg tatsächlich für eine Art Geheimdienst tätig gewesen war, dann waren es vielleicht auch die Frauen auf den Fotos gewesen. Sie dachte an Marks Vorschlag, im Kriegsministerium in Washington mehr herauszufinden. Aber wäre das nicht übertrieben? Und wäre es darüber hinaus nicht ganz und gar falsch, zu Mark zu fahren und ihm womöglich Hoffnungen zu machen, die sie nicht erfüllen wollte?

Den ganzen Tag dachte Grace über ihr Dilemma nach und kam zu keinem Schluss. Kurz vor fünf Uhr verlor sie die Geduld und entschied, am nächsten Tag nach Washington zu fahren. Andernfalls würden die Unterlagen im Kriegsministerium ihr keine Ruhe lassen. Sie bat Frankie um einen freien Tag.

»Musst du zum Arzt?«, fragte er besorgt.

Grace lächelte beruhigend. Sie hatte noch nie gefehlt, kein Wunder, dass er gleich eine Krankheit vermutete. »Nein, ich möchte nur eine kleine Reise machen.«

»Na dann. Sonst hätte ich gesagt, Arbeit ist die beste Medizin.«

Grace fühlte sich schuldbewusst. Wahrscheinlich nahm Frankie an, dass sie Toms Grab besuchen wollte. Stattdessen würde sie wegen einer Sache nach Washington fahren, die sie im Grunde nichts anging, und sich erneut mit einem Mann treffen, den sie eigentlich nicht wiedersehen wollte.

»Bist du übermorgen wieder zurück?«

»Das habe ich vor.«

»Schön.« Frankie lächelte. »Ich habe mich daran gewöhnt, dich bei mir zu haben.«

»Danke, Frankie«, sagte Grace. Es tat ihr gut, zu hören, dass er ihre Anwesenheit schätzte. Sie hatte gedacht, er hätte sie nur aus Barmherzigkeit behalten.

Am nächsten Morgen um sieben Uhr stieg sie im Bahnhof Pennsylvania Station in den modernen »Congressional Limited Express« nach Washington. Es war das erste Mal, dass sie in einem der neuen, stromlinienförmigen Züge saß, und es gefiel ihr dort ausgesprochen gut. Alles war sauber, die Sitze waren bequem, und sie hatte genügend Beinfreiheit. Genüsslich lehnte sie sich zurück und sah von ihrem Fensterplatz aus zu, wie der Zug aus dem Bahnhof rollte, Manhattan durchquerte und schließlich schneller wurde. Kurz darauf flog die Landschaft draußen vorbei.

Hin und wieder kam ein junger Bahnangestellter mit einem Servierwagen vorbei und bot Kaffee und Sandwiches an. Grace schüttelte jedes Mal den Kopf. Sie musste auf ihr Geld achten und hatte sich zu Hause ein belegtes Brot für die Reise vorbereitet.

Sie fuhren durch kleine Ortschaften, in denen neue Siedlungen entstanden, mit einfachen, aber hübschen Häusern, kleinen Vorgärten und schnurgeraden Straßen. Solche Siedlungen wurden nun überall angelegt. Sie waren dazu da, um jungen Kriegsheimkehrern und ihren Ehefrauen, die eine Familie gründen wollten, günstige Wohnmöglichkeiten zu bieten.

Grace stellte sich die Frauen vor, die ihre Hausarbeit erledigten, während ihre Männer irgendwo arbeiteten. Ein Teil von ihr sehnte sich nach einem solchen Leben, andererseits war sie aber auch froh, dass sie nicht so leben musste.

Grace aß ihr Brot. Dann holte sie die Fotos wieder aus ihrer Handtasche. Sie las die Namen auf den Rückseiten und hoffte, bald mehr über die Frauen zu erfahren. Sie studierte die Handschrift, in der die Namen geschrieben waren. Vielleicht war es die der toten Mrs Trigg.

Kurz nach elf Uhr fuhr der Zug in Washington in der Union Station ein. Und obwohl Grace Mark nicht gesagt hatte, dass sie kommen würde, stand er auf dem Bahnsteig und reckte den Hals. Als er Grace entdeckte, leuchtete sein Gesicht auf.

»Ich war mir nicht sicher, ob du wirklich kommen würdest«, sagte er und küsste sie auf die Wange.

Grace atmete den Duft seines Rasierwassers ein, und für einen Moment schloss sie die Augen. Den Kuss erwiderte sie nicht, auch wenn sie es gern getan hätte.

»Hattest du eine gute Reise?«

Grace nickte. »Es war schön, einmal etwas anderes als New York zu sehen.«

Sie folgte ihm durch die Haupthalle des Bahnhofs, die einem römischen Triumphbogen nachgestaltet war. Voller Bewunderung betrachtete sie die prächtige Ausstattung und die mit Blattgold verzierte Gewölbedecke.

»Wie sieht unser Plan aus?«, fragte sie, als sie vor dem Bahnhof standen. In Washington war es wärmer als in New York, und an den Bäumen sprossen schon die ersten grünen Blättchen.

»Wir fahren zum Pentagon und gehen ins Archiv des Kriegsministeriums.«

Grace blieb stehen, um einen Blick auf die Kuppel des Kapitols zu werfen, die in der Ferne über Bäumen und Häusern zu schweben schien. Als Kind hatte sie das Kongressgebäude einmal mit ihren Eltern besucht.

Sie nahmen ein Taxi zum Pentagon.

»Dürfen wir uns die SOE-Akten wirklich so einfach ansehen?«, fragte Grace auf dem Weg dorthin.

»Die Schwester eines Freundes arbeitet im Pentagon, eine Frau namens Raquel. Sie wird dafür sorgen, dass wir ins Archiv kommen.«

Grace wandte sich zu ihm um. »Ich verstehe nicht, warum die Engländer die Unterlagen nicht bei sich archiviert haben.«

Mark zuckte mit den Schultern. »In England geht noch vieles drunter und drüber.«

»Bestimmt waren Mrs Trigg und die Frauen auf den Fotos Agentinnen.«

»Möglicherweise. Darf ich mir die Fotos noch einmal ansehen?«

Grace reichte sie Mark. »Ich danke dir übrigens sehr für deine Hilfe, das habe ich noch gar nicht gesagt.« Sie blies sich eine Strähne aus den Augen.

»Das sah hübsch aus«, sagte Mark.

Grace wurde verlegen. »Ich bin nur wegen der Archivunterlagen hier, Mark.«

»Das weiß ich.« Mark sah sich die Fotos an.

Grace blickte aus dem Fenster. Im vergangenen Jahr hatten zuerst die Deutschen und ein halbes Jahr später die Japaner kapituliert – der Krieg war zu Ende. Doch noch immer stapelten sich an den Häusern Sandsäcke. Sogar schwarze Verdunkelungsvorhänge waren hier und da noch zu erkennen. Auch die Anzüge der Männer, die mit Aktentaschen in der Hand unterwegs waren, schienen aus der Zeit vor dem Krieg zu stammen und machten einen abgetragenen Eindruck. In einem kleinen Park spielten Jungen Baseball.

Verwunderlich fand Grace die Touristen, die mit Fotoapparat und Stadtplan bewaffnet durch die Straßen liefen. Wer unternahm denn so kurz nach Kriegsende schon Vergnügungsreisen?

Sie überquerten den Potomac nach Arlington in Virginia. Grace konnte bereits das Pentagon erkennen. Die Anlage war erst vor wenigen Jahren fertiggestellt worden, ein gigantisches Bauwerk in Form eines Fünfecks. Sie fragte sich, wozu man diesen Moloch noch brauchte, wenn der Krieg doch zu Ende war.

Das Taxi hielt am Eingang der Haupthalle. Mark bezahlte den Fahrer, und sie stiegen aus. Über dem Eingang wehte die amerikanische Fahne. Grace warf Mark einen unsicheren Blick zu. »Ist das nicht doch alles eine Nummer zu groß, nur um zu erfahren, wer die Frauen auf meinen Fotos sind?«

»Du wirst doch jetzt keinen Rückzieher mehr machen, oder? Warte, ich lasse Raquel Bescheid sagen.« Mark trat zu einem der Wachhabenden. Gleich darauf wurden sie von einer elegant gekleideten, jungen Frau abgeholt, die einen modischen Bob trug und ganz zart nach Jasmin roch. Irgendetwas in ihrem Gesicht erinnerte Grace an Ava Gardner, vielleicht war es der schön geschwungene, feuerrot geschminkte Mund.

Raquel ignorierte Grace und reichte Mark ihre Hand. »Du bist sicher Mark.«

»Stimmt genau«, antwortete er mit charmantem Lächeln. »Tony hat mir viel von dir erzählt.«

Raquel lächelte kokett. »Wahrscheinlich war alles gelogen.«

Grace konnte nicht fassen, dass die beiden vor ihren Augen miteinander flirteten.

Raquel drehte sich zu ihr um. »Ach, und du bist Grace, nehme ich an.« Sie wandte sich wieder Mark zu. »Kommt mit.«

Sie betraten das Gebäude und durchquerten einen endlos langen Korridor nach dem anderen. Die Türen an den Seiten waren stets geschlossen. Männer in Uniform, die Brust voller Orden, kamen ihnen entgegen. Alle wirkten ernst. Wie beeindruckt Tom von dem ganzen Drum und Dran gewesen wäre, ging es Grace durch den Sinn. Sie dagegen fühlte sich denkbar fehl am Platz und hätte viel darum gegeben, in New York zu sein und mit Frankie in seinem kleinen Büro zu arbeiten.

»Wir müssen uns beeilen«, sagte Raquel leise. »Unser Archivar macht Mittagspause, mehr als eine Stunde haben wir nicht.«

Grace wurde mulmig zumute. Sie war davon ausgegangen, dass sie sich mit offizieller Erlaubnis im Archiv umsehen würden.

Sie nahmen eine Treppe nach unten.

»Sind die Akten geheim?«, fragte Mark.

»Nein, aber sie sind auch nicht für jedermann zugänglich.«

Grace erinnerte sich an die Worte des Konsuls, nach denen die Akten unter Verschluss seien.

»Die SOE-Unterlagen sind erst vor Kurzem aus London eingetroffen«, sprach Raquel weiter. »Bislang hat sie noch niemand durchgesehen.«

Sie stiegen noch eine Treppe hinunter.

»Aber warum wurden sie überhaupt hierhergebracht?«, fragte Grace. »Sie hätten doch auch in England bleiben können.«

Raquel zuckte mit den Schultern. »Woher soll ich das wissen?«

Sie zog eine schwere Stahltür auf. »Da rechts, in diesen Kartons sind sie. In einer Dreiviertelstunde hole ich euch wieder ab.« Damit verschwand sie.

Grace starrte auf die Kartons, die eine ganze Wand einnahmen. Dann drehte sie sich zu Mark um. »Wie sollen wir das in so kurzer Zeit schaffen? Wir wissen ja nicht einmal, wo wir anfangen müssen.«

»Nur Mut.« Er begann, die Kartons aus der obersten Reihe herunterzuheben. »Jeder übernimmt eine Hälfte.«

Grace tippte auf das große, eingekreiste F auf einer Reihe Kartons. »Ich frage mich, was das F zu bedeuten hat.« Sie holte ihre Fotos hervor. »Sieh mal, hier steht auf jeder Rückseite ›Sektion F‹. Ob die gemeint ist?«

»Möglich.« Mark nahm die entsprechenden Kartons herunter. »Ich hoffe, es sind die richtigen, es sind nur fünf.«

Mark ging in die Hocke und öffnete den ersten Karton.

Graces Blick fiel auf seinen Nacken, über dem sich das dunkle Haar kringelte. Sie musste sich zwingen, fortzuschauen. *Es reicht jetzt,* hörte sie ihre innere Stimme sagen. *Vergiss, was in New York war. Mark war Toms bester Freund.*

Mit einem leisen Seufzer kniete Grace sich auf den Boden und öffnete einen zweiten Karton. Er war voller Aktenordner. Auf dem Etikett des obersten stand der Name James Amps. Sie schlug den Ordner auf. Auf der ersten Seite war das Schwarz-Weiß-Foto eines Manns abgeheftet. Auf der nächsten Seite waren die Einsätze aufgelistet, die er für die SOE durchgeführt hatte.

»Das F steht für Frankreich«, sagte Mark. »Die aufgeführten Agenten waren alle im besetzten Frankreich tätig.«

Grace schlug den nächsten Aktenordner auf. »Ich habe anscheinend nur Männer erwischt.«

»Ich auch.«

Vermutlich waren auch überwiegend Männer in jener Sektion tätig gewesen, dachte Grace enttäuscht. Vielleicht hatten die Frauen in England gearbeitet, im Büro der SOE womöglich.

»Ich habe was!« Mark zog drei Aktenordner aus einem Karton. »Regina Angell, Tracy Edmonds, Stephanie Turnow. In diesem Karton beziehen sich alle Unterlagen auf Frauen.«

Grace nahm den Ordner für Regina Angell und schlug ihn auf. Zuvorderst war das Foto einer Frau abgeheftet. Sie hob es an und spähte auf die Rückseite. Der Name »Regina« war in derselben Handschrift wie auf den Fotos aus Mrs Triggs Koffer geschrieben worden. Und Regina Angell war eine Agentin der Sektion F gewesen, keine Bürokraft.

Aufgeregt ging Grace die anderen Ordner durch. Dann sackte sie in sich zusammen. »Die Frauen von meinen Fotos sind nicht dabei.«

Mark ließ seinen Blick über die Kartons wandern. »Ich frage mich, wie viele Agentinnen die SOE hatte.«

»In dem Frauen-Karton sind achtunddreißig Ordner. Wenn die zwölf auf meinen Fotos auch Agentinnen waren, dann dürften es insgesamt fünfzig gewesen sein. Immer vorausgesetzt, sämtliche Unterlagen sind hier gelandet.«

Grace schlug einen anderen Ordner auf. Auf dem Etikett stand »Sally Rider«. Anders als bei den anderen enthielt der Ordner außer einem Foto einen Lebenslauf auch die Stationen der Ausbildung und Kommentare darüber, wie Sally in den jeweiligen Ausbildungsbereichen abgeschnitten hatte. Auch bei einigen der Kommentare erkannte

Grace die Handschrift wieder, von der sie vermutete, dass sie Mrs Trigg gehört hatte.

Sie überflog den Lebenslauf. Geboren in Bristol in England. Die Einsätze hatten hauptsächlich in Paris und Lille stattgefunden, der letzte 1944 in Chartres. Seltsamerweise war als letzte bekannte Adresse eine in Maryland angegeben und als Kontakt eine Annie Rider. Grace zog ihr Notizbuch aus der Handtasche und notierte sich die Angaben.

Sie blätterte in den anderen Ordnern. Die Frauen waren während des Kriegs in ganz Frankreich im Einsatz gewesen.

»Einige Zeilen sind geschwärzt.« Sie drehte sich zu Mark um. »Was kann so geheim gewesen sein, dass die Ordner zensiert wurden?«

Mark zuckte die Schultern. »Frag mich was Leichteres.«

»Hast du noch anderes Material über diese Sektion F gefunden?«

Mark schüttelte den Kopf. »Auf fünf Kartons steht das F, in vier von ihnen gehören die Ordner zu Männern.« Er deutete auf den Karton, den Grace durchsucht hatte. »Was ist in dem Manila-Umschlag?«

Mark schüttelte den Inhalt heraus. »Merkwürdig.«

»Was?«

»Das sind Funksprüche, interne Memoranden und Telegramme. Die muss jemand irrtümlich zu den Ordnern gepackt haben.«

Grace nahm ihm die Seiten ab und überflog sie. »Alles hier hat mit dieser Mrs Trigg zu tun.« Sie ging die Memoranden durch. Auf jedem stand obenan: ›Von L. Trigg – Leiterin der Rekrutierungsstelle Sektion F (weiblich)‹. »Kein Wunder, dass der britische Konsul ihren Namen kannte, sie war für die Anwerbung der Agentinnen zuständig.«

Hinter ihnen öffnete sich die Tür und Raquel trat ein.

Mark warf einen Blick auf seine Uhr. »Wir haben noch fünf Minuten.«

»Nein, ich habe den Archivar gesehen. Er ist schon auf dem Weg hierher. Wir müssen raus.«

Eilig räumten sie die Kartons wieder ein und stellten sie zurück.

Raquel hastete mit ihnen zurück zum Ausgang. »Das ist noch mal gut gegangen. Wenn man euch erwischt hätte, wäre ich meinen Job los.«

»Ich danke dir. Sag Tony, ich würde mich demnächst bei ihm –«

Den Rest des Satzes bekam Raquel nicht mit, sie hatte bereits kehrtgemacht.

»Tut mir leid, dass die Aktion nichts gebracht hat«, sagte Mark, als sie im Taxi zurück nach Washington fuhren. »Eine lange Zugfahrt für nichts und wieder nichts.«

»Nicht ganz.« Grace lächelte triumphierend und zog den Manila-Umschlag unter ihrer Kostümjacke hervor.

Mark starrte sie mit offenem Mund an. »Du hast den Umschlag mitgehen lassen?«

»Es war so eine Art Reflex – wahrscheinlich, weil Raquel so plötzlich hereingeplatzt kam. Wenn du willst, gebe ich ihn wieder zurück.«

»Aber vorher liest du dir alles genau durch, nehme ich an.«

Grace errötete. Fremdes Eigentum einzustecken schien ihr zur Gewohnheit zu werden.

Mark lachte. »Du hast wirklich Nerven. Darf ich mir die Dokumente noch einmal anschauen?«

Grace reichte ihm den Umschlag, und Mark blätterte durch die Seiten. »Was die Anwerbung und die Ausbildung der Agentinnen betraf, hatte deine Mrs Trigg das Sagen, so viel steht fest.«

»Trotzdem weiß ich nicht, was es mit den Frauen auf meinen Fotos auf sich hatte. Wären sie Agentinnen gewesen, hätten wir doch auch ihre Unterlagen finden müssen.«

Mark überflog zwei aneinandergeheftete Seiten. »Das scheint mir die Liste sämtlicher SOE-Agentinnen zu sein.«

»Sind die Frauen auf den Fotos darunter?« Grace nahm ihm die Liste ab. Der Name »Josephine Watkins« sprang ihr ins Auge. Das war vermutlich Josie, die Frau mit den dunklen Augen. Und »Eileen Nearne« – von ihr hatte es ebenfalls ein Foto gegeben. Auch die anderen Frauen von den Fotos standen mit Vor- und Nachnamen auf der Liste. Und plötzlich sah Grace sie nicht mehr als Einzelpersonen, sondern als Mitglieder einer Familie. Dadurch gewannen sie ein Stück an Leben.

Sie tippte auf die Buchstaben »NN«, die hinter den Namen der Frauen von ihren Fotos standen. »Weißt du, was das heißt?«

Mark wies auf die Fußnote auf der zweiten Seite. »Es steht für ›Nacht und Nebel‹.«

»Und was soll das bedeuten?«

»Es bezieht sich auf einen Erlass Adolf Hitlers, nach dem Personen, die man als Partisanen verdächtigte und gefangen nahm, einfach umgebracht werden konnten. Ohne Verhandlung und ohne die Angehörigen über ihren Tod zu informieren. Die Leute verschwanden dann spurlos.«

Mark legte einen Arm um Grace. »Es bedeutet auch, dass die Frauen auf deinen Fotos wahrscheinlich tot sind.«

Er tippte auf die Daten hinter den Namen. »Hier steht, ab wann sie vermisst wurden. Wie es aussieht, verschwanden sie ab April 1944.«

13. KAPITEL

ELEANOR

London, 1944

Eleanor war in ihrem Büro im Norgeby House und ging zum bestimmt hundertsten Mal die Akten ihrer Agentinnen durch, las Lebensläufe, Kommentare zu ihren Stärken und Schwächen und über die letzten Einsätze. Das meiste kannte sie jedoch schon auswendig.

Müde massierte sie ihre Schläfen und wünschte sich wie so oft, im Büro wäre ein Sofa, auf dem sie sich ausstrecken könnte. Doch die fensterlose Kammer bot gerade einmal Platz für Stuhl, Aktenschrank und Schreibtisch.

Es sei kein anderer Raum vorhanden, hatte man ihr gesagt, als sie mit der Anweisung des Direktors, ihr ein Büro zur Verfügung zu stellen, in der Verwaltung des Norgeby House erschienen war.

Eleanor hatte es keine Sekunde lang geglaubt, trotzdem blieb ihr nichts anderes übrig, als die Kammer im Untergeschoss zu nehmen. Selbst an den muffigen Geruch hatte sie sich inzwischen gewöhnt, vor ihrer Zeit war hier ein altes Aktenlager gewesen. Der einzige Vorteil war, dass die Funkzentrale im Nebenzimmer untergebracht war und sie die Nachrichten ihrer Agentinnen regelmäßig kontrollieren konnte. Außerdem hatte das gedämpfte Geklapper der Tasten, das durch die Wand drang, etwas Beruhigendes. Manchmal hörte sie es sogar in ihren Träumen. Allerdings schlief und träumte Eleanor nur noch selten. Seit sie ihren Posten angetreten hatte, arbeitete sie täglich bis weit in die Nacht.

Ein um den anderen Tag fuhr sie nach Hause, um einige Stunden zu schlafen, sich frisch zu machen und sich die Klagen ihrer Mutter anzuhören, die sich für ihre Tochter etwas Besseres als eine »niedere Sekretärinnenarbeit« vorgestellt hatte. Sie hatte von einem reichen Ehemann geträumt oder, falls sie unbedingt arbeiten wollte, einer leitenden Position in einem der noblen Kaufhäuser Londons.

Eleanor wünschte, sie könnte ihrer Mutter von ihrer Arbeit erzählen, und dass es eine junge Frau namens Josie gab, die sie an Tatjana erinnerte, doch das war weder möglich, noch hätte es ihre Mutter interessiert.

Mitunter schlief Eleanor nachts eine Zeit lang mit dem Kopf auf den Armen an ihrem Schreibtisch, meistens dann, wenn sie auf Funknachrichten ihrer Agentinnen aus den Einsatzgebieten wartete, die erst gegen Mitternacht eintrafen. Zwar wären ihr alle am nächsten Morgen vorgelegt worden, doch Eleanor wollte sie sofort bei ihrem Eintreffen sehen und sich vergewissern, dass mit den Frauen alles in Ordnung war. Darüber hinaus hatte sie dann das Gefühl, ihnen nahe zu sein.

Eleanor stand auf. Es war Zeit, die Funksprüche des frühen Abends zu lesen.

Auf dem Flur standen zwei SOE-Führungsoffiziere, die sich unterhielten. Eleanor grüßte sie – die beiden ignorierten sie. Noch immer hatten die Männer der SOE sich nicht daran gewöhnt, dass eine Frau bei ihnen eine leitende Position übernommen hatte. Eleanor hatte sich mit dieser Einstellung abgefunden. Für sie war die Hauptsache, dass man sie ihre Arbeit machen ließ. Was andere von ihr hielten, interessierte sie nicht.

In der Funkzentrale roch es nach Zigarettenrauch und abgestandenem Kaffee. Die Funkerinnen, alle jünger als Eleanor, saßen an ihren Stationen. Die Agenten im Einsatz bezeichneten die Funkerinnen der SOE als gute Feen. Jede Fee war für maximal fünf Agenten zuständig. Sie waren diejenigen, die Alarm schlugen, wenn an den Funksprüchen etwas verdächtig war, in einer Notsituation um Hilfe gebeten wurde oder ein Agent umgehend aus dem Einsatzgebiet herausgeholt werden musste.

Eleanor trat an die große Tafel auf der Stirnseite des Raums. Dort waren die Namen der Agenten und Agentinnen der Sektion F eingetragen, die an diesem Tag senden würden. Zwei Mal in der Woche schickten sie ihre Funksprüche zu festgesetzten Zeiten – Informationen über Einsätze, Probleme, Kontaktadressen und Ausrüstungen, die sie brauchten. Nur in Notsituationen wurde zu jeder Tages- und Nachtzeit gefunkt.

Eleanor überflog die Namen derer, die bereits Nachrichten abgesetzt hatten. Ruth war darunter, eine fähige Agentin, die sie von den Kryptoanalytikern in Bletchley Park abgeworben hatten, und Hannah, eine leidenschaftliche Kämpferin, die ihr Kind bei einem Bombenangriff der Deutschen verloren hatte.

Auch Maries Name stand an der Tafel. Ihre Nachricht wurde in Kürze erwartet. Die letzte Nachricht hätte vor zwei Tagen eintreffen müssen, doch das war nicht geschehen. Dass sich eine Sendung um einige Stunden verzögerte, war nichts Ungewöhnliches; es war immer denkbar, dass die Deutschen ein Funksignal aufgefangen und blockiert hatten. Eine längere Funkstille war allerdings merkwürdig.

Eleanor betete, dass Marie wohlauf war und es vor zwei Tagen einfach keine Nachricht für London gegeben hatte.

Aber Eleanor war wie eine Glucke geworden und sorgte sich um all ihre Agentinnen. Sie erinnerte sich an den Tag, als die erste losgeschickt wurde, eine junge Schottin namens Angie, die im Elsass eingesetzt wurde. Eleanor hatte gedacht, nun könnte sie zusehen, wie ihre Arbeit Früchte trug – doch dann wurde ihr klar, dass Angie ab sofort auf sich gestellt war, ohne eine schützende Hand, und dass sie ihr Leben verlieren konnte. Erst in diesem Moment war Eleanor die Verantwortung, die sie mit ihrem Projekt übernommen hatte, bis zur letzten Konsequenz deutlich geworden.

Sie hatte gedacht, mit der Zeit würde ihr die Entsendung der Frauen leichter fallen, doch dem war nicht so. Schließlich kannte sie die Überlebensstatistik der SOE-Agenten.

»Mrs Trigg.« Eine der Funkerinnen, eine rothaarige Frau namens Jane, sah zu Eleanor hinüber. »Die Nachricht von Marie Roux.«

Eleanor eilte zu ihr. Sie erkannte Maries Codename »Engel« am Ende des verschlüsselten Texts. Jemand in der Funkzentrale hatte den Namen ausgesucht. Eleanor gefiel der Name nicht, er hing ihr zu eng mit dem Sterben zusammen, doch nun war daran nichts mehr zu ändern. Abgesehen davon meldeten sie selbst sich mit »Himmel«, was man gleichermaßen als schlechtes Vorzeichen interpretieren konnte.

Jane begann mit der Decodierung.

Eleanor hoffte, dass die Nachricht weniger zerstückelt war als diejenigen, die in letzter Zeit eingegangen waren. In großen Teilen Frankreichs war das Wetter so schlecht gewesen, dass die Funksignale gestört worden waren, oder die Agenten und Agentinnen hatten unter Zeitdruck gestanden und zu hastig gemorst.

Maries Nachricht war vollständig.

Jane reichte ihr den entschlüsselten Text. »Im Nest des Kardinals. Eier heil.«

Eleanor atmete auf. Der Kardinal war Vesper, das Nest war ein Landeplatz, die Eier bezogen sich auf eine Munitionslieferung.

»Sind wir sicher, dass der Text von Marie stammt?«

Jane nickte. »Der erste Anschlag ist fester als die anderen, das gehört zu ihrer Signatur. Diesmal hat sie vielleicht nicht ganz so fest gedrückt.«

Leider war die Nachricht zu kurz, um Maries Text-Kennung zu kontrollieren, es gab keinen fünfunddreißigsten Buchstaben, aus dem man ein p hätte machen können. Es gab auch kein o, das zu einem u hätte werden können.

Eleanor verfluchte die Ausbilder im Arisaig House, die es versäumt hatten, Marie eine Kennung zu geben, die bei Texten jeder Länge funktionierte.

Eleanor las die Nachricht noch einmal. »Was meinen Sie«, fragte sie Jane, »kommt die Nachricht wirklich von Marie?«

Jane sah Eleanor verwundert an. »Soweit ich das beurteilen kann, ja. Warum fragen Sie?«

»Weil ich hundertprozentige Sicherheit brauche.« Eleanor dachte an den Abend auf dem Flughafen Tangmere. Marie hatte ausgesehen, als würde sie am liebsten einen Rückzieher machen. Und ihr war durch den Kopf gegangen, dass es vielleicht doch falsch war, die Mutter eines kleinen Mädchens hinter die feindlichen Linien zu schicken.

»Die Nachricht ist sehr kurz«, sagte Jane. »Ist es das, was Ihnen Kopfschmerzen bereitet?«

Eleanor schüttelte den Kopf. Eine kurze Nachricht war kein Grund zur Beunruhigung. Vielleicht war sie einfach nur übermüdet und sah Gespenster. »Es liegt wahrscheinlich daran, dass sie vorgestern nicht gesendet hat.«

»Was möchten Sie jetzt tun?«, fragte Jane.

Sie hatten nur ein Zeitfenster von wenigen Minuten, um Marie eine Antwort zu senden. Diese Zeit benötigten sie, um Marie mitzuteilen, wann und wo die nächste Waffenlieferung für die Partisanen stattfinden würde.

Ich muss ihr eine persönliche Nachricht schicken, beschloss Eleanor. Irgendetwas, auf das nur Marie reagieren konnte. »Schreiben Sie ihr, dass ich den Schmetterling habe.« Marie würde wissen, dass sie sich auf die Kette mit dem Medaillon bezog. Diese Kette hatte für Marie große Bedeutung, Eleanor hatte das Bild des kleinen Mädchens in dem Medaillon gesehen.

Unruhig verfolgte Eleanor, wie Jane den Satz eingab. Dann heftete sie ihren Blick auf die Wanduhr. Zwei Sekunden verstrichen, dann drei. Eleanor stellte sich vor, wie Marie die Nachricht las, und hoffte, sie würde erkennen, dass sie ihre Identität bestätigen sollte.

Dann traf die Antwort ein. Sie lautete: »Danke für die Nachricht.« Kein persönlicher Hinweis, kein Beweis, dass sie tatsächlich mit Marie kommunizierten. Eleanors Magen verkrampfte sich.

»Wieder wurde das erste Zeichen stärker als die anderen gedrückt«, sagte Jane. »Ich würde sagen, sie ist es.«

»Ja, wahrscheinlich.« Eleanor dachte an Maries Ausbildung. Wie oft war den Frauen eingeschärft worden, nicht über ihre Vergangenheit zu sprechen oder etwas Persönliches preiszugeben. Vielleicht hatte Marie sich lediglich daran gehalten.

»Soll ich ihr nun die Nachricht über die Waffenlieferung schicken oder nicht?«, fragte Jane.

Eleanor war noch immer unschlüssig. Möglicherweise war sie zu vorsichtig. Sie musste einfach davon ausgehen, dass die Frauen wussten, was sie taten, und ihre Sache gut machten. Wenn sie das nicht glauben konnte, wäre ihr Projekt gescheitert.

Sie starrte das Funkgerät an und wünschte, sie könnte Maries Stimme hören. Vor ihrem inneren Auge tauchten

Erinnerungsbilder auf. Sie zeigten Maries anfängliche Ungeschicklichkeit, den fehlenden Kampfgeist ... Dann dachte sie an die abschließende Beurteilung der Ausbilder, die positiv ausgefallen war. Wieder warf sie einen Blick auf die Uhr.

»Ja, schicken Sie die Nachricht ab.«

14. KAPITEL

MARIE

Frankreich, 1944

Wieder einmal wartete Marie darauf, dass es Zeit wurde, ihren Funkspruch abzusetzen, und wie immer wagte sie sich kaum zu rühren. Inzwischen hatte sie erfahren, dass die Deutschen nicht nur das Café unten im Haus frequentierten, sondern einer von ihnen sogar in der Etage unter ihr wohnte. Aber vielleicht hatte Julian recht und der junge Offizier unter ihr würde nie im Leben vermuten, dass eine Agentin der SOE es wagte, in der Wohnung über ihm Funksprüche abzusetzen. Bisher hatte er jedenfalls nichts anderes getan als Marie, wenn sie sich begegneten, freundlich zu grüßen.

Marie hielt ihr Gesicht in die Sonnenstrahlen, die durch das rückwärtige Fensterchen ins Zimmer fielen und helle Streifen an die Wände malten. Ein ums andere Mal spitzte sie die Ohren, um zu hören, ob unter ihr jemand in der Wohnung war. Aber es war nichts zu vernehmen. Sie warf einen Blick auf ihre Uhr. Es war Viertel nach fünf. In einer Viertelstunde musste sie die Nachricht senden, die ihr ein weiblicher Kurier am Mittag gebracht hatte.

Diesmal hatte die Übergabe in ihrer Wohnung stattgefunden. Bei anderen Gelegenheiten setzte sich im Café eine Frau zu ihr an den Tisch, als wolle sie ein wenig plaudern, und spielte ihr eine Nachricht zu. Oder eine andere Frau rempelte sie auf der Straße oder auf dem Markt an und entschuldigte sich. Wenn Marie weiterging, hatte sie eine Nachricht in der Einkaufstasche. An anderen Tagen erhielt sie wiederum überhaupt keine Nachrichten, um sie nach London durchzugeben.

Dennoch war die Zeit, die sie auf Kuriere wartete, das Schlimmste an ihrem Einsatz. Auf dieses angespannte Nichtstun hatte man sie im Arisaig House nicht vorbereitet. Auch nicht auf die Einsamkeit.

Abends hörte sie im Radio ganz leise BBC und hoffte, dass, wenn nach den Nachrichten die verschlüsselten Meldungen durchgegeben wurden, eine darunter war, die auf die baldige Invasion der Alliierten hinwies und das Ende ihres Einsatzes bedeutete.

Ansonsten verlief ein Tag wie der andere. Morgens ging sie zum Markt, um etwas von den wenigen Lebensmitteln, die angeboten wurden, zu kaufen. Nachmittags machte sie einen Spaziergang und erkundete die Gegend. Anschließend wagte sie sich unten in das Café, trank eine Tasse Ersatzkaffee und versuchte, die Gespräche der deutschen Besatzer an den Nebentischen unauffällig zu belauschen. Allerdings hatte sie bisher noch nichts erfahren, das sich lohnte, nach London oder an einen von Vespers Kurieren weiterzugeben. Ebenso wenig war sie im Ort auf jemanden gestoßen, der den Eindruck erweckte, dem Widerstand oder der SOE helfen zu wollen.

Marie stellte sich an das zum Fluss hinausgehende Fensterchen und schaute auf die Wiese jenseits des Ufers, die im Licht der sinkenden Sonne glänzte. Wie so oft wanderten ihre Gedanken zu Tess. Nun, in den länger werdenden Tagen, würde Tess um diese Uhrzeit noch draußen spielen. Marie wünschte, sie hätte die Kette mit dem Medaillon mitnehmen dürfen, um sich ab und zu Tess' Gesicht ansehen zu können. Doch noch viel mehr sehnte sie sich danach, ihre kleine Tochter wieder in die Arme schließen zu können.

Kurz vor halb sechs setzte sie sich an ihr Funkgerät und hob die Attrappe ab. Sie holte die Nachricht, den Codeblock und auch das winzige Stück Seide mit dem kryptografischen Schlüssel hervor. Die Nachricht selbst sagte Marie nichts, auch sie bestand aus verschlüsselten Sätzen.

Marie stellte die Frequenz ein und begann mit der Übertragung. Wie sicher sie mittlerweile geworden war, dachte sie; zu morsen war ihr in Fleisch und Blut übergegangen. Falls Mrs Trigg ihre Nachrichten verfolgte, hatte sie keinen Grund zur Klage.

Nach der Übertragung verbrannte sie die Nachricht im Waschbecken und spülte die Asche fort.

Mit einem Mal erschallten draußen Lachsalven, und ein Mann fing an, ein deutsches Lied zu singen. Marie öffnete das rückwärtige Fenster. Manchmal saßen die Deutschen auf einer Bank am Fluss, tranken und ließen es sich gut gehen. Sie schaute hinaus. Da war niemand. Der Lärm musste aus dem Café kommen.

Dann zuckte sie zusammen. Der Deutsche, der unter ihr

wohnte, trat hinten aus dem Haus und sah zu ihr hinauf. Hatte er sie womöglich morsen gehört? Oder war er nur draußen, um frische Luft zu schnappen und hatte sie zufällig entdeckt?

Marie rang sich ein Lächeln ab. »*Bonsoir,* Monsieur«, rief sie so freundlich wie möglich.

Der Mann deutete eine kleine Verneigung an. »*Bonsoir,* Mademoiselle«, antwortete er. »Ein schöner Abend, nicht wahr?«

»Ein sehr schöner Abend.« Marie nickte ihm noch einmal zu und schloss das Fenster.

Auf wackligen Beinen kehrte sie zum Tisch zurück und ließ sich auf ihren Stuhl fallen. Dann sprang sie auf. Sie musste das Funkgerät zurückstellen und tarnen. Wie hatte sie nur so unvorsichtig sein können, es nach der Sendung einfach auf dem Tisch stehen zu lassen?

Sie hatte es kaum verdeckt, als auf der Treppe Schritte erklangen, und sie dachte, ihr Herz bliebe stehen. Im Geist hörte sie die Anweisung ihres Funkausbilders: Bei drohender Gefahr Gerät beseitigen, wenn das nicht geht, dann wenigstens den Quarz. Marie tat nichts dergleichen, sie war vor Angst wie gelähmt.

Die Schritte kamen näher. Es waren die einer einzelnen Person, schwer wie die eines Mannes. Das musste der Deutsche sein. Sollte sie öffnen, wenn er klopfte? Würde er die Tür eintreten, wenn sie es nicht tat?

Marie berührte den Anhänger an ihrer Kette und fragte sich, ob sie, wenn es hart auf hart käme, tatsächlich den Mut hätte, die Zyankalikapsel zu schlucken. Wahrscheinlich nicht. Vermutlich würde ihre Liebe zu Tess sie daran hindern – und der alles beherrschende Wunsch, sie wiederzusehen.

Vor ihrer Tür verharrten die Schritte. Marie spürte den harten, aufgeregten Schlag ihres Herzens. Dann wurde geklopft.

Es gab keinen Fluchtweg, es gab nicht einmal ein Versteck, dennoch schaute sie sich suchend um. Beim nächsten Klopfen stand sie auf, schluckte schwer und öffnete die Tür.

Will stand auf der Schwelle.

Marie drückte eine Hand auf ihre Brust. »Warum hat mir keiner gesagt, dass du kommst? Du hast mich fast zu Tod erschreckt!«

Mit zusammengezogenen Brauen trat Will an ihr vorbei und schloss die Tür. »Warum hat man mit dir kein Erkennungszeichen vereinbart? Und warum bist du mitten in diesem Dorf untergebracht, wo jedes neue Gesicht auffallen muss? Wenn man dich schnappt, sind wir alle in Gefahr!« Dann glättete sich seine Stirn, und sein Blick wurde freundlicher. »Wie geht es dir?«

Mir ist langweilig, ich sehne mich nach meiner Tochter, und ich habe Angst, weil überall Deutsche sind, hätte Marie am liebsten gesagt, aber was hätte das genützt? Die meisten Agenten hatten ganz andere Probleme. »Gut«, antwortete sie und rang sich ein Lächeln ab. »Warum bist du gekommen? Mein nächster Funkspruch ist erst wieder am Donnerstag fällig.«

»Ich habe keine Nachricht. Julian braucht deine Hilfe.«

»Soll ich wieder mit einem Franzosen sprechen?« Beklommen erinnerte Marie sich an ihren gescheiterten Versuch, den Buchhändler als Kontaktmann zu gewinnen.

Will schüttelte den Kopf. »Komm einfach mit und frag nicht so viel.«

Marie griff nach ihrem Mantel und der Handtasche. »Warum ist Julian nicht selbst gekommen?«

»Zu gefährlich.«

Marie erschrak. Hatten die Deutschen eine Spur, die sie zu Julian führte? Sicherlich würden sie Tag und Nacht nach dem wichtigsten Mann des nordfranzösischen Netzes suchen. Sie wollte schon danach fragen, doch Will öffnete bereits die Tür und winkte ihr, sie solle kommen.

Vor dem Haus stand ein alter Peugeot. Will zog die Beifahrertür auf. »Los, steig ein.«

Marie entdeckte den Buchhändler, der dabei war, sein Geschäft zu schließen. Sie wollte ihm zunicken, doch er tat, als sähe er sie nicht. Im Café saßen wie üblich Deutsche, doch keiner von ihnen blickte hinaus auf die Straße.

Will startete den Wagen. Wenig später hatten sie Rosny hinter sich, und Marie hatte noch immer nicht erfahren, wohin die Reise ging. Sie warf Will einen Seitenblick zu. Seit dem Verlassen des Hauses hatte er geschwiegen. Schließlich sagte sie: »Julian hat mir erzählt, dass du den Flugverkehr unseres Netzes koordinierst.«

Will lachte. »Das klingt großartiger, als es ist. Ich bin einfach nur der Chef unserer Mondscheinkommandos. Julian übertreibt gern.«

»›Einfach nur‹ ist gut«, entgegnete Marie. Die Piloten der sogenannten Mondscheinkommandos setzten nachts Agenten und Lastenfallschirme ab und holten Agenten und gefährdete Kontakte aus den besetzten Gebieten heraus. Jeder Flug erforderte ein Höchstmaß an Geschick und lief innerhalb kleinster Zeitfenster ab. Darüber hinaus mussten die Lizzies extrem tief geflogen werden, so dass sie unter dem Radar blieben und die deutsche Flak nicht auf sie reagieren konnte.

»Josie hat gesagt, dass Julian dein Vetter ist.«

»Richtig. Wir sind sogar zusammen aufgewachsen, auf dem Bauernhof von Julians Eltern. Mein Vater starb kurz nach meiner Geburt und meine Mutter, als ich elf war. Julian ist der Einzige, der mir aus meiner Familie geblieben ist.«

Marie wusste, wie sich das anfühlte, außer Tess und Hazel hatte auch sie keine engen Familienmitglieder mehr.

»Julian dagegen gehört allen und somit niemandem. Aber als Familie hat auch er nur noch mich. Seine Frau und seine beiden Söhne sind umgekommen. Sie waren auf der *Athenia*, als sie versenkt wurde.« Will seufzte. »Julian wollte, dass sie sich in Kanada in Sicherheit bringen.«

Marie erinnerte sich an das Unglück, das gleich nach Ausbruch des Kriegs geschehen war. Die *Athenia* war das erste unter britischer Flagge fahrende Passagierschiff gewesen, das von einem deutschen U-Boot torpediert wurde. Sie versuchte, sich vorzustellen, wie man als Vater mit einer solchen Tragödie fertig wurde. Es gelang ihr nicht. Sie wusste, wenn Tess umkäme, würde auch sie den nächsten Tag nicht mehr erleben.

»Ich werde ihn nie im Stich lassen«, sprach Will weiter. »Nicht einmal, wenn er dabei ist, Mist zu bauen.«

»Meinst du die Einrichtung der sicheren Verstecke, über die ihr vor Wochen gestritten habt? Du wolltest die Menschen in der Umgebung warnen.«

»Ja, weil so etwas ihr Todesurteil bedeuten kann und sie selbst entscheiden sollten, ob sie das riskieren wollen oder nicht. Es gibt Menschen, die mit Leib und Seele für die Résistance sind. Sie nehmen jede Gefahr auf sich, um den Widerstandskämpfern zu helfen. Aber wenn jemand um sein eigenes sowie das Leben seiner Familie bangt, müssen wir das respektieren.«

Will hielt an dem kleinen Bahnhof an, von dem aus Marie mit Julian zu dem sicheren Haus gefahren war.

»Setzt du mich hier ab?«, fragte Marie.

»Chauffeurdienste scheinen mein Schicksal zu sein.« Will zwinkerte Marie zu. »Der Zug aus Mantes-la-Jolie kommt in zehn Minuten.«

»Was für ein Zug?«, fragte Marie verwirrt. Sie hatte damit gerechnet, Julian hier zu treffen. »Wohin soll ich fahren? Und wo ist Julian?«

»Du fährst nach Paris. Dort ist auch Julian.« Will zog einen Zettel aus der Hosentasche. »Merk dir diese Adresse. Dorthin gehst du nach deiner Ankunft.«

Marie las die Adresse: 273, Rue Hermel (Montmartre). »Montmartre? Was soll ich da?«

Will lachte. »Vielleicht will Julian, dass du dir Paris anschaust?« Er wurde wieder ernst. »Dort holst du ein Päckchen ab, das für eine unserer Operationen von entscheidender Bedeutung ist.«

*

Einige Stunden später verließ Marie die U-Bahn-Station Porte de Clignancourt und fand den Boulevard Ornano. Den solle sie bis zur Rue Hermel hinuntergehen, hatte Will ihr erklärt.

Sie lief die Straße hinunter. Es war zwar schon dunkel, doch in der Ferne glaubte sie, die Kuppel der Basilika Sacré-Cœur ausmachen zu können.

Aus Erzählungen wusste Marie, dass Montmartre einmal ein lebendiges Künstlerviertel voller Cafés und Restaurants und mit regem Nachtleben gewesen war. Davon war nun nichts mehr zu spüren. Zwar würde die Sperrstunde erst um halb zehn Uhr beginnen, doch schon jetzt waren kaum noch Menschen unterwegs.

Marie hastete über den Boulevard und fragte sich, warum man ausgerechnet sie nach Paris geschickt hatte. Sie war noch nicht lange in Frankreich, und Paris kannte sie nur aus Erzählungen sowie dem Unterricht von Madame Poirot. Immer wieder sah sie sich um und wich den Blicken entgegenkommender Passanten aus.

Schließlich entdeckte sie das Schild »Rue Hermel«. In der Nummer 273 sollte sie ein Päckchen abholen und vor halb zehn an der Gare Saint-Lazare sein, um dort Julian zu treffen. Das war Wills Anweisung gewesen.

»An dieser Hausnummer ist ein Café«, hatte Will gesagt – und dass in einem Fenster ein Vogelkäfig hänge. Wenn darin kein Vogel war, hieß das, dass sie das Café nicht betreten durfte.

Marie fand das Café. *L'ambassadeur* stand in kaum noch lesbaren Goldbuchstaben auf einer Fensterscheibe. Allerdings hing dort kein Vogelkäfig, auch im nächsten Fenster nicht.

Marie spürte ihre aufsteigende Panik. Will hatte gesagt, bei einem fehlenden Vogel solle sie umkehren, aber was sollte sie tun, wenn gar kein Käfig vorhanden war?

Einen Moment lang stand sie unschlüssig da. Dann fasste sie sich ein Herz und betrat das Café.

Es war fast leer, nur an einem der hinteren Tische saßen drei Männer und spielten Karten. Irgendwo schien auch ein Radio zu laufen, Marie hörte das Lied *Mon légionnaire*. Es wurde von Marie Dubas gesungen und zählte zu den Musikstücken, die Madame Poirot ihnen im Arisaig House als beliebtes französisches Chanson vorgespielt hatte. Hinter der Theke trocknete ein Mann Gläser ab und schien Marie nicht wahrzunehmen.

Verunsichert ließ Marie sich an einem Tisch nieder und überlegte, was sie als Nächstes tun sollte. Ihr Blick fiel auf eine Zeitung auf dem Nebentisch. Sie legte sie auf ihren Tisch und platzierte ihre Handschuhe so darauf, dass die Finger von ihr fort zeigten. Es war ein Geheimzeichen des französischen Widerstands, das sie ebenfalls von Madame Poirot gelernt hatte.

Der Mann trat hinter der Theke hervor und legte eine

aufklappbare Speisekarte auf den Tisch. »Vorsichtig öffnen«, murmelte er.

Marie schlug die Speisekarte auf. Innen lag ein kleiner Schlüssel. »Vielen Dank.« Sie sah den Mann fragend an.

Er nickte unauffällig in Richtung des schmalen Gangs, der an der Theke vorbei nach hinten führte.

Das sollte sicherlich bedeuten, dass sie dem Gang folgen sollte. Marie nahm den Schlüssel.

Einer der Kartenspieler musterte sie von oben bis unten, als sie deren Tisch passierte. Aber es war wohl nur der Blick eines Mannes, der genüsslich eine Frau taxierte.

Marie lief weiter. Sie kam an der Küche und den Toiletten vorbei. Dahinter führte eine Treppe nach oben. Marie blieb stehen und blickte sich um. Niemand war ihr gefolgt.

Sie stieg die Treppe hinauf, die an einer Tür endete. Marie klopfte leise. Als sich nichts tat, klopfte sie erneut. Wieder nichts. Sie steckte den kleinen Schlüssel ins Schloss, und die Tür öffnete sich zu einem trübe beleuchteten Raum, in dem ein älterer Mann an einem Schreibtisch saß.

»Bonsoir«, sagte Marie und fragte sich, was das mit dem Schlüssel sollte. Der Mann hätte ebenso gut auf ihr Klopfen reagieren und ihr öffnen können. Nun schaute er kurz auf, sagte jedoch nichts. Vor ihm lag ein Päckchen.

Marie schwieg ebenfalls. Sie hatte gelernt, ihren Decknamen nur dann zu nennen, wenn sie danach gefragt wurde.

Der Mann schlug das Päckchen in braunes Packpapier ein und sah Marie an. »Heben Sie Ihre Bluse hoch.«

Marie glaubte, sich verhört zu haben. »Wie bitte?«

»Ich muss das hier an Ihnen befestigen.«

Peinlich berührt und mit abgewandtem Gesicht zog Marie ihre Bluse aus dem Rock und hielt sie hoch.

Der Mann ging behutsam vor und berührte sie nur an den Stellen, an denen er das Päckchen mit Heftstreifen festklebte.

»Lassen Sie es nicht nass werden und bewegen Sie sich vorsichtig«, sagte er. »Stolpern Sie vor allem nicht.«

Marie erstarrte. »Was ist in dem Päckchen?«

»TNT. Wenn Sie nicht aufpassen, jagen Sie nicht nur ihr Objekt, sondern auch sich selbst und alle um sie herum in die Luft.«

Marie wurde übel. Über TNT-Kuriere hörte man die schlimmsten Geschichten. Wie um alles in der Welt war Julian auf die Idee gekommen, sie mit einer Ladung Sprengstoff durch Paris laufen zu lassen? Voller Entsetzen sah sie zu, wie der Mann sich eine Zigarette ansteckte.

»*Au revoir*«, sagte er. »In einer Stunde müssen Sie an der Gare Saint-Lazare sein.«

»*Au revoir.*« Mit vorsichtigen kleinen Schritten und angehaltenem Atem bewegte Marie sich rückwärts zur Tür.

»Auf der Straße gehen Sie bitte wieder wie ein normaler Mensch!«, rief der Mann ihr nach.

Auf der Treppe hatte Marie bei jeder Stufe das Gefühl, es könnte ihre letzte sein. Unten im Café musste sie sich zwingen, mit normalem Schritt an den Männern vorbeizugehen. Sie spürte den Angstschweiß, der sich in ihren Achselhöhlen sammelte, und erinnerte sich daran, dass Nitroglycerin austrat, wenn Dynamit feucht wurde.

Der Platz vor der Gare Saint-Lazare war voller Unebenheiten. Marie lief wie auf Eiern darüber. Sie betrat den Bahnhof eine halbe Stunde vor der Sperrstunde und wunderte sich über die vielen Menschen, die sich in der Haupthalle drängten. Auch der Wartesaal war überfüllt mit Familien und schlafenden Kindern.

Sie suchte den Bahnsteig, von dem aus der Zug nach Mantes-la-Jolie abfuhr. Julian war bereits da. Sie hob grüßend die Hand, doch er tat, als kenne er sie nicht. Dann entdeckte Marie die Gendarmen, die Fahrgäste und Gepäck kontrollierten.

Wie versteinert stand sie da, unfähig, sich zu regen.

Die Menschen hinter ihr murrten und schoben sie weiter. Doch Marie rauschte das Blut in den Ohren, und sie konnte nur noch denken, dass sie nicht wusste, wie sie den Sprengstoff loswerden sollte.

Ihr Blick fiel auf einen Abfalleimer. Aber wie um alles in der Welt sollte es ihr gelingen, ihr Päckchen unbemerkt hineinzulegen?

Dann stand sie vor einem der Gendarmen. »Ausweis!«, blaffte er. Doch Marie war noch immer wie gelähmt, schaffte es nicht einmal, ihre Handtasche zu öffnen.

Er fasste ihren Arm. »Zur Seite treten.«

In diesem Moment setzte Maries Verstand wieder ein. »Wo ist die Toilette?«, fragte sie. »Ich blute.« Sie wies auf ihren Unterleib und krümmte sich.

Mit angeekelter Miene wich er zurück und deutete auf die Bahnhofshalle.

In der Toilette zog Marie die Heftstreifen ab und unterdrückte einen Schmerzenslaut, als sie sich die Haut mit abriss.

Einen Moment lang dachte sie daran, das Päckchen wirklich im Abfallkorb zu deponieren, doch Will hatte gesagt, es sei für eine Operation von entscheidender Bedeutung.

Mit zittrigen Händen verstaute sie den Sprengstoff in dem Geheimfach ihrer Handtasche, doch ganz ließ er sich nicht unterbringen. Währenddessen überlegte sie fieberhaft, wie sie verhindern konnte, dass die Handtasche durchsucht wurde.

Draußen stellte sie sich erneut an der Schlange an. Wenig später zeigte sie ihren Ausweis und biss die Zähne zusammen, als ein anderer Gendarm ausgiebig ihren Körper abzutasten begann. Es spielte keine Rolle, redete sie sich ein, Hauptsache, es lenkte ihn von ihrer Handtasche ab.

Julian verfolgte das Ganze vom Bahnsteig aus. Marie sah, wie sich seine Miene verfinsterte, als der Gendarm ihre Brüste befühlte.

Der Gendarm grinste Marie an.

Sie rang sich ein Lächeln ab.

In diesem Augenblick kam Julian von draußen herein. »*Chérie*«, rief er und zog Marie in seine Arme. »Meine Frau ist schwanger«, fügte er in grässlichem Französisch hinzu.

Marie warf einen Blick zu dem Gendarmen hinüber, dem sie suggeriert hatte, sie hätte ihre Tage, doch er war mit jemand anders beschäftigt.

»Mir ist schwindlig«, sagte sie und zwang Tränen in ihre Augen. »Dürfen wir weitergehen?«

Der Mann, der sie befingert hatte, wirkte betreten und nickte. Dann wandte er sich dem nächsten Reisenden zu.

Im Zug spielte Julian die Rolle des fürsorglichen Ehemanns weiter und legte einen Arm um Marie.

Marie wartete darauf, dass ihr Pulsschlag sich wieder normalisierte.

Dann warf sie einen Blick auf die große Uhr auf dem Bahnsteig und wünschte, der Zug würde losfahren. Doch er stand noch eine ganze Weile, und als er sich endlich in Bewegung setzte, geschah es im Schneckentempo.

Kurz darauf ging das Licht aus, und es brannte nur noch eine kleine Notbeleuchtung. Marie sah Julian an, der noch immer einen Arm um sie gelegt hatte. In dem schwachen Licht war sein Gesichtsausdruck kaum zu erkennen, doch sie hatte den Eindruck, dass er nun wieder vollkommen gelassen war.

Sie hätte gern mit ihm geredet, wusste jedoch nicht, ob sie es wagen konnte, Englisch zu sprechen. Sie begnügte sich damit, ihren Kopf an seine Schulter zu lehnen und die Augen zu schließen.

Als der Zug an der kleinen Bahnstation hielt, an der Will Marie abgesetzt hatte, war es kurz vor Mitternacht. Der alte Peugeot stand an der Seite des Bahnhofs. Julian öffnete den Kühlergrill und nahm den Schlüssel heraus, den Will dort hinterlegt hatte.

Die Fahrt zu Maries Wohnung verlief schweigsam, fast so, als hätten sie und Julian noch immer das Gefühl, jemand könnte sie hören.

Julian begleitete Marie hinauf in ihre Wohnung. Erst da

atmete er auf und sagte leise: »Wir haben es geschafft. In Paris dachte ich schon, wir wären erledigt.« Er deutete auf den Fußboden. »Wohnt dort unten noch immer ein Deutscher?«

Marie nickte, nahm das Päckchen aus ihrer Handtasche und reichte es Julian. Nun, da alles vorbei war, war sie plötzlich wütend. »Ich möchte nicht noch einmal ohne meine vorherige Einwilligung Sprengstoff transportieren. Ist das klar?«

Julian zuckte mit den Schultern. »Wir wollten es dir nicht sagen, weil wir Angst hatten, dass du den Transport dann ablehnst.« Er lächelte. »Du hast dich großartig verhalten.«

Das Lob stimmte Marie keineswegs weicher. »Ich bin kein kleines Mädchen, dem man nichts sagen kann! Wenn ich mein Leben aufs Spiel setze, möchte ich wenigstens den Grund dafür erfahren.«

»Ja, schon gut.« Julian machte eine beschwichtigende Handbewegung. »Es wird nicht wieder vorkommen! Aber dank deiner Hilfe können wir die Brücke bald sprengen. Warte, ich zeig dir, wo sie ist.«

Er griff in die Innenseite seines Mantels und holte eine Landkarte hervor, die er auf dem Tisch ausbreitete. »Hier.« Er deutete auf zwei kurze Striche über der Seine. »Auf diesem Weg können deutsche Panzer nach Nordfrankreich gelangen und ihre Stützpunkte an der Küste verstärken. Das müssen wir verhindern. Allerdings dürfen wir nicht zu früh sprengen und den Deutschen nicht die Möglichkeit geben, die Brücke wieder instand zu setzen. Wir haben andere Netze in Frankreich gebeten, uns mit Sprengstoff auszuhelfen. Es wird eine unserer größeren Aktionen werden.«

»Ich dachte, die SOE hat schon jede Menge Brücken gesprengt.«

Julian lachte leise. »Nicht jede Menge, aber einige. Nur war es noch nie so brisant wie dieses Mal. Die Deutschen wissen, dass sie die Brücke brauchen, und halten die Augen offen.«

»Ist unsere Arbeit danach beendet?«, fragte Marie und hoffte auf ein Ja.

»Sie ist beendet, wenn wir den Krieg gewonnen haben.« Julian faltete die Karte zusammen und steckte sie wieder ein. »Nach der Aktion ziehen wir uns in weit entfernte, sicherere Verstecke zurück, die ich bis dahin organisiert habe, und verlagern unsere Operationsbasis.«

»Wir können nicht ewig so weitermachen«, sagte Marie bedrückt. »Irgendwann wird etwas schiefgehen, und wir fliegen auf.«

»Möglich.« Julian sah sie unwillig an. »Dann werden Andere unsere Plätze einnehmen.«

»Ich hätte heute sterben können!« Marie wurde wieder zornig. »Dass dann jemand anders meinen Platz eingenommen hätte, tröstet mich nicht.«

»Ich bin sicher, man hat dir vor der Entsendung erklärt, worauf du dich einlässt. Abgesehen davon ist der Sprengstoff, den du transportiert hast, chemisch stabil.«

»Großartig«, schnaubte Marie. »Auch das hätte ich gern vorher gewusst.«

»Sei's drum.« Ein Lächeln erhellte Julians Gesicht. »Es ist schön, dich wiederzusehen.«

Er wurde wieder ernst. »Wie hast du es geschafft, aus der ersten Kontrolle herauszukommen?«

Marie zuckte mit den Schultern. »Ich habe dem Gendarmen gesagt, ich hätte meine Tage. Das ist ein Rat, den Mrs Trigg den SOE-Agentinnen gibt – es ist der sicherste Weg, einen Mann loszuwerden, ganz gleich welchen.«

»Eleanor Trigg«, sagte Julian nachdenklich. »Sie hat den Ruf, kompetent zu sein.«

»Und streng. Nicht alle Frauen in meiner Gruppe mochten sie.«

»Und du?«

Marie überlegte. »Mögen wäre zu viel gesagt. Ich habe sie bewundert, und ich hoffe, dass sie mit mir zufrieden ist.«

Julian deutete auf Maries Bluse. »Hast du dich verletzt?«

Marie sah an sich hinab. Auf der Bluse war ein kleiner roter Fleck. »Als ich das Sprengstoffpäckchen abgelöst habe, muss ich die Haut verletzt haben.«

Julian befeuchtete ein Tuch am Waschbecken und reichte es ihr.

Marie hob ihre Bluse an und versuchte, das Blut wegzuwischen.

»Lass mich das machen.« Vorsichtig betupfte Julian die Stellen, an denen die Klebestreifen gesessen hatte.

»Es ist nicht schlimm, Julian, nur eine kleine Wunde.« Marie starrte auf Julians unruhige Hände. »Ist dein Zittern wieder stärker geworden?«

»Wie immer, wenn ich müde bin.«

»Warum schläfst du dich nicht aus? Du kannst doch nicht immerzu bis zum Äußersten gehen.«

Julian seufzte. »Ich habe keine Zeit zum Schlafen. Noch vor Tagesanbruch muss ich auf einem unserer Landeplätze sein.«

Marie deutete auf ihr Bett. »Leg dich hin und schlaf! Wenigstens für ein paar Stunden.«

Julian schien sich das durch den Kopf gehen zu lassen. Dann nickte er. »Vielleicht mache ich kurz die Augen zu.« Er ließ sich auf einem der beiden Stühle nieder. Auf den anderen legte er seine Beine.

»Du musst besser auf dich aufpassen«, sagte Marie und nahm die Decke vom Bett. »Deck dich wenigstens zu, wenn du dich schon nicht richtig hinlegen willst.«

Julian winkte die Decke fort. »Wenn du wüsstest, wo ich schon überall geschlafen habe. Auf der Erde unter freiem Himmel, in Booten, in Kellereingängen.« Er lachte. »Ich kann sogar im Stehen schlafen.«

Marie schaltete die kleine Lampe auf dem Tisch aus und legte sich in ihr Bett. Sie hätte sich gern gewaschen, doch sie wollte Julian nicht stören.

Als sie sich zu ihm umdrehte, erkannte sie an der Haltung seines Kopfes, dass er wach war. »Wirst du es nicht leid?«, fragte sie leise. »Immerzu unterwegs zu sein und ständig unter Anspannung zu leben?«

»Es macht mir nichts aus. Vielleicht wäre es anders, wenn ich ein Zuhause hätte.«

»Dein Verlust tut mir sehr leid, Julian. Will hat mir erzählt, was passiert ist.«

Julian schwieg. Nach einer Weile sagte er: »Meine Frau war meine große Liebe, und meine beiden Jungen habe ich vergöttert. Als der Krieg ausbrach, wollte ich, dass sie zur Schwester meiner Frau nach Kanada fahren. Sie sollten in Sicherheit sein. Stattdessen habe ich sie in den Tod geschickt.«

»Das ist doch nicht deine Schuld, Julian, es waren die Deutschen.«

Er rieb seine Schläfen. »Welchen Unterschied macht das? Ich stelle mir immer vor, dass meine Frau die Jungen bis zuletzt in den Armen hielt, aber wissen kann ich das nicht.« Er räusperte sich. »Was ist mit deiner Familie? War dein Mann einverstanden, als du dich für die SOE entschieden hast?«

»Mein Mann hat mich verlassen. Gleich nach der Geburt unserer Tochter.«

»Hast du sie allein großgezogen?«

»Ja.«

»Dann dürfte dein Einsatz für die SOE ein Klacks sein.«

Marie lächelte. Es war das erste Mal, dass er einen Sinn für Humor verriet.

»Eines Tages wird deine Tochter sehr stolz auf dich sein.«

»Danke«, sagte Marie. »Und jetzt schlaf.«

Julian lehnte seinen Kopf an die Wand. Wenig später wurde sein Atem tief und regelmäßig.

Plötzlich verspürte Marie ein Gefühl der Zärtlichkeit für diesen ihr nahezu unbekannten Mann. Sie erinnerte sich daran, wie er im Zugabteil einen Arm um sie gelegt hatte.

Die Geste hatte ihr gutgetan. Dann dachte sie daran, dass sie beide für lange Zeit einsam gewesen waren und sich deshalb vielleicht nach der Nähe eines Menschen sehnten. Hatte Josie sie nicht davor gewarnt, als sie über Will gesprochen hatte? Aber für Julian würde ohnehin nur seine Aufgabe zählen. Dasselbe sollte für sie gelten. Nur deshalb war sie nach Frankreich gekommen.

Als Marie ihre Augen öffnete, färbte sich der Himmel vor dem Fenster bereits gräulich, und sie erschrak. Hatte Julian nicht gesagt, dass er vor Tagesanbruch auf einem Landeplatz sein müsse. Sie drehte sich zu ihm um. Er war schon wach und sah sie an.

Verlegen wandte Marie ihren Blick ab. »Wie spät ist?«

»Ich schätze, kurz vor fünf.«

»O Gott.« Marie richtete sich auf. »Wir haben verschlafen.«

Julian zuckte mit den Schultern. »Du ahnst nicht, wie gut mir das getan hat.«

Jemand klopfte leise an die Tür. Marie erstarrte. »Hast du das gehört?«

»Ja, und ich kann mir auch denken, wer es ist.« Julian stand auf und öffnete. Will trat ein. Verblüfft schaute er zwischen Marie und Julian hin und her.

»Ich wollte Marie fragen, ob gestern alles glatt gelaufen ist und ob sie weiß, warum du in der Nacht nicht auf dem Landeplatz warst.« Er warf einen Blick auf das Bett. »Aber das kann ich mir wohl sparen.«

»Du solltest keine voreiligen Schlüsse ziehen.« Julian füllte ein Glas Wasser, das er durstig leerte.

»Beeil dich«, sagte Will. »Wir müssten längst weg sein.«

»Wohin fliegt ihr?«, fragte Marie.

»Nach London.« Julian wandte sich zur Tür. »Es ist nur für ein paar Tage.«

»Was ist mit der Brücke?«, flüsterte Marie.

»Wenn sie gesprengt wird, bin ich längst wieder da.«

Will fasste Julians Arm. »Hör auf zu erzählen. Es reicht, dass wir deinetwegen im Morgengrauen starten müssen.«

»Könnt ihr nicht warten, bis es wieder dunkel wird?«, fragte Marie.

»Nein.« Julian küsste Marie flüchtig auf die Wange. »Bis bald.«

»Bis bald«, antwortete Marie.

»Will wird auf dich aufpassen«, sagte Julian.

»Das schaffe ich auch allein«, entgegnete Marie.

Will nickte ihr noch einmal zu, dann waren beide fort.

Marie trat an das Fenster auf der Straßenseite und sah zu, wie die beiden Männer in den klapprigen Peugeot stiegen. Sie schaute ihnen nach, bis der Wagen um die Ecke verschwunden war.

15. KAPITEL

GRACE

Washington, 1946

Das Taxi fuhr über die Brücke, die den Potomac überspannte. »Vielleicht sind doch nicht alle tot«, sagte Grace. Die Frauen auf den Fotos hatten noch so jung ausgesehen, nicht älter als sie selbst. Grace wünschte, dass sie irgendwo in London lebten, sich von den Strapazen ihrer SOE-Einsätze erholten, vielleicht sogar geheiratet hatten.

»Ich habe dir gesagt, was ›Nacht und Nebel‹ bedeutet«, antwortete Mark. »Die Menschen wurden beseitigt, und man hat nie wieder von ihnen gehört.«

»Woher weißt du das alles?«

»Im vergangenen Jahr war ich bei den Nürnberger Prozessen. Ich habe für den Internationalen Militärgerichtshof gearbeitet und Dinge erfahren, die mich jetzt noch im Schlaf verfolgen.«

»Hast du bei deiner Arbeit jemanden kennengelernt, der in der SOE war?«

Mark schüttelte den Kopf und ging noch einmal die Unterlagen aus dem Umschlag durch, den Grace im Archiv entwendet hatte. »Hier ist nichts, was uns weiterhilft.« Er zeigte Grace mehrere zusammengeheftete Seiten. »Das ist ein Zeitplan für die Agentinnen – nein, nur für die Funkerinnen. Aber was nützt uns der?« Er steckte die Seiten wieder in den Umschlag und reichte ihn Grace. Dabei strichen seine Finger ganz leicht über ihre.

Hastig zog Grace ihre Hand zurück.

»Ich glaube, mehr werden wir nicht erfahren«, seufzte Mark.

»Ich gebe noch nicht auf«, entgegnete Grace. »Wenn meine zwölf Frauen tatsächlich alle tot sind, frage ich mich, warum ihre Akten im Archiv gefehlt haben. Warum ist Mrs Trigg nach New York gekommen? Und wer hat den Koffer unter der Bank im Grand Central weggeholt?«

Mark zuckte mit den Schultern. »Ich würde dir gern eine kluge Antwort geben, aber ich bin mit meinem Latein am Ende.«

Sie erreichten den Capitol Hill. In wenigen Minuten würden sie wieder am Bahnhof sein.

»Ich habe mir Notizen gemacht«, sagte Grace. »In einigen Ordnern waren die Kontaktadressen der Frauen angegeben.«

»Ich bezweifle, dass sie noch gültig sind. Außerdem werden die Adressen in England sein. Willst du den Frauen schreiben?«

»Für eine Sally Rider gab es eine Kontaktadresse in Maryland. Mit Telefonnummer. Ich könnte sie einfach anrufen. Vielleicht weiß man dort mehr.«

»Du kannst von meiner Wohnung aus telefonieren«, schlug Mark vor.

Grace zögerte. Doch bevor sie Marks Angebot ablehnen

konnte, hatte er dem Fahrer schon seine Adresse angegeben. »Ich wohne in Georgetown«, sagte er zu Grace. »Direkt am Chesapeake and Ohio Canal. Es wird dir gefallen.«

Wenig später hatten sie das Regierungsviertel hinter sich gelassen und erreichten eine hübsche Wohngegend mit gepflegten Stadthäusern. Das Taxi hielt vor einem schmalen Haus aus Ziegelstein.

Marks Wohnung war hell und sauber, allerdings ein wenig karg eingerichtet. Nirgendwo standen Fotos oder andere persönliche Dinge, außer vielleicht dem Philodendron in einer Ecke. Eine weibliche Hand war nirgends zu erkennen, und Grace hatte den Eindruck, dass auch Mark nur wenig Zeit in seiner Wohnung verbrachte. Er öffnete die Tür zu einem kleinen Arbeitszimmer. Auf dem Schreibtisch stand ein Telefon. »Während du telefonierst, mache ich uns Kaffee.«

Grace holte ihr Notizbuch hervor, nahm den Hörer ab und gab der Vermittlung die Nummer in Maryland durch. Während sie auf die Verbindung wartete, hörte sie Mark in der Küche mit Geschirr klappern.

Dann ertönte das Rufzeichen, doch es meldete sich niemand. Grace wappnete sich mit Geduld und ließ es lange läuten. Sie wollte gerade auflegen, als am anderen Ende der Hörer abgehoben wurde und jemand etwas sagte, das Grace nicht verstand.

»Hallo?«, rief sie. »Ist da jemand? Ich wollte mit Mrs Annie Rider sprechen.«

»Moment.« Am anderen Ende wurde der Hörer abgelegt. Schritte wurden laut und verklangen. Vor ihrem inneren Auge sah Grace ein Wohnheim wie ihres in New York und eine Mieterin, die an eine Tür klopfte.

»Ja, bitte?« Das war eine neue Stimme. Sie hatte einen englischen Zungenschlag.

»Sind Sie Mrs oder Miss Annie Rider?«

»Darf ich zunächst einmal erfahren, wer Sie sind?«

»Mein Name ist Grace Healey. Ich hoffe, ich störe nicht. Ich versuche, Sally Rider zu erreichen.«

»Sie wollen mit Sally sprechen?«

»Ja. Vielleicht können Sie mir weiterhelfen. Sind Sie Annie Rider?«

»Ja. Sally war meine Schwester.«

War? Grace erschrak. »Oh, entschuldigen Sie, ich wusste nicht, dass Ihre Schwester nicht mehr lebt. Ist sie im Krieg umgekommen?«

»Nein, nach dem Krieg. Sally hatte einen Autounfall.«

»Das tut mir sehr leid. Ich hatte gehofft, mit Ihrer Schwester über ihre Kriegsjahre sprechen zu können.« Grace hielt inne. »Aber vielleicht können Sie mir ja helfen. Könnten wir uns vielleicht treffen? Ich bin zurzeit in Washington und –«

Mrs Rider ließ sie nicht ausreden. »Ich fürchte, dazu fehlt mir die Zeit.«

»Bitte«, sagte Grace. »Es wäre für mich sehr wichtig.«

Mrs Rider schwieg. »Also gut«, sagte sie dann, »ich bin heute Abend im Willard Hotel. Wenn es unbedingt sein muss, können wir uns um neunzehn Uhr in der Round Robin Bar treffen.«

Grace überlegte. Ein spätes Treffen bedeutete, dass sie

den letzten Zug nach New York verpassen würde. Sie müsste also in Washington übernachten und sich noch einen Tag freinehmen. Doch wenn sie mehr über die SOE-Agentinnen erfahren wollte, hatte sie wohl keine andere Wahl.

»Das passt sehr gut. Vielen Dank, Mrs Rider.«

Voller Unbehagen dachte Grace an das Telefonat, das sie nun mit Frankie führen musste. Dann ließ sie sich von der Vermittlung mit Frankies Kanzlei verbinden.

»Frankie, ich bin's, Grace.«

»Hallo, was gibt's denn?«

Frankie klang zerstreut – oder niedergeschlagen. »Ist bei dir alles in Ordnung?«, fragte Grace. »Geht es dir nicht gut?«

»Sam Altshuler war gerade wieder bei mir. In der Wohnung seines Cousins hat jemand versucht, ihm die fünfzig Dollar abzunehmen, die ich ihm gegeben habe. Sam ist verprügelt worden.«

»O nein, nicht auch noch das. Wie geht es ihm?«

»Er ist stolz darauf, dass er sich gewehrt hat, aber hat überall Prellungen und ein blaues Auge.«

Graces Brust schnürte sich zusammen. Hatte der Junge nicht schon genug durchgemacht?

»Allerdings kann er nun nicht mehr in der Wohnung bleiben.« Frankie seufzte. »Du hattest recht. Man darf ihn noch nicht allein lassen. Im Moment versuche ich, einen Platz in einem Waisenhaus zu finden.«

Genau das, was Sam nicht wollte, dachte Grace. »Vielleicht fällt uns beiden noch eine andere Lösung ein.«

»Okay, wir sprechen morgen darüber.«

»Ich kann morgen nicht, Frankie. Deshalb rufe ich an. Ich brauche noch einen freien Tag.«

Stille. Dann ein Räuspern. »Warum sagst du mir nicht, wo du bist und was du da tust? Brauchst du Hilfe?«

»Nein, Frankie, danke. Ich bin in Washington und schaffe es zeitlich nicht, heute zurückzufahren.«

»Und was machst du in Washington?«

»Ich suche Informationen über eine Frau namens Eleanor Trigg. Sie wurde vor einigen Tagen in New York überfahren.«

»Kanntest du sie?«

»Nein.«

»Und warum willst du dich dann über sie informieren?«

Gute Frage, dachte Grace. »Das ist ein bisschen kompliziert. Ich möchte einfach erfahren, wer sie war. Alles Weitere erkläre ich dir, wenn ich wieder im Büro bin. Das wäre übermorgen. Bitte sei mir nicht böse.«

»Das bin ich nicht. Soll ich jemanden für dich anrufen? Du weißt, wie gut ich mit Behörden umgehen kann.«

Grace lachte. »Kümmere dich um deine Klienten, Frankie, die brauchen dich mehr als ich.« Dann kam ihr eine Idee. »Warte, mir fällt etwas ein. Eleanor Trigg dürfte vor etwa einer Woche aus England gekommen sein. Vielleicht könntest du bei der Einwanderungsbehörde nachfragen, welchen Grund sie für ihre Einreise angegeben hat?«

»Kein Problem, das finde ich heraus.«

»Danke, Frankie, und bis übermorgen.«

Grace verließ das Arbeitszimmer und setzte sich zu Mark

ins Wohnzimmer. »Ich habe mit einer Annie Rider gesprochen. Sie ist die Schwester einer der SOE-Agentinnen. Um sieben Uhr treffe ich mich mit ihr im Willard Hotel. Weißt du, wo das ist?«

»Das weiß hier jeder, es ist eins der berühmtesten Hotels der Stadt, liegt nicht weit vom Weißen Haus entfernt.« Mark schenkte Grace eine Tasse Kaffee ein. »Dann bleibst du also noch bis morgen.«

Grace rührte Zucker in ihren Kaffee. »Muss ich wohl. Vielleicht kannst du mir ein preiswertes Hotel empfehlen.«

»Du kannst hier übernachten, ich habe ein Gästezimmer.« Mark warf Grace einen forschenden Blick zu. »Oder ist dir das nicht recht?«

»Es wäre falsch, Mark.«

Mark zuckte mit den Schultern. »Ich habe nicht vor, dich zu etwas zu zwingen, falls das deine Sorge ist.« Er lächelte. »Oder hast du Angst, du könntest selbst zudringlich werden?«

»Nein.« Grace musste lachen. »Also gut, ich nehme dein Angebot an.«

Am Abend bestand Mark darauf, Grace zu ihrer Verabredung zu begleiten. Als sie aus dem Taxi stiegen, schaute Grace zum Weißen Haus hinüber, in dem Präsident Truman mit seiner Familie residierte. In der Abenddämmerung war es nur ein heller Fleck.

Mark legte eine Hand auf ihren Rücken und dirigierte sie zum Eingang des Hotels. In der marmornen Eingangshalle verharrte Grace beeindruckt und ließ ihren Blick schweifen. Das Willard war offenbar ein Luxushotel: Der Fußboden war ein glänzendes Mosaik aus marmornen Rosetten und wurde von Palmen und Marmorsäulen umringt. Bei den Lampen handelte es sich um große Glaskugeln, die von schmalen Bronzefiguren getragen wurden, und überall standen elegante Sessel, die kleine Sitzgruppen bildeten. Grace schaute an ihrer einfachen Kleidung hinab und fühlte sich fehl am Platz.

In der gut besuchten Bar sah Grace sich nach Mrs Rider um und ärgerte sich, dass sie mit ihr kein Erkennungszeichen ausgemacht hatte. An der Theke und an den kleinen Tischen saßen überwiegend Männer, nur hier und da war eine Frau zu entdecken, von denen sich jede mit ihrem Begleiter unterhielt. Nicht eine machte den Eindruck, auf jemanden zu warten.

Grace entschied, sich an die Theke zu setzen, und wandte sich zu Mark um. »Bitte lass mich allein mit Mrs Rider sprechen.«

»Das dachte ich mir schon.«

»Macht es dir etwas aus? Ich glaube, sie wird offener sein, wenn sie es nur mit mir zu tun hat.«

»Na schön, aber hinterher musst du mir alles erzählen.« Mark deutete auf einen freien Tisch. »Ich warte dort auf dich.«

Grace trat an die Theke. Sie spürte Marks Blick im Rücken und sagte sich, es war gut, dass sie am nächsten Tag wieder in New York war und nicht mehr darüber nachdenken musste, ob sie mehr als Sympathie für ihn empfand.

Sie fragte den Barmann, ob sich bei ihm eine Frau namens Annie Rider gemeldet habe.

Er nickte zu einem Durchgang hinüber. »Annie arbeitet nebenan in der Round Robin Bar.«

Arbeitet? Verwirrt folgte Grace dem Durchgang und landete in einer zweiten Bar. Auch dort saßen nur Männer – die einzige Frau servierte die Getränke. Natürlich, dachte Grace, die Kriegsjahre, in denen auch Frauen sich abends in Bars getroffen hatten, waren vorüber.

Die Männer starrten sie an, und einen Moment lang wünschte Grace, Mark wäre doch bei ihr. Aber dann schlängelte sie sich mit hoch erhobenem Haupt an den Tischen vorbei und machte Mrs Rider ein Zeichen.

Sie kam zu ihr, eine Frau von vielleicht dreißig Jahren, die unter ihrem Make-up müde wirkte.

»Ich bin Grace Healey, wir haben vorhin miteinander telefoniert.«

Mrs Rider sah sich hastig um. »Hier können wir nicht reden.« Sie wies auf eine Tür. »Gehen Sie da durch. Dahinter ist unser Lagerraum. In ein paar Minuten habe ich Pause und bin bei Ihnen.«

Im Lagerraum standen Regale voller Flaschen und Konservendosen. Grace ließ sich auf einer Kiste nieder. Es dauerte nicht lang, bis Mrs Rider hereinkam und sich eine zweite Kiste nahm. »Wir müssen uns beeilen, ich habe nur eine halbe Stunde. Was möchten Sie über meine Schwester wissen?«

»Ich würde gern erfahren, was sie für die SOE getan hat. Und ob sie mit einer Eleanor Trigg zusammengearbeitet hat.«

Mrs Rider verzog das Gesicht zu einer unschönen Grimasse. »Sie hat nicht *mit* Eleanor Trigg, sondern *für* diese verfluchte Frau gearbeitet. Trigg war so etwas wie die Chefin der SOE-Agentinnen.« Ihre Stimme war voller Verachtung.

Grace kam zu dem Schluss, dass es vielleicht klüger wäre, woanders anzusetzen, und holte die Fotos aus ihrer Handtasche. »Haben Sie diese zwölf Frauen schon einmal gesehen?«

Mrs Rider ging die Fotos durch. »Einige von ihnen. Die kenne ich aus der Zeit, als ich selbst noch in der SOE war.«

Grace starrte sie verblüfft an. »Sie auch?«

Mrs Rider nickte. »Ich habe im Büro gearbeitet. Ich wäre gern Agentin geworden, doch Mrs Trigg war der Ansicht, dass mir das Zeug dazu fehlte.« Sie zuckte mit den Schultern. »Vielleicht hatte sie recht.« Sie vertiefte sich noch einmal in die Fotos. »All diese Frauen haben Eleanor Trigg gehört.«

Gehört? »Was meinen Sie mit ›gehört‹?«, fragte Grace vorsichtig. Mrs Trigg schien ein heikles Thema zu sein, sie wollte nichts Falsches sagen und riskieren, dass Mrs Rider das Gespräch für beendet erklärte.

Mrs Rider griff in ein Regal und zog hinter den Flaschen eine Packung Zigaretten hervor. »Eleanor Trigg rekrutierte die Agentinnen der SOE, die während des Kriegs in den von den Deutschen besetzten Gebieten agierten.« Sie steckte sich eine Zigarette an, nahm einen tiefen Zug und tippte auf ein Foto. Es war das der Frau mit den großen dunklen Augen. »Das war Josie. Sie war erst siebzehn, als sie zu uns kam.«

In Gedanken sah Grace sich selbst in diesem Alter. Außer ihrem Vergnügen hatte sie zu der Zeit nicht viel im Sinn gehabt, und wahrscheinlich hätte sie es nicht einmal geschafft, sich allein in Manhattan zurechtzufinden, geschweige denn als Geheimagentin in einem von Feinden besetzten Land zu überleben.

»Wissen Sie, wie viele Agentinnen insgesamt zur SOE gehörten?«

»Nicht genau, aber mehr als fünfzig werden es nicht gewesen sein.« Mrs Rider reichte Grace die Fotos zurück.

»Und was hat es mit diesen zwölf Frauen auf sich?«

»Es sind die, die umgekommen sind.«

Also doch, dachte Grace bekümmert. »Wissen Sie, wie sie gestorben sind?«

Mrs Rider wedelte den Rauch ihrer Zigarette fort. »Auf schreckliche Weise, so viel steht fest. Ich nehme an, sie wurden von den Deutschen hingerichtet.«

Grace dachte an die Abkürzung NN. Falls es tatsächlich »Nacht und Nebel« bedeutete, würde man über den Tod der Frauen nichts mehr erfahren. »Ist das offiziell?«

»Nein, es waren nur Gerüchte.« Mrs Rider stieß eine lange Rauchwolke aus. »Andere gefangen genommene Agenten haben die Frauen in verschiedenen Lagern der Deutschen gesehen oder zumindest gehört, dass sie dort waren. Genau weiß man nur, dass sie nicht mehr leben.« Sie warf einen Blick auf die Wanduhr. »Meine Pause ist gleich zu Ende.«

»Können Sie mir noch ein wenig mehr über Eleanor Trigg verraten? Wer war diese Frau?«

»Eine unangenehme Person.« Mrs Riders runzelte die Stirn, ihr Blick verlor sich irgendwo in ihrem Inneren. »Sie war älter als die Agentinnen und kam aus dem Osten. Aus Russland oder Polen. Sie begann in der SOE als Sekretärin.«

Grace wunderte sich. »Und dann wurde sie Leiterin der Rekrutierungsstelle?«

Mrs Rider trat ihre Zigarette auf dem Fußboden aus. »Ja, warum denn nicht? Sie war engagiert und kompetent. Außerdem hatte sie ein phänomenales Gedächtnis und eine erstaunliche Menschenkenntnis. Sie wusste auf Anhieb, ob sich eine Frau zur Agentin eignete oder nicht.« Sie hielt inne. »Sie wirkte immer sehr verschlossen. Aber vielleicht war sie nur zurückhaltend.«

»Also mochten Sie Eleanor Trigg nicht«, sagte Grace.

Mrs Rider schnaubte ein Lachen hervor. »Niemand mochte sie. Aber wir haben sie respektiert. Wenn die Agentinnen im Einsatz waren, bauten sie darauf, dass Trigg sie beschützte. Aber sich abends auf einen Drink mit ihr zu treffen, das wollte keine. Trigg war einfach ein seltsamer Vogel – streng, linkisch, nie zum Plaudern aufgelegt.« Mrs Rider legte die Zigaretten zurück. »Ich frage mich, was sie heute macht.«

»Sie ist vor einigen Tagen in New York ums Leben gekommen.«

»Ach.« Mrs Riders sah Grace bestürzt an. »Wie denn? Und was hat sie dort gemacht?«

»Sie wurde überfahren. Was sie in New York vorhatte, weiß ich leider nicht. Haben Sie vielleicht einmal gehört, ob sie Angehörige hatte? Im britischen Konsulat in New York wird nach ihnen gesucht.«

Mrs Rider hob ihre Zigarette vom Fußboden auf und warf sie in einen Mülleimer. »Sie hatte nur noch ihre Mutter, die, soweit ich weiß, kurz vor Kriegsende gestorben ist.«

»Und was war mit Freunden oder Bekannten?«

»Ich kann mir nicht vorstellen, dass sie welche hatte. Eleanor Trigg interessierte sich nicht besonders für andere Menschen, für sie zählte nur ihre Arbeit.« Mrs Rider wirkte nachdenklich. »Sie war eine Einzelgängerin.«

»Wissen Sie, wie erfolgreich die SOE-Agentinnen waren?«

Mrs Rider ließ sich mit der Antwort Zeit. »Das war unterschiedlich. Aber einige hatten von Anfang an Probleme.« Sie lachte abfällig. »Es waren junge Frauen ohne jede Erfahrung, die nach einer kurzen Grundausbildung in Schottland im europäischen Kriegsgebiet bestehen sollten. Wie hätte das gut gehen können? Man braucht jahrelange Routine, bis man als Agent die richtigen Instinkte entwickelt hat. Ebenso die Kaltschnäuzigkeit, die nötig ist, wenn man umgeben von Feinden überleben will. Das lernt man nicht in ein paar Wochen. Aber wenn man mich fragt, war das ganze Netz ein Problem.«

»Welches Netz? Das der SOE?«

»Nein, nur das in Nordfrankreich. Zu dem gehörten die zwölf Frauen. Es ist allgemein bekannt, dass Agenten am besten in kleinen Zellen operieren, aber das nordfranzösische Netz setzte sich aus nahezu hundert Agenten zusammen, die alle von einem einzigen Mann geleitet wurden. Ich habe das nie verstanden. Je größer das Netz, desto größer die Gefahr, dass es eine undichte Stelle oder einen Verräter gibt. Und dann müssen immer gleich mehrere dafür büßen. Wie es ja auch der Fall war.«

Grace sah sie verdutzt an. »Sie meinen, jemand könnte die Frauen, die umgekommen sind, verraten haben?«

»Was sonst?« Mrs Rider zuckte mit den Schultern. »Der Sicherheitsdienst der Nazis hat die zwölf nur wenige Wochen vor der Invasion der Alliierten geschnappt. Mrs Trigg war sich ziemlich sicher, dass Verrat dahintersteckte.«

»Hat sie Ihnen das gesagt?«

»Sie hat es angedeutet.« Mrs Rider zuckte die Achseln. »Eleanor Trigg hat Sally besucht. Gleich nach Kriegsende, als ich selbst noch in England lebte. Meine Schwester hatte sich noch nicht von ihrem SOE-Einsatz erholt und war kaum imstande, mit jemandem über die Kriegsjahre zu sprechen. Ich blieb bei dem Gespräch dabei, um zu verhindern, dass Mrs Trigg Sally aufregt. Aber sie wollte nur darüber reden, dass der deutsche Sicherheitsdienst kurz hintereinander eine Reihe ihrer Agentinnen festgenommen hatte, und wollte wissen, ob Sally vielleicht eine Erklärung dafür hatte.«

»Und woher kam ihr Verdacht, dass sie verraten worden waren? Sie muss doch einen Grund gehabt haben.«

»Ich muss wirklich wieder an die Arbeit.« Nervös schaute Mrs Rider auf die Uhr. »Trigg sprach davon, dass die Funkfrequenzen und Geheimcodes des Netzes in die Hände des SD gelangt waren und die Deutschen im Namen unserer Agenten und Agentinnen Funksprüche fingieren konnten. Sie hatte ihre Vorgesetzten darauf hingewiesen, doch es wurde nie etwas unternommen. Vielleicht hat ihr das zu denken gegeben.« Mrs Rider hob die Schultern. »Das ist alles, was ich weiß.« Sie stand auf. »Ich hoffe, ich konnte Ihnen helfen.«

»Ich danke Ihnen.« Grace erhob sich ebenfalls und schüttelte Mrs Riders Hand. »Wahrscheinlich war es für Sie nicht einfach, über diese Geschichte zu sprechen.«

»Nein, das war es nicht, doch falls Sie etwas herausfinden, war es die Sache wert. Halten Sie mich auf dem Laufenden. Die zwölf Frauen, die gestorben sind, waren für Sally wie Schwestern.«

16. KAPITEL

ELEANOR

London, 1944

An diesem Tag kam ein Funkspruch von Marie, mit dem eindeutig etwas nicht stimmte.

Er war dermaßen ungewöhnlich, dass Jane Eleanor anrief, als er eintraf.

Als Eleanor ihn las, sträubten sich ihre Nackenhaare.

»Erwarten Waffenlieferung. Bitten um Angabe von Datum, Zeit und Ort.«

So offenkundig wurden Funksprüche nicht verfasst, das wusste auch Marie. Wenn es um Waffenlieferungen ging, sprachen sie für gewöhnlich von »roten Sonnenschirmen für den Hyde Park«.

Fassungslos fragte Eleanor: »Ist der Funkspruch tatsächlich so angekommen?«

Jane nickte. »Ohne jede Verschlüsselung.«

Eleanor las die Nachricht erneut. Auch die beiden Sicherheitskennungen waren nicht vorhanden – unter der Nachricht stand lediglich »Engel«.

»Verdammter Mist«, sagte Eleanor.

Jane sah sie überrascht an. Es war selten, dass ihre Vorgesetzte die Beherrschung verlor und fluchte.

Eleanor ließ sich auf einen Stuhl sinken und dachte nach. Marie würde nie einen unverschlüsselten Funkspruch senden, in dem darüber hinaus die Sicherheitskennungen fehlten, dessen war sie sich absolut sicher. Irgendetwas musste demnach schiefgelaufen sein.

Um sich nicht gleich das Schlimmste auszumalen, ließ Eleanor sich mehrere Möglichkeiten durch den Kopf gehen, doch eine war so abwegig wie die andere. Es gab keine vernünftige Erklärung … außer, dass ein anderer die Nachricht in Maries Namen abgesetzt hatte.

Aber wer sollte das gewesen sein? Und wer war so dumm oder so unvorsichtig, eine unverschlüsselte Nachricht zu schicken?

Es hätte jemand sein müssen, der die Frequenz entdeckt hatte, auf der Marie sendete, überlegte Eleanor weiter. Der zwar Maries Codes nicht kannte, aber auf irgendeine Weise an das Wort »Engel« geraten war.

Sie stand auf, um mit der Nachricht in ihr Büro zurückzukehren. Sie wollte mit kühlem Kopf nachdenken und sich die Schritte überlegen, die sie nun unternehmen musste.

Doch dann entschied sie sich anders. Über diesen Funkspruch musste sie mit dem Direktor sprechen.

Eleanor verließ Norgeby House und lief einige Häuser weiter zum Hauptquartier der SOE. Als sie die Tür zum Büro des Direktors öffnete, erkannte sie bereits an seiner gereizten Miene, dass sie einen schlechten Zeitpunkt gewählt hatte. Doch das war nun nicht mehr zu ändern.

»Was ist?«, fragte er unwirsch.

»Es geht um eine unserer Agentinnen.«

Darum ging es Eleanor immer, wenn sie den Direktor aufsuchte. Zwar zog sie es vor, anfallende Probleme selbst zu lösen und allen zu zeigen, dass sie ihr Projekt im Griff hatte, doch in diesem Fall war ihre Sorge einfach zu groß.

»Vielmehr um einen Funkspruch, den sie geschickt hat.« Sie legte ihm die Nachricht auf den Tisch.

Der Direktor überflog den Text und runzelte die Stirn. »›Engel‹ ist Marie Roux, oder?«

Eleanor nickte. »Sie würde uns niemals derart offen dazu auffordern, ihr die Daten für die nächste Waffenlieferung durchzugeben. Irgendetwas stimmt da nicht.«

Der Direktor seufzte. »Vor ein paar Wochen hat es Sie beunruhigt, dass Roux sich nicht turnusgemäß gemeldet hat, und nun regen Sie sich auf, weil die Nachricht nicht verschlüsselt wurde. Sehe ich das richtig?«

»Ich rege mich nicht grundlos auf, ich weiß, dass Marie Roux so etwas nicht schreiben würde. Vesper erst recht nicht. Keiner unserer Agenten würde eine unverschlüsselte Botschaft schicken.«

Der Direktor reichte Eleanor die Nachricht zurück. »Roux ist Anfängerin. Vielleicht war sie in Eile oder hat nicht nachgedacht.«

»Sie verschickt keine Nachricht, ohne nachzudenken. Marie Roux ist nicht nachlässig. Die Sicherheitskennungen fehlen auch.«

»Was ist mit den Funksprüchen der anderen Frauen in Nordfrankreich? Gibt es auch bei ihnen Auffälligkeiten?«

Eleanor schüttelte den Kopf. »Nur bei Marie. Aber das reicht doch schon, oder? Wenn sie aufgeflogen ist, ist Vespers gesamtes Netz gefährdet. Wir können uns keine Sicherheitslücke leisten.«

»Kann es an Maries Funkgerät liegen? Oder an unserem Empfang?«

Inwendig verdrehte Eleanor die Augen. »Nein, Sir, die Übertragung war technisch einwandfrei.«

»Und was wollen Sie jetzt tun?«

»Ich weiß es nicht.« Das war ein Satz, den sie nur ungern aussprach. »Vielleicht hat jemand sie gezwungen, die Nachricht abzusetzen. Oder ein anderer funkt in ihrem Namen.«

Der Direktor zog die Brauen hoch. »Unsere Agenten gehen in der Ausbildung sämtliche Notsituationen durch und wissen, was sie unter Zwang zu tun haben. Keiner, der etwas auf sich hält, würde seine Kennungen oder die Frequenzen verraten.«

»Es würde genügen, dass die Deutschen ihre Frequenz gekapert haben.«

Der Direktor griff nach seiner Pfeife. »Sie sehen Gespenster, Trigg. Warum warten wir nicht einfach Roux' nächste Nachricht ab?«

»Die kommt in zwei Tagen, das dauert viel zu lang!«

Der Direktor lehnte sich zurück und musterte Eleanor. »Trigg, was wollen Sie von mir? Soll ich veranlassen, dass wir den Funkverkehr mit Vespers Netz abbrechen?«

»Nein, Sir, dazu ist er zu wichtig.«

»Na also.«

»Wir könnten aber den Funkverkehr mit Marie Roux so

lange einstellen, wie wir nicht wissen, wer auf ihrer Frequenz oder von ihrem Gerät aus sendet.«

»Tut mir leid, Trigg, aber noch gehen wir davon aus, dass Roux sendet. Von diesem Gerät hängen die Nachrichten mehrerer Agenten ab.«

Einen Moment lang überkam Eleanor ein Gefühl des Triumphes. Noch vor nicht allzu langer Zeit hatten die Männer in der SOE bezweifelt, dass man Frauen im Kampf gegen die Deutschen einsetzen konnte, und nun spielten sie bereits eine wesentliche Rolle.

Die Miene des Direktors legte sich in vorwurfsvolle Falten. »Ich habe mich darauf verlassen, dass Ihre Frauen keine Fehler machen, und Sie haben mir hundertmal versichert, dass sie ihrer Aufgabe gerecht werden. Mein Ruf hängt vom Erfolg unserer Leute ab.«

Männer machen auch Fehler, hätte Eleanor antworten können. Deren Fehler hatten zu den Gründen gehört, eine Fraueneinheit ins Leben zu rufen. Doch nun lag der Funkverkehr größtenteils in den Händen von Frauen, und wenn dort Probleme entstanden, wurden ihre Fähigkeiten angezweifelt – oder alles war Eleanors Schuld.

»An der Arbeit der Frauen ist nichts auszusetzen«, antwortete sie. »Meine Sorge ist vielmehr, dass etwas Größeres schiefgelaufen ist.«

»Churchill ist über den Einsatz von Frauen in der SOE informiert«, fuhr der Direktor fort. »Er war davon angetan, und ich möchte ihn nicht enttäuschen.«

Was Churchill von Frauen in der SOE hielt, interessierte Eleanor im Moment herzlich wenig. »Wir brauchen Sicherheit, Sir. Mein Vorschlag ist, dass wir jemanden nach Frankreich schicken, der vor Ort Nachforschungen anstellt.«

Der Direktor lächelte spöttisch. »Und natürlich möchten Sie diejenige sein.«

»Das wäre das Beste.«

»Vergessen Sie das gleich wieder!«, entgegnete er barsch. »Sie haben keine Erfahrung als Agentin, und ich werde nicht riskieren, dass man Sie hinter den feindlichen Linien schnappt. Dazu wissen Sie zu viel.«

»Bitte lassen Sie mich gehen.« Eleanor hörte, wie flehend sie klang, und ärgerte sich über sich selbst. Für den Direktor war Sachlichkeit oberstes Gebot. Nun würde er annehmen, dass ihr der emotionale Abstand zu den Frauen fehlte und sie nicht mehr klar denken konnte.

Der Direktor runzelte die Stirn. »Kommt nicht infrage.«

»Ich muss erfahren, was in Frankreich los ist«, beharrte Eleanor. »Bei unserem ersten Gespräch über das Projekt haben Sie mir die alleinige Kontrolle über den Einsatz der Frauen zugesagt.«

Der Direktor zuckte mit den Schultern. »Ich erlaube aber nicht, dass Sie in Kriegsgebieten herumlaufen. Die Invasion steht kurz bevor, wir haben keine Zeit, uns um die Sicherheit eines einzigen Funkgeräts zu kümmern.«

»Die sollten wir uns aber nehmen. Ein einziger fehlgeleiteter Funkspruch und die Waffen, die wir liefern, landen in den falschen Händen.«

»Es reicht, Trigg. Unser Gespräch ist beendet.«

Eleanor sprang auf. »Dann wende ich mich ans Kriegsministerium.«

Das Gesicht des Direktors lief dunkelrot an. »Sie wollen mich umgehen?« Er schnaubte ein Lachen hervor. »Ist das der Dank dafür, dass ich Sie gefördert habe?«

Ich habe auch sehr viel für Sie getan, hätte Eleanor am liebsten geantwortet, doch sie wollte ihn nicht noch mehr verärgern. Natürlich würde sie sich nicht an das Kriegsministerium wenden, dort würde ohnehin keiner auf sie hören. Abgesehen davon musste der Direktor ihr wohlgesinnt bleiben, eine einzige negative Bemerkung seinerseits und sie konnte ihre britische Staatsbürgerschaft abschreiben. Sie murmelte eine Entschuldigung und verabschiedete sich resigniert.

Doch auf dem Weg zurück zum Norgeby House ließ sie sich das Gespräch immer wieder durch den Kopf gehen und begriff nicht, dass der Direktor dem Problem so wenig Bedeutung beimaß. Entweder war er leichtsinnig geworden, oder er stand angesichts der kommenden Invasion so unter Druck, dass er keine Unterbrechung des Funkverkehrs wagte.

Statt in ihr Büro zu gehen, nahm Eleanor die Treppe, die zum Dachboden führte und von dort aus weiter hinauf zum Flachdach. Es war der Ort, den sie aufsuchte, wenn sie allein sein und ungestört nachdenken wollte.

Es war kein schönes Bild, das sich ihr von dort oben bot. In den Straßen sah man hauptsächlich zerbombte Gebäude, Krater und Geröll. Doch die Kuppel der St.-Pauls-Kathedrale war wenigstens noch unversehrt, auch die Tower Bridge stand noch.

Nach einigen tiefen Atemzügen hatte Eleanor sich wieder in der Gewalt und versuchte, in Ruhe über ihr Gespräch mit dem Direktor nachzudenken. Doch sie konnte es drehen und wenden, wie sie wollte, seine Reaktion blieb ihr unbegreiflich. Wie konnte er es riskieren, dass es in Vespers Netz eine Sicherheitslücke gab?

Plötzlich stellte sie fest, dass noch jemand auf dem Dach war – ein Mann, der am anderen Ende seitlich zu ihr stand und in den Anblick der zerstörten Stadt vertieft schien. Sein Profil kam ihr bekannt vor, sie konnte es nur nicht richtig einordnen.

Doch dann wusste sie, wo sie ihn schon einmal gesehen hatte. Sie trat zu ihm. »Vesper?«

Er wandte sich zu ihr um und deutete ein Nicken an.

Eleanor kannte Vesper vor allem vom Hörensagen, in der SOE zählte er zu den erfahrensten Agenten. Bisher war sie ihm allerdings nie persönlich begegnet, hatte nur sein Foto in seinen Personalunterlagen gesehen. Mittlerweile war sein Gesicht zerfurchter als auf dem Bild, doch seine Statur und seine Haltung deuteten auf einen Mann im Vollbesitz seiner Kräfte.

Einen Moment lang wusste Eleanor nicht, wo sie anfangen sollte, es gab so vieles, über das sie mit ihm sprechen wollte.

»Was tun Sie hier?«, fragte sie schließlich und wünschte sofort, sie könnte ihre Worte zurücknehmen. Natürlich würde er ihr keine Antwort geben, er wusste ja nicht einmal, wer sie war. »Entschuldigen Sie, ich hätte Ihnen erst einmal meinen Namen sagen müssen.« Sie streckte die Hand aus. »Ich bin Eleanor Trigg.«

In seinem Gesicht tat sich nichts. Es sah aus, als wäre er mit den Gedanken ganz woanders.

»Ich leite die Rekrutierungsstelle für unsere Agentinnen.«

»Ich weiß.« Vesper lächelte und schüttelte ihre Hand. »Marie hat mir von Ihnen erzählt.«

»Das sollte sie eigentlich nicht.« Eleanor fragte sich, was Marie sonst noch ausgeplaudert hatte.

»Sie hatte nur Gutes zu berichten.«

Das wunderte Eleanor. Sie hatte Marie hart angefasst und angenommen, dass sie ihr noch immer grollte. »Wie geht es ihr?«

Vesper zuckte mit den Schultern. »Sie macht sich. Außer wenn sie zu viele Fragen stellt.«

Eleanor studierte seine Miene. War sein Gesicht einen Moment lang weich geworden? Es würde nicht zu ihm passen, er hatte den Ruf, gefühlskalt zu sein und von seinen Agenten das Äußerste zu verlangen. Noch nie hatte man gehört, dass er etwas für eine Agentin übrighatte.

»Und die anderen Agentinnen?«

»Zu meinem Netz gehören nur zwölf. Josie ist eine von ihnen. Zurzeit unterstützt sie eine Gruppe französischer Widerstandskämpfer. Sie nennen sie ›die Kleine‹, haben aber großen Respekt vor ihr. Sie ist eine ausgezeichnete Schützin, besser als die meisten Männer.«

Eleanor überlegte, warum der Direktor ihr nichts von Vespers Besuch gesagt hatte. Hatte er selbst nichts davon gewusst oder ihn ihr absichtlich verschwiegen? »Darf ich Sie noch einmal fragen, was Sie nach London geführt hat?«

Es musste etwas von Bedeutung sein, wenn Vesper Frankreich kurz vor der Invasion verlassen hatte.

»Nicht hier. Man weiß nie, wohin der Wind eine Stimme trägt.« Vesper bedeutete Eleanor, ihm zu folgen.

Sie nahmen die Treppen nach unten. Vesper öffnete die Tür zu einem Büro, das nicht viel größer war als die Kammer, in der Eleanor arbeiten musste. »Ich wurde zu einer Besprechung im Hauptquartier gebeten.« Vesper ließ sich am Schreibtisch nieder. Eleanor nahm den Besucherstuhl.

»Und um was ging es dabei?«

»Um unsere Schwierigkeiten, an genügend Waffen, Munition und Sprengstoff zu kommen. Mehr möchte ich dazu nicht sagen. Leider traue ich seit einer Weile niemandem mehr.«

Eleanor fühlte sich getroffen und sah ihn ärgerlich an. »Ich habe sowohl Marie als auch Josie zur SOE geholt und weiß, wie eng Sie mit ihnen zusammenarbeiten. Es genügt, wenn Sie mir verraten, ob die Probleme auch diese beiden Frauen betreffen.«

Vesper zögerte, bevor er ausweichend »Zum Teil« antwortete.

»Über das Projekt ›Brücke‹ bin ich informiert. Falls es darum geht, können Sie mit mir darüber sprechen. Wegen dieses Projekts haben wir Josie noch vor dem offiziellen Ende ihrer Ausbildung zu Ihnen geschickt.«

Vesper seufzte. »Dann wissen Sie auch, dass es bald so weit ist. Die Kollegen in Marseille konnten uns mit Sprengstoff aushelfen – im Tausch gegen Munition.«

»Wie sieht es mit Sicherheitslücken aus?«, erkundigte

Eleanor sich vorsichtig. »Gibt es in Ihrem System Schwachstellen?«

»Nein.« Vesper zog die Brauen zusammen. »Wie kommen Sie darauf?«

Eleanor zuckte mit den Schultern. »Weil diese Möglichkeit immer besteht.«

Vesper betrachtete sie forschend. »Warum verraten Sie mir nicht den wahren Grund für Ihre Frage?«

Eleanor überlegte, inwieweit die Antwort ihr gefährlich werden konnte. Der Direktor würde außer sich geraten, wenn er erführe, dass sie mit Anderen über ihren Verdacht gesprochen hatte. Doch dann gab sie sich einen Ruck. Immerhin ging es um die Sicherheit der Agentinnen und Agenten in Vespers Netz.

»Marie hat einen Funkspruch abgesetzt, der sich nicht nach ihr angehört hat«, wagte sie sich vor.

Vesper sah sie erstaunt an. »Bei Marie läuft alles glatt. So war es zumindest, als ich sie zuletzt gesehen habe. Vielleicht war sie nervös, als sie den Funkspruch gesendet hat. Sie ist von Deutschen umgeben und noch nicht lange im Geschäft.« Ein Lächeln flog über sein Gesicht.

Er mag Marie, dachte Eleanor und fragte sich unwillkürlich, ob Marie auch etwas für den Chef ihres Netzes empfand.

»Aber sie wird immer besser«, sprach Vesper weiter. »Vor einigen Tagen war sie in Paris, um etwas für uns abzuholen.«

»Sie setzen Marie als Kurier ein?« Voller Entsetzen dachte Eleanor daran, dass Marie dazu nicht ausgebildet worden war. Sie wusste vielleicht, was ein toter Briefkasten war, und mit viel Glück könnte sie dort etwas unauffällig deponieren, mehr aber auch nicht. »Marie ist Funkerin, weiter nichts.«

»Sie sollten sie nicht unterschätzen. Marie ist gewiefter, als Sie denken.«

Es behagte Eleanor nicht, dass jemand vorgab, mehr als sie über eine der Frauen zu wissen.

»Abgesehen davon setzen wir unsere Leute so ein, wie wir es für nötig halten.«

»An ihrem letzten Funkspruch hat die Verschlüsselung nicht gestimmt.« Mehr wagte Eleanor nicht zu verraten.

Vesper zuckte mit den Schultern. »In einem großen Agentennetz gibt es immer etwas, das nicht stimmt. Die Aktion ›Brücke‹ ist keine Ausnahme – beispielsweise bräuchten wir mehr Leute vor Ort, um einen reibungslosen Ablauf zu gewährleisten und nach der Sprengung genügend sichere Verstecke zu finden.«

»Haben Sie darüber mit den Führungsoffizieren im Hauptquartier gesprochen?«

»Ja, aber sie haben mir nicht zugehört. Sie glauben, dass ich zu lange im Einsatz war, ausgebrannt bin und überall Probleme sehe. Ich musste darum kämpfen, nach Frankreich zurückkehren zu dürfen, und habe dabei jede Menge Zeit verloren.« Vesper schaute durch das Fenster auf die Ruinen der anderen Straßenseite. Dann richtete er seinen Blick wieder auf Eleanor. »Haben Sie Ihre Befürchtungen nach oben gemeldet?«

»Ich habe es versucht, es erging mir wie Ihnen.«

Es war seltsam, doch erst in diesem Moment erkannte Eleanor, wie naiv sie gewesen war, als sie annahm, in der SOE Einfluss zu besitzen. Es gab einen kleinen Kreis, der das Sagen hatte, und zu dem gehörte sie nicht. Diese Elite interessierte sich zurzeit nur für die anstehende Invasion. Sie musste ein Erfolg werden, das Leben der beteiligten Agenten war zweitrangig.

»Und was machen Sie jetzt?«, fragte Eleanor.

Vesper zuckte mit den Schultern. »Ich fliege zurück nach Frankreich und tue mein Bestes.«

»Überprüfen Sie die Sicherheit Ihrer Funksprüche. Wenn es daran Zweifel gibt, müssen Sie die Aktion ›Brücke‹ abblasen.«

Vesper schüttelte den Kopf. »Das kann ich nicht, in dem Punkt wird alles seinen Lauf nehmen. Und wenn ich die Aktion nicht leite, tut es ein Anderer. Das Ganze ist wie eine Rakete, die, wenn sie abgeschossen wurde, nicht mehr zurückzuholen ist.«

Danach schwiegen sie beide.

»Wissen Sie schon, wann Sie fliegen?«, erkundigte Eleanor sich schließlich.

»Heute Abend.« Vesper stand auf. »Vorher habe ich noch einen Termin.«

»Soll ich Marie mitteilen lassen, dass Sie heute Nacht in Frankreich landen?«

»Ja, bitte. An derselben Stelle, an der auch sie angekommen ist.«

Eleanor erhob sich ebenfalls. Sie hätte Vesper gern eine Nachricht für Josie und Marie mitgegeben. Die beiden

Frauen sollten wissen, dass Eleanor stolz auf sie war und sie nicht vergessen hatte. Aber wie sollte sie all das, was sie auf dem Herzen hatte, in einer kurzen Nachricht unterbringen? »Warten Sie.«

Vesper war bereits an der Tür. Er drehte sich noch einmal um.

»Sagen Sie Marie, dass ich mir Sorgen um die Sicherheit ihrer Funksprüche mache. Und dass es mir am liebsten wäre, sie würde nicht mehr senden. Leider erlaubt die SOE das nicht.« Eleanor sah Vesper eindringlich an. »Sie muss wissen, dass ich beunruhigt bin.«

Vesper nickte. Und dann war er fort.

17. KAPITEL

MARIE

Frankreich, 1944

Marie öffnete das Fenster zur Seine und ließ die Frühlingsluft herein, die so warm war, als wäre es schon Sommer.

Beim Anblick des schimmernden Flusses und der Wiese voller Frühlingsblumen packte sie die Sehnsucht nach ihrer Tochter. Sie stellte sich vor, wie Tess in Ely draußen spielte, und hoffte, dass sie darüber vergaß, wie lange ihre Mutter schon nicht mehr zu Besuch gekommen war.

Marie blickte über die Felder, die hinter dem Ufer begannen, und wünschte, Julian würde dort auftauchen. Seit Tagen war er nun schon in London, viel länger als geplant.

In der vergangenen Nacht hatte sie von ihm geträumt. Sie lief durch die Straßen Londons, die wie vor dem Krieg aussahen. Mit einem Mal entdeckte sie Julian, winkte ihm und ging freudestrahlend auf ihn zu. Er erkannte sie nicht und sah sie befremdet an.

Sie dachte zu oft an ihn, das war Marie klar. Und sie empfand etwas für ihn, das bei ihrer Arbeit fehl am Platz war. Sie erinnerte sich an ihre erste Begegnung. Wenn ihr da jemand gesagt hätte, sie würde für diesen groben Kerl Gefühle entwickeln, hätte sie denjenigen ausgelacht.

Im Übrigen verliefen ihre Tage wie immer. Sie traf auf Kuriere, sendete ihre Nachrichten und wartete auf Funksprüche aus London, die sie weitergab. Abends hörte sie die Meldungen der BBC, die Agenten hinter den feindlichen Linien und Widerstandskämpfern galten. Mitunter verstand sie, dass es um den Abwurf von Waffen und Munition ging, doch seit einigen Tagen hoffte sie auch auf eine Mitteilung, die auf Julians Landung hinwies.

Als nichts dergleichen kam, beobachtete sie das Wetter. Nachtflüge konnten nur bei ausreichendem Mondschein durchgeführt werden. Dazu kam ein Zeitraum von sieben Tagen vor und sieben Tagen nach Vollmond infrage. In dieser Zeitspanne befanden sie sich.

An den vergangenen Abenden hatte sie sich immer wieder vorgestellt, wie Will gerade mit seiner Lizzie in England abhob, um seinen Vetter nach Frankreich zu bringen.

Doch Marie war nicht die Einzige, die auf Julians Rückkehr wartete. Auch die anderen Agenten spürten seine Abwesenheit und wunderten sich, dass er noch nicht zurückgekommen war. Die Nachrichten, die sie über Marie nach London sandten, wurden seltener, die Informationen klangen unsicher. Wieder sagte sich Marie, dass es nicht gut war, wenn nur eine Person ein großes Netz leitete, dass einzeln agierende Zellen die klügere Alternative gewesen wären.

Hinzu kam, dass der SD in Paris eine Reihe ihrer Agenten gefasst hatte. Und ein Kurier war spurlos verschwunden. Eine der weiblichen Kuriere hatte es Marie erzählt und gesagt, dass sie nicht wussten, ob der SD ihn festgenommen und die Nachrichten, die er bei sich gehabt hatte, den Deutschen in die Hände gefallen waren. Niemand von ihnen konnte wissen, wie viel die festgenommenen Agenten während der Folter verraten hatten.

Am späten Nachmittag hörte Marie, dass jemand die Treppe hinaufkam. Sie öffnete die Tür.

Ihr Besucher war Will – und er war allein. Mit sorgenvoller Miene trat er an Marie vorbei ins Zimmer.

Marie schloss die Tür und wappnete sich gegen noch mehr schlechte Nachrichten.

»Heute Nacht wird jemand mit dem Flugzeug bei uns landen«, sagte Will leise und ließ sich auf einem Stuhl nieder.

Marie nahm den anderen Stuhl und rückte dicht an ihn heran. »Woher weißt du das? Ich habe keinen derartigen Funkspruch empfangen.«

»Ein Kurier aus Reims hat die Nachricht überbracht.«

Marie sah Will konsterniert an. »Das verstehe ich nicht. Warum hat man es uns nicht mitgeteilt? Geht es um Julian?«

Will zuckte mit den Schultern. »Die Nachricht ist bei einer unserer Funkstationen eingegangen, mehr kann ich dazu nicht sagen. Der Text war zerstückelt. Ich nehme aber an, dass es sich bei dem Passagier um Julian handelt. Außer ihm erwarten wir ja niemanden.« Will furchte die Stirn. »Ich dachte, ich würde mit dem Flug beauftragt werden, aber dem war wohl nicht so.«

»Hat Julian damit gerechnet, dass du ihn in England abholst?«

»Sicher, so war es abgemacht. Aber dann hieß es, ich werde hier gebraucht. Die Frage ist, wozu?«

In den Tagen von Julians Abwesenheit war Will ungewollt zu dessen Stellvertreter geworden, doch die Rolle lag ihm nicht – er war ein Einzelkämpfer und hatte kein Interesse daran, andere zu führen.

Marie drückte seine Hand. »Wenn Julian zurück ist, kannst du wieder fliegen.«

Will wich ihrem Blick aus. »Da ist noch etwas. Es geht um die Eisenbahnbrücke.«

»Was ist damit?«

Wills Stimme wurde noch leiser. »Das Anbringen des Sprengstoffs ist für heute Abend vorgesehen, die Sprengung für morgen. In den nächsten Tagen soll ein Zug mit einer Panzerkolonne der Deutschen über die Brücke kommen.«

»Und was ist, wenn Julian nicht rechtzeitig zurückkehrt? Machen wir es dann ohne ihn?«

»Wenn gesprengt wird, ist Julian da.«

Marie studierte Wills Miene und verstand nicht, warum er so gequält wirkte. »Wo ist das Problem, Will?«

Will schluckte schwer. »Einige der Leute, die für die Sprengung verantwortlich waren, werden vermisst. Unter ihnen ist auch eine Agentin.«

Marie erstarrte. Soweit sie wusste, kam dafür nur eine ganz bestimmte Frau infrage. »Will«, sagte sie. »Wer genau wird vermisst?«

Will schaute zu Boden. »Josie, Albert und ein französischer Widerstandskämpfer haben den Partisanen vor vier

Tagen Waffen geliefert. Seitdem haben wir nichts mehr von ihnen gehört.« Er hob den Kopf. »Wir wissen nicht, ob sie festgenommen wurden. Vielleicht haben sie eine Gefahr gewittert und verbergen sich irgendwo.«

»Oder sie sind tot.« Für einen Moment schloss Marie die Augen. »Weiß man, woher ihr letzter Funkspruch kam? Oder wo sie zuletzt gesehen wurden?« Sie stand auf. »Wir müssen London informieren. Falls Julian noch dort ist, muss er es erfahren.«

Will fasste ihren Arm. »Setz dich wieder, Marie. London weiß Bescheid. Und hier vor Ort haben wir Kundschafter losgeschickt, die sich unauffällig nach unseren Leuten erkundigen.«

An seiner Stimme erkannte Marie, dass er sich keine Illusionen machte. Ebenso wie sie wusste er, dass Josie nicht einfach so vier Tage lang nichts von sich hören lassen würde. Erst recht nicht, wenn sie wusste, dass die Sprengung der Brücke bevorstand und man auf sie wartete. Wenn Josie schwieg, konnte das nur bedeuten, dass sie in den Händen der Deutschen war – oder umgekommen.

Marie erinnerte sich an ihre Zeit im Arisaig House. Sie sah ihre Freundin vor sich – bei den Übungen, morgens beim Dauerlauf, bei den Mahlzeiten, abends in dem kleinen Schlafsaal, wenn sie einander aus ihren Leben erzählten. Josie war die Beste und Mutigste von ihnen gewesen. Wenn sie gefasst worden war, welche Überlebenschancen hatten dann diejenigen, die weniger gut waren?

Tränen schossen Marie in ihre Augen. »Gibt es keine Anhaltspunkte?«

Will schüttelte den Kopf.

Marie barg ihr Gesicht in den Händen und wurde von überwältigender Trauer übermannt. Sie galt Josie – aber auch all den Anderen, die im Kampf gegen die Deutschen ihr Leben verloren. Doch dann riss sie sich zusammen und wischte sich über die Augen. Von Gefühlsausbrüchen hätte Josie nichts gehalten.

»Wir können nur warten«, sagte Will.

»Warten – und die Brücke sprengen.« Ja, dachte Marie, sie mussten sich auf das Nächstliegende konzentrieren. »Wer bringt denn jetzt den Sprengstoff an?«

Will hob die Schultern. »Einer ist schon auf dem Weg zur Brücke. Ich fahre die sicheren Häuser in der Nähe ab und suche noch einen zweiten Mann. Im schlimmsten Fall mache ich es selbst.«

»Ich übernehme das«, sagte Marie, ohne nachzudenken. Im nächsten Moment fragte sie sich, was um alles in der Welt über sie gekommen war.

Will schüttelte den Kopf. »Du bist Funkerin, Marie, weiter nichts.«

Marie dachte an den Unterricht im Arisaig House. Will hatte recht, mehr als einen Einführungskurs in die Sprengtechnik hatte sie nicht mitgemacht, und ganz gewiss hatte ihr niemand beigebracht, wie man eine Eisenbahnbrücke in die Luft jagte. »Ich habe gelernt, wie man Sprengstoff anbringt.« Es waren Übungen gewesen, bei denen sie sich nie hervorgetan hatte, doch das behielt sie für sich.

»Dazu würde Julian niemals seine Einwilligung geben.«

»Das kannst du nicht wissen.«

»Doch, ich kenne ihn! Er passt auf seine Leute auf.«

Marie zog die Brauen hoch. »Am ersten Abend hat er mich in einen Schuppen gesperrt, und vor Kurzem hat er mich nach Paris geschickt, um TNT abzuholen.«

»Der Schuppen war ein Test, um zu sehen, ob du etwas aushältst, und die Abholung des Sprengstoffs eine Notwendigkeit. Nichts davon bedeutet, dass Julian möchte, dass dir etwas zustößt.«

»Aber er ist nicht hier, und du musst den Landeplatz vorbereiten.« Marie ließ sich die Schritte einer Sprengvorbereitung durch den Kopf gehen. »Wer ist der zweite Mann?«

»Harry.«

Das war der Rothaarige, den Marie am ersten Tag in dem sicheren Haus kennengelernt hatte.

»Kennt er sich aus?«

Will nickte.

»Dann bringe ich den Sprengstoff mit ihm an. Später kannst du uns mit Julian abholen.«

Will schien zu zögern, doch dann gab er nach. »Das wird Julian zwar nicht gefallen, aber eine andere Lösung fällt mir im Moment auch nicht ein.«

Marie lächelte zuversichtlicher, als sie sich fühlte.

»Nur abholen kann ich euch nicht«, fuhr Will fort. »Aber der Weg von der Brücke zum Landeplatz ist nicht weit.«

Er zog eine Landkarte aus der Innentasche seiner Jacke und breitete sie auf dem Tisch aus. »Ich fahre dich zur Brücke. Du und Harry, ihr bringt den Sprengstoff an. Danach kehrt Harry zu dem sicheren Haus zurück. Er kennt den

Weg. Du folgst der Seine nach Süden bis zur ersten großen Biegung. Von dort aus gehst du in Richtung Osten und erreichst den Landeplatz. Es ist derselbe, an dem du angekommen bist. Je nachdem, wann du eintriffst, siehst du die Lichter, mit denen ich die Landestelle markiere. Sollte alles dunkel sein, gibst du mir mit deiner Taschenlampe Blinkzeichen. Drei Mal kurz, zwei Mal lang.« Er betrachtete Marie prüfend. »Glaubst du, das schaffst du?«

Marie nickte. Doch sie spürte, wie ihr Herz sich furchtsam verkrampfte.

»Also gut, dann lass uns fahren.«

Marie raffte sich auf und streifte ihre Jacke über.

Leise verließen sie den Dachboden. Unten vor dem Haus stiegen sie in Wills Peugeot.

Sie fuhren durch den Ort. Marie hielt nach fremden Gesichtern Ausschau, nach Menschen, die aussahen, als würden sie sich für den Peugeot interessieren. Aber es war alles wie immer.

»Was hast du vor dem Krieg gemacht?«, fragte sie, um ihre Anspannung zu lösen.

»Ich bin Rennen gefahren«, antwortete Will.

»Autorennen?«

Will schüttelte den Kopf. »Motorrad.«

Das passt zu jemandem, der fliegt, dachte Marie. Wahrscheinlich ging es ihm bei beidem um den Nervenkitzel.

Im dämmrigen Abendlicht tauchte in der Ferne die Eisenbahnbrücke auf, ein gewaltiges Bauwerk, dessen graue Stahlträger in den Himmel stachen. Marie wurde übel. Sie hatte sich eine kleinere Brücke vorgestellt. »Haben wir überhaupt genügend Sprengstoff, um dieses Monster in die Luft zu jagen?«

Will nickte. »Ihr werdet das TNT an zwölf verschiedenen Stellen platzieren. Zudem müssen wir die Brücke nicht komplett zerstören, sondern nur unpassierbar machen.« Er drehte sich zu Marie um. »Und du weißt wirklich, was du tun musst? Harry kann dir nicht jeden Handgriff zeigen.«

»Ja«, sagte Marie fest und rief sich die wichtigsten Dinge aus dem Kurs ins Gedächtnis.

Will sah sie eindringlich an. »Wenn du es dir anders überlegt hast, sag es jetzt.«

»Ich habe gesagt, dass ich es mache!«, antwortete Marie gereizt.

Will hielt nicht weit von der Brücke entfernt an und reichte Marie für ihren späteren Weg eine Taschenlampe. »Der Sprengstoff ist schon hier, den haben Harry und ich vorhin hergebracht.« Mit einem Seufzer fügte er hinzu: »Ich wünschte wirklich, ich könnte es selbst machen.«

»Will!«, sagte Marie genervt. »Das Thema ist jetzt erledigt.« Sie deutete geradeaus. »Da ist Harry.«

»Sieh zu, dass du die Landepiste so früh wie möglich erreichst. Wenn das Flugzeug da ist, sammele ich die Markierungslichter ein. Danach springen Julian und ich in den Peugeot und fahren zu einem sicheren Haus.«

»Ich werde rechtzeitig da sein.«

»Wenn dir etwas zustößt, bringt Julian mich um.«

Marie wurde verlegen. »Will, die Sache mit Julian und mir, die –«

Will machte eine abwehrende Handbewegung. »Interessiert mich nicht. Ich möchte, dass alles glatt läuft, der Rest ist unwichtig.«

Marie stieg aus dem Wagen. »Bis später, Will.«

Wie sich herausstellte, hatte Harry einen französischen Kontaktmann dabei, einen missmutig aussehenden, schweigsamen Mann mit einem umgehängten Fernglas. Harry selbst hatte bereits den ersten Teil des Sprengstoffs angebracht.

Der Franzose stapfte die Böschung hinauf.

»Wo will er hin?«, fragte Marie.

»Wir brauchen jemanden, der die Augen offen hält. Ich habe keine Lust, mich von ein paar wachsamen Deutschen überraschen lassen.« Er deutete zur Brücke. »Lass uns weitermachen.«

Marie war froh, dass Harry wusste, was er tat. Allein mit der Erinnerung an ihren Kurs hätte sie nichts ausrichten können. Doch da sie Zeit brauchte, um das, was er tat, nachzumachen, und dabei übervorsichtig war, dauerte es länger als gedacht, bis sie den Sprengstoff unter dem Brückenboden befestigt, die Sprengladung angebracht, mit einem Kabel versehen und getarnt hatten.

Sie waren noch nicht ganz fertig, als plötzlich Richard und ihr Vater vor Maries innerem Auge auftauchten, die beiden Männer, die für sie nur Verachtung übriggehabt und ihr nie etwas zugetraut hatten. Erleichtert merkte sie, dass diese Erinnerung ihr nichts mehr anhaben konnte. Anscheinend hatte sie mittlerweile an Selbstvertrauen gewonnen.

Doch immer wieder dachte sie voller Sorge an Julian, der in England in ein kleines Flugzeug gestiegen war, um in einem gefährlichen Nachtflug nach Frankreich zurückzukehren.

Mit einem Mal drang aus der Ferne ein Rumpeln an ihre Ohren, und für eine Sekunde setzte ihr Herzschlag aus. Dann wurde aus dem Rumpeln ein Rattern, der Brückenboden begann zu vibrieren. Es war ein Zug. Während er über sie hinwegdonnerte, kniff Marie die Augen zusammen und wartete mit hämmerndem Herzen, bis alles wieder ruhig war.

Harry stieß sie an. »Du kannst die Augen aufmachen. Ohne Zündmaschine passiert hier nichts.«

Kurz nach Einbruch der Dunkelheit war ihre Arbeit getan.

Wenig später waren die beiden Männer fort, und Marie folgte der Seine in Richtung Süden.

*

Die Landepiste machte einen verlassenen Eindruck, doch im Näherkommen entdeckte Marie das schwache Licht von Taschenlampen, die im Erdboden steckten. Will hatte sie nur noch nicht auf die höchste Leuchtstufe gestellt. Von ihm war nichts zu sehen.

Marie holte ihre eigene Taschenlampe hervor und blinkte drei Mal kurz, zwei Mal lang.

»Hierher.« Will trat aus dem Wald hinter der Landepiste hervor.

»Ist Julian noch nicht gekommen?«, fragte Marie.

Will schüttelte den Kopf.

Eine Verspätung von ein, zwei Stunden hatte nichts zu bedeuten, sagte sich Marie. Vielleicht war das Flugzeug spät gestartet oder flog einen Umweg, um einer Schlechtwetterfront über dem Ärmelkanal auszuweichen.

»Wir warten da hinten.« Will deutete auf den Waldrand.

Sie ließen sich auf dem Erdboden nieder und lehnten sich an den Stamm einer Eiche.

»Ist an der Brücke alles wie geplant gelaufen?«, fragte Will.

Marie nickte. »Du hast dich völlig umsonst aufgeregt.«

»Wenn man euch erwischt hätte, wärt ihr alle drei dran gewesen.«

Nach einer Weile spürte Marie, wie die Abendkälte an ihr hochkroch. Sie rieb ihre Arme und rückte dichter an Will heran. Er legte einen Arm um sie.

»Wann kommt er denn endlich?«, flüsterte Marie. Die Zeit schien sich endlos zu dehnen. Immer wieder spitzte sie die Ohren, weil sie meinte, das Brummen einer Lysander zu hören, doch alles blieb still.

Irgendwann nickte sie ein, und im Halbschlaf hatte sie das Gefühl, Julian käme auf sie zu. Sie rüttelte sich wach, um ihm entgegenzugehen, und sah nur leere Dunkelheit.

Sie dämmerte wieder ein. Diesmal war ihr, als tauchte am Himmel ein Fallschirm auf, der sich langsam herabsenkte. Julian kroch darunter hervor und sagte: »Hier bin ich.«

Marie wurde von Vogelgezwitscher geweckt. Ihr erster Gedanke war, dass Julian nicht erschienen war. Sie löste sich von Will, der ebenfalls wach war – falls er überhaupt geschlafen hatte.

»Er ist nicht gekommen«, sagte Will und deutete auf den hellen Lichtstreifen über dem Horizont. »Und jetzt kommt er auch nicht mehr.«

Fröstelnd schlang Marie die Arme um sich. »Du hast gesagt, dass die Nachricht nicht vollständig war. Vielleicht wollte Julian in einer anderen Nacht landen.«

Will schüttelte den Kopf. »Das Datum war einwandfrei zu lesen.«

Marie schaute zum Himmel hinauf und versuchte, Julians Flugzeug mit reiner Willenskraft herbeizuzwingen. »Vielleicht kommt er noch.«

»Ausgeschlossen.« Will rappelte sich hoch. »So lange würde der Treibstoff gar nicht reichen. Außerdem wird es gleich hell.«

»Aber was könnte ihn denn verhindert haben?« Marie stand ebenfalls auf.

»Keine Ahnung.«

Will ging zur Landepiste, sammelte die Taschenlampen ein und kehrte zurück. »Wir müssen verschwinden.«

Er schlug einen Pfad durch den Wald ein.

Marie begleitete ihn schweren Herzens. Immer wieder blieb sie stehen und horchte, ob nicht doch das Brummen eines kleinen Flugzeugs ertönte.

»Vielleicht hat man ihm befohlen, noch länger in England zu bleiben«, sagte sie. »Oder er fliegt heute Nacht.«

»An diesen Befehl hätte er sich nicht gehalten. Julian wollte hier sein, wenn die Brücke gesprengt wird.«

Die Brücke. Die hatte Marie ganz vergessen. »Und was machen wir jetzt?«, fragte sie nervös. »Wir müssen in sicheren Verstecken Zuflucht suchen. Die wollte Julian organisieren. Wie sollen wir das denn ohne ihn machen?«

»Ich bitte jemand anders, sich darum zu kümmern.« Will rieb sich die Augen. »Ich fahre dich noch ein Stück. Du gehst in deine Wohnung und vernichtest alles, was uns verraten kann. Anschließend packst du deine Sachen. Wenn ich dich abhole, nehme ich das Funkgerät mit.«

Marie sah ihn verdutzt an. »Wohin abholen?«

»Ich fliege dich heute Abend zurück nach England.«

»Wie soll das gehen?«, fragte Marie verwirrt. »Wir müssen doch hier sein, wenn Julian eintrifft.«

»Vergiss es, Marie, Julian kommt nicht mehr.«

»Und wenn doch? Ich verstehe nicht, wieso du das so einfach behaupten kannst.«

Sie traten aus dem Wald heraus. Nicht weit entfernt stand der Peugeot.

»Marie, bitte sei vernünftig«, sagte Will. »Wenn die Brücke zerstört ist, wird hier der Teufel los sein. Du hast deine Pflicht getan. Kehr zurück und setz dein altes Leben fort.« Sie stiegen in den Wagen.

»Und wie sollen wir ohne Flugzeug nach England kommen?«

»Die SOE hat in Versailles eine Lysander stehen.« Will startete den Wagen. »Gegen sieben Uhr heute Abend hole ich dich ab.«

Marie ließ sich das durch den Kopf gehen und malte sich aus, wie schön es wäre, Tess schon in wenigen Tagen wiederzusehen. Dann jedoch stellte sie sich vor, dass Julian in dieser Nacht landete und feststellen musste, dass niemand da war, der ihn in Empfang nahm. Und dann würde er erfahren, dass sie ihn und sein Netz im Stich gelassen hatte und einfach nach England zurückgekehrt war.

Sie beschloss, die Situation in Ruhe zu überdenken. Vielleicht würde sie bis zum Abend eine Nachricht aus London erhalten und wissen, wann Julian zu ihnen zurückkehrte.

Will hielt vor ihrem Haus. »Bis heute Abend.«

»Ja, bis dann.«

In ihrer stillen Wohnung ließ Maries Anspannung nach, und sie merkte, wie erschöpft sie war. Sie zog ihre verschmutzte Kleidung aus, wusch sich und kroch in ihr Bett. *Nur für ein paar Minuten,* sagte sie sich …

Marie wurde wach, als die Sonne leuchtende Strahlen in ihr Zimmer sandte, und es heller Morgen war.

Sie blieb noch ein wenig liegen und versuchte zu entscheiden, ob sie am Abend mit Will nach England fliegen oder in Frankreich bleiben sollte.

Als sie aufstand, wusste sie es noch immer nicht.

Nach dem Frühstück setzte sie sich an ihr Funkgerät. Sie würde sich in London nach Julian erkundigen, das schien ihr das Vernünftigste. Zwar wurde an diesem Tag keine Nachricht von ihr erwartet, doch Marie ging davon aus, dass die Funkzentrale der SOE immer besetzt war und es jemanden gab, der ihre Nachricht empfangen und weiterleiten würde. Schlimmstenfalls würde sie ihre Anfrage über ihre Notfrequenz senden.

Doch ganz gleich, wie sehr sie sich bemühte, sie kam nicht nach London durch. Schließlich dachte sie an die Peilwagen der Deutschen und stellte ihre Versuche ein.

Am späten Nachmittag setzte sie sich noch einmal an ihr Funkgerät und versuchte, die SOE zu erreichen. »Engel an Himmel«, meldete sie sich.

Die Antwort traf umgehend ein. »Hier Himmel, bestätigen Sie Empfang des Kardinals.«

Marie drehte sich der Magen um. Offenbar ging man in London davon aus, dass Julian in Frankreich war.

Mit zittrigen Fingern tippte sie: »Kardinal nicht im Nest. Ich wiederhole, Kardinal nicht im Nest.«

Sie erhielt keine Antwort. Noch zwei Mal wiederholte sie ihre Nachricht, jedes Mal ohne Antwort. Nun wusste sie nicht einmal, ob sie durchgekommen war.

Sie starrte auf ihr Funkgerät. Wie eine Woge überschwemmte sie nun die Sorge. Sie überlegte, ob Julian woanders gelandet sein könnte – oder ob das Flugzeug verunglückt war. Vor allem aber fragte sie sich, wo er jetzt war …

Am Nachmittag ging Marie aus dem Haus, um zu sehen, was es in der kleinen Bäckerei unten an der Straße gab.

Viel war es nicht, das meiste war bereits von den Deutschen beschlagnahmt worden. Sie erstand zwei der vertrockneten Gebäckstücke, die noch übrig waren.

Das Café war an diesem Tag leer, und sie überlegte, ob sie dort einen der sogenannten Kaffees trinken sollte, die aus Eicheln oder Hagebutten gebraut wurden. Während sie noch unschlüssig vor dem Café stand, trat der Besitzer der Buchhandlung aus seinem Geschäft und winkte sie zu sich.

Überrascht betrat sie den Laden. Seit ihrem ersten Besuch war sie dort einige Male gewesen, um sich etwas zu lesen zu besorgen. Der Buchhändler hatte nie mehr als das Nötigste mit ihr gesprochen.

»Ich glaube, ich habe etwas Schönes für Sie«, sagte er und überreichte ihr einen Roman von Rudyard Kipling.

Marie betrachtete das Buch, das nichts zu wiegen schien. Sie schlug es auf. Es war eine Attrappe.

»Ich habe meine Meinung geändert«, flüsterte er.

Sie bedankte sich und wünschte insgeheim, er wäre früher auf sie zugekommen. Nun war es zu spät. »Sie sind ein wahrer Patriot.«

Der Buchhändler lächelte geschmeichelt und versprach, jederzeit zur Verfügung zu stehen.

In ihrer Wohnung packte Marie ihre Reisetasche. Doch sie wusste noch immer nicht, ob sie bleiben oder zurückfliegen sollte.

Will kam kurz nach sieben Uhr und runzelte die Stirn, als er feststellte, dass das Funkgerät noch unter der Attrappe stand.

»Warum bist du nicht fertig?«, fragte er. »Ist dir nicht klar, dass wir keine Zeit zu verlieren haben?«

Marie berichtete ihm von dem Funkspruch, den sie aus London erhalten hatte.

Will setzte sich. »Das verstehe ich nicht«, sagte er. »Ich war früh genug am Landeplatz, und wir haben die ganze Nacht gewartet.«

»Dann wurde er woanders abgesetzt.«

Will schüttelte den Kopf. »In dem Punkt war die Nachricht aus Reims eindeutig. Wir waren an der richtigen Stelle.«

»Aber irgendetwas ist schiefgelaufen«, sagte Marie. »Und wir müssen herausfinden, was.«

»Du fliegst heute Abend nach England. Um Julian kümmere ich mich nach meiner Rückkehr.«

Doch Marie hatte sich entschieden. »Ich bleibe hier und ziehe Erkundigungen ein. Flieg du nach London und sprich mit den Leuten im Hauptquartier. Sag ihnen, dass Julian nicht erschienen ist. Ich habe versucht, es ihnen über Funk mitzuteilen, aber ob ich mit der Nachricht durchgekommen bin, weiß ich nicht.«

Will stand auf. »Ich hänge an meinem Vetter und würde alles tun, um ihm zu helfen, aber hierzubleiben ist keine Lösung. Wenn die Brücke gesprengt ist, müssen wir fort sein.«

»Das weiß ich. Aber ich kehre erst nach London zurück, wenn ich hier nicht mehr gebraucht werde.«

»Und was ist, wenn es dann keine Transportmöglichkeiten mehr gibt?«

Marie lächelte. »Ich bin sicher, dass du immer eine für mich findest.« Sie wurde wieder ernst. »Wenn Julian ankommt, muss er jemanden haben, der für ihn dolmetschen kann.«

»Ich bitte dich!« Will lachte. »Julian ist der Leiter eines unserer größten Netze. Er ist seit Kriegsbeginn ohne dich ausgekommen.«

»Ich werde mich nicht in England in Sicherheit bringen, wenn alle anderen hierbleiben müssen.«

»Julian würde nicht wollen, dass du bleibst, Marie. Du hast deinen Einsatz als Funkerin geschafft, sogar mehr als das. Warum kannst du dich damit nicht zufriedengeben? Und wo willst du überhaupt auf ihn warten? Doch hoffentlich nicht hier in der Gegend, wo die Deutschen nach der Sprengung überall nach Agenten suchen werden.«

»Dann sag du mir, wo sonst.«

»Wie stur du bist!« Will stieß einen abgrundtiefen Seufzer aus. »Also gut, ich fahre dich zum Bahnhof und du steigst in den nächsten Zug nach Paris. Es sollte einer sein, der vor zehn Uhr über die Brücke fährt. Hast du genug Geld?«

Marie nickte.

»In Paris fragst du dich zum Quartier Latin durch. Dort findest du in der Rue Malebranche Nummer fünf das Bordell von Madame Lisette. Es ist im ersten Stock. Darunter ist ein Bistro. Du sprichst nur mit Madame und sonst niemandem. Bezieh dich auf mich und Julian, sie kennt uns.«

Marie zog die Brauen hoch. »Ich soll in ein Bordell gehen und mich auf zwei Kunden beziehen? Ist das dein Ernst?«

»Dieses Bordell ist ein sicheres Versteck«, antwortete Will gereizt. »Wir waren dort nicht als Kunden. Lisette kennt einen Teil unserer französischen Kontaktleute und jede Menge deutsche Besatzer. Wenn jemand etwas über Julian herausfinden kann, dann sie.«

Marie griff nach ihrem Einkaufsbeutel, nahm einen Pulli zum Wechseln und frische Unterwäsche aus der Reisetasche und stopfte sie in den Beutel. Sie holte ihren Quarz aus seinem Versteck, verstaute ihn in der Handtasche und zog ihren Mantel vom Haken. »Lass uns gehen.«

»Nach der Invasion wird es nicht mehr viele Flüge nach England geben«, sagte Will auf dem Weg zum Bahnhof.

»Aber bis dahin dauert es noch.«

»Niemand von uns kennt den Termin, aber sehr lange wird es bis dahin nicht mehr sein.«

Am Bahnhof angekommen drückte Will ihr für alle Fälle noch etwas Geld in die Hand. »Der nächste Zug geht in ein paar Minuten. Und noch etwas: In genau einer Woche fliege ich wieder nach London. Ich schlage vor, wir treffen uns um zehn Uhr abends auf unserem Landeplatz. Vielleicht weißt du bis dahin, ob du mitkommen willst. Aber egal was du tust, geh auf keinen Fall wieder in deine Wohnung!«

»Und wie soll ich mich mit London in Verbindung setzen, wenn nicht mit meinem Funkgerät?«

»Gar nicht, Marie, wenn du es tust, steht dein Leben auf dem Spiel.«

»Vielen Dank, Will. Für alles.« Marie drückte Will einen Kuss auf die Wange und stieg aus dem Wagen.

Ein Blick auf die Bahnhofsuhr verriet ihr, dass es halb neun Uhr war. In anderthalb Stunden würde die Brücke hochgehen.

18. KAPITEL

ELEANOR

London, 1944

Eleanor fuhr aus dem Schlaf hoch und rang nach Atem. Mit unsteter Hand tastete sie nach der Nachttischlampe und knipste sie an.

Sie wusste nicht mehr, ob sie vor dem Einschlafen den Verdunklungsvorhang zugezogen hatte, doch es war ihr einerlei. Sie brauchte Licht.

Sie sank zurück. Wieder hatte sie den Alptraum gehabt, in dem sie von unsichtbaren Männern gehetzt wurde, vor ihr ein schwarzes Loch.

Als sie sich ein wenig beruhigt hatte, schaute sie auf die Uhr. Vier Uhr morgens. Stöhnend stieg sie aus dem Bett und streckte ihren steifen Rücken.

Am vergangenen Abend hatte der Direktor sie nach Hause geschickt und ihr befohlen, mindestens eine Nacht lang durchzuschlafen. Nach drei Tagen im Norgeby House, nur unterbrochen von kurzem, unruhigem Schlaf am Schreibtisch, konnte sie sich kaum noch auf den Beinen halten.

Doch immer, wenn sie zu Hause schlief, kamen die Alpträume. Entweder war es der, in dem sie gehetzt wurde, oder sie träumte, ihre SOE-Agentinnen säßen im Gefängnis, würden gefoltert und riefen nach ihr.

Sie streifte ihren Morgenmantel über und beschloss, ein heißes Bad zu nehmen.

Laut Kriegsvorschrift durfte ein Wannenbad nur eine Höhe von zehn Zentimetern haben. Aber manchmal war auch Eleanor es leid, sich an Regeln zu halten – sie ließ die Wanne volllaufen.

Im warmen Wasser spürte sie, wie sich ihr Körper entspannte. Nur ihre Gedanken wollten nicht zur Ruhe kommen.

Vor Tagen hatte sie ihre Sorge über den unverschlüsselten Funkspruch von Marie dem Direktor vorgetragen. Seitdem hatten sie von Marie nichts mehr gehört. Auch auf ihre Nachfragen antwortete sie nicht. Trotzdem war der Direktor nicht bereit, etwas zu unternehmen. Agenten waren für ihn austauschbar, wenn ihnen etwas zustieß, wurden sie ersetzt. Wichtig war nur, dass die Operationen nicht gestört wurden und sie die alliierte Invasion unterstützen konnten.

Eleanor ließ ihr Gespräch mit Vesper noch einmal Revue passieren. Er hatte gesagt, dass die Probleme, die er im Hauptquartier vorgetragen hatte, kein Gehör gefunden hatten. Und wenn die Sorgen eines ihrer erfahrensten Agenten keine Rolle spielten, welche Chance sollte sie dann mit ihren haben?

Nach dem Frühstück würde sie wieder zum Norgeby House fahren und auf Nachrichten warten. Nicht nur von Marie, sondern auch von zwei anderen Agentinnen: Josie hatte sich seit zwei Wochen nicht gemeldet, Brya seit einer. Es war, als würden ihr die Frauen entgleiten, nur um sie nachts in ihren Träumen heimzusuchen.

Sie stieg aus dem Bad, trocknete sich ab und kleidete sich an.

Auf dem Weg zur Küche hörte sie, dass jemand an die Wohnungstür klopfte. Vor dem Krieg wäre es der Milchmann gewesen, der seine Lieferung abkassiert hätte, aber Milch gab es nicht mehr.

Eleanor öffnete die Tür.

Dodds stand draußen, Chauffeur der SOE und Mädchen für alles. Eleanor hatte ihn für sechs Uhr bestellt, doch es war erst fünf. »Ist etwas vorgefallen?«, fragte sie, aber er hatte bereits kehrtgemacht.

Eleanor zog ihren Mantel über, griff nach ihrer Handtasche und folgte ihm.

»Um was geht es?« Im Wagen raffte sie ihr Haar zu einem Knoten zusammen und steckte ihn fest.

Dodds zuckte mit den Schultern. »Ich weiß nur, dass ich Sie ins Hauptquartier fahren soll. Anscheinend stimmt mit einer unserer Funkverbindungen etwas nicht.«

»Was Sie nicht sagen«, antwortete Eleanor bitter.

In der Baker Street wartete der Direktor in seinem Büro. Er wirkte übernächtigt und bedeutete ihr, sich zu setzen.

»Trigg«, sagte er, »wir haben einen Funkspruch erhalten, der mir nicht gefällt.« Er reichte Eleanor einen Text. »Er kommt von unserem Netz in Marseille.«

Eleanor fragte sich, was sie damit zu tun hatte. Zu dem Marseiller Netz gehörte keine ihrer Agentinnen. »Möchten Sie, dass ich die Signatur und die Sicherheitskennungen überprüfe?«

Der Direktor schüttelte den Kopf. »Das haben wir bereits getan. Die Nachricht stammt angeblich von unserem Agenten Ray Tompkins.«

Eleanor fasste sich an die Kehle. »Aber Tompkins wurde schon vor ein paar Tagen vom SD gefasst.«

»Richtig, und deshalb wird er uns kaum diese Nachricht geschickt haben.«

Eleanor überlief ein Schauder. »Könnte es ein anderer Agent gewesen sein?«

»Einer, der Tompkins' Decknamen benutzt? Das glauben Sie doch selbst nicht.« Der Direktor schnaubte ein Lachen hervor. »In Marseille wurden außerdem zwei Funker geschnappt. Ich fürchte, wir müssen mit dem Schlimmsten rechnen.«

Das Schlimmste bedeutete so viel wie, dass die Funker wahrscheinlich tot, die Deutschen im Besitz der Funkgeräte, der Codebücher, der Generalschlüssel und der Quarze waren und nun statt der Funker sendeten.

»Es ist sonderbar«, sagte Eleanor. »Falls die Deutschen im Namen unserer Leute funken, müssen sie doch damit rechnen, dass wir es irgendwann merken.«

»Haben wir es bisher gemerkt?«, fragte der Direktor.

Ich habe es dir gesagt, dachte Eleanor, *aber du wolltest nicht hören.*

»Und wenn sie Tompkins haben, warum senden sie dann in seinem Namen?«

»Sie denken anscheinend, dass wir von seiner Festnahme

nichts wissen.« Der Direktor zuckte mit den Schultern. »Oder sie haben einen Fehler gemacht.«

Daraufhin schwiegen beide.

»Die Auswirkungen können die ganze Sektion F betreffen«, fuhr der Direktor schließlich fort. »Ich möchte, dass Sie den Schaden abschätzen und mir Vorschläge zur Problemlösung machen.«

Eleanors Gedanken eilten zu den zahllosen Nachrichten, die London in der letzten Zeit nach Frankreich gesendet hatte. Sie würde die Akten mit den Funksprüchen der vergangenen Wochen durchforsten müssen, was Stunden, wenn nicht Tage dauern würde.

Sie erinnerte sich an ihr Gespräch mit Vesper, und ihr wurde übel. Er hatte von dem Netz in Marseille gesprochen, das TNT gegen Munition getauscht hatte. Waren die Deutschen womöglich auch darüber im Bilde? Sprachen sie, als Marseiller Agenten getarnt, über Funk mit Vespers Leuten?

Eleanor schob den Gedanken beiseite. Das TNT war geliefert und die Brücke gesprengt worden. Dahinter hatten die Deutschen eindeutig nicht gesteckt. Die Sicherheitslücke dürfte also gleich danach entstanden sein.

Eleanor stand auf. Sie musste Marie eine Warnung schicken.

»Wohin wollen Sie?«, fragte der Direktor.

»Zur Funkzentrale.« Und schon war sie aus der Tür.

In der Funkzentrale hatte Jane wieder Dienst. Eleanor trat zu ihr. »Ich habe eine dringende Nachricht für Marie.«

Jane warf einen Blick auf ihren Plan. »Maries Zeitfenster öffnet sich erst in ein paar Stunden.«

»Darüber müssen wir uns hinwegsetzen.«

Jane wirkte unschlüssig. Irreguläre Funksprüche waren nur in Notsituationen erlaubt.

»Ich nehme es auf meine Kappe«, sagte Eleanor.

Jane stellte die Frequenz ein. Dann verschickte sie eine kurze Testnachricht, nur um zu sehen, ob Marie erreichbar war.

Doch es tat sich nichts.

»Versuchen Sie es noch einmal«, sagte Eleanor.

Jane tat wie geheißen. Sie hörten ein Klicken. »Okay, Engel meldet sich.«

»Fragen Sie, ob es im Hyde Park Sonnenschirme gibt.« Das war der Code, um nachzuhören, ob eine Waffenlieferung erfolgreich abgesetzt oder ein Agent sicher gelandet war. Auf die Weise würde Eleanor erfahren, ob Vesper inzwischen wieder bei seinen Leuten in Frankreich war.

Jane codierte die Nachricht und schickte sie ab. Die Antwort kam kurz darauf. »Bestätigt«, sagte Jane.

»Was denn, mehr nicht?«

Jane schüttelte den Kopf.

»Das verstehe ich nicht. Was ist mit der Signatur?«

Jane zuckte mit den Schultern. »Bei nur einem Wort kann man dazu nicht genug sagen.«

»Fragen Sie, ob die Sonnenschirme rot oder blau sind.« Blau bezog sich auf Agenten, rot auf Waffen.

Jane sandte die Frage an Engel.

Niemand antwortete.

Eleanor spürte, wie ihr Angst über den Rücken kroch.

»Wir müssen die Frequenz verlassen«, sagte Jane. »Es wird sonst zu gefährlich für Marie.«

»Wir machen noch einen Versuch«, sagte Eleanor und schrieb: »Haben Sie Arlene O'Toole gesehen?« auf einen Zettel und reichte ihn Jane. »Schreiben Sie ihr das.« Arlene war eine Frau aus Maries Ausbildungsgruppe, die ihr Training im Arisaig House vorzeitig abgebrochen hatte.

Jane krauste die Stirn. Es war verboten, in Funksprüchen Namen zu nennen. »Soll ich das wirklich senden?«

»Ich bitte darum.«

Jane gab die Frage durch.

»Habe sie gesehen«, lautete die Antwort.

Eleanor ließ sich auf einen Stuhl sinken. Ihre Befürchtung hatte sich bestätigt: Nicht Marie, sondern jemand anders sendete unter dem Codenamen Engel.

Gleich darauf betrat der Direktor die Funkzentrale und fragte Eleanor, ob sie schon etwas in Erfahrung gebracht habe.

»Es ist das eingetreten, was mir die ganze Zeit Sorgen bereitet hat«, entgegnete sie. »Jemand anders funkt anstelle von Marie Roux.«

Sie überlegte, welche Nachrichten sie in der letzten Zeit an Marie gesendet hatten. Sie hatten Daten für Waffenlieferungen durchgegeben. Aber wenigstens waren Vesper in den vergangenen Wochen keine neuen Agenten geschickt worden. Dann fiel ihr die Nachricht ein, mit der sie Marie über Julians Ankunft informiert hatte, und ihr Magen hob sich. »Kardinal will heute Nacht ins Nest«, hatte sie gesendet.

Die Antwort hatte auf sich warten lassen. Als sie kam, lautete sie: »Nest in Les Mureaux benutzen. Altes Nest schmutzig.«

Erneut war der Text nicht verschlüsselt gewesen und die Sicherheitskennungen hatten gefehlt. Eleanor hatte es dem Direktor gemeldet, der hatte wieder ihre Bedenken einfach weggewischt. Und so hatte sie die Nachricht über den Landeplatz Les Mureaux an Vespers Piloten in London weitergeleitet.

»Sind Sie sicher?«, fragte der Direktor nun.

Eleanor nickte. »Wir wissen nicht einmal, ob Vesper gelandet ist. Oder falls doch, wer ihn in Empfang genommen hat. Von unseren Leuten wird es keiner gewesen sein.«

Der Direktor setzte sich. »Fragen Sie bitte gezielt nach, ob Vesper gelandet ist.«

Jane sah Eleanor unsicher an. Es war unüblich, eine Frage ohne Umschreibung zu senden.

»Tun Sie es«, sagte Eleanor. »Fragen Sie, ob der Kardinal im Nest ist.«

Jane gab die Nachricht ein. Die Antwort blieb aus.

»Versuchen Sie es noch einmal.«

Doch es geschah nichts mehr, ganz gleich, wie oft sie Engel baten, sich zu melden.

»Wir müssen die Agenten zurückrufen«, sagte Eleanor.

»So kurz vor der Invasion, Trigg?« Der Direktor stand auf und verließ die Funkzentrale.

19. KAPITEL

MARIE

Paris, 1944

Als Marie auf dem Bahnhof Saint-Lazare in Paris ankam, hatte die Ausgangssperre bereits begonnen, und sie wagte es nicht mehr, in den dunklen Straßen den Weg zum Quartier Latin zu suchen. Stattdessen verkroch sie sich in einem Hinterhof und wartete darauf, dass es Tag wurde.

Frierend und mit steif gewordenen Gliedern schlug sie sich am Morgen zu dem Pariser Künstlerviertel mit seinen kleinen, verschlungenen Gassen durch. Nach der Rue Malebranche musste sie fragen, doch schließlich fand sie die Straße. Mit mulmigen Gefühlen betrat Marie das Haus Nummer fünf und stieg die Treppe hinauf. Im ersten Stock stand »Lisette« auf dem Schild an der Wohnungstür.

Marie drückte auf die Klingel.

Eine stark geschminkte Frau in ihrem Alter öffnete die Tür und musterte sie mit hochgezogenen Brauen. »Ja, bitte?«

Marie errötete. »Mein Name ist Renée Demare«, sagte sie. »Will schickt mich.« Sie wünschte, es gäbe ein Codewort, doch dieser Name schien zu genügen.

»Wo ist Will?«, fragte die Frau, winkte Marie in den Flur und schloss die Tür.

»Auf dem Weg nach England. Sind Sie Madame Lisette?«

»Ja, bin ich.«

»Will hat gesagt, dass Sie mir helfen können. Ich brauche ein sicheres Versteck und Informationen.«

Madame Lisette betrachtete Marie kopfschüttelnd. »Sie hätten mit Will fliegen sollen. Ich kann nicht ständig irgendwelchen Agenten helfen, in Paris wird es täglich gefährlicher.«

»Ich brauche nicht viel. Nur einen Schlafplatz und Auskünfte, die Vespers Verbleib betreffen. In einer Woche treffe ich mich mit Will wieder in Rosny.«

Madame Lisette begutachtete sie mit schief gelegtem Kopf. »Eine Woche können Sie bleiben, keinen Tag länger. In der Zeit schlafen Sie im Keller und rühren sich dort nicht vom Fleck.« Sie griff nach einem Schlüsselbund. »Ich hoffe, Sie haben eine Taschenlampe dabei, wir können im Keller nicht stundenlang Licht machen, das Fenster geht zur Straße hinaus.«

Im Keller öffnete Madame Lisette die Tür zu einem übel riechenden, verdreckten kleinen Raum, der Marie an den Schuppen erinnerte, in dem sie die erste Nacht in Frankreich verbracht hatte.

»Etwas Besseres habe ich leider nicht zu bieten«, sagte Madame Lisette.

Marie betrachtete die Glühbirne an der Decke, die nur wenig Licht verströmte. Auf dem Fußboden lag eine alte Matratze mit einem schmuddeligen Kissen und einer Wolldecke. In einer Ecke stand ein Eimer, in den man seine Notdurft verrichten konnte.

Marie schluckte, doch sie war klug genug, sich nicht zu beklagen. »Haben Sie etwas von Vesper gehört?«

Madame Lisette schüttelte den Kopf. »Schon seit einer ganzen Weile nicht mehr.«

»Ich muss ihn suchen. Er sollte schon vor Tagen landen, doch das ist nicht geschehen.«

»Und wo wollen Sie ihn suchen?« Madame Lisette lächelte spöttisch. »Wissen Sie nicht, was in Paris los ist, oder sind Sie einfach nur verrückt? Der SD hat ich weiß nicht wie viele SOE-Agenten geschnappt und etliche ihrer sicheren Häuser entdeckt. Der Himmel mag wissen, woher die Deutschen die Adressen hatten.«

Marie bemühte sich, ihre aufsteigende Panik zu unterdrücken. Sie fragte sich, ob der SD auch ihre Adresse in Rosny hatte und in ihrer Wohnung gewesen war. Wenn ja, wären die Deutschen nun im Besitz ihres Funkgeräts und der Codes.

»Die Franzosen haben Angst und helfen Ihren Leuten nicht mehr«, fuhr Madame Lisette fort. »Oder sie verraten sie an die Deutschen.«

»Ich habe einen Kontaktmann in Paris, an den ich mich wenden kann«, sagte Marie und dachte an das Café in der Rue Hermel. »Wir können Vesper nicht einfach seinem Schicksal überlassen.«

»Doch, das können wir. Und wenn Sie hierbleiben möchten, werden Sie das auch tun. Ich werde Ihnen nicht erlauben, mich und meine Frauen in Gefahr zu bringen.«

»Dann kann ich nicht bleiben.«

Madame Lisette studierte Maries Miene. »Also gut«, sagte sie dann mit einem Seufzer. »Ich höre mich um. Aber Sie bleiben hier unten und laufen nicht herum, um Kontakte aufzusuchen.«

Marie gab nach. Sie hatte ohnehin nur die Adresse in der Rue Hermel, und wenn sie dort nichts erführe, wäre sie am Ende ihres Lateins. »Ich danke Ihnen.«

»Bedanken Sie sich nicht zu früh. Die Chance, etwas zu erfahren, ist äußerst gering.«

Nach vier Tagen wusste Marie noch immer nichts über Julians Verbleib. Jeden Abend kam Madame Lisette zu ihr herunter, brachte ihr etwas zu essen und trinken, leerte den Eimer und teilte Marie mit, dass niemand etwas über Vesper wusste.

Sonst geschah nichts.

Mitunter bekam Marie es mit, wenn jemand mit lautem Gruß das Bistro unten im Haus betrat. Jedes Mal versteifte sie sich ängstlich und saß mit angehaltenem Atem auf ihrer Matratze.

Wenn sie die Einsamkeit nicht mehr aushielt, schlich sie sich, bevor am frühen Nachmittag die Frauen des Bordells eintrafen, über die Hintertreppe nach oben, setzte sich auf eine Stufe und lauschte dem Barmann André, der die Bar vorbereitete. Manchmal saß sie auch am Abend dort, nachdem Madame Lisette bei ihr gewesen war. Sie wollte einfach nur Stimmen hören.

Am Mittag des fünften Tags lauschte Marie wieder den Geräuschen aus der Bar. Mit einem Mal ertönten die lauten

Stiefelschritte zweier Männer, und eine herrische Stimme mit deutschem Akzent verlangte Andrés Ausweis zu sehen.

Marie wagte kaum noch zu atmen.

»Haben Sie diese Frau gesehen?«, hörte sie den Deutschen fragen und nahm an, dass er ein Foto dabeihatte. Plötzlich ergriff sie ein dumpfes Entsetzen und sie wusste instinktiv, dass man nach ihr Ausschau hielt.

»Tut mir leid«, sagte André. »Sie ist keine unserer Damen.«

»Damen ist gut«, entgegnete der Deutsche. »Schauen Sie sich das Foto genau an. Der Name der Frau lautet Marie Roux. Hier in Frankreich nennt sie sich allerdings Renée Demare.«

Maries Magen verkrampfte sich, und sie presste eine Hand auf ihren Mund.

»Diese Frau habe ich noch nie gesehen.« Flaschen und Gläser klimperten. »Darf ich den Herren einen Schluck Cognac anbieten?«

»Du darfst uns die ganze Flasche anbieten!«, antwortete der Deutsche und lachte.

»Bitte, die Herren.«

»Wir kommen wieder«, verabschiedeten sich die Deutschen.

»Sind Sie nicht mehr bei Trost?«, zischte eine Stimme, und Marie blickte in das wütende Gesicht von Madame Lisette, die sie mit festem Griff packte und die Stufen hinunter in den Keller zog.

»Was fällt Ihnen ein?«, fauchte sie unten im Keller und warf ein Stück Baguette auf das Lager. »Habe ich Ihnen nicht gesagt, dass Sie sich nicht vom Fleck rühren sollen? Warum laufen Sie am helllichten Tag im Haus herum und bringen uns alle in Gefahr?«

»In der Bar waren Deutsche, die nach mir gesucht haben.« Marie ließ sich auf die Matratze sinken. »Wie sind sie darauf gekommen, dass ich hier sein könnte?«

»Irgendwann kommen die *boches* hinter alles.« Madame Lisette reichte Marie eine Flasche Wasser und setzte sich zu ihr.

Marie nahm einen Schluck. »Haben Sie heute etwas über Vesper erfahren?«

Madame Lisette schüttelte den Kopf. »Niemand hat ihn gesehen. Vielleicht hat er England überhaupt nicht verlassen.«

»Ich weiß, dass er dort abgeflogen ist. London wollte wissen, ob er bei uns gelandet ist.«

Der Blick von Madame Lisette wurde bohrend. »Sind Sie in Vesper verliebt?«

War sie in Julian verliebt? Marie ließ sich die Frage durch den Kopf gehen. Irgendwie passte sie nicht zu ihrem derzeitigen Leben. Sie empfand etwas für Julian, das wusste sie.

»Ich mag ihn«, antwortete sie. »Und in einem anderen Leben wäre ich in ihn verliebt.«

Madame Lisette sah sie mitfühlend an. »Und nun wissen Sie nicht, was aus ihm geworden ist. Immer mehr aus unseren Reihen werden verhaftet. Gestern hat es den Mann erwischt, der für uns Papiere gefälscht hat. Irgendwoher bekommen die Deutschen Informationen, und nun sind sie uns auf der Spur.« Sie tätschelte Maries Hand. »Bleiben Sie hier unten und verhalten Sie sich ruhig.«

»Nein.« Marie rappelte sich hoch. »Ich fahre zurück in meine Wohnung.«

Madame Lisette stand auf. »Aber warum? Ich dachte, Ihr Treffen mit Will ist erst morgen.«

»Ich muss sehen, ob die Deutschen dort waren. Wenn ja, haben sie mein Funkgerät und vielleicht auch die Möglichkeit, es zu benutzen. Und dann müssen Will und die anderen darüber informiert werden. Auch in London muss man es erfahren.«

Marie steckte das Brot und die Flasche Wasser in ihre Reisetasche. »Wahrscheinlich verkehrt kein Zug«, überlegte sie. »Ich muss versuchen, einen Bus zu finden.«

Madame Lisette zog die Brauen hoch. »Falls Sie etwas mit der gesprengten Brücke zu tun hatten, sollten sie erst recht hierbleiben. Die Deutschen suchen überall nach denen, die dafür verantwortlich waren – oder solchen, die sie dafür verantwortlich machen können.«

Marie ging nicht darauf ein. Sie bedankte sich bei Madame für ihre Hilfe und verließ das Haus über den Hinterausgang. Sie verstand selbst nicht, warum sie es plötzlich so eilig hatte, doch sie wusste, dass sie nicht einen Tag länger untätig in ihrem Kellerraum verbringen konnte.

Auf der Straße blinzelte sie in dem hellen Tageslicht und überlegte, ob sie warten sollte, bis es dunkel war. Allerdings würde sie dann wieder in die Ausgangssperre geraten, und die Gefahr, gefasst zu werden, würde größer.

Einen Moment lang sorgte sie sich, dass sie mit ihrer schmutzigen, verknitterten Kleidung auffiele, doch sie sagte sich, dass das noch das kleinste ihrer Probleme war.

Sie kam an der Kathedrale Notre-Dame vorüber, deren Pforten weit geöffnet waren. Wie lange sie schon nicht mehr in einer Kirche gewesen war. Zum letzten Mal hatte sie mit Tess einen Gottesdienst besucht.

Marie betrat die Kathedrale und ließ sich auf einer Kirchenbank nieder. Für eine Weile ließ sie sich von der prachtvollen Architektur des ehrwürdigen Bauwerks überwältigen, dann schloss sie die Augen und betete für Tess, für Julian und für all die anderen Agenten, die bei ihrem Einsatz jedes Opfer brachten, um den langen Krieg nun so bald wie möglich zu beenden. Danach fühlte sie sich ein wenig gestärkt.

Marie erreichte Rosny am späten Nachmittag. Beim Anblick der kleinen Gassen atmete sie auf. Alles wirkte wie immer. In den Läden waren Frauen, die das wenige, was es gab, kauften. Soweit sie sehen konnte, saßen im Café ausnahmsweise einmal keine Deutschen. Der Buchhändler stand vor seinem Laden, doch ihren Gruß erwiderte er nicht. Madame Turout, die Besitzerin des Hauses, in dem Marie ihre Wohnung hatte, schien nicht zu Hause zu sein, ihre Rollläden waren heruntergelassen.

Marie umrundete das Haus zum Hintereingang. Die Tür stand weit offen, was ungewöhnlich war.

Verschwinde, riet ihr eine innere Stimme.

Ihr Blick fiel auf die Stufen zur Hintertür, und sie glaubte, die Abdrücke von Schuhen ausmachen zu können. Doch die mussten nichts besagen, sie konnten von jedem stammen.

Marie drehte sich um. Im Garten hinter dem Haus war niemand zu sehen. Wahrscheinlich hatte Will recht gehabt, als er sagte, die Rückkehr in ihre Wohnung sei gefährlich. Doch sie musste herausfinden, ob die Deutschen ihr Funkgerät hatten.

Marie nahm leise die Treppe nach oben. Doch an ihrer Tür zitterten ihre Hände so sehr, dass sie den Schlüssel fallen ließ. Sie raffte ihn auf und steckte ihn ins Schloss.

Außer der dünnen Staubschicht, die überall lag, war ihre Wohnung unverändert.

Marie begutachtete die Attrappe des Grammophons. Auch darauf lag unberührter Staub. Sie lauschte in die Stille. Es war nichts zu hören.

Sie atmete erleichtert auf.

Dann holte sie ihr Funkgerät heraus. Sie musste London wissen lassen, dass Julian seit Tagen überfällig war.

Marie steckte den Quarz ein und schaltete das Gerät an. Es tat sich nichts.

Sie überprüfte die Rückseite, um festzustellen, ob sich ein Kabel gelockert hatten, doch alles saß fest. Immer wieder schaltete sie das Gerät an und aus, doch das Ergebnis blieb dasselbe.

Marie spürte, wie die Angst ihren Atem lähmte. Vielleicht hatte jemand dafür gesorgt, dass ihr Funkverkehr mit London unterbunden wurde.

Sie steckte Codeblocks und Generalschlüssel ein, griff nach ihrer Reisetasche und beschloss, sich im Wald zu verbergen. Und am nächsten Tag würde sie Will bitten, sie in eins der sicheren Verstecke zu bringen.

Jemand klopfte leise an ihre Tür. Marie verharrte.

Wieder wurde geklopft.

»Ich komme«, sagte sie. Es klang wie ein Krächzen.

Eine Kinderstimme rief: »Unten wurde eine Nachricht für Sie abgegeben.« Es war Claude, der kleine Sohn von Madame Turout.

Marie atmete auf. Vielleicht war das endlich eine Nachricht von Julian, der gemerkt hatte, dass ihr Funkgerät defekt war.

Die leichten Schritte des Jungen entfernten sich.

Marie öffnete die Tür.

Draußen standen zwei französische Polizisten. Einer hatte ein Gewehr im Anschlag, der andere drängte sich an Marie vorbei in ihr Zimmer.

Der mit der Waffe deutete lächelnd auf Maries Reisetasche. »Wie schön, dass Sie schon gepackt haben. Bitte vergessen Sie nicht, Ihr Funkgerät und alles, was dazugehört, mitzunehmen. Man hat mir gesagt, dass wir die Sachen brauchen.«

20. KAPITEL

GRACE

Washington, 1946

Als sie das Willard verließen, steuerte Mark die Taxis vor dem Hotel an, doch Grace hielt ihn zurück. »Lass uns ein bisschen laufen.« Sie hatte festgestellt, dass ihr die besten Gedanken kamen, wenn sie sich bewegte.

»Dann gehen wir in Richtung Monument.« Mark deutete auf den hellen Obelisken, der sich nicht weit entfernt in den dunklen Himmel reckte.

Sie bogen in den Park ein, der zu dem Denkmal führte.

»Schieß los«, sagte Mark. »Was hat Mrs Rider erzählt?«

»Das, was wir bereits vermutet haben: Eleanor Trigg war für die Agentinnen der SOE zuständig, hat sie angeworben und von London aus betreut.« Grace blieb stehen. »Außerdem hat sie gesagt, dass die Frauen auf meinen Fotos möglicherweise verraten wurden.«

»Verraten? Von wem?«

»Das wusste sie nicht.«

»Ich glaube, so etwas nennt man Verschwörungstheorie.«

Sie gingen weiter.

»Mag sein, aber Mrs Trigg hat diesen Verdacht Sally

Rider gegenüber geäußert, und dabei muss sie sich doch etwas gedacht haben. Warum zweifelst du daran?«

Mark zuckte mit den Schultern. »Vielleicht war Verrat für Mrs Trigg leichter zu glauben, als dass ihre Frauen durch Inkompetenz ums Leben kamen.«

»Wie zynisch du bist. Mrs Trigg wollte herausfinden, wie zwölf Agentinnen spurlos verschwinden konnten. Der Grund war bestimmt nicht, dass sie alle inkompetent waren.«

»Und deshalb ist sie nach Amerika gekommen? Ist das nicht äußerst unwahrscheinlich?«

Sie erreichten das Denkmal, das zu Ehren des ersten Präsidenten der Vereinigten Staaten, George Washington, errichtet worden war. Grace ließ ihren Blick an dem Obelisken hinaufwandern, doch in Gedanken war sie noch bei den Frauen der SOE. »Wir wissen nicht, was Mrs Trigg in New York vorhatte. Vielleicht wollte sie sich nur die Stadt ansehen und war auf dem Weg Gott weiß wohin.«

Sie bogen zum Lincoln Memorial ab.

»Du gibst nicht auf, oder?«

Grace schüttelte den Kopf. »Das kann ich nicht. Anfangs war ich nur neugierig, aber mittlerweile ist daraus mehr geworden. Ich will herausfinden, was passiert ist.«

»Die Frauen sind tot, Grace.«

»Und ich möchte wissen, warum sie sterben mussten.«

Mark seufzte. »Spielt das noch eine Rolle?«

»Natürlich! Diese Agentinnen hatten Familien, zu denen sie nicht zurückgekehrt sind.« Grace entzog Mark ihren Arm. »Vielleicht sind sie auf heldenhafte Weise gestorben.

Es kann doch sein, dass Mrs Trigg deshalb Nachforschungen angestellt hat – weil sie den Familien mitteilen wollte, dass der Tod ihrer Tochter, Schwester oder Mutter nicht vergeblich war.«

»Vielleicht schließt du von dir auf Andere, Grace. Du möchtest glauben, dass Toms Tod nicht vergeblich war.«

Grace wandte sich von Mark ab und stieg die Stufen des Lincoln Memorial hinauf. Auf der obersten ließ sie sich nieder, direkt unter dem marmornen Stuhl des Präsidenten, und blickte über das Reflexionsbecken hinweg zum Obelisken.

Mark setzte sich zu ihr und legte einen Arm um sie.

»Ich habe den Krieg überlebt«, sagte er. »Aber zwei meiner Brüder sind in der Normandie ums Leben gekommen.«

Grace spürte seinen warmen Atem auf ihrer Wange. »Tom ist nicht im Krieg gefallen.«

»Ist das wichtig, Grace? Ändert das etwas an deiner Trauer? Das kann ich mir nicht vorstellen.«

Die Trauer eines Anderen konnte man nie nachvollziehen, dachte Grace, jeder trauerte auf seine Weise. Als sie in New York ankam, hatte sie einige Mal an den Treffen von Kriegswitwen teilgenommen und gehofft, sie würden gemeinsam einen Weg finden, mit ihrem Schmerz umzugehen. Doch da jeder Schmerz anders war, hatte sie sich bei diesen Treffen noch einsamer gefühlt als zuvor – und irgendwann nicht mehr daran teilgenommen.

»Ich bin müde«, sagte sie.

»Dann lass uns gehen. Es war ein langer Tag.«

Sie nahmen ein Taxi zurück zu Marks Wohnung.

Er machte ein Feuer im Kamin und schenkte sich und Grace ein Glas Wein ein. Dann ging er in die Küche und kehrte mit zwei Tellern zurück, auf jedem ein Sandwich mit Schinken und Käse.

Bei diesem Anblick spürte Grace, wie hungrig sie war. »Das sieht wundervoll aus.«

Mark reichte ihr eine Serviette. »Wundervoll ist vielleicht übertrieben. Leider habe ich nie viel Essbares im Haus.«

»Hast du immer allein gelebt?« Grace griff nach ihrem Sandwich.

»Mehr oder weniger.« Mark zuckte mit den Schultern. »Ich hatte Freundinnen, doch es war nie eine darunter, mit der ich mein Leben verbringen wollte. Allerdings fehlte mir auch die Zeit, zu suchen. Als der Krieg begann, hatte ich gerade meinen Abschluss gemacht, und nach dem Krieg eine Stelle bei den Nürnberger Kriegsverbrecherprozessen bekommen. Wann hätte ich noch Frauen kennenlernen sollen? Nun arbeite ich in einer großen Kanzlei und bin wieder zu beschäftigt, um mich nach einer Frau umzusehen, die mir gefällt. Bis jetzt jedenfalls war das so.«

Grace wich seinem vielsagenden Blick aus. Sie mochte Mark, und wäre er nicht Toms bester Freund gewesen, hätte daraus vielleicht mehr werden können. So jedoch nicht.

Ihr fiel ein, dass Tom ihr wahrscheinlich gewünscht hätte, eines Tages wieder jemanden zu finden, mit dem sie zusammen sein konnte. Und ganz gewiss hätte er nichts gegen seinen besten Freund gehabt.

Aber ihr stand der Sinn grundsätzlich nicht nach einer Beziehung. Vielleicht hatte sie sich an das Alleinsein gewöhnt. Sie hatte eine Arbeit, die sie erfüllte, war von niemandem abhängig und konnte ihr eigenes Leben führen. Warum sollte sie daran etwas ändern?

»Und du, was hast du während des Kriegs gemacht?«, fragte Mark.

Grace aß den letzten Rest ihres Sandwiches. »Nach Toms Tod habe ich wieder eine Zeit lang bei meinen Eltern gewohnt. Ich hatte eine kleine Stelle bei der Post.«

»Und nun lebst du in New York.«

»Ja.«

»Sind deine Eltern damit einverstanden?«

»Sie sind darüber nicht glücklich. Ihrer Meinung nach lebt man als anständige, alleinstehende Frau nicht in einer Großstadt.«

»Doch darüber hast du dich hinweggesetzt.«

Grace nahm einen Schluck Wein. »Das musste ich. Ich habe direkt nach der Schule geheiratet. Dann ist Tom gestorben, und ich bin zu meinen Eltern zurückgekehrt – ohne jemals richtig überlegt zu haben, wie ich eigentlich leben will. Aber mit Sicherheit möchte ich mein Leben nicht als Witwe im Haus meiner Eltern verbringen.«

Grace stellte ihr Glas ab und stand auf. »Ich bin wirklich müde, Mark. Bitte sei mir nicht böse, wenn ich mich jetzt schlafen lege.«

Im Bad benutzte sie die Toilette und wusch sich das Gesicht. Dann ging sie ins Gästezimmer, streifte nur ihren Rock und ihre Bluse ab und kroch ins Bett. Wenig später hörte sie Mark im Bad und dann die Tür zu seinem Schlafzimmer.

Eine Zeit lang lauschte Grace den Schritten einzelner Fußgänger, die über die schmale Gasse zwischen dem Kanal und den Häusern liefen, dann schloss sie die Augen. Doch obwohl sie todmüde war, fand sie keinen Schlaf.

Vor ihrem inneren Auge tauchten die Fotos der Frauen und das Zeitungsfoto von Eleanor Trigg auf. Mrs Rider hatte von einem möglichen Verrat gesprochen, dem Mrs Trigg auf der Spur gewesen war. Doch wenn dieser Verrat gleich mehrere Agentinnen eines großen Netzes betroffen hatte, musste dann nicht jemand dahinterstecken, der dieses Netz in- und auswendig gekannt hatte?

Grace fragte sich, ob Mrs Trigg den Verräter in Amerika gesucht hatte. Aber wer sollte das hier bei ihnen gewesen sein?

Sie setzte sich auf. Könnte es nicht Mrs Trigg selbst gewesen sein, die die Frauen den Deutschen ausgeliefert hatte?

Sofort begannen ihre Gedanken in alle möglichen Richtungen zu laufen.

Schließlich schwang sie die Beine aus ihrem Bett und zog sich wieder an. Vielleicht war Mark noch wach.

Leise stand sie auf, tappte zur Tür seines Schlafzimmers und klopfte vorsichtig an.

Mark öffnete die Tür und trug noch Hemd und Hose.

»Kannst du nicht schlafen?«, fragte er. »Oder brauchst du noch etwas?«

»Entschuldige, dass ich dich noch einmal störe, aber mir ist gerade etwas Furchtbares eingefallen. Was ist, wenn

Mrs Trigg die Wahrheit bereits kannte, als sie Sally Rider besuchte? Was, wenn sie die Frauen selbst ans Messer geliefert hat?«

»Komm rein.« Mark trat zurück.

Einen Moment lang zögerte Grace, dann trat sie über die Schwelle.

Im Gegensatz zu den anderen Räumen herrschte in Marks Schlafzimmer ein heilloses Durcheinander. Überall lagen Kleidungsstücke, auf dem Fußboden türmten sich Zeitungen und Bücher auf.

Mark räumte für Grace einen Sessel frei. Er selbst ließ sich auf dem Sofa nieder. »Wie kommst du darauf, dass Eleanor Trigg die Frauen verraten haben könnte?«

»Weil sie ihre Einsätze kannte. Wer sollte es denn gewesen sein, wenn nicht jemand, der genau wusste, wo die Agentinnen waren und was sie dort taten? Und dabei kann es sich eigentlich nur um jemanden in einer führenden Position gehandelt haben.«

»Das ist aber nur eine Theorie, oder?«

Grace zuckte mit den Schultern. »Mrs Trigg kam aus Russland oder Polen. Vielleicht stand sie auf der Seite der Deutschen und hat für sie gearbeitet.«

Mark lachte. »Das ist nun aber extrem weit hergeholt. Weder die Russen noch die Polen hatten einen Grund, mit den Deutschen zu sympathisieren.«

»Das weiß ich, aber nehmen wir einfach mal an, dass Mrs Trigg auf der Seite der Deutschen stand. Sie könnte den Auftrag gehabt haben, die SOE zu infiltrieren. Dann hätte sie die Frauen eingesetzt, um Informationen für die

Deutschen zu sammeln. Und gegen Kriegsende hätte sie die Agentinnen ohne mit der Wimper zu zucken in den Tod geschickt.« Grace runzelte die Stirn. »Aber warum hätte sie dann Sally Rider besucht, um mit ihr über einen möglichen Verrat zu sprechen? Das ergibt eigentlich keinen Sinn.«

»Wenn an deiner Theorie etwas dran wäre, hätte sie es getan, um den Verdacht von sich abzulenken.«

Grace spann den Faden weiter. Wenn Mrs Trigg die Schuldige war, erschien auch ihr Tod in einem neuen Licht. Vielleicht war es gar kein Unfall gewesen. Womöglich hatte sie ihren Verrat bereut, und ihr Tod war Selbstmord gewesen. Nein – dazu hätte sie nicht nach Amerika kommen müssen.

Sie rieb sich die Schläfen. »Ich weiß nicht mehr, was ich denken soll. Ich will nicht glauben, dass Mrs Trigg die Frauen kaltblütig den Deutschen geopfert hat. Wahrscheinlich sollte ich ins Bett gehen und schlafen.« Sie blieb jedoch sitzen.

»Schlaf hier, wenn du nicht allein sein möchtest.« Mark beugte sich zu ihr vor.

Grace dachte, er würde sie küssen und schloss erwartungsvoll die Augen. Doch er strich ihr nur über die Wange und stand auf.

Gleich darauf hatte er eins seiner Hemden aus dem Kleiderschrank geholt und reichte es ihr.

Grace ging in ihr Zimmer, um es anzuziehen. Als sie zurückkehrte, hatte Mark es sich auf dem Sofa bequem gemacht. »Du schläfst in meinem Bett«, sagte er.

»Nein«, sagte Grace. »Ich bin kleiner als du, überlass mir doch das Sofa.«

»Du bist mein Gast, du schläfst im Bett.«

»Danke, Mark, das ist wirklich sehr großzügig.« Grace stieg ins Bett und lehnte sich an das Kopfteil.

»Ich habe Tom geliebt«, begann Grace und fragte sich, ob es vielleicht unangebracht war, das seinem besten Freund in dessen Schlafzimmer zu erzählen. Doch sie sprach weiter. »Ich liebe ihn noch immer. Aber manchmal frage ich mich, ob ich auf Dauer zu ihm gepasst hätte. Zu seiner Familie habe ich nie gepasst. Ich komme nicht aus noblen Verhältnissen. Vielleicht hätte Tom irgendwann daran Anstoß genommen.«

»Das glaube ich nicht«, erwiderte Mark. »Aber ich weiß, was du meinst. Ich hatte für Yale ein Stipendium. Zu den Studenten aus den vermögenden Familien habe ich auch nie gepasst. Ich musste nebenbei arbeiten, hatte zwei Jobs – einen in der Uni-Mensa, einen in einer Imbissstube. Tom hat die Herkunft eines Menschen nicht interessiert, aber andere Studenten haben mich spüren lassen, dass ich nicht zu ihnen gehörte.« Er seufzte. »Glücklicherweise ist das alles vorbei, und es geht mir gut. Meinem Titel sieht man nicht an, dass meine Eltern kein Geld hatten. Trotzdem, das Gefühl, ein Außenseiter zu sein, werde ich nie vergessen.«

Grace stellte sich den jungen Mark vor, der sich, um sein Ziel zu erreichen, über Demütigungen hinwegsetzen musste, und ihr Herz schlug ihm entgegen.

»Ich muss dir noch etwas sagen, etwas, das ich noch

nie jemandem erzählt habe und das ich mir bis zum Ende meiner Tage nicht verzeihen werde …« Grace bedeckte ihr Gesicht mit den Händen.

Mark wartete und schwieg.

Grace ließ die Hände sinken und atmete tief durch. »Tom hatte mich gebeten, das letzte Wochenende mit ihm in Georgia zu verbringen und mich dort von ihm zu verabschieden. Aber das war mir zu umständlich, zumal er nach dem Wochenende von New York aus verschifft werden sollte. Also haben wir abgemacht, uns dort zu treffen.«

Grace wischte sich über ihre Augen. »Aber ohne mich wäre er nie in jenen Jeep gestiegen, der ihn zum Bahnhof bringen sollte, und wäre noch am Leben.« Sie sah Mark mit tränenfeuchten Augen an.

Mark setzte sich auf die Bettkante und legte einen Arm um sie. »Quäl dich nicht, Grace. Du kannst nicht wissen, was der Krieg ihm gebracht hätte. Manche Ereignisse sind einfach Schicksal.«

Er nahm ein frisches Taschentuch aus seiner Kommode und reichte es ihr.

Grace schnäuzte sich. »Danke, Mark.«

Er drückte ihr einen Kuss auf die Wange und löschte das Licht. »Versuch zu schlafen, Grace, morgen sieht die Welt wieder anders aus.«

Er legte sich aufs Sofa.

Eine Weile später hörte Grace ihn tief und regelmäßig atmen. Sie drehte sich zu ihm um und wünschte, er würde wieder wach und käme zu ihr.

Doch dann verjagte sie den Gedanken. Hatte ihr die eine Nacht in New York nicht genug zu schaffen gemacht? Wozu sollte die Wiederholung führen, wenn sie nicht vorhatte, mit ihm eine feste Beziehung einzugehen?

Trotzdem fand sie keine Ruhe. Immer wieder wanderte ihr Blick in Marks Richtung, bis sie entschied, dass es besser wäre, aufzustehen und zu verschwinden.

Leise verließ Grace ihr Bett. Am Sofa blieb sie noch einmal stehen und kämpfte gegen die Versuchung, sich zu ihm zu legen. Doch dann ergriff sie die Flucht.

Im Gästezimmer kleidete sie sich an und nahm ihre Handtasche. Darunter lag der Umschlag aus dem Archiv des Kriegsministeriums.

Grace ließ sich an dem kleinen Tisch nieder und schüttete den Inhalt heraus. Funksprüche, Memoranden und Telegramme waren darin, wie Mark es gesagt hatte.

Sie las einen Funkspruch, »Waffen angekommen«, und wunderte sich, dass er nicht verschlüsselt war. Sie war zwar keine Expertin, doch sie hatte sich immer vorgestellt, dass geheime Funknachrichten nur codiert versendet wurden, erst recht in Zeiten des Kriegs.

An dem Funkspruch haftete eine halbe Seite, auf der oben der Name Eleanor Trigg gedruckt stand. »Herkunft der Nachricht zweifelhaft«, hatte sie handschriftlich notiert. Das Datum war der 8. April 1944.

Grace ging die Daten der anderen Funksprüche durch. Auch nach dem 8. April waren noch unverschlüsselte Nachrichten in London eingetroffen.

Sie ließ die Seiten sinken.

Also hatte Eleanor Trigg zugelassen, dass Funksprüche verschickt wurden, deren Herkunft nicht gesichert war. Aber warum hatte sie dann ihren Zweifel schriftlich festgehalten?

Darauf gab es eigentlich nur die Antwort, dass sie mit den Hinweisen von sich ablenken wollte, so wie sie es vielleicht auch mit ihrem Besuch bei Sally Rider versucht hatte.

Einen Moment lang überlegte Grace, ob sie den Umschlag mit einer Notiz für Mark zurücklassen sollte, doch dann beschloss sie, ihn einzustecken. Sie wünschte, ihr fiele noch etwas ein, das sie unternehmen konnte, um das Geheimnis der verschwundenen Frauen aufzuklären, doch es schien, als hätte sie alle ihr zur Verfügung stehenden Möglichkeiten erschöpft.

21. KAPITEL

MARIE

Frankreich, 1944

Wie versteinert ließ Marie ihre Festnahme über sich ergehen. Sie erinnerte sich an das, was sie für eine solche Situation im Arisaig House gelernt hatte. *Widersetzen, kämpfen, fliehen* hatte die Anweisung gelautet. Zu diesem Zweck hatten sie ihr Nahkampftraining absolviert.

Darin war sie zwar nie gut gewesen, aber sie hatte gelernt, wie man einem Angreifer in die Weichteile trat und ihm das Gesicht zerkratzte.

In diesem Fall war jedoch klar, dass sie sich solche Versuche sparen konnte. Gegen zwei bewaffnete Männer kam sie nicht an.

Außerdem stand Claude mit offenem Mund und weit aufgerissenen Augen auf der Treppe, und sie wollte den Jungen nicht in Gefahr bringen. Denn mit Sicherheit würden die Polizisten schießen, wenn sie sich wehrte.

Marie hatte damit gerechnet, in einem Polizeiwagen zur nächsten Wache gebracht zu werden. Stattdessen wurde sie auf den Rücksitz eines schwarzen Renault gestoßen. Ein Polizist setzte sich ans Steuer, der andere nahm an ihrer Seite Platz.

Wie sich herausstellte, ging die Fahrt nach Paris.

In der Stadt angekommen fuhren sie an der Seine entlang und kamen dann an einem großen Park vorbei. In der Ferne erkannte Marie den Arc de Triomphe.

Sie folgten einer breiten Straße mit hohen, stattlichen Wohnhäusern.

Es war ein schöner Abend, auf den Bürgersteigen sah man Paare und Menschen, die in kleinen Gruppen spazierten, gerade als gäbe es nirgendwo Krieg.

Der Name der Straße, in die sie schließlich einbogen, lautete Avenue Foch. Vor einem eleganten Stadthaus mit der Nummer 84 hielt der Renault an. Der Polizist auf dem Rücksitz packte Maries Arm und zerrte sie aus dem Auto in das Gebäude hinein.

Die Eingangshalle war prächtig und erinnerte Marie flüchtig an das Haus am Londoner Portman Square, wo sie rekrutiert worden war. Wahrscheinlich war auch die Avenue Foch 84 einmal das Heim einer wohlhabenden Familie gewesen. Störend waren lediglich der beißende Zigarettenrauch, der die Luft tränkte, und die Männer in deutscher Uniform, die man überall sah.

Marie wurde die große Marmortreppe hinaufgeführt, die sich von der Eingangshalle in die Höhe schwang. In der obersten Etage schloss der Polizist eine Tür auf, stieß Marie in den dahinterliegenden Raum und schloss die Tür wieder ab.

Marie schaute sich um. Sie musste direkt unter dem Dach sein, das Zimmer hatte eine schräge Wand. Sechs Feldbetten standen darin. Sie wirkten unberührt.

Und ein Bücherregal gab es. Marie trat an das Regal. Die Bücher waren für Kinder, mit Ausnahme einer Sammlung französischer Gedichte. Ihr Blick fiel auf das Tapetenmuster aus verblassten Entenküken. Offenbar war hier einmal ein Spielzimmer gewesen.

Sie schnupperte in die Luft, in der es schwach nach Schweiß, Urin und Exkrementen roch, dann versuchte sie, das einzige Fenster zu öffnen, doch der Rahmen saß fest. Im Grunde hatte sie auch nichts anderes erwartet, sie wusste, wo sie war. Die Avenue Foch Nummer 84 war die Adresse des deutschen Sicherheitsdiensts. Dass es in diesem Gebäude Fluchtmöglichkeiten gab, war so gut wie ausgeschlossen.

Marie blickte aus dem Fenster. Über den Dächern konnte sie die Spitze des Eiffelturms erkennen, wie ein Mahnmal des Lebens, das sie verloren hatte.

Das Nachbargebäude schien von Zivilpersonen bewohnt zu sein. In den Zimmern brannte bereits Licht. Hinter einem Fenster konnte Marie ein älteres Paar erkennen. Falls es Franzosen waren, hatten sie sich anscheinend mit dem SD als Nachbarn abgefunden.

Durch ein anderes Fenster blickte sie in eine Küche. An einem langen Tisch saß ein kleines Mädchen. Eine Frau stand an seiner Seite und schien ihm etwas zu essen aufzutun. Marie verspürte einen stechenden Schmerz in der Brust, als sie daran dachte, dass sie Tess nun vielleicht nie wiedersehen würde.

Leise Stimmen drangen an ihr Ohr. Sie schienen von unten zu kommen.

Maries Blick fiel auf die Rohre, die von dem kleinen Heizkörper ausgehend nach unten führten. Sie trat näher heran. Die Rohre verschwanden im Fußboden. Marie kniete sich hin und legte ihr Ohr an den Durchbruch.

Nun hörte sie die Stimmen lauter. Ein Mann fragte etwas, ein anderer antwortete. Beide sprachen Englisch.

Doch was genau gesagt wurde, konnte Marie nicht verstehen, sie bekam nur mit, dass sich Frage und Antwort abwechselten. Und die Antworten auf die Fragen lautete jedes Mal Nein.

Als Nächstes vernahm sie Schläge und ein Stöhnen. Dann einen Befehl. Wenig später stieß der Befragte einen Schrei aus. Danach wurde es still.

Bitte nicht, rief alles in ihr, als sie daran dachte, dass es ihr ebenso ergehen würde.

Noch einmal versuchte sie, das kleine Fenster zu öffnen. Doch selbst wenn es aufgegangen wären, was hätte es ihr genützt? Sie konnte nicht aus dem Dachstuhl eines Stadthauses auf die Straße klettern.

Sie setzte sich auf ein Feldbett und versuchte, ihre Gedanken zu ordnen. Sie war im französischen Hauptquartier des SD. Die Deutschen wussten, dass sie von ihrer Wohnung in Rosny aus gefunkt hatte. Name und Deckname waren ihnen ebenfalls bekannt, ihn hatten die Polizisten in dem Pariser Bordell genannt.

Draußen wurden Schritte laut. Die Tür öffnete sich. Ein Uniformierter erschien. Mit spöttischem Lächeln und kaltem Blick sagte er: »Wenn Sie mir bitten folgen wollen, Miss Roux.«

Marie überlief ein Schauder.

Eine Etage tiefer öffnete der Mann die Tür zu einem Zimmer und winkte Marie an sich vorüber.

Sie schluckte ihren Aufschrei hinunter.

In der Mitte des Raums saß Julian und war an Händen und Füßen an einen Stuhl gefesselt. Sein Gesicht war eine blutige Maske.

»Das ist das Schicksal, das Ihnen bevorsteht«, sagte der Deutsche. »Sehen Sie sich ihn gut an. In fünf Minuten hole ich Sie wieder ab.« Er verschwand. Die Tür wurde zugesperrt.

»Julian«, flüsterte Marie und berührte seinen Arm.

»Haben Sie dir etwas getan?«, murmelte er.

»Nein.«

»Und die Brücke?«

»Gesprengt.«

Julians Kinn sank auf seine Brust.

Marie sah, dass auch seine Hände blutüberströmt waren. »Weißt du, wo Josie ist?«, flüsterte sie.

Julian deutete ein Kopfschütteln an und murmelte etwas.

Marie führte ihr Ohr an seinen Mund. »Was hast du gesagt?«

»Will. Wie – geht es …?

»Gut. Will ist auf dem Weg nach London.«

Marie sah, dass Julian sich anstrengte, um noch etwas zu sagen.

»Bleib ganz ruhig«, flüsterte sie und strich ihm über das blutverschmierte Haar.

»Warum bist du … nicht mit …?« Wieder sackte sein Kopf auf die Brust.

Marie wusste, was er hatte fragen wollen. »Ich habe dich gesucht.«

Julian hob den Kopf. »Marie. Ich …«

»Wie haben sie dich gefasst?«, fragte Marie.

»Auf dem Landeplatz … Warum wurde – der Plan – geändert?«

»Wir haben nichts geändert«, antwortete Marie verwundert. »Wir haben auf dich gewartet.«

Julian versuchte, sich aufzurichten. »Dann haben sie – eins …«

»Unserer Funkgeräte«, beendete Marie seinen Satz. »Ja, das könnte es gewesen sein. Einer von ihnen muss unsere Funksprüche vorgetäuscht haben.«

»Deshalb – wissen sie – alles.«

Marie wischte ihre Tränen ab. Julian sollte sie nicht weinen sehen.

Dann wurde die Tür geöffnet. Drei Uniformierte traten ein. Einer brüllte einen Befehl. Daraufhin lösten die beiden anderen Julians Fesseln und schleiften ihn aus dem Raum. Marie versuchte, keine Miene zu verziehen.

Der Mann, der blieb, winkte Marie zu dem einfachen Holztisch und deutete auf einen Stuhl. »SS-Standartenführer Knochen ist mein Name. Dürfen wir Ihnen etwas zu trinken anbieten?«, fragte er mit süffisantem Lächeln. Sein Englisch war ausgezeichnet.

Marie wusste nicht, ob das Angebot ernst gemeint war. Trotzdem bat sie um eine Tasse Tee.

Knochen trat an die Tür, brüllte den Befehl hinaus und wartete, bis jemand kam und einen Becher Tee vor Marie stellte.

Er ließ sich Marie gegenüber nieder. »Dann wollen wir uns mal an die Arbeit machen.«

Wieder öffnete sich die Tür. Diesmal wurde ein Funkgerät gebracht und auf den Tisch gestellt.

Marie warf einen kurzen Blick darauf. Es war nicht ihr Gerät, sondern ein älteres, voller Kratzer. Vielleicht hatten die Deutschen damit ihre Funksprüche simuliert.

»Was wollen Sie von mir?«, fragte sie.

»Wir brauchen jemanden, der unsere Funksprüche nach London echt aussehen lässt.«

Marie dachte nach. Also lief es mit den fingierten Funksprüchen noch nicht gut. Wahrscheinlich hatten sie nur das Gerät und die Frequenz. Und die Codes, die hatten sie aus ihrer Wohnung mitgenommen. Was ihnen noch fehlte, waren die Sicherheitskennungen.

Einen Moment lang überlegte sie, ob sie sich retten könnte, indem sie den Deutschen half. Ob sie als Gegenleistung um Julians Leben bitten könnte. Doch dann verwarf sie den Gedanken. Die Deutschen kannten keine Gnade, und in London musste man erkennen, dass die Funksprüche nicht von ihr kamen. Sie verstand nicht, warum das der SOE angesichts der Nachrichten ohne Codierung und Sicherheitskennung nicht längst aufgefallen war.

Einen Moment lang sah sie Josies Gesicht vor sich. Ihre Freundin würde ihr befehlen, stark zu bleiben. Mrs

Trigg würde das Gleiche von ihr erwarten. Sie nahm einen Schluck Tee. »Ich werde Ihnen nicht helfen.«

Knochen stand auf und schlug ihr ins Gesicht.

Der Becher flog Marie aus der Hand, die heiße Flüssigkeit ergoss sich über ihre Schenkel. Es tat weh, doch sie blieb ruhig sitzen und blinzelte die Tränen fort.

Er weiß nicht, wie abgehärtet ich bin, dachte sie. Ihr Vater war gewalttätig gewesen, vor allem, wenn er betrunken war. Er hatte sie und ihre Mutter geschlagen und getreten, sie an den Haaren gepackt und mit dem Kopf gegen die Wand gestoßen. Als Kind hatte sie geweint, doch als sie älter war, hatte sie ihm trotzig ins Gesicht gesehen. Mit Prügeln konnte Knochen sie nicht einschüchtern.

»Entschuldigen Sie, dass ich Ihren Tee verschüttet habe.«

Knochen reichte ihr eine zweiseitige Liste. »Lesen Sie.«

Marie schüttelte den Kopf.

»Ich habe Zeit.« Knochen setzte sich wieder. »Es ist eine überaus interessante Lektüre.«

Als Marie sich nicht rührte, schlug er mit der Faust auf den Tisch. »Soll ich jemanden kommen lassen, der Ihnen beim Lesen hilft?«

Marie schaute auf die Liste. »Agenten des Netzes Vesper« stand darüber. Darunter die Decknamen von Agenten, weitaus mehr, als Marie kannte. Dahinter standen die Namen ihrer Kontakte in Frankreich und deren Adressen. Dem folgte eine Übersicht etlicher sicherer Häuser in Paris und im Norden Frankreichs, ebenso Orte, an denen sie Waffen und Munition gelagert hatten.

Fassungslos starrte Marie auf die Seiten. Solche Angaben erhielt man nicht mithilfe gefälschter Funksprüche. So etwas erreichte man nur, wenn auf der anderen Seite jemand war, der streng geheime Informationen verriet. Das also hatte Julian mit »Sie wissen alles« gemeint.

Aber wer konnte dem SD diese Informationen geliefert haben? Immerhin musste es jemand sein, der Vespers Netz in- und auswendig kannte.

»Wir haben fast das halbe Netz.« Knochen lächelte zufrieden.

»Und doch scheint Ihnen etwas Wesentliches zu fehlen.«

Knochen sprang auf. Diesmal versetzte er ihr einen Fausthieb. Dann trat er an die Tür und verlangte nach jemandem, dessen Namen Marie nicht verstand.

Kurz darauf trat ein vierschrötiger Mann ein. Er war nicht in Uniform. Knochen deutete auf Marie.

Der Mann versetzte Marie einen Schlag, der sie mit dem Stuhl zu Boden schickte. Und als sie dort lag, begann er sie systematisch zu schlagen und zu treten, ins Gesicht, in den Bauch, in den Rücken.

Wieder öffnete sich die Tür. Julian wurde wie ein Sack in den Raum geworfen. Er versuchte, auf alle viere hochzukommen, brach jedoch immer wieder zusammen.

Knochen setzte eine Pistole an Julians Schläfe und sah Marie an. »Wenn Sie uns nicht helfen, erschieße ich ihn vor Ihren Augen.«

»Julian«, flüsterte Marie und streckte die Hand nach ihm aus.

Knochen trat ihre Hand fort. »Wie lautet Ihre Antwort, Miss Roux?«

Julian richtete sich ein wenig auf, stöhnte und schüttelte den Kopf.

Marie raffte sich auf. Als sie stand, wurde ihr schwindlig. Sie hielt sich am Tisch fest und wischte sich das Blut ab, das aus ihrer Nase rann.

Sie wusste, dass sie das Falsche tun würde, doch sie war nicht bereit, zuzusehen, wie Julian erschossen wurde.

»Gut«, sagte sie. »Ich helfe Ihnen.«

Knochen hob ihren Stuhl auf und schaltete das Funkgerät ein. Dann legte er Maries Codeblock und die Kiste mit den Seidenstücken dazu, die die Polizisten aus ihrer Wohnung mitgenommen hatten.

Anschließend stellte er den Kontakt zur SOE her, so sicher, als hätte er es schon hundertmal getan.

»Senden Sie Himmel die Nachricht, dass alles in Ordnung ist und Sie eine weitere Waffenlieferung erbitten. Ort und Zeit nach Vereinbarung.«

Und dann würde es immer so weitergehen, dachte Marie. Die SOE würde Waffen absetzen, vielleicht auch Agenten, und die Deutschen stünden bereit, um sie in Empfang zu nehmen. Sie gab die Nachricht ein und zeigte sie Knochen, der sie anhand der Codes überprüfte.

»Wo ist Ihre Sicherheitskennung?«

Marie schloss kurz die Augen. »Jeder fünfunddreißigste Buchstabe muss durch ein p ersetzt werden.« Sie deutete auf die Stelle. »Das habe ich getan.« Das zweite Erkennungszeichen behielt sie für sich.

»Abschicken«, erwiderte er barsch.

Marie schaute zu Julian hinüber und vergewisserte sich,

dass seine Brust sich noch bewegte. Sie betete, dass Eleanor Trigg ihre Nachricht las. Sie würde wissen, dass das zweite Erkennungszeichen fehlte, und etwas nicht in Ordnung war.

Die Antwort aus London ließ nicht lange auf sich warten. Marie musste sie entschlüsseln. »Sicherheitskennung unvollständig«, lautete sie.

Marie starrte darauf und konnte es nicht glauben. Das fehlende Erkennungszeichen war für London ein Alarmsignal, und das Letzte, was geschehen durfte, war, die Information darüber zurückzufunken.

Knochen vergrub seine Hand in Maries Haar und riss ihren Kopf zurück. »Vervollständigen Sie Ihre verdammte Kennung«, zischte er, »oder der Chef Ihres Netzes ist tot.«

Julian bewegte sich und murmelte: »Nein – Marie ...«

»Ich muss das o jedes zweite Mal durch ein u ersetzen«, sagte Marie leise.

»Dann los!«, sagte Knochen.

Wenig später traf die Antwort aus London ein. »Nachricht erhalten. Weitere Informationen folgen.«

Marie drehte sich zu Knochen um. »Sind Sie zufrieden?«

Als müsse er überlegen, wiegte er den Kopf hin und her. »Wäre ich vielleicht gewesen, wenn Sie von Anfang an kooperiert hätten.« Er zog seine Pistole und schoss Julian in den Kopf.

Einen Moment lang war Marie starr vor Entsetzen. Dann stürzte sie zu Julian und nahm ihn in die Arme.

Seine Augen waren noch offen, doch sein Blick richtete sich bereits auf einen Punkt jenseits dieser Welt. »Da sind sie«, sagte er kaum hörbar. »Reba und unsere Jungen.«

Für einen Moment verklärte sich sein Blick. Dann erlosch er. Marie nahm seine Hand, drückte sie an ihre Wange und legte sie sanft zurück.

»Warum?«, fragte sie im Aufstehen. »Ich habe doch getan, was Sie wollten.«

Knochen bedeutete dem zweiten Mann, Julian aus dem Raum zu schaffen.

Schmerzerfüllt sah Marie ihm nach. Dann drehte sie sich zu Knochen um. »Was haben Sie jetzt mit mir vor?«

»Nichts mehr«, antwortete er achselzuckend. »Sie existieren schon gar nicht mehr.«

22. KAPITEL

ELEANOR

London, 1944

Zum hundertsten Mal nahm Eleanor sich die Funksprüche vor, die ihr zu schaffen gemacht hatten.

Doch bei jeder Lektüre steigerte sich ihre Verzweiflung und sie musste sich bemühen, sich wieder zu fassen. Aber an dem Umstand, dass sie, ohne es zu wissen, mit den Deutschen kommuniziert hatten, konnte sie nichts mehr ändern.

Zudem gab es noch immer kein Zeichen von Josie und Brya. Auch von Julian und Marie hatten sie seit vielen Tagen nichts gehört.

Ihre Sorge löste Bilder aus, die ausnahmslos niederschmetternd waren. Eleanor bedeckte ihr Gesicht mit den Händen und machte sich die bittersten Vorwürfe. Sie hatte sich damit begnügt, ihren Verdacht zu melden. Und als sie ihm Nachdruck verliehen hatte, war sie abgewiesen worden. Warum hatte sie das hingenommen? Ihr war, als hätte sie versagt, wie damals, als sie es nicht geschafft hatte, ihre Schwester zu retten.

Nach einer Weile stand sie auf und ging zur Funkzentrale. Jane war da. Die junge Frau wirkte mitgenommen und sah Eleanor besorgt an. Auch die anderen Funkerinnen machten einen niedergeschlagenen Eindruck. Sie alle wussten, was vorgefallen war.

Eleanor setzte sich zu Jane. »Wie läuft es?«, fragte sie und kam sich albern vor. Das Schlimmste, was beim Funken passieren konnte, war eingetroffen; es war kaum zu erwarten, dass Jane antwortete, alles laufe bestens.

»Eileen hat sich nicht gemeldet«, entgegnete Jane.

»Jean auch nicht«, ergänzte die Funkerin am Nebentisch.

»Vielleicht handelt es sich um technische Probleme«, sagte Eleanor, ohne daran zu glauben. Mit einem schweren Seufzer raffte sie sich auf. »Ich werde mit dem Direktor darüber sprechen.«

»Trigg«, sagte der Direktor, als sie sein Büro betrat. »Ich war schon halb auf dem Weg zu Ihnen.«

Eleanor ließ sich auf den Besucherstuhl sinken. »Zwei weitere Funkerinnen sind ausgefallen.«

»Das ist schlecht.« Der Direktor zog die Brauen zusammen und sah Eleanor mit finsterer Miene an. »Es heißt auch, dass wir wieder Agenten verloren haben. Drei aus einem sicheren Haus in Paris, zwei andere in Reims.«

Nach einer großen Sprengung wie der Eisenbahnbrücke bei Mantes-la-Jolie waren Vergeltungsschläge der Deutschen zu erwarten gewesen, doch sie richteten sich in der Regel gegen die Einheimischen, die wegen angeblicher Mitwisserschaft hingerichtet wurden. Die hohe Zahl der Agenten, die in letzter Zeit gefasst worden waren, hatte mit der Sprengung nichts zu tun. Wahrscheinlich hatte der

SD mithilfe der abgefangenen und fingierten Funksprüche erfahren, wo die Leute zu finden waren.

Eleanor stellte sich vor, wie die SD-Männer die Agenten beobachtet und dann zugeschlagen hatten. Julian und Marie dürften ebenfalls zu den Opfern gehören, wenn nicht, hätten sie sich längst gemeldet.

»Waren es Männer oder Frauen?«, fragte sie.

»Sowohl als auch. Die Namen haben wir noch nicht.«

Eleanor beugte sich vor. »Wir müssen die Agenten, die noch im Einsatz sind, zurückrufen«, sagte sie mit Nachdruck. »Wenn nicht, kann –

Der Direktor unterbrach sie. »Das habe ich bereits veranlasst.«

Eleanor sah ihn verwundert an. Warum hatte er sie darüber nicht informiert? Es ging um Vespers Netz. Für die Agentinnen, die dazugehörten, war *sie* verantwortlich.

»Allerdings dauert es etwas länger, als ich gehofft hatte.«

»Wie lange?«

»Nicht mehr lange«, antwortete der Direktor ungehalten. »Leider ist auch ein Pilot aus Vespers Netz verschwunden. Wir nehmen an, dass er die Lizzie flog, die über der Bretagne heruntergeholt wurde. Wenn mich nicht alles täuscht, war der Mann sogar Vespers Vetter. Ein sehr bedauerlicher Fall, er hat den Großteil unserer Mondscheinkommandos durchgeführt.«

Noch ein Toter, dachte Eleanor. »Also kommen jetzt alle Agenten aus Vespers Netz zurück.«

Der Direktor schüttelte den Kopf. »Das habe ich nicht gesagt. Wir holen lediglich die Frauen aus Frankreich heraus.« Er schenkte Eleanor einen mitleidigen Blick. »Und wir machen Ihren Laden zu.« Er zog die Brauen zusammen. »Der Einsatz der Frauen war ein Irrtum, das ist in der SOE nun die vorherrschende Meinung – ein Experiment, das fehlgeschlagen ist.«

Eleanor glaubte, nicht richtig gehört zu haben. Ihre Frauen sollten ein fehlgeschlagenes Experiment sein? Jede von ihnen hatte ihr Äußerstes gegeben und Großartiges geleistet. Und einige hatten das sogar mit ihrem Leben bezahlt. Das Einzige, was falschgelaufen war, ging auf das Konto derer, die nicht auf ihre Warnungen gehört hatten.

»Da wir kurz vor der Invasion stehen, wird unser Netz in Nordfrankreich neu aufgestellt. Allerdings wird es sich ausschließlich aus Männern zusammensetzen.«

Eleanor befahl sich, keinerlei Gefühlsregung zu zeigen. Ihren Zorn und ihre Enttäuschung schluckte sie hinunter. Im Moment durfte es nur darum gehen, dass ihre Frauen zurückgeholt wurden. »Wissen wir, wo die Agentinnen sind? Außer denen, die wir vermissen?«

»Ja.« Der Direktor reichte ihr eine Namensliste. »Hier finden Sie die zwölf, die wir verloren haben.«

Zwölf Frauen? Eleanor hatte nicht einmal mit der Hälfte gerechnet. Bestürzt überflog sie die Namen. Josie gehörte dazu. Brya. Und Marie.

»Es sind auch Männer gefasst worden«, sagte der Direktor, als wäre das ein Trost.

»Die Männer haben wenigstens militärische Ränge. Ihnen steht es zu, wie Kriegsgefangene behandelt zu werden. Die Frauen haben nichts dergleichen.« Eleanor sah den

Direktor fest an. »Ich möchte nach Frankreich geflogen werden. Ich muss herausfinden, was aus den zwölf Frauen geworden ist.«

Der Direktor lachte auf. »Schon wieder? Ich weiß nicht, wie oft ich diesen Wunsch schon ausgeschlagen habe.«

»Bisher haben wir nicht zwölf unserer Agentinnen vermisst.«

Der Direktor beugte sich zu Eleanor vor und senkte seine Stimme. »Halten Sie sich bedeckt, Trigg, und hören Sie auf, auf diesem Thema herumzureiten. Sie wissen ebenso gut wie ich, dass die Deutschen diese Frauen geschnappt und vermutlich umgebracht haben. Die Auswirkungen werden Sie am eigenen Leib spüren, fürchte ich.«

»Dann lassen Sie mich zumindest die Nachforschungen leiten.«

Der Direktor stopfte seine Pfeife. »Die Nachforschungen laufen bereits und sind geheim.«

Eleanor glaubte ihm kein Wort. Wenn dem so wäre, hätte man sie um ihren Beitrag gebeten. Wahrscheinlich waren die Akten einfach geschlossen worden. »Geheim?«, fragte sie. »Was soll das bedeuten?«

Der Direktor zündete die Pfeife an. »Es bedeutet, dass Sie nicht zum Kreis mit Zugangsberechtigung zählen.«

Eleanors Mund öffnete sich, doch es kam kein Wort heraus. Schließlich sagte sie: »Das verstehe ich nicht. Es sind die Frauen, die ich rekrutiert habe, und –«

»Sie hören mir einfach nicht zu, Trigg«, fiel der Direktor ein. »Gerade habe ich gesagt, dass Ihr Experiment beendet ist. Dasselbe gilt für Ihre Position.«

Eleanor spürte, wie ihr die Farbe aus dem Gesicht wich. »Sie wollen mich versetzen?«

Der Direktor wich ihrem Blick aus. »Die Kriegsausgaben zwingen uns, Stellen abzubauen. Die ihre gehört dazu. Das bedeutet, dass wir leider gezwungen sind, Sie zu entlassen.«

Eleanor starrte ihn an. »Das muss ein Irrtum sein.« Sie war seit Jahren bei der SOE, der Direktor und sie hatten ein Vertrauensverhältnis entwickelt. Wie konnte er sie jetzt einfach so entlassen?

Der Direktor hob die Schultern. »Wir haben keine andere Wahl. Sie haben eine halbe Stunde, um Ihre persönlichen Sachen zu packen und Ihr Büro zu räumen.«

Eleanor fehlten die Worte. Langsam stand sie auf. Benommen wandte sie sich um und verließ den Raum.

In ihrem Büro holte sie die Akten der zwölf Frauen aus dem Schrank. Ohne recht zu wissen, warum, zog sie die Fotos ab und steckte sie in ihre Handtasche.

Als sich die Tür öffnete, stand der Direktor auf der Schwelle. »Ich begleite Sie aus dem Haus. Denken Sie daran, nur persönliche Dinge mitzunehmen. Die Akten bleiben hier.«

»Ich weiß, wo der Ausgang ist«, sagte Eleanor kalt und räumte die wenigen persönlichen Gegenstände in einen kleinen Karton.

»Tut mir leid, Trigg, aber ich habe den Befehl, Sie aus dem Haus zu eskortieren.«

Eleanor warf dem Direktor einen geringschätzigen Blick zu. Er wirkte betreten. »Ich würde die Akten gern noch ordnen.«

»Das ist nicht nötig, die sind ordentlich genug.«

»Ich verstehe Sie nicht. Beim besten Willen nicht.«

Der Direktor gab ihr keine Antwort.

Eleanor klemmte sich den Karton unter den Arm und griff nach ihrer Handtasche. Dann blickte sie sich noch einmal in dem kleinen Büro um, in dem sie ihre Arbeit einmal mit so viel Elan begonnen hatte.

Der Direktor reichte ihr einen großen Umschlag. »Ihr Antrag auf die britische Staatsbürgerschaft wurde genehmigt.«

Eleanor betrachtete den Umschlag. Die Nachricht, die sie noch vor Kurzem glücklich gemacht hätte, bedeutete ihr nichts mehr.

23. KAPITEL

GRACE

New York, 1946

Als Grace am späten Freitagvormittag die Treppe zu ihrem Zimmer hinaufstieg, war sie froh, wieder in New York zu sein und zu ihrem geregelten Leben zurückkehren zu können.

Verwundert stellte sie fest, dass die Tür ihres Zimmers unverschlossen war. Vorsichtig drehte sie den Knauf und trat ein.

Auf dem einzigen Stuhl in ihrem Zimmer saß ihre Mutter und lächelte ihr entgegen.

Grace erstarrte. Ihre Mutter hatte sie bisher noch nie besucht. Ihr Blick fiel auf das ungemachte Bett und den Fußboden, der dringend geputzt werden musste. Sie fragte sich, seit wann ihre Mutter auf sie wartete und wie sie ihr erklären sollte, dass sie an einem Freitagmorgen mit einer Reisetasche in der Hand in ihre Wohnung kam. Sie stellte die Reisetasche auf den Boden und streifte ihren Mantel ab.

»Hallo, Grace.« Ihre Mutter stand auf und umarmte sie.

»Hallo, Mom.« Grace befreite sich aus ihren Armen und ließ sich auf ihrer Bettkante nieder. »Wie bist du in mein Zimmer gekommen?«

Ihre Mutter hatte sich für den Besuch hübsch gemacht, war frisch frisiert und trug ihr bestes Kostüm.

»Deine Vermieterin hat mir dein Zimmer aufgeschlossen. Wir haben uns Sorgen gemacht«, sagte Graces Mutter vorwurfsvoll. »Warum hast du dich so lange nicht gemeldet?« Sie deutete auf die Reisetasche. »Wo warst du?«

»In Washington.«

»Was wolltest du da?

»Die Reise hatte mit meiner Arbeit zu tun.«

Graces Mutter runzelte die Stirn. In der Welt, in der sie großgeworden war, kümmerten sich Frauen um Haus und Familie und gingen nicht zur Arbeit. »Ich habe versucht, dich im Büro zu erreichen, aber Mr Bleeker hat gesagt, du seist nicht da. Warum hat er mir nicht gesagt, dass du für ihn in Washington warst?«

Armer Frankie, dachte Grace. Wahrscheinlich hatte er sich gewunden wie ein Aal und nicht gewusst, wie viel er preisgeben durfte. »Vielleicht hatte er einen Klienten im Büro und war abgelenkt.«

»Ach so.« Graces Mutter schaute sich kopfschüttelnd um. »Hier wohnst du also. Dein Vater und ich haben uns gefragt, ob du nicht vielleicht wieder nach Hause kommen möchtest.« Ihr Blick wurde nachsichtig. »Wir würden es verstehen, wenn du nicht mehr bei uns wohnen willst. Die jungen Leute von heute möchten anscheinend nicht mehr bei ihren Eltern leben. Männer wie Frauen. Bernadette hat angeboten, dass du bei ihnen im Gästezimmer unterkommen kannst.«

Bernadette war Graces Schwester. Sie war verheiratet

und hatte drei kleine Söhne, die von morgens bis abends lärmend durchs Haus tollten. Die Vorstellung, bei ihr zu wohnen, war für Grace noch schlimmer, als wieder zu ihren Eltern zu ziehen.

»Ich arbeite für Mr Bleeker, Mom, ich kann nicht einfach meine Sachen packen und nach Westport zurückkehren.«

Graces Mutter wischte den Einwand mit einer Handbewegung fort. »Schreib ihm ein paar Zeilen und entschuldige dich.«

»Nein, Mom, das geht nicht. Ich bin an einer Sache dran, die ich zu Ende führen muss.« In groben Zügen umriss sie den Fall Eleanor Trigg.

Ihre Mutter zog die Brauen hoch. »Und das hat mit deiner Arbeit zu tun? Ich dachte, du arbeitest als Schreibkraft.«

»Das tue ich, aber manchmal stelle ich auch Nachforschungen an.«

Erneut sah ihre Mutter sich in dem kleinen Zimmer um. »Ich verstehe nicht, was dich hier hält.«

»Das habe ich dir gerade erklärt.«

»Eine Frau sollte bei ihrer Familie sein, Grace, und nicht allein in einer Stadt wie New York leben.«

»Mom«, erwiderte Grace genervt. »Darüber haben wir schon gesprochen, als ich hierhergezogen bin. Ich lebe und arbeite gern hier und möchte nicht nach Hause kommen.«

Einen Moment lang wirkte ihre Mutter verletzt, doch dann fing sie sich und rang sich ein Lächeln ab. »Du gehörst offenbar auch zu dieser neuen Generation Frauen.« Sie seufzte. »Vielleicht habt ihr mit dem Leben, das ihr euch aussucht, sogar recht. Für meine Generation wäre so etwas nicht infrage gekommen.« Sie lachte auf. »Für mich wäre das auch etwas gewesen. Als Kind habe ich davon geträumt, in einer Tanzrevue am Broadway aufzutreten.«

Grace sah ihre Mutter ungläubig an. Diese gehemmte Frau, die an Geburtstagen das Lied »Happy Birthday« nie mitsang, sondern nur den Mund bewegte, hatte einmal Revuetänzerin werden wollen? Wie wenig sie über ihre Mutter wusste. Nie hätte sie gedacht, dass sie einmal große, nahezu verwegene Träume gehegt und sich ein anderes Leben als das einer Hausfrau vorgestellt hatte.

»Die Hauptsache ist, dass du glücklich bist«, sprach ihre Mutter weiter. »Warum sollst du wie ich und Bernadette werden?«

Sie schwieg und schien ihren Gedanken nachzuhängen. »Vielleicht habe ich dich ja auch enttäuscht. Wenn kleine Kinder weinen, ist es für eine Mutter einfach, sie zu trösten. Man nimmt sie in die Arme, gibt ihnen einen Kuss oder eine Süßigkeit. Wenn sie älter sind, wird es schwieriger, ihren Kummer zu lindern. Und als Tom starb, war dein Schmerz so groß, dass ich das Gefühl hatte, dich überhaupt nicht mehr zu erreichen. Ich war hilflos.«

Grace griff nach ihrer Hand. »Du konntest nichts tun, Mom. Toms Tod war etwas, mit dem ich allein klarkommen musste.«

Ihre Mutter nahm etwas vom Tisch, das wie ein in Geschenkpapier eingeschlagener Blumenstrauß aussah. »Das habe ich dir mitgebracht. Für den Fall, dass du nicht mit mir kommen wolltest.«

Grace streifte das Papier ab und enthüllte einen kleinen Strauß rote Rosen aus Wachs, wie sie im Haus ihrer Eltern überall standen. Grace hatte sie schon als Mädchen gehasst. Doch ihre Mutter hatte es gut gemeint. »Vielen Dank, Mom.« Sie drückte ihrer Mutter einen Kuss auf die Wange.

»Besuchst du uns zu Ostern?«, fragte ihre Mutter.

Grace hatte sich eigentlich vorgenommen, über Ostern ein paar faule Tage in New York zu verbringen. Doch dann gab sie sich einen Ruck und sagte Ja.

»Komm ein paar Tage früher, dann können wir zusammen einkaufen gehen.«

»Und wenn das Wetter schön ist, machen wir einen langen Spaziergang.«

Graces Mutter lächelte. »Das wäre wunderbar.« Sie warf einen Blick auf ihre Armbanduhr. »Wenn ich rechtzeitig zu meinem Zug kommen will, muss ich los.« Sie stand auf, nahm ihren Mantel von der Stuhllehne und gab Grace einen Kuss. »Pass auf dich auf, mein Kind.«

Grace drückte ihre Mutter an sich und begleitete sie nach unten.

Wieder in ihrem Zimmer fiel ihr Blick auf einen weißen Briefumschlag. Sie dachte, dass ihre Mutter ihn vergessen hatte, und wollte ihr schon nachlaufen, doch dann sah sie, dass er an sie gerichtet war.

Es war ein Brief von Toms Eltern, die ihr mitteilten, dass sie in Toms Namen eine Stiftung ins Leben gerufen hatten.

Darüber hinaus hatten sie entschieden, Grace aus diesem Fonds eine Summe zukommen zu lassen. »Wir sind sicher, dass es in Toms Sinne gewesen wäre«, schrieben sie.

Grace stiegen Tränen in die Augen. Es war, als hätte Tom auch nach seinem Tod noch dafür gesorgt, dass es ihr gut ging.

Sie setzte sich an ihren Tisch und schrieb Toms Eltern einen innigen Dankesbrief.

Danach nahm sie die Fotos der Frauen aus ihrer Handtasche. Sie betrachtete eins nach dem anderen und kam zu dem Schluss, dass sie in dieser Sache nichts mehr ausrichten konnte. Zwar wusste sie kaum mehr als zu Anfang, doch sie hatte nicht die geringste Ahnung, wo sie noch weiter nachforschen könnte.

Sie beschloss, die Fotos abzugeben.

*

Am nächsten Morgen betrat Grace das britische Konsulat.

Dieselbe Frau wie bei ihrem ersten Besuch saß am Empfang. Sie erkannte Grace wieder und wirkte nicht sehr erfreut. »Sie schon wieder«, schnaubte sie.

»Ja. Ich wollte die Fotos abgeben und hören, ob sich im Fall Eleanor Trigg etwas Neues ergeben hat.«

Im ersten Moment sah es aus, als wolle die Frau Grace abwimmeln, doch dann überlegte sie es sich offenbar anders und sagte: »Die Polizei hat uns gerade ihre persönliche Habe gebracht. Ansonsten suchen wir noch immer nach ihren nächsten Angehörigen.«

Grace schöpfte wieder Hoffnung. »Persönliche Habe? War ein Koffer dabei?«

Die Frau schüttelte den Kopf.

»Darf ich diese persönlichen Dinge einmal sehen?«

Ein frustrierter Seufzer. »Warum das denn, Mrs –«

»Healey. Grace Healey. Weil ich die Fotos gefunden habe und der Fall mich beschäftigt. Ich möchte die Sachen auch nur sehen.«

Widerstrebend reichte die Frau ihr einen großen Briefumschlag. »Sie schauen sich den Inhalt bitte hier vor meinen Augen an.«

Grace öffnete den Umschlag. Er enthielt einige Zwanzig-Dollar-Scheine, eine Brille mit gesplitterten Gläsern und einen neu aussehenden britischen Pass.

Grace blätterte durch die Seiten. Nach den Stempeln zu urteilen war Mrs Trigg zwei Tage vor ihrem Tod in die Vereinigten Staaten eingereist. Vorher war sie in Frankreich und Deutschland gewesen.

Enttäuscht reichte Grace den Umschlag zurück, dann holte sie die Fotos aus ihrer Handtasche und betrachtete sie zum letzten Mal.

Aus einem Impuls heraus ließ sie das Foto von der dunkeläugigen Josie in ihrer Handtasche verschwinden. Sie wollte etwas zur Erinnerung an die Geschichte von Mrs Trigg und ihren Frauen haben. Von den anderen Fotos trennte sie sich schweren Herzens.

24. KAPITEL

ELEANOR

London, 1946

Eines frühen Morgens klopfte es an Eleanors Zimmertür und die Frau, mit der sie sich seit dem Tod ihrer Mutter ihre Wohnung teilte, sagte: »Du sollst in die Baker Street kommen. Unten wartet ein Wagen.«

Eleanor warf einen Blick aus dem Fenster und erkannte im Morgennebel einen schwarzen Austin. Unbeweglich wie eine Statue saß Dodds am Steuer.

Eilig streifte Eleanor eine frische weiße Bluse und ihren blauen Rock über, Kleidungsstücke, die sie auch während ihrer Zeit in der SOE getragen hatte.

Auch Dodds war wie immer im dreiteiligen dunklen Anzug.

Eleanor stieg in den Wagen und lächelte ihren alten Kollegen an. »Guten Morgen, Dodds«, sagte sie. »Was verschafft mir die Ehre?«

»Der Direktor möchte Sie sprechen.«

Mit dieser Antwort musste Eleanor sich begnügen, mehr würde Dodds nicht verraten.

Sie erinnerte sich an das letzte Mal, als er sie morgens abgeholt hatte. Es war der Anfang vom Ende gewesen.

Sie fuhren durch die Straßen, die noch immer voller Kriegsruinen waren. In einigen der Bombenkrater wuchs bereits hohes Unkraut.

Es war der vierte Januar, hier und da sah man in den Läden noch einen Rest Weihnachtsschmuck. Das erste Weihnachtsfest nach dem Krieg war eine traurige Angelegenheit gewesen. Zu viele Familien hatten jemanden verloren, und es herrschte noch immer Lebensmittelknappheit.

Als sie die Baker Street Nummer 83 erreichten, verschlug es Eleanor den Atem. Norgeby House hatte gebrannt. Das Dach war zerstört worden, anstelle der Fenster klafften Löcher, und die Mauern waren geschwärzt. Beißender Aschegeruch drang in den Wagen.

Fassungslos starrte Eleanor nach draußen. Am liebsten hätte sie Dodds gebeten, anzuhalten, um sich den Schaden aus der Nähe zu besehen, doch die Bitte konnte sie sich sparen. Wenn Dodds den Auftrag hatte, sie zum Direktor zu bringen, würde er nichts anderes tun.

Dodds fuhr zur Baker Street 64, dem Hauptquartier der SOE, und parkte den Wagen vor dem Gebäude.

Durch die Eingangshalle liefen Männer in Offiziersuniform. Eleanor kannte einige von ihnen, doch keiner erwiderte ihren Gruß.

Dodds begleitete sie bis hinauf zum Vorzimmer des Direktors. Dort ließ er sie allein.

Eleanor streifte ihren Mantel ab und legte ihn über ihren Arm. Bis auf das leise Rauschen in den Heizungsrohren war es still. Auf einem kleinen Tisch stand ein Aschenbecher, in dem eine Zigarette verglühte und einen unangenehmen Geruch verströmte. Angewidert drückte Eleanor sie aus.

Dann trat sie ans Fenster. Es ging zum Hof hinaus, doch über den Dächern konnte sie die verkohlten Dachsparren des Norgeby House erkennen. Sie stellte sich all die Unterlagen vor, die dort verbrannt waren – Berichte, Memoranden, Fotos, Landkarten – und dachte an die Geheimnisse, die vernichtet worden waren.

Sie schaute sich um. Wie viel geschehen war, seit sie zuletzt in diesem Gebäude gewesen war und darum gebeten hatte, nach Frankreich geflogen zu werden.

Wenig später waren die Alliierten in der Normandie gelandet, und ein Jahr später war der Krieg zu Ende gewesen.

Doch das Demütigende ihres letzten Besuches empfand sie noch so deutlich, als wäre es gestern gewesen.

Die Tür des Büros öffnete sich. Eine junge Frau – offenbar die neue Sekretärin des Direktors – kam heraus und musterte Eleanor mit frostigem Lächeln. »Sie können hineingehen«, sagte sie und ließ sich an ihrem Schreibtisch nieder.

»Trigg, kommen Sie!«, rief der Direktor.

Eleanor betrat sein Büro und schloss die Tür hinter sich.

Der Direktor winkte sie zu seinem Besucherstuhl. Sein Lächeln wirkte so freundlich, als hätte es den Tag ihrer Entlassung nie gegeben.

Eleanor setzte sich und wunderte sich über sein Aussehen. Der Direktor hatte stets Wert auf ein tadelloses Auftreten gelegt, doch an diesem Tag war er unrasiert und trug weder eine Krawatte noch ein Jackett.

Er nickte in die Richtung von Norgeby House. »Wer hätte gedacht, dass es dazu kommt?«

Ihre Welt war schon vorher zerstört worden, sagte sich Eleanor. Doch es schmerzte sie, dass nun auch das Gebäude ruiniert war, in dem sie einmal mit so großer Hoffnung ihre Arbeit begonnen hatte. »Wissen Sie, wie das Feuer entstanden ist?« Wahrscheinlich war nicht viel dazu nötig gewesen. Die vielen Akten dürften wie Zunder gebrannt haben.

»Ich weiß nur, dass es eine Untersuchung geben wird.«

Eine Untersuchung musste noch lange nicht zur Wahrheit führen, das wussten sowohl Eleanor als auch der Direktor.

»Warum haben Sie mich kommen lassen?«

»Das Ganze ist eine Riesensauerei«, antwortete der Direktor und schenkte Eleanor und sich eine Tasse Tee ein.

Eleanor hatte keine Ahnung, was er damit meinte, und sah ihn abwartend an.

»Wir werden aufgelöst. Die gesamte SOE. Eine Anweisung des Verteidigungsministeriums. Es heißt, nun, da der Krieg vorüber ist, brauche man uns nicht mehr. Alle Agenten werden zurückgerufen.«

»Sofern sie noch leben«, sagte Eleanor. »Haben Sie inzwischen etwas über das Schicksal unserer verschwundenen Agentinnen erfahren?«

»Bei zweien wissen wir, was aus ihnen geworden ist.«

In Eleanor keimte Hoffnung auf. »Leben sie noch?«

Der Direktor schüttelte den Kopf. »Eine ist im Lager Ravensbrück ums Leben gekommen, die andere in Auschwitz.«

Eleanor sackte in sich zusammen »Und die anderen?«

»Werden noch immer vermisst. Es ist denkbar, dass einige in Dachau umgekommen sind.«

»Sind die Familien der Frauen informiert worden? Bei den meisten haben die Eltern noch gelebt, andere hatten Ehemänner und Kinder.«

Von einem Elternpaar wusste sie, dass sie einen Trauergottesdienst abgehalten und einen leeren Sarg bestattet hatten.

Eleanor dachte an ihren Anruf bei Rhodas Mutter. Die Frau hatte erst bei ihrem Gespräch erfahren, dass ihre Tochter vermisst wurde – hatte nicht einmal gewusst, dass Rhoda der SOE angehört hatte. Sie hatte geglaubt, ihre Tochter arbeite in London als Schreibkraft.

Eleanor sah Rhoda noch vor sich, als sie am Flughafen Tangmere voller Tatendrang in eine Lizzie stieg und ihr zum Abschied winkte.

All die Frauen, die sie rekrutiert hatte, hatten für ihr Land gekämpft und mehr verdient, als nur noch Namen auf einer Vermisstenliste zu sein.

»Hat man nie etwas von diesen Frauen gehört? Vielleicht von anderen Gefangenen, die sie in einem Lager gesehen haben?«

Der Direktor seufzte. »Eigentlich dürfte ich mit Ihnen nicht darüber sprechen. Schließlich gehören Sie nicht mehr zu uns.« Er nahm einen Schluck Tee. »Aber was soll's? Soweit wir wissen, wurden die Frauen nach ihrer Ankunft in den Lagern hingerichtet. Natürlich gibt es dafür keine Belege, sondern nur die Berichte von Augenzeugen. Trotzdem wäre es töricht, noch zu hoffen.«

Eleanor griff nach ihrer Teetasse. Hätte man ihre Befürchtungen damals ernst genommen und sie nach Frankreich fliegen lassen, hätte sie die Frauen vielleicht retten können. »Weiß man jetzt wenigstens, wie sie geschnappt wurden? Und wie die Deutschen es angestellt haben, unseren Funkverkehr mit Marseille und mit Vespers Netz zu übernehmen?«

Der Direktor ging darüber hinweg. »Ich nehme an, Sie haben die Probleme damals protokolliert. Wahrscheinlich haben Sie über die verschwundenen Frauen sogar selbst Nachforschungen angestellt.«

Eleanor blickte ihn ausdruckslos an. Natürlich hatte sie alles aufgeschrieben. Darüber hinaus hatte sie Zeitungen nach einschlägigen Hinweisen durchforstet. Sie hatte sich mit Jane getroffen, um das festzuhalten, woran die Funkerin sich erinnerte. Sie hatte mit Agentinnen und Agenten gesprochen, die von ihren Einsätzen zurückgekehrt waren, und mit den Familien derer, die nicht wiedergekommen waren. Sie hatte von Razzien der Deutschen in Frankreich, von Festnahmen und von aufgeflogenen sicheren Häusern erfahren, doch über das Schicksal der verschwundenen Frauen hatte ihr niemand etwas sagen können.

»Ich dachte mir schon, dass Sie danach fragen«, sagte sie mit dünnem Lächeln und holte das Heft, in dem sie alles notiert hatte, aus ihrer Handtasche.

Der Direktor streckte die Hand danach aus und blätterte durch die Seiten.

An seiner teilnahmslosen Miene erkannte Eleanor, das nichts von dem, was er las, neu für ihn war.

»Eine Schande, was diesen Frauen widerfahren ist«, sagte er und reichte ihr das Heft zurück. »Ich möchte, dass Sie sich der Sache annehmen. Beginnen Sie mit Ihren Nachforschungen in Frankreich.«

Eleanor glaubte ihren Ohren nicht zu trauen.

»Falls Sie das noch möchten«, fügte er hinzu.

»Warum jetzt?«, fragte Eleanor.

»Es gibt jemanden, der Fragen stellt. Das ist das eine.«

»Wer?«

»Thogden Barnett.«

Barnett war Violets Vater. Eleanor hatte vor zwei Wochen mit ihm gesprochen. Er war zornig gewesen und nicht bereit, das spurlose Verschwinden seiner Tochter auf sich beruhen zu lassen. Eleanor hatte ihn darin bestärkt, ihm sogar geraten, den Fall seinem Abgeordneten vorzutragen und auf Aufklärung zu beharren.

»Mr Barnett droht damit, den Fall an die Öffentlichkeit zu bringen und eine parlamentarische Untersuchung zu beantragen. Sollte es dazu kommen, muss ich in der Lage sein, über das Schicksal der Frauen Auskunft zu geben. Oder zumindest muss ich darlegen können, was wir zur Aufklärung unternommen haben.«

»Und was ist das andere?«

»Dieser verdammte Brand.«

Eleanor sah den Direktor verständnislos an. »Da komme ich nicht mit.«

Der Direktor setzte sich zurück. »Die Akten der SOE wurden gepackt, als klar war, dass wir aufgelöst werden. Ein Teil wurde abgeholt, um in das Archiv des Pentagon in Washington gebracht zu werden. Der Rest ist verbrannt.«

Eleanor studierte seine Miene. »Wollen Sie damit sagen, dass das Feuer gelegt wurde, um Unterlagen zu vernichten?«

Der Direktor beugte sich zu ihr vor. »Man hat einen Brandbeschleuniger gefunden«, flüsterte er. Er lehnte sich wieder zurück. »Das Feuer war kein Zufall, und ich muss wissen, wer dahintergesteckt hat.«

»Und nun glauben Sie, es könnte etwas mit den verschwundenen Agentinnen zu tun gehabt haben? Dass es Unterlagen über sie gab, die niemandem in die Hände fallen sollten?«

»Unter anderem. Wahrscheinlich ging es um die ganze Sektion F.« Der Direktor hob die Schultern. »Ich möchte vermeiden, dass man uns die Brandstiftung in die Schuhe schiebt.«

»Dann wollen wir hoffen, dass es für Erkenntnisse noch nicht zu spät ist«, sagte Eleanor. Und dann konnte sie sich doch nicht beherrschen und fügte hinzu: »Ich wünschte, Sie hätten mir vor zwei Jahren gestattet, nach Frankreich zu reisen.«

»Damals gab es dazu keinen Grund.«

Das Leben ihrer Agenten und Agentinnen zu retten wäre durchaus ein Grund gewesen, dachte Eleanor.

»Allerdings kann ich Sie nicht in offizieller Mission nach Frankreich schicken. Das wäre ein Eingeständnis, dass wir uns bisher nicht ausreichend um den Verbleib der Agentinnen gekümmert haben.«

Der Direktor musterte Eleanor abwägend. »Also, was ist, Trigg, machen Sie mit?«

Die SOE hatte sich nicht im Geringsten gekümmert, verbesserte Eleanor ihn im Stillen. Nur sie hatte die Zeit seit ihrem Rauswurf damit zugebracht, Nachforschungen anzustellen. Und ohne die Gefahr einer drohenden parlamentarischen Untersuchung würde auch jetzt nichts geschehen. »Natürlich mache ich mit, Sie wissen, wie sehr die Frauen mir am Herzen lagen.«

»Sehr schön.« Der Direktor schob Eleanor Dokumente und einen Briefumschlag zu. »Hier sind Ihre Papiere. Sie reisen als Mitglied der Fraueneinheit der Royal Air Force und als Vertreterin der SOE, die mit Nachforschungen über Kriegsverbrechen beauftragt worden ist. Ein entsprechendes Schreiben meinerseits liegt bei. In dem Umschlag ist zudem eine Summe, die Ihre Reise und alle weiteren Unkosten deckt.« Er seufzte schwer. »In zwei Wochen müssen wir die Sache abgeschlossen haben. Danach wird es keine SOE mehr geben, und ich werde kein weiteres Budget zur Verfügung haben.«

Eleanor steckte die Unterlagen und das Geld ein. »Ich breche so bald wie möglich auf.«

Der Direktor reichte ihr einen auf sie ausgestellten britischen Pass. »Wissen Sie, wo Sie ansetzen werden?«

»In der Île-de-France. Dort sind die Frauen verschwunden. Meine Vermutung ist, dass sie vor ihrem Tod in das Hauptquartier des SD in Paris geschafft und verhört wurden. Also werde ich mich auch bei den Kontaktstellen und Behörden in Paris umsehen.«

Eleanor blätterte in dem Pass, der ihr einmal so wichtig gewesen war. Nun war er nur noch nützlich. »Wie kann ich Sie erreichen, falls es nötig werden sollte?«

»Gar nicht, Sie sind auf sich allein gestellt.« Der Direktor stand auf. »Außerdem wissen wir nicht, wer meine Telefonate mithört«, sagte er leise und reichte Eleanor zum Abschied die Hand. »Machen Sie es gut, Trigg. Dodds wartet unten und fährt Sie nach Hause.«

Eleanor nahm den Hinterausgang des Hauptquartiers. Über eine Seitengasse erreichte sie die Brandruine des Norgeby House.

Die Treppe zu den oberen Etagen war verkohlt. Eleanor durchquerte das Erdgeschoss, vorbei an dem Besprechungsraum und zu der Tür, die zum Untergeschoss führte. Die Treppe zu ihrem ehemaligen Büro und der Funkzentrale hinunter war noch intakt.

Als Eleanor die erste Stufe nahm, rieselte geschwärzter Stuck von der Decke. Sie warf einen Blick nach oben. Die Decke wirkte robust.

In ihrem alten Büro stand noch der Aktenschrank und war unversehrt. Eleanor zog die Schubladen auf. Sie waren leer.

Sie bückte sich. In der untersten Schublade hatte sie eine kleine Stahlkiste deponiert, die sie damals nicht hatte mitnehmen dürfen. Darin hatte sie die Dinge aufgehoben, die ihre Agentinnen ihr zu treuen Händen überlassen hatten. Die Kiste war noch da.

Eleanor hob den Deckel ab, und ein kleiner Baby-Schuh fiel heraus. Sie legte ihn zurück.

Von oben ertönte eine Männerstimme. »Ist da unten jemand?« Eine Taschenlampe wurde angeknipst.

Eleanor stieg die Treppe hinauf.

Oben stand ein junger Polizist. »Was hatten Sie da unten zu suchen?« Er deutete auf die Stahlkiste unter Eleanors Arm. »Sie können nicht einfach hereinkommen und etwas mitnehmen. Die Feuerwehr ist noch dabei, nach der Ursache des Brandes zu suchen.«

»Wollen Sie mich festnehmen?« Eleanor trat an ihm vorbei und verließ Norgeby House zum letzten Mal.

25. KAPITEL

ELEANOR

Paris, 1946

Eleanor saß in der Bar ihres Pariser Hotels, vor ihr ein Martini, den sie kaum angerührt hatte. Wer es nicht besser wusste, hätte annehmen können, dass sie auf jemanden wartete. Allerdings wirkte sie nicht nervös, sondern saß ruhig an ihrem kleinen Tisch und beobachtete die Menschen, die sich hier nach der Arbeit zu einem Aperitif trafen.

Vor drei Wochen hatte Eleanor London verlassen. Ihre Abreise hatte sich verzögert, weil die Fähren von England zum europäischen Festland ausgebucht waren. Zu guter Letzt fand sie einen Platz auf einem Frachtschiff.

Die Überfahrt verbrachte sie an Deck, wo sie auf die grauen Wellen starrte und versuchte, an gar nichts zu denken.

Doch es dauerte nicht lange, bis sie im Geist wieder bei den SOE-Agentinnen war. Vor drei Jahren waren die ersten von ihnen nachts mit dem Fallschirm im kriegszerrütteten Europa gelandet und hatten unter Einsatz ihres Lebens dafür gekämpft, dass es nun wieder möglich war, ohne Angst dorthin zu reisen.

Das Frachtschiff legte in Calais an. Von dort aus fuhr Eleanor mit dem Zug weiter in die Île-de-France. Zwar erwartete sie nicht, dort Informationen zu finden, doch sie wollte die Orte sehen, an denen ihre Agentinnen tätig gewesen waren.

Ihr nächstes Ziel war Paris. Dort begann sie mit der Suche nach Unterlagen, denn ihre Hoffnung war, dass man in den Behörden der Provisorischen Regierung Frankreichs wusste, wo die Akten der Gestapo und des SD untergebracht worden waren.

Wie sich herausstellte, existierten diese Unterlagen nicht mehr. Vor der Befreiung von Paris durch die Alliierten hatten die Deutschen ihre Akten vernichtet. Die Unterlagen der Vichy-Regierung wiederum waren unter Verschluss und Ausländern nicht zugängig.

Eleanor versuchte es bei den rechtsmedizinischen Instituten der Stadt, dann in einem Vertriebenenlager außerhalb von Paris, aber auch dort kam sie nicht weiter.

Möglicherweise lag es an ihrem Ausweis einer Fraueneinheit der Royal Air Force und Vertreterin der SOE. Die Fraueneinheit der RAF schien nicht viel zu zählen und die SOE existierte nicht mehr. Für die Franzosen war sie ein Niemand.

Eleanor hatte sich vorgestellt, dass die Franzosen der SOE für ihre Unterstützung dankbar waren und sich allein deshalb hilfsbereit zeigen würden, doch darin hatte sie sich geirrt. In Frankreich wurde die Befreiung als Erfolg der Résistance und der Alliierten gefeiert. Von einer Geheimorganisation namens SOE hatte kaum jemand gehört.

Selbst die Hotels, in denen sich während des Kriegs die Geheimagenten aus aller Welt mit den Mitgliedern des Widerstands getroffen hatte, klapperte sie ab und hoffte, einige der französischen Partisanen würden dort abends noch immer ein Glas trinken. Sie hatte sich bei den Barmännern erkundigt, ihnen die Fotos der verschwundenen Frauen gezeigt. Auch das war ergebnislos geblieben.

Nun ging Eleanor ihre Notizen durch und überlegte, wohin sie sich noch wenden könnte – oder ob sie sich ihre Niederlage eingestehen und nach England zurückkehren sollte. Allerdings würde sich dann niemand mehr für das Schicksal der vermissten Agentinnen interessieren. Nur diejenigen Agenten, die einen militärischen Rang bekleidet hatten, wurden nach ihrem Verschwinden gesucht.

Ihr Blick fiel auf einen jungen Mann in einem abgetragenen grauen Anzug. Er hatte *Le Monde* vor sich.

Eleanor las die Schlagzeile: *Procès pour crimes de guerre*. Alle Zeitungen waren voll von den Berichten über die Kriegsverbrecherprozesse in Deutschland. Allerdings schien der junge Mann nicht zu lesen, sondern sie über den Rand der Zeitung hinweg zu beobachten.

Eleanor versteifte sich. Sie kannte die Anhaltspunkte, die darauf hinwiesen, dass man beschattet wurde, sie hatten zur Ausbildung im Arisaig House gehört.

Sie leerte ihr Glas, unterschrieb die Rechnung und verließ die Bar. Auf dem Weg zu ihrem Zimmer fragte sie sich, wer um alles in der Welt nun, da der Krieg vorbei war, noch Interesse an ihr haben sollte.

In ihrem Zimmer setzte sie sich auf die Bettkante und kam zu dem Schluss, dass sie wahrscheinlich an Verfolgungswahn litt. Vielleicht hätten die Nazis einmal Grund gehabt, sie zu beschatten, doch außer ihnen wohl niemand.

Als es an ihrer Tür klopfte, stockte ihr Atem. Dann blieb sie ganz still sitzen und entschied, das Klopfen zu ignorieren.

Wieder wurde geklopft. Schließlich überwand Eleanor sich, schlich zur Tür und spähte durch den Spion.

Draußen stand der junge Mann aus der Bar.

»Was wollen Sie?«, fragte Eleanor durch die Tür.

»Ich weiß, weshalb Sie gekommen sind, und möchte mit Ihnen reden.«

Nach kurzem Zögern öffnete Eleanor die Tür einen Spaltbreit. »Wer sind Sie?«

»Mein Name ist Henri Duquet. Ich war in der Résistance.«

Ein solches Geständnis wäre vor Kurzem noch sein Todesurteil gewesen, ging es Eleanor durch den Kopf. Nun schien es eine Ehrenbezeichnung zu sein.

»Darf ich hereinkommen?«, fragte Duquet. »Es geht um die Frauen, nach denen Sie sich überall erkundigen.«

Eleanor öffnete die Tür ganz.

Duquet betrat ihr Zimmer.

»Woher wissen Sie das?«

»Ich arbeite in einer der Behörden, die Sie besucht haben. Sie stellen Fragen, die uns nicht gefallen. Oder über die wir uns zumindest wundern.«

»Wer sind ›wir‹?«, fragte Eleanor.

Duquet schwieg.

»Mich interessiert nur ein englisches Agentennetz in Frankreich, das unter dem Namen ›Vesper‹ lief«, sagte Eleanor. »Zu diesem Netz gehörten zwölf Agentinnen, über deren Verbleib wir nie etwas erfahren haben. Wissen Sie etwas darüber?«

Als er noch immer nicht antwortete, fragte sie: »Ist Ihre Antwort eine Frage des Geldes?«

»Ich will kein Geld«, entgegnete er verächtlich. »Ich möchte Ihnen nur etwas zeigen. Sie sollen erkennen, wie viel Blut Sie an den Händen haben.«

»Ich habe Blut an den Händen?«, wiederholte Eleanor ungläubig. Bezog er sich etwa auf die verspätete Reaktion der SOE auf die unverschlüsselten Funksprüche? Aber woher sollte er darüber etwas wissen?

»Kommen Sie mit.«

»Wohin?«

»Das werden Sie sehen?«

Duquet wandte sich zum Gehen.

Eleanor griff nach ihrer Handtasche und folgte ihm.

Auf der Straße öffnete Duquet ihr die Beifahrertür eines altersschwachen Citroëns.

Eleanor erinnerte sich an die Regel, nie mit einem Unbekannten zu gehen, die man ihr schon als junges Mädchen eingetrichtert hatte. »Wohin wollen Sie?«

»Kommen Sie, wenn Sie wissen wollen, was aus Ihren Leuten geworden ist.«

Eleanor stieg ein. Auf der Fahrt zu ihrem unbekannten Ziel schwieg Duquet wieder.

Eleanor schaute aus dem Fenster auf die Stadt, die zwar nicht so zerstört wie London war, jedoch ebenfalls sichtlich an den Folgen des Krieges litt. Die Menschen waren zu mager und schleppten sich durch die Straßen, ihre Gesichter waren müde und fahl.

Schließlich bogen sie in die Avenue Foch ein. Eleanor nahm an, dass ihr Ziel das ehemalige Hauptquartier des SD war.

Sie hatte recht, Duquet stellte seinen Wagen vor dem Haus Nummer 84 ab.

Eleanor stieg aus. Eine eiskalte Bö fuhr über die Straße und nahm ihr beinah den Atem. Sie betrachtete das Gebäude. An dem Fahnenmast dürfte vor einem Jahr noch eine Hakenkreuzfahne geweht haben, jetzt war er leer. Auch das Haus machte einen verlassenen Eindruck.

Duquet hatte einen Schlüssel. Er öffnete die Eingangstür und führte Eleanor die Treppe hinauf. Ein Schauder überlief sie, als sie daran dachte, was sich in diesen Räumen während der vergangenen Jahre abgespielt hatte.

Im ersten Stock betraten sie ein kleines Büro, das nach altem Zigarettenrauch, Urin und etwas Fauligem roch. Ein Tisch und zwei Stühle bildeten das einzige Mobiliar. Auf dem Tisch stand ein Funkgerätekoffer. Er sah wie die der SOE aus.

»Wie ist dieses Funkgerät hierhergekommen?« Eleanor ließ sich an dem Tisch nieder, zog den Koffer zu sich heran und klappte ihn auf.

»Das ist eine längere Geschichte.« Duquet setzte sich ihr gegenüber. »Im Frühjahr 1944 hatte der SD das Netz der SOE in Marseille infiltriert. Ein Teil der Mitglieder wurde festgenommen und getötet. Danach haben die Deutschen die Marseiller Funkgeräte benutzt, um im Namen der Agenten Nachrichten zu fingieren.«

»Infiltriert?«, fragte Eleanor. »Heißt das, es gab jemanden im SD, der sich so geschickt getarnt hat, dass man ihn in Marseille für einen der unsrigen hielt?«

Duquet lachte. »Eine Person einzusetzen war nicht nötig. Die Deutschen haben die Funknetze überwacht und nach verdächtigen Sendern gesucht. Wenn sie einen erwischt hatten, haben sie ihre Geräte auf dieselbe Frequenz eingestellt und die Nachrichten abgefangen. Wenn sie dann noch den Funker oder einen Agenten geschnappt und gefoltert haben, bis er ihnen die Codes verriet, kamen sie mit ihren gefälschten Nachrichten durch.«

»Wir haben Nachrichten erhalten, die nicht verschlüsselt waren«, sagte Eleanor. »Aber die kamen nicht aus Marseille.«

Duquet schenkte Eleanor einen mitleidigen Blick. »Es gab auf allen Seiten schlampige Arbeit, auch bei Ihnen in der SOE.«

Eleanor strich über das Funkgerät. »Sind Sie unseren Agenten und Agentinnen persönlich begegnet?«

Duquet zuckte mit den Schultern. »Dann und wann. Über den SD und die Leute, die hier gefoltert wurden, haben wir von den Franzosen erfahren, die in diesem Haus gearbeitet haben. Von den Putzfrauen in erster Linie. Sie konnten uns sagen, wie lange Ihre Leute der Folter standgehalten haben.«

Für einen Moment schloss Eleanor die Augen. »Sagt Ihnen der Name Vesper etwas?«

Duquet nickte.

»War er auch hier und wurde gefoltert?«

Ja.« Duquet stand auf. »Ich kann Ihnen den Raum, in dem die meisten Ihrer Leute gefangen gehalten wurden, zeigen.«

Sie stiegen hinauf zum Dachboden. Duquet öffnete die Tür zu einem kleinen Raum.

Eleanor sah Feldbetten und ein Bücherregal und wunderte sich über die Einrichtung. Eine Zelle des SD hatte sie sich anders vorgestellt.

Auf das Gestell eines Feldbetts hatte jemand ein Datum eingeritzt. 4. Januar 1944. Darunter stand noch etwas, doch das war unleserlich. Auf der Matratze waren braune Flecken getrockneten Blutes.

Eleanor blickte aus dem Fenster. In der Ferne war die Spitze des Eiffelturms zu erkennen. Sie stellte sich die letzten Tage der Gefangenen vor, denen sich der Blick auf etwas bot, das für sie unerreichbar geworden war.

»Länger als eine Woche hat keiner ein Verhör durchgestanden«, sagte Duquet. »Danach waren die Deutschen mit ihnen fertig.«

Eleanor wandte sich zu ihm um. »Was soll das heißen?«

»Dass sie umgebracht oder ins Gefängnis Fresnes geschafft wurden. Vesper starb in diesem Haus.«

Eine Welle der Trauer stieg in Eleanor auf. Vespers Einsatz war unermüdlich gewesen, sie hätte ihm ein besseres Ende als den Tod durch die Folterer des SD gewünscht.

»Was wissen Sie über die anderen?«

»Das, was ich gerade gesagt habe, Mrs Trigg. Von Fresnes aus ging es dann für einige ins Lager Natzweiler im Elsass.«

»Soweit mir bekannt ist, kamen die Männer nach Natzweiler und die Frauen nach Ravensbrück.«

Duquet zuckte mit den Schultern. »Eins war so schrecklich wie das andere.«

Eleanor ließ sich auf einem Stuhl nieder. »Ein Teil unserer Leute muss kurz vor der Invasion gefasst worden sein. Nur noch wenige Wochen, und sie hätten es geschafft gehabt.«

»Ihre Agenten waren nicht die Einzigen, die umgekommen sind«, sagte Duquet ungehalten.

»Nein, natürlich nicht. Mir ist durchaus bewusst, wie viel der Krieg Frankreich gekostet hat.«

Eleanor dachte an die Zivilopfer, die bei Bombenangriffen ums Leben gekommen, an die Dorfbewohner, die hingerichtet worden waren, weil in ihrer Nähe ein Sabotageakt verübt worden war. An die Arbeiter, die gestorben waren, wenn sie einen Rüstungsbetrieb gesprengt hatten, die Lokomotivführer, die tödlich verunglückt waren, wenn sie ihre Frachtzüge hatten entgleisen lassen. Europa in Brand stecken, das war Churchills Auftrag für die SOE gewesen, doch bei der Ausführung waren zahllose unschuldige Menschen ums Leben gekommen.

Sie stellte sich vor, dass auch Marie hier gefangen gewesen war. Vielleicht noch andere der Frauen, über deren Verbleib sie nichts erfahren hatte.

Und noch immer wusste sie nicht genau, wie es zu ihrer Festnahme gekommen war. Wo genau waren die Fehler gewesen, die es den Deutschen ermöglicht hatten, das Netz in Marseille zu infiltrieren, Frequenzen zu kapern und Funksprüche zu senden, die erst aufgefallen waren, als sie begonnen hatten, in Maries Namen auch unverschlüsselte Nachrichten zu senden?

Als könnten die Wände ihr die Antworten geben, horchte Eleanor in die Stille.

Sie beschloss, den Raum nach Hinweisen ihrer Agentinnen abzusuchen, nach geheimen Botschaften, die sie vielleicht irgendwo hinterlassen hatten. Sie fing mit den Scheuerleisten an.

»Das können Sie sich sparen«, sagte Duquet. »Wir haben diesen Raum selbst nach Hinterlassenschaften durchsucht.«

Mag sein, dachte Eleanor, aber die Widerstandskämpfer hatten die SOE-Agentinnen nicht so gut gekannt wie sie.

Sie schaute sich die Bettgestelle an, in die etwas geritzt worden war. Bei einigen waren es Striche, als hätte jemand die Tage gezählt, bei anderen Namen.

»Standhalten«, war an einer Stelle zu lesen.

Eleanor entdeckte französische Namen, doch sie sagten ihr nichts. Wahrscheinlich waren es Mitglieder der Résistance gewesen.

Schließlich stieß sie auf ein gekrakeltes »Baudelaire«, und ihr Herz begann schneller zu schlagen. Marie hatte in jenem Londoner Café die Gedichte Baudelaires gelesen.

Eleanor untersuchte das Bettgestell, doch außer dem Namen des Dichters fand sie nichts mehr.

Sie trat an das Bücherregal. Es enthielt Kinderbücher – und eine Sammlung französischer Gedichte. Ihre Hände zitterten, als sie den Band aufschlug und das Inhaltsverzeichnis durchging. Die Sammlung enthielt ein Gedicht von Baudelaire. Sie suchte die Seite – und dachte, ihr Herz bliebe stehen. In den Zeilen waren hier und da Buchstaben angekratzt, wahrscheinlich mit einem Fingernagel.

Eleanor kehrte zu ihrem Stuhl zurück, beugte sich über die Seite und setzte die markierten Buchstaben zusammen. Sie ergaben das Wort LONDON.

London? Was sollte das bedeuten? War es so etwas wie ein Hilferuf gewesen? Oder hatte Marie – vorausgesetzt die Botschaft kam von ihr – damit sagen wollen, dass die SOE Schuld an ihrer Festnahme hatte? Aber woher hätte sie das wissen können? Oder hatte sie noch mehr mitteilen wollen und war unterbrochen worden?

Eleanor blätterte durch die Seiten. Alle anderen Gedichte waren intakt. Sie klappte das Buch zu und fragte Duquet: »Was meinten Sie, als Sie sagten, dass ich Blut an den Händen habe?«

Er setzte sich zu ihr. »Manchmal haben auch wir die Funknachrichten der SOE abgefangen. Irgendwann ist uns gedämmert, dass die Deutschen ebenfalls an diese Nachrichten gelangt sind und darauf geantwortet haben. Ihre Antworten kamen von der Funkstation in diesem Gebäude. Zuerst dachten wir, dass die SOE nachlässig arbeitet, und wollten es schon melden, erst recht, als wir auf unvollständig verschlüsselte oder sogar völlig unverschlüsselte Fragen des SD stießen und nicht fassen konnten, dass die SOE darauf antwortete. Zum Schluss gingen wir davon aus, dass in der SOE jemand auf der Seite der Deutschen stand und die Fragen des SD ganz gezielt beantwortet hat. Wann Waffen geliefert wurden, wann und wo Agenten abgesetzt wurden, wer die französischen Kontakte waren. Es hat viele Ihrer und unserer Leute das Leben gekostet. Das meinte ich mit dem Blut an Ihren Händen.«

Das war der Verdacht, den Eleanor nie gewagt hatte, so deutlich für sich zu formulieren.

»Mein Bruder gehörte zu den Partisanen in Vespers Netz. Er wurde nur wenige Wochen vor der Invasion gefasst. Wir haben nie wieder von ihm gehört.«

»Das tut mir sehr leid, Monsieur Duquet, aber ich verstehe noch immer nicht, warum ausgerechnet ich das Blut an den Händen haben soll.«

»Vielleicht waren Sie es ja, die den Deutschen geholfen hat.«

»Ich? Niemals!« Eleanor spürte, wie sich auf ihrem Gesicht Zornesröte ausbreitete. »Ich fühle mich für die Agentinnen verantwortlich, über deren Schicksal wir nie mehr etwas erfahren haben. Und vielleicht hätte ich sie besser schützen müssen, aber ich hätte sie ganz bestimmt nicht verraten.« Sie stand auf. »So etwas muss ich mir nicht anhören, Ihr Verdacht ist ungeheuerlich!«

Ohne auf seine Antwort zu warten, verließ sie den Raum und rannte die Treppen hinunter.

Auf der Straße warf sie einen Blick zurück. Aber Duquet kam ihr nicht nach.

Für lange Zeit lief sie blindlings durch die Straßen und versuchte, mit ihrem inneren Aufruhr fertigzuwerden.

Natürlich hatte auch sie schon an einen Verräter gedacht, allerdings hatte sie sich gegen die Vorstellung gewehrt, dass derjenige zur SOE gehört haben könnte.

Sie erinnerte sich an Vespers Worte, dass er niemandem traue. Damals hatte sie sich daran gestört, doch vielleicht hatte er einen guten Grund für sein Misstrauen gehabt.

Eleanor blieb stehen und ging im Geiste die Personen durch, die zum Führungskreis der SOE gehörten und Zugang zu den Funknachrichten gehabt hatten. Es gab etliche darunter, die Meister interner Intrigen waren, aber Verrat würde sie keinem von ihnen unterstellen.

Schließlich kehrte sie in ihr Hotel zurück. Sie war erschöpft, doch im Bett fand sie keinen Schlaf. Als sie endlich einnickte, träumte sie vom Norgeby House. Aus dem Dach schlugen Flammen, und Fetzen verbrannter Unterlagen wirbelten durch die Luft.

Als Eleanor am Morgen aufstand, fühlte sie sich zerschlagen und ließ sich ihr Frühstück aufs Zimmer kommen.

Ihr Blick fiel auf die Ausgabe von *Le Monde,* die Duquet bei ihr vergessen hatte. Sie griff danach und kämpfte sich durch den französischen Text über die Kriegsverbrecherprozesse.

Der Name Helmut Knochen sprang ihr ins Auge. Das war der Mann, der den Tod zahlloser SOE-Agenten auf dem Gewissen hatte, auch den von Vesper und seinen Leuten.

Knochen sollte bald in einer deutschen Stadt namens Wuppertal vor einem britischen Militärgericht stehen und würde vermutlich zum Tode verurteilt werden.

Eleanor ließ die Zeitung sinken. Knochen war derjenige, der ihr über das Schicksal ihrer Agentinnen Auskunft geben konnte.

Sie entschied, noch an diesem Tag zu versuchen, eine Zugverbindung nach Wuppertal zu finden.

26. KAPITEL

MARIE

Frankreich, 1944

Schlaftrunken hob Marie den Kopf und sah sich um. Sie war in Fresnes, fiel ihr ein. Ihr Kopf sank zurück, und sie schlief wieder ein.

Im Traum kam Mrs Trigg zu ihr. Marie fragte sie, wie sie in ihre Zelle gelangt war. Trigg lächelte und reichte ihr ein Glas Wasser, das Marie gierig austrank. *Es tut mir so leid. Ich habe Sie enttäuscht,* sagte sie bekümmert. *Ich bin nicht enttäuscht,* antwortete Mrs Trigg. *Stehen Sie auf und kommen Sie mit mir. Ich bringe Sie nach Hause.*

Marie wachte auf. Das Bild von Mrs Trigg verblasste. Sie wollte sie festhalten und anflehen, noch zu bleiben, doch dann begriff sie, dass es nur ein Traum gewesen war. Sie barg ihr Gesicht in den Händen.

All ihre Träume waren qualvoll, denn wenn sie nicht von Mrs Trigg träumte, erschien Tess ihr, saß mit ihr im Garten des alten Pfarrhauses von Tante Hazel und nahm ihr weinend das Versprechen ab, nie mehr fortzugehen.

Plötzlich ertönte eine scharfe Stimme, die auf Deutsch »Raus mit euch!« brüllte.

Schwerfällig raffte Marie sich auf und wunderte sich,

dass mit einem Mal Deutsche die Kommandos gaben. Fresnes wurde von französischen Milizionären geführt.

Jemand schlug mit einer Eisenstange gegen die Zellentüren und schrie: »Los, Beeilung!«

Marie und die anderen Frauen in der Zelle tauschten ängstliche Blicke. Seit der Bericht über die alliierte Invasion zu ihnen durchgedrungen war, hatten sie sich immer wieder Mut gemacht und einander erzählt, was sie nach der Befreiung alles unternehmen würden. Doch nun sah es aus, als wären statt der Alliierten Deutsche gekommen. Die Frauen rafften ihre wenigen Habseligkeiten zusammen.

Marie sah, wie eine Frau ihren Ehering hinunterschluckte, damit er den Deutschen nicht in die Hände fiel. Eine andere kritzelte etwas auf einen Zettel und steckte ihn in einen Spalt zwischen Fußboden und Wand.

Marie lehnte sich gegen die Wand und spürte ihre schmerzenden Knochen. Da sie als eine der Letzten in der Zelle gelandet war, hatte es für sie keine Matratze mehr gegeben. Seit Wochen schlief sie auf dem nackten Steinfußboden, doch die verdreckten, klumpigen Matratzen waren auch nicht viel besser. Sie kratzte sich am Kopf. Ebenso wie die anderen Frauen hatte sie Läuse bekommen.

»Sie leeren das Gefängnis«, sagte eine Frau, die an der Tür stand und nach draußen horchte.

Marie erschrak. Wenn Deutsche sie zusammentrieben, konnte das nur bedeuten, dass sie in eines ihrer Lager gebracht wurden.

Furchtsam drängten die Frauen sich zusammen. Alle außer Marie waren Französinnen, die entweder in der Résistance gewesen oder mit Widerstandskämpfern verheiratet waren. Als Marie ankam, war noch eine Jüdin unter ihnen gewesen, die inzwischen deportiert worden war. An sie erinnerte die Mesusa, die sie an der Zellentür in die Wand geritzt hatte.

Alle Frauen waren vor Hunger entkräftet und hatten Wunden von der Folter, die sie durchgestanden hatten.

Auch andere begannen mit Bleistiftstummeln oder einem Stückchen Kohle auf kleine Zettel zu schreiben, einige nur ihren Namen, andere fügten eine winzige Botschaft und den Namen eines Familienmitglieds hinzu. Sie warfen ihre Kassiber durch die Gitterstäbe an den Fenstern nach draußen; Fensterscheiben gab es nicht mehr.

Marie hatte in Frankreich niemanden, für den sie eine Nachricht hinterlassen konnte. Sie sah den anderen zu und versuchte, sich auf den Transport einzustellen. Sie musste den Befehlen gehorchen, ermahnte sie sich. Wer es nicht tat, wurde erschossen. Sie betete, dass der Sieg der Alliierten nicht mehr weit war. Er war ihre einzige Chance, zu Tess zurückkehren zu können.

Die Zellentür wurde aufgerissen. Wieder wurde »Raus!« gebrüllt. Draußen standen uniformierte Deutsche, die die Frauen mit Knüppeln antrieben.

Die Frauen hasteten los, keine wollte die letzte sein und den Großteil der Schläge abbekommen.

Auch aus den anderen Zellen kamen Frauen und bildeten einen Strom, der sich durch die Gänge ergoss.

Vor Marie ging eine Frau zu Boden und schaffte es nicht, wieder aufzustehen.

Marie zögerte. Sie hatte Angst, zurückzubleiben, doch gleichzeitig war es ihr unmöglich, die Frau einfach liegenzulassen. Sie bückte sich – und rang nach Atem.

Es war Josie.

»Josie«, flüsterte Marie und fasste ihre Freundin unter den Armen. »Ich bin es, Marie.«

Josie bestand nur noch aus Haut und Knochen und schien Marie nicht zu erkennen. Sie öffnete den Mund, als wollte sie etwas sagen, brachte jedoch keinen Laut hervor.

Eine zweite Frau blieb stehen. Zu zweit nahmen sie Josie in die Mitte und schleiften sie mit sich.

Marie flüsterte Josie aufmunternde Worte zu und dankte dem Schicksal, das sie wieder mit ihrer Freundin zusammengeführt hatte. Sie war sicher gewesen, dass Josie tot war.

»Komm, Josie«, sagte sie ein ums andere Mal. »Versuch, ein paar Schritte zu machen.«

Josie stöhnte. »Ich kann nicht.«

»Doch, du kannst. Stell dir vor, wir wären in Schottland auf dem Weg den Hang hoch«, sagte Marie. »Riechst du die gute Luft? Spürst du den frischen Wind, der von den Bergen weht?« Sie dachte an den ersten Tag im Arisaig House, als Josie ihr geholfen hatte. Es war, als wäre seitdem eine Ewigkeit vergangen.

Auf Josies Gesicht deutete sich der Anflug eines Lächelns an.

*

Vor dem Gefängnis wurden sie auf Lkws verladen und durch Paris zum Bahnhof von Pantin gefahren. Dort trieb man sie in einen Güterzug und pferchte sie zu Dutzenden in einem Waggon zusammen.

Stundenlang standen sie auf dem Gleis und spürten, wie die Junisonne auf das Dach des Waggons prallte. In der warmen, stickigen Luft sanken einige der Frauen ohnmächtig zu Boden.

Schließlich setzte der Zug sich in Bewegung und fuhr im Schneckentempo durch Ortschaften, die Marie durch einen Ritz in den Bretterwänden erkennen konnte.

Als sie nach langer Zeit erneut stehenblieben, hatte Marie den Eindruck, dass sie in Deutschland angekommen waren. Die Häuser sahen anders aus als in Frankreich.

Die Waggontür wurde aufgeschoben, und sie erhielten einen Eimer Wasser und einen Laib altes Brot, was nicht einmal ansatzweise für alle ausreichte.

Einige Frauen begannen zu stöhnen. Es roch nach menschlichen Ausscheidungen.

Marie presste ihre Nase an den Ritz und versuchte, frische Luft zu schnappen. Josie lag zu ihren Füßen und regte sich nicht.

Maries Unterleib begann sich schmerzhaft zusammenzuziehen. Im ersten Moment dachte sie, es wäre der Beginn einer Diarrhoe, doch dann sah sie den dünnen Blutfaden, der an ihrem Bein hinunterrann. Sie hatte angefangen zu menstruieren. Noch vor Wochen hätte sie sich verzweifelt gefragt, was sie nun tun solle, inzwischen spielte so etwas für sie keine Rolle mehr.

Sie ließ sich neben Josie nieder und nahm ihre Freundin in die Arme. Josie fühlte sich heiß und fiebrig an. »Josie«, sagte sie. »Sprich mit mir. Erzähl mir, wie sie dich geschnappt haben.« Sie streichelte Josies Wange.

Josie öffnete die Augen einen Spaltbreit. »Es war eine Falle«, flüsterte sie. »Ein Treffen mit – den Partisanen … die Deutschen haben auf mich gewartet.« Sie verstummte.

»Sprich weiter, Josie«, drängte Marie.

»Sie wussten alles … wussten, wer ich war.«

Josies Stimme war kaum noch zu vernehmen. Marie hob sie ein wenig höher. »Bleib wach, Josie, bitte.«

Nach einer Weile murmelte Josie: »Jemand hat uns verraten, Marie.« Sie schien zu fiebern. »Du musst Vesper Bescheid sagen.«

Marie wandte den Blick ab und schwieg. Als sie ihre Freundin wieder ansah, liefen Tränen über Josies Wangen.

»Er ist tot, oder?«, fragte sie leise.

Marie nickte.

»Dann war alles umsonst.« Josies Kopf fiel zur Seite.

»Unsere Arbeit war nicht umsonst«, antwortete Marie, aber sie wusste nicht, ob Josie sie gehört hatte.

»Nicht einschlafen, Josie.« Marie setzte sich so, dass Josie mit dem Kopf an ihrer Brust lag. Es zerriss ihr das Herz, zu sehen, wie diese einst so starke junge Frau nun zu einem Skelett abgemagert und mehr tot als lebendig war.

»Bitte, halte durch, Josie«, sagte sie. »Wir haben doch immer gesagt, dass wir irgendwann zusammen tanzen gehen wollen. Weißt du das nicht mehr?«

Josie deutete ein Nicken an.

»In einem schicken Tanzlokal in London. Wenn der Krieg zu Ende ist – wenn alles wieder gut ist –, dann gehen wir beide aus.«

Josie versuchte zu lächeln und schaffte es nicht.

Marie hörte, wie sie röchelte, und strich ihr über die Wange. »Bitte, Josie, bitte bleib bei mir.«

Aus der Ferne hörte man das Geräusch von Artilleriefeuer.

»Lieber Gott, bitte lass es die Alliierten sein«, betete eine Frau. Andere richteten sich auf und lauschten angespannt.

Dann detonierte in der Nähe eine Bombe. Das Dach des Waggons riss auf, Bretter lösten sich. Marie beugte sich über Josie, um sie mit ihrem Körper zu schützen.

»Der nächste Einschlag trifft uns«, murmelte eine Frau. Einige bargen ihr Gesicht in den Händen und schluchzten auf.

Wieder schlug in der Nähe eine Bombe ein. Der Waggon geriet ins Wanken. Dann blieb der Zug stehen. Die Tür flog auf, und frische Luft drang herein. »Los, raus hier!«, brüllte eine Männerstimme.

Marie wunderte sich. Was interessierte es die Deutschen, ob ein Zug voller Gefangener von einer Bombe getroffen wurde. Doch dann rief jemand von draußen, dass die Gleise zerstört worden waren.

Benommen kletterten die Frauen hinaus.

Josie rührte sich nicht. »Komm, Josie«, sagte Marie. »Nimm noch einmal alle Kraft zusammen.« Sie versuchte, ihre Freundin mit sich zu ziehen.

Ein uniformierter Deutscher sprang in den Waggon und wollte nach Josie greifen.

»Sie ist krank«, rief Marie verzweifelt.

»Raus mit euch!« Der Mann begann, Josie zu treten.

»Nein!« Marie versuchte Josie nach draußen zu schleifen. Der nächste Stiefeltritt landete in ihrem Rücken, dort, wo die SD-Schläger in der Avenue Foch ihre Rippen gebrochen hatten. Der Schmerz nahm ihr den Atem, und sie brach über Josie zusammen. Sie spürte, wie der Lauf einer Waffe auf ihren Nacken gesetzt wurde, und dachte, *so wird mein Leben also enden.*

»Willst du wirklich deine Munition verschwenden?«, fragte eine Stimme von draußen. »Lass sie doch, wenn sie lieber hier krepieren wollen.«

»Nein.« Grobe Hände packten Marie und wollten sie von Josie lösen.

Plötzlich öffneten sich Josies Augen, und ihr Blick war so klar, wie er in Schottland gewesen war. Und mit einem Mal gab es nur noch sie beide, genau wie nachts im Arisaig House, wenn sie miteinander geflüstert hatten. »Lass mich, Marie«, sagte Josie und lächelte. »Rette dich. Und Lebwohl.«

Wieder schlug nicht weit entfernt eine Bombe ein. Marie wurde nach draußen katapultiert.

27. KAPITEL

ELEANOR

Deutschland, 1946

Als Eleanor sich der deutschen Grenze näherte, verkrampfte sie sich. Sie kannte das Land nicht, war nur vor vielen Jahren einmal auf dem Weg von Polen nach England hindurchgekommen. Doch für sie war es der Inbegriff des Bösen.

Sie wurde von einem britischen Militärpolizisten kontrolliert, der flüchtig durch ihren Pass blätterte und nicht einmal wissen wollte, was der Grund für ihre Reise nach Deutschland war.

In Aachen stieg sie in einen Zug nach Köln um. Da die Strecke noch nicht vollständig instand gesetzt war, hielt er immer wieder an und wurde umgeleitet.

In Köln, wo sie die Nacht verbringen wollte, bot sich ihr eine Stadt in Trümmern. Zwar wusste sie, dass die großen deutschen Städte von den Alliierten »sturmreif« gebombt worden waren, doch mit einem solchen Ausmaß der Zerstörung hatte sie nicht gerechnet.

Sie sagte sich, dass es die Deutschen waren, die den Tod und das Leid vieler Millionen Menschen verschuldet hatten, doch das Gefühl, dass sie nun ihre gerechte Strafe erhielten, wollte sich nicht einstellen. Bedrückt sah Eleanor Frauen und Kinder mit verhärmten Gesichtern und stumpfem Blick, die sie anbettelten oder in den Trümmern nach Gott-weiß-was suchten.

Eleanor erkannte, dass es wenig Zweck hatte, eine Unterkunft finden zu wollen. Sie kehrte zum Bahnhof zurück, um weiter nach Wuppertal zu fahren.

Niemand wusste, dass sie in Deutschland war, doch selbst wenn sie den Direktor darüber informiert hätte, was hätte es ihr genützt? Die SOE gab es nicht mehr, und sie wusste nicht einmal, wo er sich zurzeit aufhielt.

Wuppertal machte kaum einen besseren Eindruck als Köln, doch sie fand eine kleine Pension, in der sie übernachtete, sich am Morgen frisch machte und ein bescheidenes Frühstück zu sich nahm.

Anschließend fragte sie sich nach dem Sitz des britischen Militärgerichts durch. Dort würde Knochen im März wegen des Mords an gefangenen britischen Piloten der Prozess gemacht werden.

Am Empfang zeigte Eleanor ihre Papiere vor. Das Schreiben des Direktors hatte zwar keine Gültigkeit mehr, doch den beiden Soldaten, die sie kontrollierten, schien es nicht aufzufallen.

Von ihnen erfuhr sie, dass Knochen, zusammen mit anderen NS-Kriegsverbrechern, im britischen Militärgefängnis saß.

Eleanor erkundigte sich, wie sie dorthin kommen könne, und hatte Glück. Zwei Offiziere waren auf dem Weg dorthin und nahmen sie in ihrem Geländewagen mit. Glücklicherweise fragten auch sie Eleanor nicht, was sie von Knochen wollte, sondern gaben sich mit ihrem Status als Mitglied der Royal Air Force zufrieden. Sie ließen Eleanor am Haupteingang des Gefängnisses aussteigen.

»Ihre Papiere bitte«, sagte der Wachhabende.

Eleanor händigte sie ihm aus und hielt die Luft an, während er sie prüfte.

»SOE«, sagte er. »Ich dachte, die gibt es nicht mehr.«

»Das ist richtig«, entgegnete Eleanor. »Aber es gibt noch Projekte, die wir zurzeit abschließen.« Sie lächelte grimmig. »Zu ihnen gehören die Nachforschungen über Kriegsverbrechen, die an unseren Agenten verübt wurden.«

Der Wachmann wirkte unsicher. »Und was wollen Sie hier?«

»Ich möchte Auskünfte einholen. Und wenn möglich mit Knochen sprechen.«

Wieder vertiefte der Wachmann sich in ihre Papiere.

»Es wäre nur ein kurzes Gespräch. In einer Stunde wäre ich wieder draußen.«

»Also gut.« Der Wachmann reichte ihr die Papiere zurück. »Ich melde Sie an.« Er trat in das Wachhaus und begann zu telefonieren.

Eleanor beobachtete sein Gesicht. Er nickte während des Telefonats, und als sich ihre Blicke trafen, lächelte er ihr aufmunternd zu.

Dann hielt ein Jeep neben Eleanor. Am Steuer saß ein uniformierter amerikanischer Offizier, seinem Dienstgradzeichen nach ein Major. »Kann ich Ihnen helfen?«, fragte er.

Eleanor sagte ihren Spruch auf.

Der Amerikaner wollte ihre Papiere sehen. Dann musterte er sie ungläubig. »Soll das ein Witz sein? Damit kommen Sie hier nicht rein, tut mir leid.«

Noch während Eleanor überlegte, ob ein amerikanischer Major in einem britischen Militärgefängnis überhaupt etwas zu sagen hatte, trat der Wachmann aus seinem Häuschen und schüttelte bedauernd den Kopf.

Der Amerikaner stieg aus seinem Jeep. »Ich übernehme das«, sagte er zu dem Wachmann. Wieder besah er sich Eleanors Papiere. »Die SOE gibt es seit dem 15. Januar nicht mehr, und eine Behörde, die nicht existiert, kann keine Aufträge erteilen.«

»Ich möchte lediglich erfahren, was aus zwölf unserer Agentinnen geworden ist, die in Frankreich im Einsatz waren und spurlos verschwunden sind.«

»Okay, das ist was anderes.« Der Amerikaner zündete sich eine Zigarette an. »Mein Name ist Mick Willis. Ich gehöre zum War Crimes Evidence and Investigation Center und habe die Aufgabe, NS-Verbrecher aufzuspüren. Vielleicht kann ich Ihnen helfen.«

Eleanor griff in ihre Handtasche und zog den Umschlag mit den Fotos der verschwundenen Frauen heraus. »Ich war für die Anwerbung der Agentinnen zuständig und fühle mich für sie verantwortlich. Ich muss einfach wissen, was ihnen zugestoßen ist. Und ob sie vielleicht noch leben«, fügte sie leise hinzu.

»Verständlich.« Willis' Blick wurde weich.

»Ich habe mich in den ehemaligen Einsatzgebieten in

Frankreich nach ihnen erkundigt – und in Paris. Zumindest eine der Frauen wurde im Hauptquartier des SD in Paris verhört.«

Willis warf seinen Zigarettenstummel auf den Boden und trat ihn aus. »Was wollen Sie wirklich, Mrs Trigg?« Er deutete auf den Gefängniseingang. »In diesem Gefängnis werden Sie keine Ihrer Agentinnen finden.«

»Ich möchte mit Helmut Knochen sprechen«, antwortete Eleanor fest. »Soweit ich weiß, hat er einige der Verhöre durchgeführt.«

Willis lachte und schüttelte den Kopf. »Das können Sie vergessen. Sie sind jetzt eine Privatperson, nehme ich an – oder können Sie mir sagen, welche Rolle Sie in der Royal Air Force spielen?«

Eleanor schwieg.

»Das dachte ich mir.« Er nickte zu seinem Jeep hinüber. »Steigen Sie ein, ich fahre Sie zur alliierten Unterkunft. Dort können Sie sich aufwärmen, etwas essen und übernachten. Morgen früh überlegen wir, wie wir Sie zurück nach England schaffen.«

Eleanor sah ein, dass es keinen Zweck hatte, auf dem Gespräch mit Knochen zu bestehen, und bedankte sich für sein Angebot. Sie würde die Zeit nutzen, um sich ihren nächsten Schritt zu überlegen.

Willis lud ihre Reisetasche in den Jeep. Eleanor kletterte auf den Beifahrersitz.

»Wir logieren in einem ehemaligen Quartier der SS.« Willis hielt vor einem Fachwerkhaus. In der Eingangshalle stand ein verlassener Schreibtisch, darauf eine Lampe und ein Aschenbecher voller Zigarettenstummel. An der Wand waren die Fotos der noch flüchtigen NS-Verbrecher aufgereiht.

»Warten Sie hier«, sagte Willis. »Ich schaue mal nach, ob ich ein Zimmer für Sie finde.« Er verschwand über einen langen, dunklen Flur.

Als er zurückkehrte, erklärte er, man werde ihr eine Kammer zurechtmachen, und lud sie ein, mit ihm zu essen. »Lassen Sie Ihre Reisetasche hier, die kommt nicht weg.«

Eleanor folgte Willis zu einer gut besuchten Kantine, die bis hin zu den Wasserkaraffen auf den langen Holztischen eine kleine Version der Kantine im Arisaig House war. Für einen Moment sah Eleanor die Frauen wieder vor sich, wie sie an den Tischen saßen, redeten und lachten.

Willis stellte sich mit Eleanor an der Warteschlange an und reichte ihr ein Tablett. Als sie an der Reihe waren, bekam jeder einen Teller mit einem Schlag Kartoffelbrei und darüber eine Art Gulasch.

Sie ließen sich an einem Tisch nieder. »Tut mir leid, dass das Essen nichts Besonderes ist, aber es ist besser als alles, was wir in Bastogne hatten.«

Eleanor erinnerte sich, dass US-Streitkräfte in dieser belgischen Stadt während der Ardennenoffensive der Deutschen eingekesselt worden waren und erst nach Tagen befreit werden konnten.

»Es ist auch besser als das, was wir im Krieg zu essen hatten«, sagte Eleanor. »Von dem, was die Menschen in den KZs hatten, gar nicht erst zu reden.«

»Auch wieder wahr.« Willis machte sich über sein Essen

her. »Ich hoffe, Sie sind mir nicht böse, weil ich Sie nicht ins Gefängnis gelassen habe.«

»An diesem englischen Soldaten wäre ich vermutlich sowieso nicht vorbeigekommen.«

»Die Verfolgung der Kriegsverbrecher ist ein einziges Chaos«, fuhr Willis fort. »Die ehemals führenden Nazis stehen in Nürnberg vor Gericht, aber wir suchen weiter nach denen, die in den Lagern tätig waren. Einen Teil haben wir, aber fragen Sie nicht, wie viele untergetaucht oder geflohen sind. Es ist zermürbend.« Er warf Eleanor einen forschenden Blick zu. »Aber Sie sehen auch reichlich mitgenommen aus.«

»Wie auch nicht«, sagte Eleanor. »Ich bin seit Langem auf der Suche nach unseren verlorenen Agentinnen. Ohne jeden Erfolg, ich weiß nur, dass einige vom SD verhört wurden.«

»Das tut mir leid.« Willis wischte sich den Mund mit einer dünnen Papierserviette ab. »Aber solange die Prozesse oder ihre Vorbereitungen laufen, werden Sie mit keinem der Gefangenen sprechen können.« Er legte die Stirn in Falten und dachte nach. »Vielleicht kann ich Ihnen trotzdem helfen.«

»Wie?«

»Wir haben die Verhöre der Kapos und der Lager-SS, die wir gefasst haben. Und ich meine, mich zu erinnern, dass da auch von gefangenen britischen Agentinnen die Rede war.«

»Waren es Agentinnen der SOE?«, fragte Eleanor aufgeregt.

Willis zuckte mit den Schultern. »Da fragen Sie mich zu viel. Ich erinnere mich nur, dass sie nirgendwo registriert wurden. Ihnen ist sicherlich klar, was das bedeutet.«

Eleanor nickte. Es bedeutete, dass Sie bereits kurz nach ihrer Ankunft hingerichtet worden waren.

»Wir haben auch die Aussage eines Gefangenen. Sie müsste sogar hier im Büro zu finden sein. Er hat die Frauen gesehen.«

Eleanor griff nach Willis' Hand. »Bitte lassen Sie mich die Aussage lesen.«

Er zögerte. »Also gut, meinetwegen«, sagte er dann.

Eleanor zog ihre Hand zurück. »Geht das heute noch?«

Willis seufzte. Er stellte ihr Geschirr und die Tabletts aufeinander und trug sie fort. Anschließend führte er Eleanor in ein leeres Büro und öffnete einen Aktenschrank.

Missbilligend betrachtete Eleanor das Durcheinander auf dem Schreibtisch, die Aktenstapel auf Stühlen und Fensterbänken. Sie fragte sich, wie Willis hier die Aussage eines einzigen Gefangenen finden wollte, und räumte sich einen Stuhl frei.

Doch er griff zielsicher in den Aktenschrank und zog einen dünnen Ordner heraus.

Er enthielt die Aussage eines polnischen Gefangenen, der in Dachau sowohl im Krankenrevier als auch an den Krematorien gearbeitet hatte und unter anderem damit beauftragt worden war, die Leichen anderer Häftlinge zu verbrennen.

Schaudernd las Eleanor über die Arbeit, die er beschrieb. Schließlich stieß sie auf das, wovon Willis gesprochen hatte. »Eines Abends waren bei den Transporten drei Frauen, die mir auffielen, weil sie befreundet schienen und einen stolzen Eindruck machten. Eine von ihnen hatte langes, rotes Haar.«

Das war Maureen, dachte Eleanor. Sie las weiter.

»Sie wurden ins Krankenrevier gebracht, wo sie sich entkleiden sollten. Eine der Frauen wollte wissen, warum. Der diensthabende SS-Arzt antwortete, ihr Gesundheitszustand werde untersucht. Dann bekamen sie die Giftspritze. Später sah ich ihre Leichen wieder.«

Eleanor schloss die Augen. Sie hatte gewusst, dass die Frauen tot waren, doch bei dreien konnte sie sich nun auch vorstellen, wie es geschehen war. Es schnürte ihr die Luft ab.

Drei SOE-Agentinnen waren also in Dachau gestorben, eine in Auschwitz, eine in Ravensbrück. Und die anderen?

Eleanor öffnete die Augen. »Ich muss mit Helmut Knochen sprechen und von ihm erfahren, wie der SD es geschafft hat, zwölf unserer Agentinnen festzunehmen.« Den Verdacht, dass es in der SOE eine undichte Stelle gegeben hatte, behielt sie für sich. So entgegenkommend Willis sich auch zeigte, aber das ging ihn nichts an.

Willis schüttelte den Kopf. »Ausgeschlossen.« Er holte ein Päckchen Zigaretten aus seiner Uniformjacke und bot ihr eine an.

Eleanor lehnte dankend ab. Sie rauchte nicht. Nur an den Tagen, wenn eine der Agentinnen zum Einsatz geschickt worden war, hatte sie zur Beruhigung ihrer Nerven nach einer Zigarette gegriffen.

Willis zündete sich eine Zigarette an und stieß eine lange Rauchwolke aus. »Ich habe Ihnen schon mehr verraten, als ich sollte, aber damit müssen Sie sich nun auch zufriedengeben. Ihre Agentinnen wurden von den Deutschen umgebracht, ebenso wie viele andere Menschen.«

Eleanor schüttelte den Kopf. »Das genügt mir nicht. Lassen Sie mich eine halbe Stunde mit Knochen reden, mehr brauche ich nicht. Sie arbeiten für ein Center, das sich der Gerechtigkeit verschrieben hat – und ich möchte, dass meinen Agentinnen Gerechtigkeit widerfährt. Dazu gehört, dass die Öffentlichkeit über ihr Schicksal unterrichtet wird und die Frauen für ihren Einsatz anerkannt werden. Das muss Ihnen doch einleuchten.«

Willis hockte sich auf die Schreibtischkante. »Ihre Loyalität den Frauen gegenüber ist bewundernswert, aber vergessen Sie nicht, wie viele Menschen die Nazis auf dem Gewissen haben.« Er hob die Schultern. »Was würde passieren, wenn wir allen Privatpersonen, die nach ermordeten NS-Opfern suchen, Zugang zu gefangenen Nazis gewähren? Vor allem dann, wenn wir noch keinen richtigen –« Er brach ab.

Eleanor wartete auf den Rest. Als er nicht kam, sagte sie: »Sie haben noch keinen richtigen Fall gegen Knochen. War es das, was Sie sagen wollten?«

Willis nickte unwillig. »Wir haben einiges. Was uns jedoch fehlt, sind die Unterlagen, die der SD in Paris verbrannt hat, als die Alliierten anrückten.«

»Und Knochen wird den Mund halten oder alles leugnen.«

»Die Briten haben genug gegen ihn in der Hand«, sagte Willis. »Sie können ihm den Mord an britischen Piloten nachweisen.«

»Aber Sie möchten noch mehr.«

»Natürlich.«

»Dann lassen Sie mich zu ihm. Vielleicht kann ich Ihnen helfen.«

Willis rutschte vom Schreibtisch. »Wir reden draußen weiter«, sagte er. »Hier drinnen weiß ich nicht, wer mithört.«

Die kalte Abendluft schlug ihnen entgegen. Eleanor stellte den Kragen ihres Mantels auf. Willis umrundete das Gefängnisgelände und bog in eine kleine Nebenstraße ein. »Knochen hat seine Spuren sehr geschickt verwischt, und seine Untergebenen sind nicht bereit, gegen ihn auszusagen. Der SD war ein verschworener Haufen, keiner will den anderen ans Messer liefern. Wir haben alles versucht, jeden denkbaren Druck ausgeübt, aber Knochen gibt nicht nach.«

Ein Folterspezialist wusste, wie man in einem Verhör durchhielt, dachte Eleanor, er hatte ausreichend Gelegenheit gehabt, die Stufen menschlicher Widerstandsfähigkeit zu studieren.

»Der Militärgerichtshof möchte den Prozess nach Nürnberg verlegen. Die Richter glauben, dass wir hier nicht weiterkommen. Auch die Franzosen wollen ihn haben.«

»Ich kann Ihnen helfen«, wiederholte Eleanor. »Die SOE hatte ein umfangreiches Dossier über Knochen angelegt. Über den Hintergrund des Manns, seinen Aufstieg, die Grausamkeiten, die er verübt hat. Dieses Dossier kann ich Ihnen besorgen.« *Falls es nicht verbrannt ist,* fügte sie im Geist hinzu. Doch der Brand betraf ja nur die Unterlagen im Norgeby House, nicht die im Hauptquartier der SOE. »Ich bin auch bereit, auszusagen.« Sie wandte sich zu Willis um. »Wenn Sie ihn verhören, müssen Sie sich in Knochen hineinversetzen, Major, herausfinden, wo sein Knackpunkt ist und was ihm so sehr am Herzen liegt, dass er dafür bereit ist, Opfer zu bringen.«

Willis lachte. »Klingt gut, aber wie sollen wir das anstellen?«

»Lassen Sie mich mit ihm reden. Danach weiß ich mehr.«

Willis steckte sich die nächste Zigarette an. »Und wie kommen Sie darauf, dass er bereit ist, mit Ihnen zu reden?«

»Ich kenne ihn.«

»Ohne ihm jemals begegnet zu sein?«

»Sind Sie den Nazis, die Sie jagen, jemals begegnet?«

Willis schüttelte den Kopf.

»Trotzdem wissen Sie über sie Bescheid und kennen ihre Verbrechen.«

»Knochen ist anders. Er wird nichts sagen.«

»Lassen Sie es mich versuchen.«

»Die Idee ist verrückt!«

Eleanor lächelte. Gleich hatte sie Willis so weit. »Nicht verrückt, nur ungewöhnlich.«

Willis schwieg.

»Wenn Sie mich nicht zu ihm lassen, reise ich morgen früh weiter und gehe anderen Hinweisen nach.« Das war ein Bluff, Knochen war Eleanors letzte Station.

»Zehn Minuten«, sagte Willis. »Und ich bin die ganze Zeit dabei.«

»Ich brauche mindestens eine Viertelstunde. Und Sie können von einem Nebenraum aus mithören, falls das möglich ist, aber nicht dabei sein.«

Willis stieß einen genervten Seufzer aus. »Sind Sie immer so schwierig?«

Eleanor ignorierte die Frage. Sie hatte gelernt, dass Beharrlichkeit bei Männern als etwas Positives galt; durchsetzungsstarke Frauen dagegen stets als »schwierig« betrachtet wurden. »In Ihrer Gegenwart wird er nicht reden.«

»Okay.« Willis zuckte mit den Schultern. »Aber nicht mehr heute Abend, das wäre zu auffällig. Wir machen es morgen früh. Um sieben Uhr hole ich Sie an Ihrem Zimmer ab.«

»Danke«, sagte Eleanor.

Willis brachte sie zurück zu ihrem Quartier und verabschiedete sich. »Bis morgen.«

Eleanor sah sich in dem kleinen Raum um. Alles hier war einfach, aber mehr als ein Bett und ein Waschbecken brauchte sie nicht.

Nachdem sie die Toilette im Flur benutzt hatte, öffnete sie ihre Reisetasche, die jemand auf ihr Bett gestellt hatte, und machte sich für die Nacht zurecht.

Doch als sie im Bett lag, konnte sie wieder nicht schlafen. Ein ums andere Mal liefen die Bilder der drei Frauen in Dachau vor ihr ab. Es war ihr nur ein kleiner Trost, dass sie einander in den letzten Stunden vielleicht Kraft gespendet hatten. Sie fragte sich, wie und wo sie sich gefunden hatten. Es erschien ihr unwahrscheinlich, dass alle drei am selben Ort festgenommen worden waren. Und dann quälte sie sich erneut mit dem Vorwurf, dass sie sich in der SOE nicht durchgesetzt hatte, als die ersten unverschlüsselten Funksprüche kamen. Dafür hatten die Frauen den Preis gezahlt.

Als es draußen hell wurde, stand sie auf, wusch sich und zog eine frische Bluse an. Danach saß sie auf ihrem Bett und wartete darauf, dass Major Willis sie abholte.

Er kam Punkt sieben Uhr, doch statt sofort zu dem Gefängniskomplex zu gehen, fragte er Eleanor, ob er ihr die Fotos zeigen solle, die sie aus Dachau erhalten hatten.

Eleanor nickte.

Er führte sie in das Büro, das Eleanor schon kannte, und holte eine Fotomappe aus dem Aktenschrank.

Eleanor ließ sich am Schreibtisch nieder und ging ein Foto nach dem anderen durch. Sie sah den Spruch »Arbeit macht frei« im schmiedeeisernen Eingangstor, die Wachtürme, die endlose Reihe der Barracken, den Appellplatz, die Verbrennungsöfen. Sie stellte sich vor, wie die drei Agentinnen dort eintrafen und versuchten, stolz zu bleiben und ihre Angst zu verbergen.

Als sie eine Luftaufnahme vor sich hatte, tippte Willis auf ein Gebäude. »Hier wird man Ihre Agentinnen vor ihrem Tod verhört haben.« Er tippte auf ein anderes Gebäude. »In dem Krankenrevier dort sind sie gestorben.«

»Dort hat man sie umgebracht«, verbesserte Eleanor. Sie stand auf. »Ich danke Ihnen, dass Sie mir die Fotos gezeigt haben. Lassen Sie uns nun zu Knochen gehen.«

Über lange Flure erreichten sie eine Wachstube. Willis zeigte dem Wachhabenden seinen Ausweis und trug ihm ihr Anliegen vor. Dann wandte er sich an Eleanor. »Sind Sie sicher, dass Sie die Sache durchziehen wollen?«

Eleanor sah ihn verwundert an. »Warum fragen Sie? Deshalb bin ich doch hier.«

»Meine Erfahrung hat mich gelehrt, dass die Wahrheit nicht immer so ist, wie wir es erwartet haben. Sie kann großes Leid auslösen.«

Ja, dachte Eleanor, und wenn sie einmal heraus ist, kann man sie nicht mehr rückgängig machen. Doch sie wollte es wissen, mit den Konsequenzen würde sie sich später auseinandersetzen. »Ich möchte zu ihm.«

Der Wachmann wollte sie begleiten, doch Willis erklärte, er finde sich allein zurecht.

Wieder folgten sie einem langen Flur. Vor einer Stahltür blieb Willis stehen. »Wir sind da.«

Eleanor atmete tief durch und blickte durch den Spion in der Tür.

Knochen saß auf der Kante seines Betts. Bei seinem Anblick wich Eleanor zurück, doch dann riss sie sich zusammen und zwang sich, den Mann zu betrachten, der den Tod zahlloser Menschen zu verantworten hatte.

Er sah aus wie auf den Fotos, die sie in der SOE gesehen hatte, außer dass er vielleicht ein wenig dünner war. Sie hatte von Racheakten alliierter Soldaten an gefangenen Nazis gehört, doch Knochen schien unversehrt.

Wie normal er wirkte, ging es Eleanor durch den Kopf. Er hätte der Besitzer eines Geschäfts sein können, ein mittlerer Angestellter. Nichts in seinem Gesicht deutete auf die Grausamkeiten, die er verübt und angeordnet hatte.

»Sie können hineingehen«, sagte Willis.

Noch immer starrte Eleanor auf den Mann, der vielleicht die Antworten hatte, nach denen sie suchte. Es gab tatsächlich eine Wahrheit, die sie nicht hören wollte, nämlich, dass jemand in der SOE ihre Agentinnen an den SD verraten hatte. Doch ihre Treue galt den Frauen, nicht der SOE.

»Er hat ein Bett, einen Schreibtisch und Bücher«, sagte sie. »Bringt man so NS-Verbrecher unter?«

»Wir halten uns an die Genfer Konventionen und möchten uns nicht irgendwann wegen Misshandlung von Gefangenen verteidigen müssen.«

»Für unsere Agentinnen galten die Genfer Konventionen nicht«, antwortete Eleanor bitter.

»Gehen Sie hinein«, drängte Willis. »Ich warte hier draußen, aber ich muss bald in Wiesbaden sein.«

Eleanor öffnete die Tür und sprach Knochen an. »Mein Name ist Eleanor Trigg, ich – «

Knochen ließ sie nicht ausreden. »Ich weiß, wer Sie sind, ich habe Fotos von Ihnen gesehen.« Er lächelte. »Wie schön, Sie endlich einmal persönlich kennenzulernen.« Sein Ton war entspannt, beinahe herzlich. Er deutete auf die Kaffeekanne auf seinem Schreibtisch. »Möchten Sie eine Tasse?«

»Nein, danke.« Das Letzte, was Eleanor wünschte, war mit Helmut Knochen Kaffee zu trinken.

»Verstehe.« Er schenkte sich eine Tasse ein. »Der Kaffee ist ziemlich schlecht.« Er nahm einen Schluck. »Sie sind wegen der Frauen gekommen, nehme ich an.«

Es war fast, als hätte er sie erwartet, dachte Eleanor, und das verunsicherte sie. »Wegen der Agentinnen, die spurlos verschwunden sind. Ich weiß, dass sie tot sind«, fügte sie rasch hinzu, denn sie wollte Knochen nicht die Genugtuung bieten, es für sie auszusprechen. »Ich möchte lediglich erfahren, wie sie gestorben sind. Und wie sie gefasst wurden.«

Knochen zuckte die Achseln. »Wie werden sie gestorben sein? Sie waren Spioninnen und werden in den Lagern umgekommen sein. In welchen, kann ich Ihnen nicht sagen.«

»SOE-Agenten waren keine Spione.«

Knochen zog die Brauen hoch. »Sie waren in Zivil und operierten verdeckt in den besetzten Gebieten. Sie hatten Kontaktleute und benutzten tote Briefkästen. Sie hatten sichere Verstecke. Ich weiß nicht, wie Sie solche Leute nennen, für mich sind es Spione.«

»Wie wurden sie gefasst?«

Knochen schwieg.

»Die Frauen hatten Familien, die sie nie mehr wiedersehen werden. Ich möchte diesen Familien – «

Wieder unterbrach er sie. »Soll mich das milde stimmen? Man wird mich zum Tod verurteilen. Demnach werde auch ich meine Familie nicht mehr wiedersehen.«

Ja, wenn es einen gerechten Gott gibt, wirst du hängen, dachte Eleanor. Laut sagte sie: »Das kann man nicht wissen. Wenn Sie kooperieren, kommen Sie mit einer Gefängnisstrafe davon.«

Knochen nippte an seinem Kaffee.

»Mein Besuch hat mit Ihrem Prozess nichts zu tun. Ich möchte nur ein paar Antworten auf sehr einfache Fragen.«

Knochen lachte. »Einfache Fragen, die mir jemand von der SOE stellt?«

Eleanor holte die Fotos aus ihrer Handtasche und reichte sie ihm. »Das sind die Frauen, um die es mir geht.«

Knochen sah sich die Fotos an. »Das war Marie Roux.« Er hielt ihr Foto hoch. »Sie wollte eine Heldin sein und das Leben des Leiters ihres Netzes retten. Vesper.« Er sah Eleanor direkt in die Augen. »Ich habe ihn selbst erschossen.«

Eleanor zwang sich, seinem Blick standzuhalten. »Was wurde aus Marie?«

»Sie wurde nach Fresnes gebracht.«

»Wann war das?«

Knochen furchte die Stirn. »Irgendwann im April letzten Jahres.« Er lächelte zufrieden. »Wir hatten das Funkgerät von Roux.«

»Ich glaube, Sie hatten auch schon früher ein Funkgerät. Einschließlich der Codes. Oder etwa nicht?«

»Richtig. Wenn mich nicht alles täuscht, bekamen wir das erste Funkgerät von ihren Leuten in Marseille und konnten beginnen, Nachrichten für London zu fingieren.« Seine Miene zeigte reines Vergnügen. »Danach haben unsere Techniker so lange herumgesucht, bis wir Vespers Frequenzen entdeckt hatten. Ab da konnten wir auch auf diesen Frequenzen mit London kommunizieren – allerdings fehlten uns die Codes und die Sicherheitskennungen. Bis wir Marie Roux geschnappt haben.«

So ähnlich hatte Eleanor sich das vorgestellt. »Ich erinnere mich an die unverschlüsselten Nachrichten.«

Knochen lachte. »Wir hätten nie geglaubt, dass wir damit durchkommen, doch genau das ist geschehen.« Er schenkte sich Kaffee ein. »Zuerst dachten wir, dass die SOE blutige Anfänger eingestellt hatte. Oder dass es dort so hektisch zuging, dass unsere Nachrichten ohne Aufsehen durchrutschen konnten. Aber als es uns immer wieder glückte, gingen wir davon aus, dass es bei Ihnen jemanden gab, der wollte, dass wir mit Ihnen kommunizieren. Und der uns die Antworten auf die Fragen gab, die wir stellten.«

Eleanors Puls beschleunigte sich, doch sie versuchte, eine ausdruckslose Miene beizubehalten. Wieder einmal waren ihre schlimmsten Befürchtungen bestätigt worden.

»Wie kommen Sie darauf?«, fragte sie so ruhig wie möglich.

Knochens Blick wurde höhnisch. »Erübrigt sich Ihre Frage nicht angesichts der Konsequenzen für Ihre Agenten? Später wusste man in der SOE sogar, dass wir Roux' Funkgerät und die Codes besaßen. Trotzdem flossen die Informationen weiter.«

Eleanor schluckte. »Wissen Sie, wer es war?«

Knochen schüttelte den Kopf. »Ich kann Ihnen nur versichern, dass es bei Ihnen jemanden gab, der uns half. Vielleicht waren es sogar mehrere.« Er lachte laut auf. »Einmal ist uns ein Patzer unterlaufen. Einer meiner Leute hat sich im Eifer des Gefechts auf Deutsch für einen Funkspruch bedankt. Wir dachten schon, jetzt ist alles aus, doch die

SOE hat den Eingang des deutschen Funkspruchs einfach bestätigt und weiter an uns gesendet.«

Eleanor starrte Knochen an und wollte es nicht glauben. Dann ging sie im Geist die Personen durch, die Zugang zu dem Funkverkehr mit Vesper hatten. Es waren einige – die Funkerinnen, der Direktor, die Führungsoffiziere und sie selbst. Sie war es nicht gewesen, und auch keinem der anderen traute sie Verrat dieses Ausmaßes zu.

Willis steckte den Kopf durch die Tür und winkte Eleanor hinaus auf den Flur.

»Ich muss gleich los«, sagte er. »Hat er etwas von sich gegeben?«

»Ja«, antwortete sie bedrückt.

Willis sah sie erwartungsvoll an. »Was hat er gesagt?«

Es kostete Eleanor Überwindung, die Wahrheit zu sagen. »Er behauptet, in der SOE wäre ein Sympathisant der Deutschen gewesen, der unsere Agenten und Agentinnen verraten hat.«

Willis blinzelte überrascht, doch dann fing er sich und sagte: »Wenn er so redselig ist, werde ich mich auch kurz mit ihm unterhalten. Warten Sie hier auf mich.« Er betrat die Zelle.

Es dauerte nicht lange, bis er wieder herauskam und nicht sehr erfreut wirkte. »Mit mir spricht er nicht«, erklärte er mürrisch. »Aber er möchte Sie noch einmal sehen.«

»Ich möchte Ihnen einen Handel vorschlagen«, sagte Knochen, als Eleanor wieder bei ihm war. »Sie bekommen etwas von mir, das Ihnen bei Ihrer Mission weiterhilft. Im Gegenzug sagen Sie bei meinem Prozess zu meinen Gunsten aus.« Wieder schlich sich etwas Höhnisches in seinen Blick. Er hatte einen Joker ausgespielt und wusste, dass Eleanor darauf anspringen würde.

Sie rang mit sich. Sollte sie wirklich zugunsten eines Kriegsverbrechers aussagen? Der Preis war verdammt hoch. Und doch konnte sie nicht anders, als zu nicken.

Knochen nahm ein Buch von seinem Schreibtisch und schlug es auf. In den Innenseiten klebte ein kleiner Schlüssel, den er Eleanor reichte. »Schweizerische Kreditanstalt in Zürich. Safe Nummer neun-eins-zwei-sieben.«

Eleanor drehte den Schlüssel in den Fingern. »Und was finde ich da?«

»So etwas wie meine Versicherungspolice. Unterlagen, die Ihnen die Antworten, nach denen Sie suchen, schwarz auf weiß geben werden.«

Eleanor schwieg. Es war ihr unmöglich, sich bei jemandem wie Knochen zu bedanken.

»Sie werden auch erfahren, was aus den fünf Agentinnen wurde, die wir von Fresnes aus nach Dachau geschickt haben.«

»Fünf?« In der Aussage des polnischen Zwangsarbeiters war von dreien die Rede gewesen.

Knochen runzelte die Stirn. »Gut, ganz genau weiß ich es nicht mehr. Kann sein, dass eine von ihnen überlebt hat. Einer der Züge nach Dachau geriet in einen Bombenangriff der Alliierten. Danach wurde die Lage für uns etwas unübersichtlich.«

Überlebt, dachte Eleanor und spürte, wie Hoffnung in ihr aufstieg.

»Und was ist aus den restlichen Agentinnen geworden? Es sind zwölf, von denen wir nichts wissen.«

Knochen zuckte mit den Schultern. »Sie sind vermutlich hingerichtet worden.«

Eleanor stand auf, hörte nicht mehr, was Knochen zum Abschied sagte, sondern überließ sich der wundervollen Vorstellung, dass eine der zwölf Frauen überlebt haben könnte.

28. KAPITEL

ELEANOR

Zürich, 1946

Willis erklärte sich bereit, Eleanor in seinem Jeep nach Köln mitzunehmen. Auf der Fahrt berichtete Eleanor ihm ausführlich, was Knochen gesagt hatte.

»Halten Sie es für möglich, dass eine unserer Agentinnen den Transport nach Dachau überlebt haben könnte?«, fragte sie.

Willis hob die Schultern. »Ihnen zuliebe würde ich gern mit Ja antworten, aber woher soll ich das wissen? Mir scheint nur, dass eine überlebende Agentin sich längst bei Ihnen gemeldet hätte, oder nicht?«

Eleanor versank in Grübeleien.

»Bleiben Sie in Deutschland«, schlug Willis ihr plötzlich vor. »Helfen Sie uns, die Nazis aufzuspüren, die sich Gott weiß wo verborgen halten.«

Eleanor sah ihn erstaunt an. »Das ist nicht Ihr Ernst, oder?«

»Doch. Wir könnten jemanden mit Ihrer Erfahrung gut gebrauchen.«

Eleanor lächelte. Nach dem Undank der SOE tat ihr sein Angebot gut. Es wäre auch schön, wieder eine Arbeit zu haben. »Das ist sehr schmeichelhaft, aber zuerst muss ich Klarheit über das Schicksal der verschwundenen Agentinnen gewinnen.«

»Und Meilen Wegs noch bis zum Schlaf«, sagte Willis.

Eleanor sah ihn fragend an.

Willis lachte. »Ich habe Robert Frost zitiert. Das Gedicht trägt den Titel ›Innehalten inmitten der Wälder an einem Schnee-Abend‹.«

»Meilen Wegs noch bis zum Schlaf«, wiederholte Eleanor und horchte dem Klang nach. »Das ist schön.«

Als er sie in Köln absetzte, bedauerte sie es beinah, sich von ihm verabschieden zu müssen.

*

Als Eleanor einen Tag später den Paradeplatz in Zürich überquerte, schneite es. Aus dem Glockenturm des Fraumünster schlug es halb zehn.

Gut gekleidete, wohlgenährte Bankangestellte hatten den gleichen Weg wie sie. Man sah ihnen an, dass sie den Krieg in einem neutralen Land verlebt hatten.

Für die imposante Inneneinrichtung der Empfangshalle hatte Eleanor keinen Blick. Sie hatte einen Termin und wurde bereits von einem distinguiert aussehenden Herrn im dunklen Dreireiher in Empfang genommen, der sich als Leiter einer Abteilung vorstellte.

Er führte sie zum Tresorraum und prüfte ihren Ausweis. Eleanor befürchtete, sie müsse beweisen, dass sie berechtigen Zugang zu Knochens Banksafe hatte, doch offenbar war das bereits über Kanäle geschehen, von denen sie nichts wusste. Sie musste lediglich die Nummer des Safes aufschreiben. Durch schwere Stahltüren hindurch betraten sie einen Raum, dessen Wände nur aus Schließfächern zu bestehen schienen.

Der Mann öffnete eins von ihnen, zog eine kleine Stahlkiste heraus und stellte sie auf den Tisch in der Mitte des Raums. Im Deckel der Kiste waren zwei Schlösser. Er steckte einen Schlüssel in ein Schloss und bat Eleanor, ihren Schlüssel in das andere zu führen. Eleanor musste sich zwingen, ihre Hand ruhig zu halten.

Der Deckel sprang auf. Der Banker hob eine kleinere Kiste heraus, stellte sie vor Eleanor und erklärte, er lasse sie nun allein. Er zeigte ihr den Klingelknopf, mit dem sie ihn wieder herbeiholen konnte.

Die kleinere Kiste war unverschlossen. Eleanor klappte den Deckel auf. Darin lagen dicke Packen Hunderter in Reichsmark und ein Bündel Hundertdollarscheine.

Eleanor steckte die Dollar ein. Es war zwar Blutgeld, doch sie würde es den Familien der toten Agentinnen, die Kinder gehabt hatten, zukommen lassen.

Zuunterst lag ein Briefumschlag. Eleanor zog den Inhalt heraus und spürte das heftige Schlagen ihres Herzens.

Es waren nur wenige Seiten, doch sie enthielten die Texte der fingierten Funksprüche des SD aus den Wochen vor der alliierten Invasion. Auch die Antworten, die daraufhin aus London gekommen waren, waren da.

Eleanor las sie sorgfältig. An viele erinnerte sie sich, an andere nicht. Tränen des Kummers und des Zorns stiegen in ihre Augen, als sie sah, welche Funksprüche an ihr vorbeilanciert worden waren: Namen von Agenten und ihren französischen Kontakten, Adressen von sicheren Häusern, Daten von Waffenlieferungen. All diese Informationen hatte der SD von ihnen erhalten und sich in seinen Funksprüchen dafür bedankt. Auch der deutschsprachige Funkspruch des SD nach London war in dem Umschlag. Die SOE hatte den Empfang bestätigt.

Eleanor fiel in sich zusammen.

Doch als sie sich ein wenig gefasst hatte, konnte sie nicht umhin, sich zu fragen, warum Knochen ihr den Zugang zu seinem Safe ermöglicht hatte. Ihre Aussage in seinem Prozess würde dessen Ausgang nicht beeinflussen.

Sie nahm an, dass es ihm darum gegangen war, ihr das Verhalten der SOE vor Augen zu führen, sie daran zu erinnern, dass auch sie Schuld auf sich geladen hatten.

Eleanor steckte die Unterlagen in ihre Handtasche. Sie wusste, dass sie die Geschichte nicht unter den Teppich kehren würde. Die Frage war nur, welche Konsequenzen das für die Reputation der SOE, den Direktor und für sie nach sich ziehen würde.

29. KAPITEL

GRACE

New York, 1946

Grace hatte ihr gewohntes Leben wiederaufgenommen. Doch dann und wann ließ sie inmitten der Büroarbeit die Hände sinken und dachte an die getöteten Agentinnen. Sie wünschte, sie hätte mehr herausfinden können.

Auch Mark spukte ihr noch im Kopf herum. Was musste er gedacht haben, als er wach wurde und sie wieder einmal sang- und klanglos verschwunden war.

Frankie schob ihr mehrere Formularseiten zu. »Hier, ich habe schon alles ausgefüllt, aber lies du es noch einmal gegen.« Es war der Antrag zur Unterbringung eines Kindes, das im Krieg verwaist worden war. Grace wunderte sich, solche Anträge bearbeiteten sie normalerweise nicht. Dann sah sie, dass es sich bei dem Kind um Sam Altshuler handelte und Frankie derjenige war, der den Jungen bei sich aufnehmen wollte.

»Sam kommt zu dir?«, fragte sie erstaunt.

Frankie wirkte verlegen. »Na ja, der Junge braucht doch eine sichere Umgebung und einen Menschen, der sich um ihn kümmert. Der ihm hilft, seine Wunden zu heilen.«

»Oh, Frankie!« Grace stand auf und umarmte ihn.

Er errötete. »Ich hoffe nur, dass man einem alten Junggesellen wie mir überhaupt gestattet, ein Kind aufzunehmen.«

»Warum denn nicht, du lebst doch in gesicherten Verhältnissen! Ich bringe den Antrag gleich zum Familiengericht.« Grace griff nach ihrem Mantel. »Endlich geschieht in Sams Leben noch einmal etwas Schönes.«

Als Grace zurückkam, war das Büro leer, doch in ihrer Schreibmaschine steckte eine Nachricht von Frankie. »Bin unterwegs, um Sachen für Sams Zimmer zu besorgen. Komme gegen drei Uhr zurück.«

Lächelnd schenkte Grace sich einen Becher Kaffee ein und packte ihr Sandwich aus.

Noch bevor sie hineinbeißen konnte, klopfte es an der Tür.

Als sie öffnete, stand Mark vor ihr.

»Oh, du bist es«, sagte sie und fragte sich, woher er wusste, wo sie arbeitete. Aber vielleicht hatte sie Frankies Namen in einem ihrer Gespräche fallen lassen.

Mark trat ein. »Warum bist du neulich weggelaufen?«

Grace schloss die Tür. »Ich weiß, dass es nicht richtig war.«

»Liegt es an mir? Habe ich etwas falsch gemacht?«

»Nein.« Sie schob Mark den Besucherstuhl zu und ließ sich an ihrem Schreibtisch nieder. »Ich war verwirrt. Es war für mich nicht leicht, mit dir zusammen zu sein. Aus vielerlei Gründen.«

»Und dann rennst du einfach weg?«

Grace wich seinem Blick aus. »Es war feige und es tut

mir leid. Aber plötzlich wurde mir alles zu viel. Kannst du das nicht verstehen?«

»Doch.« Mark lächelte gezwungen. »Ich weiß selbst, wie es ist, wenn einem alles zu viel wird.«

»Sprichst du von deiner Zeit in Yale?«

Mark schüttelte den Kopf. »Von meiner Zeit beim Internationalen Militärgerichtshof.«

»Warum, was war da?«

»Es ging um einen Fall, der in Frankfurt verhandelt wurde. Der Angeklagte war kein Deutscher, sondern ein amerikanischer Soldat. Er hatte einen Mord begangen. Hast du nie etwas von der Geschichte gehört?«

Grace schüttelte den Kopf.

»Der Fall wurde in der Presse kleingeredet, vielleicht weißt du deshalb nichts darüber. Er gehörte zu den Truppen, die das KZ in Dachau befreit haben. Angesichts dessen, was sie dort vorfanden, ist er durchgedreht. Als einer der verantwortlichen SS-Männer gefangen genommen wurde, hat er ihn erschossen. Ich will es nicht kaltblütig nennen, aber es war illegal. Ich wollte, dass der Soldat vor Gericht kommt, meine Vorgesetzten wollten es nicht. Da meine Familie aus Deutschland eingewandert ist, haben sie mir Parteilichkeit unterstellt.«

»Das ist heftig«, sagte Grace.«

»Daraufhin habe ich gekündigt. Weil es mir zu viel wurde. Oder weil ich zu feige war, die Sache durchzuziehen.«

»Erzählst du mir das, um mir mein Verhalten im Nachhinein leichter zu machen?«

Mark zuckte mit den Schultern. »Es kam mir einfach in den Sinn. Vor allem aber wollte ich wissen, ob ich dir etwas getan hatte. Doch wenn dem nicht so ist …« Er warf einen Blick auf seine Armbanduhr und stand auf. »Ich habe noch einen Termin und muss gleich weiter.«

Grace erhob sich ebenfalls. »Danke, dass du vorbeigekommen bist. Und dafür, dass du so großzügig bist.«

Mark nahm sie in die Arme und küsste sie. Diesmal erwiderte Grace seinen Kuss.

Hinter ihnen ging die Tür auf. »Grace, ich habe Sam ein Fahrrad gekauft und –« Frankie brach ab.

Grace und Mark fuhren auseinander.

Frankie betrachtete sie mit hochgezogenen Brauen.

»Hallo, Frankie.« Grace räusperte sich. »Das ist Mark Dorff. Er war Toms bester Freund.« Sie lief feuerrot an. Nun hatte sie es noch peinlicher gemacht. »Mark, das ist mein Chef Frankie Bleeker.«

Frankies Blick wanderte zwischen Grace und Mark hin und her.

»Mark hat mir bei meinen Nachforschungen in Washington geholfen.«

Frankie schlug sich an die Stirn. »Großer Gott, dazu wollte ich dir noch etwas geben.« Er trat an seinen Schreibtisch. »Ich sollte doch bei der Einwanderungsbehörde Erkundigungen einziehen.« Er begann, in seiner Schreibtischschublade zu wühlen. »Über diese Mrs Eleanor Trigg. Warte … irgendwo muss es doch sein … Ah, hier ist es.« Er überflog einen Zettel. »Mrs Trigg ist zwei Tage vor ihrem Tod in die Staaten eingereist.«

So viel hatte Grace bereits dem Pass entnommen.

»Als Grund ihres Aufenthalts hat sie den Besuch bei einer Bekannten angegeben.«

Frankie reichte Grace den Zettel.

Als Grace den Namen und die Adresse las, glaubte sie ihren Augen nicht zu trauen. »Allmächtiger«, sagte sie. »Sie wohnt hier in Brooklyn. Ich muss sofort dorthin!«

30. KAPITEL

ELEANOR

London, 1946

Eleanor betrat das Büro des Direktors, das im ehemaligen SOE-Hauptquartier noch so lange existieren würde, bis sämtliche Vorgänge abgewickelt waren.

»Da sind Sie ja wieder«, sagte er. »Wie war Ihre Reise nach Frankreich? Hat sie etwas ergeben?«

Eleanor ließ sich auf dem Besucherstuhl nieder. »Nein, dort habe ich nichts gefunden.«

Der Direktor lehnte sich zurück. »Schade.« Er setzte eine bedauernde Miene auf. »In den Nachkriegswirren dürften die Unterlagen von Deutschen wie Franzosen entweder vernichtet oder in alle Winde zerstreut worden sein.« Er lächelte väterlich. »Doch der Versuch war es wert. Nun kann ich bei allen weiteren Anfragen auf Ihre Nachforschungen verweisen.«

»Ich habe nur in Frankreich nichts gefunden«, entgegnete Eleanor. »Deshalb bin ich weiter nach Deutschland gefahren. Ich habe mit Knochen, dem Chef des SD, persönlich gesprochen.«

»Mit Knochen? Wie haben Sie das denn geschafft?« Der Direktor griff nach der Teekanne auf seinem Tisch und schenkte sich eine Tasse ein. Eleanor bot er nichts an. »Er war sehr entgegenkommend und hat mir den Schlüssel zu einem Banksafe in Zürich gegeben.«

Der Direktor starrte Eleanor an. »Was sagen Sie da?«

»Dass ich bei der Schweizerischen Kreditanstalt in Zürich war und in Knochens Safe eine Übersicht des Funkverkehrs von SOE und SD kurz vor der alliierten Invasion gefunden habe.«

Sie holte die Seiten aus ihrer Handtasche und legte sie auf den Schreibtisch. »Sie – und ich weiß nicht wie viele andere in der SOE – wussten, dass die Deutschen auf unseren Frequenzen sendeten und getan haben, als kämen die Funksprüche von unseren Agenten in Frankreich. Wir haben mehrfach über die unverschlüsselten Nachrichten gesprochen. Als sie Marie Roux geschnappt hatten, bekam der SD auch Maries Codes und die Sicherheitskennungen in die Hände. Sie konnten uns nach Herzenslust manipulieren und alles erfahren, was sie wissen wollten. Selbst dann noch, als ihnen ein Fehler unterlief und sie eine Nachricht aus London auf Deutsch bestätigt haben.«

Eleanor studierte die Miene des Direktors, doch in ihr war nichts zu lesen. Ihr alter Chef hatte seine Gesichtszüge unter Kontrolle. »Warum? Warum haben Sie das zugelassen? Obwohl geheime Informationen preisgegeben und Agentenleben geopfert wurden!«

Der Direktor nahm die Seiten und überflog sie. »Ihre Unterstellungen weise ich strikt zurück, Trigg. Sie tun, als hätte ich mit den Deutschen unter einer Decke gesteckt.«

Er packte die Seiten, zerriss sie und warf sie in den Papierkorb.

»Das war eine Kopie«, sagte Eleanor. »Das Original ist sicher aufgehoben.«

Das Gesicht des Direktors verfärbte sich. »Es reicht, Trigg. Ich glaube, Sie gehen jetzt besser.«

Eleanor blieb sitzen. »Sie haben Funksprüche an mir vorbeigeleitet, nur damit ich nicht merke, dass wir hochvertrauliche Nachrichten senden, die von den Deutschen empfangen und bestätigt wurden. Auch die deutschsprachige Bestätigung des SD habe ich nie gesehen.«

»Sie waren nicht einbezogen«, sagte der Direktor. »Das waren nur wenige.«

»Nein, ich war nicht einbezogen«, antwortete Eleanor. »Ich hätte nie zugelassen, dass unsere Leute gefasst und umgebracht werden. Wie konnten Sie das tun?«

Er seufzte. »Es war nicht meine Entscheidung, sondern ein Befehl von oben.«

Das sagten die deutschen NS-Verbrecher auch, dachte Eleanor.

»Ein Befehl, der mir einleuchtete, das muss ich fairerweise hinzufügen. Ja, wir wussten, dass die Deutschen unsere Funksprüche abfingen und in ihren Antworten taten, als wären sie SOE-Agenten. Wir haben es sogar begrüßt. Es gab uns die Möglichkeit, ihnen Falschinformationen zuzuspielen. Über Waffenlieferungen, die nicht stattfanden und die Deutschen in die Irre führten; über den Küstenstrich, wo die alliierten Truppen landen würden, die dann andernorts an Land gingen; über geplante Vorstöße, die dann in einer anderen Richtung verliefen. Dass der SD mit uns kommunizieren konnte, war ein Gottesgeschenk, wenn Sie so wollen. Ich weiß nicht, wie viele Menschenleben wir auf diese Weise gerettet haben.«

»Auch nicht, wie viele deswegen verloren wurden. Zwölf unserer Agentinnen gehörten dazu, die anderen Agenten von Vesper und wie viele Leute des Marseiller Netzes, die in Frankreich gefasst wurden, ebenso die französischen Widerstandskämpfer, die mit ihnen zusammengearbeitet haben.«

»Es war das kleinere Übel«, erwiderte der Direktor.

»Wie zynisch Sie geworden sind«, sagte Eleanor.

Der Direktor zuckte mit den Schultern.

»Ich werde das nicht auf sich beruhen lassen.«

Der Direktor lachte. »Wollen Sie mir wieder mit dem Kriegsministerium drohen?«

»Nein, von dort wird der Befehl ja gekommen sein. Ich werde den Fall an die Presse weiterleiten.«

Der Direktor betrachtete sie kopfschüttelnd. »Bevor Sie das tun, denken Sie lieber über Ihre eigene Rolle in dieser Sache nach. Das wäre jedenfalls mein freundlicher Ratschlag.«

Eleanor sah ihn verständnislos an. »Was hatte ich mit diesen Machenschaften zu tun? Ich hatte Sie immer wieder auf die Probleme hingewiesen. Vergeblich, wie wir wissen.«

»Und trotzdem haben Sie weiter senden lassen. Sogar die Anweisung, Vespers letzten Flug auf einen anderen als den geplanten Landeplatz umzuleiten, kam von Ihnen. An dem Tag war ich bei Ihnen, um Sie auf die Unregelmäßigkeiten hinzuweisen.«

Eleanor betrachtete den Direktor einen Augenblick lang und konnte nicht fassen, wie weit er bereit war zu gehen. Aber er hatte recht. Wenn man wollte, konnte man alles gegen sie verwenden und zu seinen Gunsten drehen. Wie sollte sie nachweisen, dass sie ihm ihre Zweifel gemeldet hatte? Sollte sie sich an Jane wenden und sie um Hilfe bitten? Die Funkerin würde es kaum wagen, gegen den Direktor und andere ehemalige Führungsoffiziere, womöglich sogar gegen hochrangige Mitglieder des Kriegsministeriums auszusagen.

Der Direktor verschränkte die Arme vor der Brust und lächelte selbstgefällig. »Man könnte behaupten, dass Sie selbst Vesper und all die anderen in den Tod geschickt haben.«

Eleanor schüttelte den Kopf. »Sie wissen, dass es anders war.«

»Ihr Wort wird gegen unseres stehen, Trigg, und zum Schluss werden alle Finger auf Sie zeigen. Möchten Sie das?«

Eleanor schwieg. Das Ungeheuerliche der Intrige, die man gegen sie anzetteln würde, machte sie sprachlos.

»Ich möchte auch nicht, dass es dazu kommt«, sagte der Direktor. »Haken Sie die Sache ab. Die Akten der SOE ruhen entweder in Washington oder …«

»– sie wurden verbrannt«, beendete Eleanor den Satz. »Eine teure Aktenvernichtung, wenn man bedenkt, wie viel es kosten wird, Norgeby House zu restaurieren.«

Der Direktor zuckte mit den Schultern. »Geben Sie Ruhe, Trigg, es ist vorbei.«

»Und was ist mit der parlamentarischen Untersuchung? Wird man sich damit zufriedengeben, dass ich in Frankreich war und keine Informationen über die verschwundenen Agentinnen auftreiben konnte?«

»Ja, vorausgesetzt, Sie halten den Mund. Oder möchten Sie, dass der Name der SOE durch den Dreck gezogen wird?«

Er versucht es mit allen Mitteln, dachte Eleanor.

»Die Agentinnen und Agenten sind tot, und daran können weder Sie noch ich etwas ändern.«

»Ich möchte, dass die Wahrheit ans Licht kommt«, entgegnete Eleanor fest. »Und falls es tatsächlich einen parlamentarischen Ausschuss geben wird, werde ich vor ihm aussagen.«

»Viel Glück«, sagte der Direktor. »Es wird die Aussage einer Frau sein, die sich für ihre Entlassung rächen will, das kann ich Ihnen versprechen. Kein Mensch wird Ihnen Glauben schenken.«

»Ja, das ist anzunehmen.« Eleanor seufzte tief und tat, als hätte sie resigniert. Wie immer würde sie sich ihre nächsten Schritte in Ruhe überlegen. »Knochen glaubt, dass eine der Agentinnen überlebt haben könnte. Wissen Sie etwas darüber?«

Als müsse er nachdenken, blickte der Direktor zur Decke. »Ich glaube, eine von ihnen war gleich nach Kriegsende bei mir. Sie wollte ein Visum für die Vereinigten Staaten und bat mich um Hilfe.«

»Wer war es?«

Der Direktor zuckte mit den Schultern. »Könnte sein, dass es Roux war.«

Du Drecksack, dachte Eleanor, *warum hast du mir das nicht gesagt?* »Haben Sie mit ihr über die fehlgeleiteten Funksprüche geredet?«

Der Direktor schüttelte den Kopf. »Warum hätte ich das tun sollen?«

»Wo ist sie jetzt?«

Der Direktor warf ihr einen entnervten Blick zu. »Genug jetzt, Trigg. Lassen Sie die Frau zufrieden.«

»Haben Sie Roux' Adresse in Amerika?«

»Nein«, antwortete der Direktor.

Eleanor sah ihm an, dass er log. »Geben Sie mir die Adresse und die ganze Sache ist erledigt.«

Marie war die Einzige, die noch bestätigen konnte, dass sie, Eleanor Trigg, es niemals zugelassen hätte, dass Agentinnen und Agenten der SOE als »kleineres Übel« ums Leben kamen.

Widerstrebend zog der Direktor seine Schreibtischschublade auf, kramte darin und reichte Eleanor eine Liste. Darauf standen die Namen aller SOE-Agentinnen mit ihren Adressen. Eine war in Amerika.

Eleanor steckte die Liste ein und verabschiedete sich.

*

Noch am selben Tag schickte Eleanor Marie ein Telegramm. »Bin auf dem Weg nach New York. Schlage ein

Treffen im Bahnhof Grand Central vor. Warte am 12. Februar um 08.30 Uhr am Informationsstand auf Sie. Eleanor Trigg.«

Sie erstand das preiswerteste Flugticket, das angeboten wurde.

Zwei Tage später kam sie am frühen Abend in New York an und stieg in einer Pension in Manhattan ab. Ihr Plan war, nach ihrem Gespräch mit Marie gleich wieder zurückzufliegen.

Am Morgen machte sie sich zum Bahnhof Grand Central auf. Pünktlich um halb neun stellte sie sich am Informationsstand auf und blickte sich suchend um. Von Marie war nichts zu sehen.

Eleanor wartete. Nach zehn Minuten wurde sie unruhig und fragte sich, ob Marie ihr Telegramm nicht bekommen hatte. Oder ob sie sich nicht mit ihr treffen wollte. Vielleicht gab sie ihr die Schuld an ihrer Festnahme durch den SD.

Sie setzte sich auf die nächstgelegene Bank und schob ihren Koffer darunter. Ihr Blick fiel auf das Schwarze Brett am Informationsstand. Sie stand wieder auf, um zu sehen, ob Marie dort eine Nachricht hinterlassen hatte. Doch keiner der Anschläge war für sie.

Um neun Uhr war sie sicher, dass Marie nicht kommen würde. Sie zog den Zettel mit ihrer Adresse hervor. Sie könnte dorthin fahren und bei ihr klingeln.

Eleanor überlegte, dann stand sie entschlossen auf. Sie musste mit Marie sprechen und ihr erklären, wie es zu ihrer Festnahme gekommen war. Wenn sie Glück hatte, wäre

Marie danach bereit, gemeinsam mit ihr die Wahrheit über den Tod der Agenten und Agentinnen aus Vespers Netz publik zu machen.

Eleanor warf einen Blick auf ihren Koffer. Sie würde ihn unter der Bank lassen, entschied sie, und eine Telefonzelle suchen. Dort würde sie die Auskunft anrufen und erfahren, ob Marie einen Telefonanschluss hatte.

Die Telefonzellen im Bahnhof waren alle besetzt. In ihrer Ungeduld lief Eleanor hinaus auf die 42nd Street, um sich dort nach einer Telefonzelle umzusehen.

Sie ließ ihren Blick schweifen und entdeckte unter den Passanten auf der anderen Straßenseite eine Frau, die wie Marie aussah. Sie reckte den Hals und winkte.

Also war sie doch gekommen!

Mit freudig klopfendem Herzen lief Eleanor ihr entgegen. »Marie!«, rief sie.

Die Frau blieb stehen.

Eleanor trat hinaus auf die Straße. Sie hörte die Hupe eines Autos und drehte sich um.

Sie sah den Wagen auf sich zukommen und hob abwehrend die Hände.

Den Schmerz des Aufpralls spürte sie noch, dann wurde alles dunkel.

31. KAPITEL

GRACE

New York, 1946

Grace warf noch einmal einen Blick auf die Adresse. Sie war richtig. In diesem Miethaus sollte Marie Roux wohnen.

Mit aufgeregt klopfendem Herzen stieg sie die Treppen hinauf.

Im vierten Stock stand »Roux« auf einer der drei Wohnungstüren. Grace wartete, bis sie wieder zu Atem gekommen war. Dann drückte sie auf den Klingelknopf.

Die Frau, die ihr öffnete, kannte sie von ihrem Foto. Allerdings war das Gesicht inzwischen schmaler geworden, und das blonde Haar zeigte graue Strähnen.

»Sind Sie Marie Roux?«, fragte Grace.

Etwas wie Furcht flackerte in Maries Blick auf. »Wer sind Sie?«

»Mein Name ist Grace Healey. Vor einer Weile habe ich eine Reihe Fotos gefunden und … Das ist eine längere Geschichte, fürchte ich.« Grace holte das Foto, das sie behalten hatte, aus ihrer Handtasche und reichte es Marie.

Diese starrte darauf und schien um Fassung zu ringen. »Josie«, flüsterte sie.

»Darf ich hereinkommen?«, fragte Grace sanft.

Marie trat zurück.

Es war eine kleine, karg möblierte Wohnung, die jedoch tadellos sauber war. Marie führte Grace ins Wohnzimmer und bat sie, auf dem Sofa Platz zu nehmen. Sie selbst ließ sich auf einem Sessel nieder. Noch immer hielt sie das Foto in der Hand und schien sich von dem Anblick nicht trennen zu können. »Sie haben von einer Reihe Fotos gesprochen. Haben Sie noch mehr?«, fragte sie.

Grace schüttelte den Kopf. »Es waren zwölf. Auf ihnen waren Frauen abgebildet. Die Fotos gehörten einer Frau namens Eleanor Trigg. Sie ist vor einer Weile tödlich verunglückt.«

Marie nickte. »Ich weiß.«

»Ich hatte keine Ahnung, wohin ich mit den Fotos sollte, und habe sie im britischen Konsulat abgeben. Nur dieses eine nicht. Wenn ich gewusst hätte, dass Sie jetzt in New York zu Hause sind, hätte ich Ihnen die Fotos gebracht. Sie sind die Einzige der Frauen, die überlebt hat, nicht wahr?«

Marie hob die Schultern. »Ich glaube schon.«

»Können Sie darüber reden?«, fragte Grace vorsichtig. »Wissen Sie, wie es dazu kam, dass die anderen Frauen tot sind? Ich habe es selbst versucht herauszufinden, aber es ist mir nicht gelungen.« In einer Kurzfassung schilderte Grace, wie sie an die Fotos gelangt war und wie sich aus ihrer anfänglichen Neugier so etwas wie Besessenheit entwickelt hatte, die sie zum Schluss in eine Sackgasse geführt hatte.

Als Grace geendet hatte, seufzte Marie und sagte: »Ich

kann versuchen, Ihnen die fehlenden Antworten zu geben, aber alle habe ich nicht.« Dann schwieg sie eine Weile, und ihr Blick verlor sich in der Ferne.

»Wir alle operierten im besetzten Frankreich und waren von Eleanor Trigg angeworben worden.« Marie lächelte versonnen. »Mich hat sie wahrscheinlich nur genommen, weil ich fließend Französisch sprach. Nach der Grundausbildung wurde ich nicht weit von Paris entfernt als Funkerin eingesetzt. Aber ich habe auch mitgeholfen, eine Brücke zu sprengen. Wir wollten den Deutschen vor der alliierten Invasion den Weg zur nordfranzösischen Küste erschweren.«

Ehrfürchtig betrachtete Grace die Frau, die etwas geleistet hatte, das sie selbst niemals fertigbrächte.

»Kurz darauf wurde ich vom deutschen Sicherheitsdienst gefasst. Wie genau es dazu kam, ist mir bis heute nicht ganz klar, aber es hatte mit unseren Funkverbindungen zu tun. Ich wurde verhört und kam ins Gefängnis.« Wieder betrachtete Marie Josies Foto. »Kurz bevor die Alliierten uns befreien konnten, sollten wir in ein deutsches Konzentrationslager gebracht werden.« Liebevoll strich sie über das Foto. »Auf dem Transport dorthin ist Josie gestorben. Sie war vor mir festgenommen worden und zu geschwächt, um die Strapazen zu überstehen.«

Marie hielt inne und schien sich fassen zu müssen. Grace ließ ihr Zeit.

»Hinter der deutschen Grenze wurde unser Zug bombardiert«, sprach Marie weiter. »Ich nehme an, dass ich aus unserem Waggon herausgeschleudert wurde, aber genau kann ich das nicht sagen. Ein Deutscher hat mich unter den Trümmern entdeckt. Seine Familie hat mich bei sich versteckt.«

»Und dann?«, fragte Grace.

»Dann kamen die Alliierten, und ich wurde nach England zurückgebracht. Ich fuhr zu meiner Tante aufs Land und holte meine kleine Tochter ab, die ich während der Kriegsjahre bei ihr in Sicherheit gebracht hatte. Eine Weile später waren wir auf dem Weg nach Amerika.«

»Hatten Sie nie mehr Kontakt zur SOE?«

»Nur noch ein einziges Mal. Ich brauchte Hilfe, um nach Amerika zu gelangen. Ich hätte auch gern Mrs Trigg wiedergesehen, doch aus mir unbekannten Gründen war sie nicht mehr bei der SOE.«

Grace hörte, dass sich die Wohnungstür öffnete. Gleich darauf kam ein hübsches, vielleicht achtjähriges Mädchen ins Wohnzimmer und verharrte scheu, als es Grace entdeckte.

Marie winkte das Mädchen zu sich. »Das ist Tess«, sagte sie. Sie deutete auf Grace. »Die Dame ist eine alte Freundin von mir.«

Tess wollte wissen, ob sie zu einer Freundin im Haus gehen und mit ihr spielen dürfe.

Marie nickte und tippte auf ihre Wange. »Aber vorher bekomme ich ein Küsschen.«

Tess drückte ihrer Mutter einen Kuss auf die Wange, dann war sie wieder fort.

»Ich war so lange von ihr getrennt«, sagte Marie. »Am liebsten möchte ich sie immer bei mir halten.«

Sie stand auf, holte ein Fotoalbum aus der Anrichte und setzte sich zu Grace. »Die Fotos hat mir ein SOE-Agent geschickt, der zur gleichen Zeit wie ich in Frankreich war. Sie wurden im Jahr vor der Invasion aufgenommen und bedeuten mir unendlich viel.« Sie schlug die erste Seite auf. »All diese Personen gehörten zum selben Agentennetz wie ich.«

Grace sah Fotos von jungen Männern, die auf einer Wiese Rugby spielten. Auf anderen saßen sie an einem Tisch und tranken Wein. Auf einem weiteren standen sie zusammen und hatten die Arme umeinandergelegt. »Sie machen einen so unbeschwerten Eindruck«, sagte sie. »Hatten Sie keine Angst?«

»Doch.« Marie wirkte nachdenklich. »Es ist schwierig, die Atmosphäre damals zu beschreiben. Wir hatten Angst, aber wir wussten, dass wir auf der richtigen Seite standen. Es war ein Kampf, den wir führen mussten.« Sie deutete auf einen Mann, der ein wenig älter als die anderen schien. »Das war der Leiter unseres Netzes. Julian.« Ihre Wangen röteten sich.

Sie wies auf ein anderes Foto. »Und das war Will, sein Cousin und unser Pilot.«

»Sie mochten die beiden, nicht wahr?«

Marie nickte. »Julian wurde ebenfalls gefasst.« Sie schloss kurz die Augen. »Die Deutschen haben ihn gefoltert. Er starb in meinen Armen.« Einen Moment lang war ihre Miene schmerzerfüllt.

Aus einem Impuls heraus griff Grace nach Maries Hand und drückte sie. »Und sein Cousin?«

»Über ihn weiß ich nichts. Ich habe versucht, etwas herauszufinden, aber er ist wie vom Erdboden verschluckt. Wahrscheinlich ist auch er tot.« Marie klappte das Album zu und legte es auf den Tisch. »Ich hätte gern erlebt, wie Paris befreit wurde«, sagte sie wehmütig. »Aber wenigstens konnten wir dazu beitragen, dass die Invasion erfolgreich war.«

»Eine Zeit lang dachte ich, Eleanor Trigg hätte Sie vielleicht an die Deutschen verraten«, sagte Grace.

»Mrs Trigg?« Marie lachte auf. »Nie im Leben. Sie wäre eher gestorben, bevor sie einen von uns verraten hätte.«

Marie verließ das Wohnzimmer und kehrte mit dem Koffer zurück, den Grace im Grand Central unter der Bank entdeckt hatte.

»Waren Sie diejenige, die ihn mitgenommen hat?«

Marie nickte. »Eleanor Trigg wollte sich mit mir im Grand Central treffen.« Sie legte den Koffer auf den Couchtisch. »Zuerst wollte ich sie nicht sehen. Es war eine sehr intensive Zeit, und es gibt Tage, an denen mir die Erinnerungen zu schaffen machen ...« Sie seufzte. »Manchmal will ich ihnen davonlaufen, aber es gelingt mir nicht.«

»Dann haben Sie sich also nicht mit ihr getroffen?«

»Ich war zu spät. An dem Morgen war Tess krank, und ich musste jemanden finden, der bei ihr bleiben konnte. Als ich am Bahnhof ankam, war Mrs Trigg nicht mehr an dem vereinbarten Treffpunkt. Also fuhr ich wieder nach Hause und rechnete jeden Moment damit, dass sie an meiner Tür klingelte.« Marie lächelte. »Sie war nicht der Typ, der einfach aufgibt.«

Sie klappte den Koffer auf. »Ich erfuhr aus dem Radio,

was geschehen war, und kehrte zum Bahnhof zurück – vielleicht in der Hoffnung, dass es ein Irrtum gewesen war und Eleanor Trigg noch immer auf mich wartete. Und dann entdeckte ich den Koffer unter der Bank. So verrückt es auch klingen mag, aber in dem Moment war ich mir sicher, dass der Koffer Eleanor Trigg gehört hatte. Als ich ihn öffnete, sah ich, dass ich recht hatte.«

Sie hob ihre Halskette an. »Meine Kette war darin. Mrs Trigg hatte sie während meines Einsatzes für mich aufgehoben.«

»Und was ist mit den Babyschuhen?«, fragte Grace. Die beiden weißen Schühchen, die sie schon kannte, lagen in dem Koffer obenauf.

»Sie gehörten einer anderen Agentin, die Mutter war. Sie ist ebenfalls umgekommen. Eleanor Trigg wird die Schuhe für sie aufbewahrt haben.«

»Und hat sie zur Erinnerung bei sich gehabt?«

Marie lachte. »Das ist ziemlich unwahrscheinlich. Für Sentimentalitäten hatte Eleanor Trigg nichts übrig.« Sie nahm die Schuhe aus dem Koffer. »Ich könnte mir aber vorstellen …« Sie fuhr mit dem Daumen an den Sohlen entlang. »Schuhe eignen sich wunderbar als Versteck.«

Die Sohlen der Babyschuhe lösten sich. Kleine, gefaltete Zettel fielen heraus.

»Ich lasse nach«, sagte Marie. »Darauf hätte ich auch früher kommen können.« Sie entfaltete die Zettel und strich sie glatt. Sie waren voll beschrieben.

Grace neigte sich zu ihr hinüber und versuchte, die kleine Schrift zu entziffern. »Hat Mrs Trigg das geschrieben?«

Marie war blass geworden. »Ja. Und nun weiß ich auch, weshalb sie mich sehen wollte.« Sie legte die Seiten ab. »Sie schreibt, dass wir verraten wurden.«

»Darf ich?«, fragte Grace. Marie nickte. Grace begann zu lesen.

»O Gott«, sagte sie, als sie ihre Lektüre beendet hatte. »Wenn das stimmt, sind Sie und die anderen Agenten eiskalt geopfert worden.«

»Ich bin sicher, dass es stimmt. Mrs Trigg hätte sich so etwas nicht ausgedacht, sie gehörte zu den ehrlichsten Menschen, die ich jemals gekannt habe.« Marie strich über die kleinen weißen Schuhe. »Wie entsetzt sie gewesen sein muss, als sie es erfuhr. Sicher noch sehr viel mehr, als ich es jetzt bin. Die Arbeit für die SOE war ihr Leben. Sie brauchte meine Unterstützung«, ergänzte sie bekümmert. »Damit ich ihr helfe, die Wahrheit zu sagen. Nun ist sie tot, und es ist zu spät.«

Grace dachte nach. »Vielleicht nicht. *Wir* könnten es doch für sie tun … Wir müssen uns nur überlegen, wie wir am besten vorgehen.«

32. KAPITEL

GRACE

New York, 1946

An einem schönen Sommerabend, einen Monat nach ihrer Begegnung mit Marie Roux, holte Mark Grace von der Arbeit ab. Er hatte wieder beruflich in New York zu tun. Mittlerweile kannte auch er die Geschichte des Verrats an den verschwundenen Frauen, Grace hatte sie ihm am Telefon erzählt.

»Dass Menschen so etwas tun konnten!«, hatte Grace immer wieder gesagt. »Die eigenen Leute in den Tod schicken, nur um Funksprüche manipulieren zu können.«

»Im Krieg tun die Menschen die ungeheuerlichsten Dinge«, hatte Mark geantwortet. »Wahrscheinlich wusste auch der amerikanische Geheimdienst darüber Bescheid, nicht nur die SOE.«

»Und nach dem Krieg haben sie es mit der Angst zu tun bekommen und wollten die Sache unter den Teppich kehren. Das ist widerlich.«

Sie betraten eine kleine Bar, setzten sich an die Theke und bestellten jeder ein Glas Weißwein.

Grace erzählte Mark, was sie und Marie unternommen hatten, um der Wahrheit zu ihrem Recht zu verhelfen. Sie hatten alles, was sie über den Verrat an Vespers Netz wussten, zusammengefasst und Frankie übergeben. Dieser hatte seine Kontakte in Washington genutzt und den Bericht dem britischen Botschafter zukommen lassen. Wie er es geschafft hatte, dass dieser darauf reagierte, verriet Frankie nicht. Grace nahm an, dass er mit der Presse gedroht hatte.

»Der Fall ist trotzdem nicht an die Öffentlichkeit gelangt«, sagte Grace ärgerlich, dann hellte sich ihre Miene auf. »Aber über den Tod der verschwundenen Frauen heißt es nun offiziell, dass sie im Kampf gefallen sind. Sie sind nicht mehr einfach nur Namen auf einer Vermisstenliste. Josie wird sogar postum das Militärkreuz verliehen.«

»Und Eleanor Trigg?«, fragte Mark.

»Sie wird nicht erwähnt.« Grace seufzte. »Marie sagt, dass ihr das wahrscheinlich sogar recht gewesen wäre. Anscheinend war sie kein Mensch, der gern im Rampenlicht stand.«

Mark stieß mit Grace an. »Und all das nur, weil du unter einer Bank einen Koffer gefunden hast.«

Grace lächelte und nahm einen Schluck Wein. »Bist du wieder wegen einer Anhörung in New York?«

Mark schüttelte den Kopf. »Ich hatte einen anderen Termin. Ich verlasse Amerika. Der Internationale Militärgerichtshof hat mir eine Stelle angeboten. Es ist eine alliierte Koordinationsstelle in Berlin.«

Grace verspürte einen kleinen, schmerzhaften Stich in der Magengrube, doch sie versuchte, sich nichts anmerken zu lassen. »Dann hat man dir also verziehen, dass du dort gekündigt hast! Und keiner hält dich mehr für einen Sympathisanten der Deutschen.«

»Sieht ganz so aus.« Mark griff nach ihrer Hand. »Ich wollte dich noch einmal sehen, bevor ich abreise.«

»Du wirst mir fehlen.«

»Vielleicht willst du ja mit mir kommen.«

Grace war nicht sicher, ob sie richtig gehört hatte. Sie befreite ihre Hand. Wie kam er darauf, dass sie mit ihm nach Deutschland ziehen würde?

»Ich wette, dass du dort ebenfalls Arbeit finden kannst. Ich würde mich für dich einsetzen und von deinen Nachforschungen im Fall der verschwundenen Frauen erzählen.«

Grace schüttelte den Kopf.

»Ich möchte mit dir zusammen sein«, fuhr Mark fort. »Seit dem Abend, als wir uns wiedergesehen haben. Es war, als wäre sofort ein Funke übergesprungen. Hast du das nicht gespürt?«

»Doch, das habe ich«, gab Grace zu. Sie erinnerte sich an das Verlangen, das sie bei seinem Anblick empfunden und seitdem immer wieder unterdrückt hatte.

»So etwas darf man nicht ignorieren.« Mark strich Grace über die Wange. »Dafür ist das Leben zu kurz.«

Es wäre schön, mit ihm zusammen zu sein, dachte Grace, und irgendwo noch einmal neu zu beginnen.

Doch sie konnte nicht einfach fortgehen, sie hatte hier eine Arbeit, die ihr am Herzen lag. Bei Frankie trafen täglich mehr Vertriebene ein, die ihre Hilfe brauchten. Frankie hatte sogar davon gesprochen, einen Teil seiner Arbeit an sie abzugeben; er wollte mehr Zeit für Sam haben.

»Ich kann nicht fort«, sagte sie. »Ich möchte die Menschen, für die ich arbeite, nicht im Stich lassen.«

Mark schwieg.

»Bist du mir jetzt böse?«, fragte Grace.

Mark schüttelte den Kopf. »Das ist unmöglich.«

Zum Abschied küsste er sie innig und sagte: »Wenn ich drüben bin, schicke ich dir meine Adresse. Nur für den Fall, dass du es dir anders überlegst.«

Grace umarmte ihn. »Ja. Nur für den Fall.«

*

Am nächsten Tag ließ Grace Marie einen Teil des Geldes zukommen, das Tom ihr hinterlassen hatte – doch es dauerte eine Weile, bis Marie sich bereit erklärte, es anzunehmen. Das geschah erst, als Grace ihr vorschlug, es für Tess zu verwenden.

Eine weitere Summe nutzte Grace dazu, für Eleanor Trigg eine Grabstätte und einen Grabstein zu erwerben.

Unter ihren Namen ließ sie die Worte »Dein Einsatz bleibt unvergessen« gravieren. Sie fand, das war das Mindeste, was Mrs Trigg zustand.

ANMERKUNG DER AUTORIN

Vor einigen Jahren stieß ich bei meiner Recherche zu Themen für einen neuen Roman auf die erstaunliche Geschichte von Vera Atkins und den Agentinnen der Special Operations Executive, die während des Zweiten Weltkriegs von ihr betreut wurden. Sofort war ich von dem heldenhaften Einsatz jener mutigen Frauen fasziniert, aber auch verwundert, dass so viele von ihnen hinter den feindlichen Linien ums Leben kamen.

Als Autorin historischer Romane muss ich das prekäre Gleichgewicht zwischen den Erfordernissen einer Geschichte und der Verpflichtung zur historischen Genauigkeit halten. Insofern beruhen einige der Charaktere und Begebenheiten dieses Romans auf Fakten, wohingegen andere reine Fiktion sind. Da es nicht möglich war, die Heldentaten aller SOE-Agentinnen wiederzugeben, habe ich sie als Inspiration genutzt und mit Marie und den anderen Frauen im Roman Figuren geschaffen, die sie in verdichteter Form repräsentieren. Auch Eleanor Trigg, der Direktor und die anderen Charaktere sind fiktiv.

Hinsichtlich der Ausbildung und Einsätze der Agentinnen habe ich mir große Freiheiten erlaubt. Die Orte, an denen sie agieren, und die Aufgaben, die sie zu erfüllen haben, dienen der Erzählung und beruhen nicht auf Tatsachen.

Ich möchte nicht zu viel verraten und denjenigen die Lektüre verderben, die zuerst diesen Text hier lesen, doch auch die Ursache dessen, was den Agentinnen widerfährt, ist Fiktion.

Denjenigen, die mehr über die realen Agentinnen der SOE lesen möchten, empfehle ich *A Life in Secrets: Vera Atkins and the Missing Agents of World War Two* von Sarah Helm und *Spymistress: The True Story of the Greatest Female Secret Agent of World War Two* von William Stevenson.

DANK

Die Frauen von Paris ist die Geschichte dreier Frauen in verschiedenen Ländern und zu unterschiedlichen Zeiten. Für mich als Autorin stellte dies sowohl die größte als auch die schönste Herausforderung dar, doch ohne meine Lektorin Erika Imranyi hätte ich sie nicht bewältigt. Die Zusammenarbeit mit Erika gleicht einem Meisterkurs in kreativem Schreiben, der täglich stattfindet (meistens um fünf Uhr nachmittags per E-Mail). Die Zeit, die sie mir schenkt, ihre Fähigkeiten und Geduld sind für mich ein Segen. Erika ist die Kapitänin meines Dream-Teams bei Park Row/Harlequin/Harper Collins, das nach den zehn Jahren unserer Zusammenarbeit immer noch besser wird.

Darüber hinaus schulde ich meinem PR-Agenten Emers Flounders besonderen Dank. Ein großes Dankeschön geht auch an Craig, Loriana, Brent, Margaret, Dianne, Susan, Shara, Amy, Heather, Randy, Merjane und Natalie.

Unendlicher Dank gebührt auch dem Motor, der hinter meinen Veröffentlichungen steht: meine Agentin Susan Ginsburg, ihre Assistentin Stacey und ihr Team im Writers House. Jeden Tag steuern sie mit ihrem Elan, ihrer Voraussicht und ihrem Einsatz zur Förderung meiner Autorenkarriere bei. Susans Vision und ihr Glaube an mich haben meinen größten Traum Wirklichkeit werden lassen – ich weiß nicht, wo ich ohne sie wäre.

Das Schreiben eines Romans kann eine einsame Beschäftigung sein. Ich jedoch habe das Glück, einer Gemeinschaft anzugehören, die Bücher schätzt und fördert. Dazu zählen meine Buchhändlerinnen Julie bei Inkwood Books in Haddonfield, New Jersey, und Rita bei BookTowne in Manasquan, New Jersey (sie stehen für die vielen wundervollen unabhängigen Buchläden in unserem Land), und auch die vielen Bibliothekare und Bibliothekarinnen in den Büchereien von Cherry Hill und Camden County.

Darüber hinaus hat die gesamte Bücherwelt vom Internet und von den sozialen Medien profitiert. Ich danke den mit mir befreundeten Autoren, Lesern, Bloggern und Verfassern von Webseiten, die ich, aus Angst, jemanden auszulassen, nicht alle beim Namen nennen werde. Ein herzliches Dankeschön auch an meine Diskussionspartnerin Andrea Katz bei Great Thoughts.

Ebenso danke ich der Gemeinschaft, in der ich lebe, aus ganzem Herzen. Nach über zehn Jahren im Ausland macht es mich glücklich, nicht weit von dem Ort entfernt zu wohnen, an dem ich aufgewachsen bin und wo ich jeden Tag Menschen sehe, die ich mein Leben lang kenne.

Ich danke auch meinen Kollegen in der Rutgers School of Law für ihre kontinuierliche Unterstützung, ebenso den Lehrern, Angestellten und Eltern in unserer Grundschule und den Mitgliedern des JCC, die sich nach meinem neuen

Roman erkundigen, während ich halb bekleidet in der Umkleide stehe.

Ich habe oft gesagt, dass man die Bewohner eines Dorfs braucht, um ein Buch zu schreiben. Inzwischen bin ich der Ansicht, man benötigt ein ganzes Heer. Mein großer Dank geht an meinen Ehemann, der mit mir an vorderster Front kämpft; an meine Mutter und meinen Bruder Jay, die bei uns im aktiven Dienst sind und unser Leben täglich besser machen; meine angeheirateten Verwandten Ann und Wayne, die als hochgeschätzte Reserve zur Verfügung stehen; und Steph und Joanne, meinen treuen Kameradinnen im Schützengraben (zum Glück ist mein Gedächtnis besser als eures!).

Zuletzt danke ich meinen drei kleinen Musen, die mich so widerwillig mit dem Schreiben teilen und vielleicht nicht immer verstehen, warum sie es müssen, aber dennoch darauf bauen, dass es zu unserem Besten geschieht. Ohne sie wäre meine Arbeit nicht möglich und würde sich nicht lohnen.

LESEPROBE

Kapitel 2

Wenn wir scheitern, dann immerhin spektakulär. Als Jess Anfang 1943 – Eile war der Bürokratie fremd – auf einem Korridor des Außenministeriums saß und auf das Gespräch wartete, das über ihre Zukunft entscheiden würde, ging ihr dieser Satz immer wieder durch den Kopf. *Du musst einfach sämtliche Einwände ausräumen*, schärfte sie sich ein, während sie auf die leise tickende Uhr sah, nervöser als bei jedem Casting, bei dem sie je gewesen war.

Beim Casting wusste sie, dass sie alles getan hatte, was sie konnte. Ihr Portfolio war fertig, ein freundliches Schicksal hatte sie mit dunkelbraunen Augen gesegnet, von denen alle Fotografen, mit denen sie je zusammengearbeitet hatte, behaupteten, ihnen niemals gerecht werden zu können. Aber bei diesem Interview hing alles davon ab, was sie sagte, nicht davon, wie sie aussah. Vielleicht auch von ihrem Lächeln – wie viel war zu viel? Was unterschied für die Frau, die ihr einen Passierschein nach Europa ausstellen oder verweigern konnte, ein halbherziges Grinsen von einem übertrieben schmeichlerischen Lächeln, das alle Vorurteile gegenüber Fotomodellen bestätigte?

Schluss damit, sagte sie sich und blickte auf ihre nüchterne schwarze Smokinghose von Stella Designs und ihre förmliche, weiße Bluse – ebenfalls von Stella, denn nur deren Modelle hatten eine weiße Pfingstrose über der linken Brust, wodurch die Kombination eher Jess' wahrem Wesen entsprach als der Person, die sie zu sein vorspielte.

»Miss Jessica May«, rief eine Stimme.

Jess stand auf, straffte den Rücken, und als sie merkte, dass sie den Flur hinuntermarschierte wie ein Model auf dem Laufsteg, versuchte sie, sich zu korrigieren, konnte sich aber gar nicht mehr richtig erinnern, wie man normal ging. Am Ende marschierte sie einfach weiter und hoffte, dass sie trotzdem eher militärisch als modelhaft wirkte.

»Nehmen Sie Platz.« Eine große Frau – sie hätte ein verdammt gutes Model abgegeben – deutete auf einen Stuhl.

Jess setzte sich und machte ein Gesicht, von dem sie hoffte, dass es Kraft, Ausdauer und Entschlossenheit ausdrückte.

»Ich dachte, ich sollte mein Anliegen näher erklären«, begann sie. »Ich weiß, dass ich eine ungewöhnliche Kandidatin dafür bin, um in Europa als Fotojournalistin zu arbeiten. Aber ich verfüge über viele Vorteile, die einige Männer, die derzeit über den Krieg berichten, sicher nicht besitzen. Sehen Sie, meine Eltern waren Paläobotaniker, und ich war schon als Kind ziemlich viel auf Reisen. Wir haben rund um den Erdball Pflanzenfossilien untersucht; ich habe in Südamerika, Australien und auf Tahiti gelebt. Nachdem die Arbeit meiner Eltern anfing, Anerkennung zu gewinnen, sind wir nach Europa gezogen. Dank zehn Jahren in Frankreich spreche ich fließend Französisch.« Sie spürte, wie ihre Stimme sich entspannte, war immer mehr überzeugt von ihrer Glaubwürdigkeit.

»Als ich alt genug war, um zu lernen, wie man mit einer Kamera umgeht, habe ich jeden Sommer und oft auch während der Schulzeit für meine Eltern Fotos gemacht. Wenn sie dachten, dass sie einer Entdeckung auf der Spur waren, nahmen sie mich einfach mit, drückten mir die Rolleiflex in die Hand und baten mich, festzuhalten, was immer sie gefunden hatten. Ich habe an der *Parsons School of Design* studiert, danach hat mir Emile Robard noch zusätzlich einiges beigebracht.«

Während sie erzählte, erschienen und verschwanden in ihrem Kopf Bilder, als öffne und schließe sich ein Kameraverschluss: fossilisierte Farnwedel, die sich zart über einen Felsen rankten, winzige Spuren von Keimblättern auf der Oberfläche eines Steins, kaum erkennbare, in Kalkstein geritzte Zamitenblätter. Und dann Bilder, auf denen sie selbst zu sehen war, sehr wenige nur, denn ihre Mutter nahm die Kamera nur selten in die Hand: eine Jessica, die in ihre schlaksigen Gliedmaßen und ihr breites Grinsen noch hineinwachsen musste, die blonden Haare wild und wuschelig, die Haut in damals ganz unmoderner Manier gebräunt, die Nase voller Sommersprossen.

Weitere Schnappschüsse von Jess im Schlamm, beim Klettern über Felsen, an denen sie sich die Knie aufschürfte, beim Schwimmen in Seen und Flüssen, obwohl es Warnungen vor Parasiten und Krokodilen gegeben hatte. Ihre Mutter, die Jess anlächelte, mit Schlapphut, schmutzig, voller Staub. Wie immer glücklich, mit den Händen im Matsch zu wühlen, Zeugnisse längst vergangener Zeiten freizulegen, Berichte und Forschungsergebnisse in die alte Schreibmaschine zu hämmern. Und auch ihr Vater, ein stiller Mensch, nicht ganz von dieser Welt, den Kopf immer in der Vergangenheit, verträumt, in der Phantasie vielleicht gerade mit einem längst ausgestorbenen Verwandten des Ginkgobaums beschäftigt.

Eine unkonventionelle Kindheit mit gelegentlich unterbrochener Schulbildung, oft vor die Wahl gestellt, entweder Deutsch, Italienisch oder Französisch zu lernen oder nicht mit anderen Kindern spielen zu können. Wenn ihre Eltern Bücher auftreiben konnten, las sie, so viel sie konnte. So war Jess' Kindheit von zwei scheinbar gegensätzlichen Quellen geformt worden: von den Geheimnissen der Erde und den auf Buchseiten gebannten Geschichten. Was bedeutete, dass sie in Englisch, Geschichte und Naturwissenschaften immer gut gewesen war, aber nie das geringste Interesse an Mathematik entwickelt hatte.

»Darf ich auch etwas sagen?« Die Stimme der Frau war ruhig und höflich. Jess blinzelte, verdrängte eilig die Vergangenheit und ärgerte sich darüber, dass sie so leicht abzulenken war.

»In Europa herrscht Krieg, und Sie haben Pflanzen fotografiert«, fuhr die Frau fort.

Auf einmal bemerkte Jess, dass sie der Frau nicht einmal Zeit gelassen hatte, sich vorzustellen, sondern hereingestürzt war und, statt selbstbewusst ihre Qualifikationen darzulegen, wahrscheinlich arrogant jedes Vorurteil bestätigt hatte, das diese Frau gegen Models hegte. Beispielsweise, dass sie es gewohnt waren, im Mittelpunkt zu stehen, und sich häufig für etwas Besseres hielten.

»Tut mir leid«, entschuldigte sie sich. Sollte sie zugeben, dass sie nervös war? Aber man würde wohl kaum jemanden in ein Kriegsgebiet schicken, dem schon am helllichten Tag in einem Büro die Nerven flatterten. »Ich habe nicht nur Pflanzen fotografiert, 1939 wurden auch einige Bilder und Artikel von mir über den Exodus aus Paris in der französischen *Vogue* veröffentlicht. In der amerikanischen *Vogue* ist außerdem meine Arbeit über von Frauen kreierte Camouflage und Propaganda erschienen.«

Jess schwieg und wartete. Wartete. Und wartete. Und wartete.

Sie war es gewohnt, beurteilt zu werden. Wenn sie zu einer Party kam oder einen Club betrat, spürte sie unweigerlich Dutzende von Blicken auf sich, die herausfinden wollten, ob Jessica May im wirklichen Leben genauso schön war wie auf den Seiten einer Zeitschrift. Aber das hier war etwas anderes. Diese Überprüfung war so intensiv, dass sie sich auf ihrem Stuhl immer weiter zurückzog und den Blick zu Boden richtete, um zu verhindern, dass diese Frau etwas an ihr entdeckte, was sie zu der Überzeugung brachte, es wäre besser, Jess nicht nach Europa zu schicken.

»Es ist nicht mein Ziel, Frauen ins Kriegsgebiet zu entsenden«, sagte die Frau nüchtern und sogar höflich. Aber für Jess fühlten ihre Worte sich an, als setze man sie unter Druck, um ihr klarzumachen, dass sie lieber bleiben sollte, wo sie war, und weiterhin das tun, was sie jetzt tat. Dass sie zu nichts anderem als zur Kleiderpuppe mit einem hübschen Lächeln taugte.

Sie versuchte, sich dem pragmatischen Ton der Frau anzupassen. »Ich spreche auch Deutsch, zwar nicht fließend, aber mehr als genug, um zurechtzukommen. Italienisch spreche ich ebenfalls. Haben Sie denn schon mal einem Mann, der Französisch, Deutsch und Italienisch spricht, einen Passierschein ausgestellt?«

Die Frau hielt ihrem Blick stand. »Nicht dass ich wüsste«, antwortete sie.

Also hatte Jess wenigstens einen kleinen Vorteil.

Endlich wandte die Frau den Blick ab. »Ich werde der Chefredakteurin der *Vogue* meine Entscheidung mitteilen, aber es wird sicher eine Weile dauern.«

Jess wurde weggeschickt, ohne den geringsten Anhaltspunkt, ob sie ihre Sache gut gemacht hatte oder nicht. Wenn es nicht funktionierte, würde sie mit Glück irgendwann wieder auf einer Wiese oder an einem Strand oder vor einem stahlgrauen Hochhaus stehen, die Kleider der nächsten Modesaison vorführen und dabei lächeln. Unbeachtet wie ein vergessener, von der Zeit in Vulkangestein gepresster Farnwedel.

—

Zwei Monate darauf bekam sie ihren Passierschein. Das Jahr 1943 schritt voran, und Jess hatte nichts erreicht, außer dass sich ihre Ersparnisse spürbar reduziert hatten; sie lebte von externen Model-Aufträgen bei Firmen wie Stella Designs und konnte von Glück sagen, dass ihre Eltern ihr eine Wohnung hinterlassen hatten, für die sie keine Miete bezahlen musste.

Nun fehlte ihr nur noch die Überprüfung durch die Pressestelle des Kriegsministeriums. Dafür einen Termin zu bekommen, dauerte einen weiteren Monat. Jess war sich bewusst, dass ihre Eltern die Fähigkeit besessen hatten, der Erde Geheimnisse abzutrotzen, aber auf die Rigorosität des Kriegsministeriums war sie trotzdem nicht vorbereitet. Dabei hatte Martha sie gewarnt: »Wenn die mit dir fertig sind, fühlst du dich, als säßest du in Unterwäsche vor ihnen.«

Genau so war es. Beispielsweise hatte man ihr ein Foto ihrer Mutter gezeigt, und als sie es sich abends in ihrer Wohnung noch einmal anschauen wollte, war es nicht mehr im Fotoalbum – ein weiterer Beweis dafür, dass Emile noch wesentlich fieser war, als sie gedacht hatte. Sie fühlte sich verloren, wie an dem Tag, als sie in New York von Bord gegangen waren: Jess saß in ihrem Apartment in Greenwich Village auf dem Boden und weinte. Allerdings war damals Emile bei ihr gewesen, auch wenn er nur stumm und ratlos im Türrahmen gestanden und nicht gewusst hatte, was er tun sollte. Jetzt aber war sie völlig allein. Sie hatte schon lange nicht mehr geweint. Aber das Foto ihrer Mutter zu sehen und – falls die haarsträubenden Behauptungen des Kriegsministeriums der Wahrheit entsprachen – zu wissen, dass ihr tatsächlich weder Tochter noch Mann noch Botanik je genügt hatten, brachte den Schmerz zurück.

Doch dann war ihr plötzlich, als höre sie die Stimme ihrer Mutter, die sie ermahnte, praktisch zu denken und aufzustehen, statt sich in ihrem Kummer zu suhlen. Sich von diesem Ministerium nicht so leicht unterkriegen zu lassen. Also wischte sie sich die Wangen trocken und tat genau das, was ihre Mutter – die immer den besten Lagerplatz gefunden, das Kochen organisiert und stets dafür gesorgt hatte, dass alles Notwendige vorhanden war – auch getan hätte.

Als Erstes holte sie ihre Rolleiflex, ein Geschenk ihrer Mutter, hervor. Dann die Leica, die Emile ihr in ihrem ersten Jahr in Manhattan zum Geburtstag gekauft hatte. Zwar mochte sie die Rollei lieber, wusste aber, dass es von Vorteil sein würde, zwei Kameras mitzunehmen. Sie strich über die Schreibmaschine, die ebenfalls ihrer Mutter gehört hatte und zu deren Tastengeklapper Jess als Kind jeden Abend eingeschlafen war – das Wiegenlied ihrer Jugend.

Für Europa würde sie nicht genügen. Eine kleine Reiseschreibmaschine wie die Hermes Baby wäre genau das Richtige für ihre Zwecke. Wie viel Papier konnte sie mitnehmen? Martha hatte gesagt, in ganz Europa gebe es Papierengpässe. Sie zwang sich, bei diesem Gedankenstrang zu bleiben – als gäbe es keinerlei Zweifel daran, dass sie die Reise antreten würde –, denn die Vorstellung, dass sie hierbleiben, weiterhin als Model arbeiten und darauf warten musste, dass die Inserenten ihre Fotos wieder in den Zeitschriften duldeten, war ihr mittlerweile nahezu unerträglich geworden.

Als es an der Tür klopfte, zuckte sie zusammen, doch auf der Schwelle stand Bel mit einem Topf Suppe und einer Flasche Wein.

»Das letzte Abendmahl«, verkündete sie fröhlich und machte sich sofort auf den Weg in die Küche. »Ich dachte, wenn wir es durchspielen, wird es vielleicht wahr.«

Jess brachte ein Lächeln zustande, während sie Suppenschalen und Gläser aus dem Schrank holte und dann ihre Freundin umarmte. »Danke. Was soll ich in Europa bloß ohne dich machen?«

»Ach, du wirst schon einen Ersatz für mich finden, du landest doch immer auf den Füßen.« Damit stellte Bel die Suppe auf den Herd, und die beiden Freundinnen setzten sich an den Küchentisch. »Wie war es denn?«, fragte Bel und musterte Jess.

»Genau so, wie Martha es prophezeit hat.« Jess zögerte und griff nach einer Zigarette. »Man hat mir ein Foto meiner Mutter gezeigt, das ich damals in einem Club in Montmartre von ihr gemacht habe, bei einem der eher seltenen Besuche meiner Eltern in der Zivilisation. Ich bin in Paris aufs Internat gegangen, und sie haben mich dort abgeholt, um abends mit mir auszugehen. Ich glaube, es ist ihnen nicht im Traum eingefallen, dass ein Jazzclub in Montmartre nicht unbedingt die richtige Umgebung für ein sechzehnjähriges Mädchen ist.«

Bel grinste. »Klingt, als wären sie die Art Eltern gewesen, die sich jede Sechzehnjährige wünscht. Aber die Realität sah vermutlich anders aus.«

»Damals fand ich das jedenfalls nicht, aber jetzt …« Jess dachte an das Foto – ihre Mutter saß an einem Tisch mitten in einer Gruppe von Künstlern, zu deren Kreis sie schon immer gehört hatte, sie hatte auf dem College ja neben Botanik auch Illustration und Zeichnen studiert. Im Hintergrund stand ihr Vater an der Bar und betrachtete seine Frau mit einem Blick, als wäre sie der kostbarste Schatz der Welt. So war es immer gewesen: Er stand am Rand des Geschehens, damit zufrieden, Zuhörer und Bewunderer zu sein. Jess saß eigentlich immer bei ihm, bis sich herausstellte, dass sie die Kunst des Erzählens besser beherrschte als die meisten anderen – zumindest glaubte sie selbst das in dieser Zeit –, und sich zu der Gruppe am Tisch gesellte. Recht bald wurde ihr allerdings klar, dass der Wechsel ins Zentrum eher damit zusammenhing, dass sie in ihren Körper und ihr Lächeln hineinwuchs, und nicht so sehr mit ihren erzählerischen Fähigkeiten.

»Mit fünfzehn habe ich meinen ersten Gin getrunken«, erzählte Jess, inhalierte tief den Zigarettenrauch und atmete ihn wieder aus. »Meinen ersten Kuss habe ich am selben Abend bekommen, und man könnte sagen, dass meine Neugier hinsichtlich Sex mit siebzehn ausreichend gestillt war. Meine Eltern waren entweder blind oder folgten einem anderen moralischen Standard als die meisten Menschen – das wusste ich nie so genau. Ich bin mir auch relativ sicher, dass meine Mutter meinem Vater nicht immer treu war.«

»Was das Kriegsministerium sicher nur zu gern bestätigt hat«, meinte Bel bedächtig, als füge sie in Gedanken zusammen, was sich in etwa am Vormittag abgespielt hatte.